士道太平記

義貞の旗

安部龍太郎

集英社文庫

士道太平記　義貞の旗

目次

主要登場人物一覧

新田義貞――上野《こうずけ》を拠点とする武将
脇屋義助――義貞の弟
新田義顕――義貞の長男
安藤聖秀――義貞の義理の伯父
宣子――義貞の側室
徳寿丸――宣子との間に生まれた義貞の次男
後醍醐天皇――大覚寺統の天皇
大塔《だいとうの》宮護良《みやもりなが》親王――後醍醐の皇子
足利高（尊）氏――のちの室町幕府初代将軍となる武将
足利直義《ただよし》――高（尊）氏の弟
佐々木道誉――近江を拠点とする武将
楠木正成《まさしげ》――河内・和泉を拠点とする武将
阿野廉子――後醍醐天皇の寵姫

士道太平記　義貞の旗

第一章　京都大番役

新田荘《にったのしょう》は天の恵みに満ちていた。

北には赤城山がつらなり、南には利根川が流れている。山のふもとから川に向かってなだらかな台地がつづき、豊かな水田が広がっている。

普通なら水の確保がむずかしい地形だが、赤城山の伏流水が水源となり、川となって田畑をうるおしていた。

新田小太郎義貞《こたろうよしさだ》は笠懸野《かさがけの》の高台に立ち、眼下の景色をながめていた。

遠祖義重《よししげ》が赤城山の南のふもとに広がる荒れ地を開拓し、新田荘と呼ばれる荘園を打ち立てたのは鳥羽《とば》法皇の御世《みよ》である。以来およそ百八十年、新田氏は八代にわたって荘園を維持し、利根川流域に一大勢力をきずいてきた。

これを守り抜くことが天命だと、義貞は肝に銘じている。

人々がつつましく暮らす郷村をながめていると、民を慈しみ良政を為《な》さなければという思いが込み上げてくるが、近頃それだけでは物足りないと感じるようになっていた。

ここから見はるかすだけでも、利根川の向こうには広大な大地が広がっている。街道を南に下れば鎌倉があり、はるか彼方《かなた》には京の都がある。その方面から吹き寄せてくる時代の風が心をざわめかせる。

そのざわめきにじっとしていられなくなると、愛馬の山風《やまかぜ》を駆って笠懸野まで遠乗りに出るのだった。

「別に欲があるわけじゃないんだよ」

義貞は無心に草を食《は》んでいる山風に語りかけた。

無類の速さを誇る連銭葦毛《れんぜんあしげ》の奥州馬である。他の馬よりひと回り大きく、脚がすらりと伸びていた。

「ただ、あの山の向こうまで、力の限り駆けてみたいだけなんだ。分かるだろう」

義貞には子供のようなところがある。

それなりの学問を身につけ、妻もめとり、三人の子にも恵まれたが、平穏な暮らしにおさまりきれない熱い情念が突き上げてくる。

義貞はしばらく天地をながめ、深呼吸をして心をなだめると、山風に乗って里への道を下っていった。

義貞の館は安養寺《あんようじ》にあった。

新田荘の南端、利根川から半里（約二キロ）ほど北に上がった所である。二町（約二百二十メートル）四方の広大な敷地に、曽祖父政氏《まさうじ》が明王院《みょうおういん》安養寺という不動明王をまつる寺を建立した。以来安養寺館と呼ばれるようになったのだった。

寺の本堂には子供たちが二十人ばかり集まり、学僧から『論語』の教えを受けていた。

「子曰《のたまわ》く、学びて時にこれを習う、また説《よろこ》ばしからずや」

子供たちが素読をして、学僧がその意味を教えていく。

「朋《とも》有り、遠方より来《きた》る。また楽しからずや。人知らずして慍《いきどお》らず、また君子ならずや」

六十年ほど前の元寇《げんこう》以後、日本と元の交流は活発になった。交易船の往来もさかんになり、留学僧も行き来するようになった。

中国の僧が伝えるのは仏教ばかりではない。文化や文明、習慣など多岐にわたる。その中には儒教や朱子学もあって、日々の道徳の規範として注目を集めていた。

義貞も幼い頃から『論語』や『大学』などの四書を読まされ、日々の生活では忘れがちな理や知に思いを至すようになった。

人は何のために生きるのか、どうすれば争いのない世の中を作ることができるのか、明確な答えが儒教の書物には書いてある。それを学ぶ喜びを知ってもらいたくて、義貞は私費を投じて学僧を招き、村の子供たちに教えてもらっている。

誰でも自由に出入りできるし、昼には食事まで出るので、毎日大勢の子供たちが集まってくるのだった。

「あっ、お館さまだ」

子供の一人が義貞に気付くなり、境内に飛び出してきた。

他の子供たちも次々と後を追い、義貞のまわりに輪を作った。

「お館さま、蒙古《ムクリ》の話を聞かせて」

「弓を射てみて」

「山風はどこにいるの」

口々にせがみながら取りついてくる。義貞は暇を見つけては子供たちと交わり、そんな風に過ごしているのだった。

「駄目だ駄目だ。論語を教えてもらっている最中だろう。礼の用は和を貴《とうと》しと為す。師に礼儀をつくすのはお前たちの務めだ」

義貞は両手を大きく広げ、子供たちを本堂に追いもどした。

元気な子は外に逃げようとするが、素早く先回りして追い込んでいく。変幻自在の動きに翻弄されながら、子供たちは黄色い歓声を上げて本堂に駆け上がっていった。

「兄者、いったいどこに行っておられたのですか」

背後で険しい声がした。

弟の脇屋義助《わきやよしすけ》があきれ顔で立ちつくしている。一つ下の真面目すぎる弟だった。

「山風がむずかるのでな。気散じに行っていた」

「むずかっているのは兄者でしょう。出かけるのは構いませんが、行き先だけは言っておいてもらわないと」

「何かあったのか」

「天神山の石切り場のまわりを、不審な者たちがうろついていたそうです。野盗の手先ではないかと、藪塚《やぶづか》どのから注進がありました」

数日前に須永御厨《すながのみくりや》が野盗の襲撃を受け、金品を奪われたばかりである。

その一味が石切り場の根小屋を狙っているのではないかと、義助は一族郎党を集めているところだった。

「御厨を襲ったのは二、三十人だと言ったな」

「ええ、そのように聞きました」

「ならば家の子だけで充分だ。すぐに仕度をさせよ」

「あいにく三人しかおりません。残りは船仕事に出ております」

「先んずれば人を制すという。五人もいれば充分だ」

天神山は新田荘の西を流れる早川の上流にあった。ふもとからの高さは十三丈（約四十メートル）ほどだが、山全体が上質の凝灰岩でできている。山から切り出される石は、利根川の水運を用いて鎌倉まで運ばれ、新田宗家の貴重な収入源となっていた。

安養寺館から石切り場まで三里（約十二キロ）の道を、義貞は四半刻《しはんとき》（約三十分）ばかりで駆けた。

山風は蹴りの強い飛ぶような走りをするが、義助らの馬もよく後をついてくる。五人とも籠手《こて》にすね当てという軽装で、竹と木を張り合わせた三枚張りの強弓《つよゆみ》を持っている。乱戦ではなく、距離をとった矢戦《やいくさ》で相手を圧倒する作戦だった。

石切り場は平穏だった。天神山で切り出した石を、注文通りの大きさに切る作業場で、柵の内側では四十人ばかりの石工《いしく》が働いている。

その一角に根小屋があり、義貞の家臣数人が管理と指導にあたっていた。

義貞は石切り場のかなり手前で馬を止めた。

「兄者、どうなされた」

義助はすぐに根小屋に入り、賊を迎え討つ仕度にかかるべきだと言った。

「おそらく敵はどこかに見張りの者を伏せていよう。このまま進んではこちらの無勢を知られてしまう」

「しかし、天神山のどちら側から攻めて来るか分かりませんよ」

「それをいち早く察知するには、どうすれば良い」

義貞は澄みきった愛嬌《あいきょう》のある目を向けた。

「物見を出したいところですが、この人数では」

「あの山の松の木に登れば四方が見渡せる。十三郎《じゅうざぶろう》、頼んだぞ」

堀口《ほりぐち》十三郎に命じた。身がかるく、目端の利いた若者だった。

十三郎は見張りに気付かれないように石切り場を大きく迂回《うかい》し、天神山の松にするすると登った。

枝につかまって体を安定させると、手にした杖《つえ》で右、左を指している。この方向に道があるという意味だった。

義貞らはいつでも飛び出せる仕度をととのえ、十三郎の合図を待った。

暑かった夏もようやくおさまり、八月になって蟬《せみ》の声がかしましくなっている。遠くに見える赤城山の山頂では、すでに紅葉が始まっていた。

太陽は頭上にあり、陽射《ひざ》しは相変わらず強い。この条件を戦いにどう生かそうかと考えていると、十三郎が杖を左に向けて何度も動かした。

野盗たちは西側の大室《おおむろ》方面からの道をたどって来たのである。

その数は五十ばかりだと、十三郎が身ぶり手ぶりで知らせていた。野盗とは思えぬ、予想を超えた人数だった。

「敵に早川を渡らせてはならぬ。先に着いて待ち伏せるぞ」

早川の岸には、天神石を船に積み込むための船入りがあった。側《そば》には船頭たちがひと休みする小屋もある。

川の幅は十間（約十八メートル）ばかりで、深さは人の膝くらいしかなかった。

義貞はあたりの地形を素早く見て取り、川を渡って森の陰で待ち伏せることにした。

四人が大木の陰に身をひそめて間もなく、野盗の一団がやって来た。

確かに五十人ばかり。先頭を弓や刀を手にした雑兵《ぞうひょう》二十人が二列になって歩き、その後ろを二十数騎が縦長の列になって進んでくる。

雑兵は全員額金《ひたいがね》を巻き腹巻き（胴丸）をつけている。騎馬武者は鎧兜《よろいかぶと》をつけた堂々たる出立《いでた》ちだった。

（喰《く》い詰めた御家人《ごけにん》が悪党になったな）

義貞はそう見て取った。

雑兵が三十間ばかりに近付くのを待って、義貞らは矢を放った。

道の両側から二人ずつ、矢継ぎ早に射かけると、先頭を歩いていた十人ばかりが叫び声を上げてあお向けに倒れた。

まだ戦いは先だと油断していて、迎え討つ態勢を取れないでいる。しかも前方の暗がりにひそんでいる敵がどれほどの人数が分からないので、立ち尽くして様子を確かめようとする。

そこを狙って矢を射かけると、五、六人が無念の声を上げて突っ伏した。

「ぬかったわ。退《ひ》け退け」

大将らしき武将が真っ先に馬を返し、我先にと大室方面に逃走していった。

家臣の赤堀《あかぼり》弥太郎《やたろう》が、弓を満月に引きしぼって騎馬武者の背中を狙った。

「よせ、弥太郎」

後ろを見せた敵を射てはならぬ。それが義貞の武士としての義だった。


翌日、堀口十三郎が報告に来た。

「お館さま、分かりました」

石切り場を襲おうとした者たちの正体をつきとめたという。

「おおせの通り、あれからしばらくして負傷した雑兵を助けに来た者がいました。その者たちの後を尾《つ》けたところ」

大室の北の月田《つきだ》という集落に、月田右京亮《うきょうのすけ》という御家人が住んでいる。その屋敷に入っていったのである。

「月田右京亮は鎌倉御番をつとめるほどの家柄ですが、流行《はや》りの闘鶏に熱中し、所領を何重にも抵当に入れるほど銭を借りているそうです。その支払いを迫られ、強盗をはたらくようになったと聞きました」

「須永御厨も月田の仕業か」

「そうです。月田は幕府の政《まつりごと》が悪いと言い立て、切り取り勝手だと豪語しています。家来になれば米や銭をもらえるので、喰い詰めた武士や百姓が大勢集まっているのです」

「やはり、そういうことか」

義貞は月田の窮状に少なからず同情し、胸がふさがる思いをした。

元との交易がさかんになるにつれて、大量の銭が輸入されるようになり、東国でも普通に使われるようになった。

これまでは米を中心とした物々交換だったが、現物経済から貨幣経済への移行が東国武士の暮らしに二つの大きな変化をもたらした。

ひとつは商業的な才覚のある者が富をたくわえ、それに欠ける者は所領を借銭の形《かた》に取られて没落したことだ。

このために将軍と御家人を中心とした鎌倉幕府の支配体制がくずれ、商業的な成功者である有徳人《うとくにん》が御家人の所領を買い占めて実質的な地域の支配者になっていた。

初めは幕府も徳政令（借銭棒引き令）を発して御家人を救済しようとしたが、貨幣経済の波は容赦なく押し寄せ、そんなことをしても焼け石に水となった。

そこで有徳人から税を徴収することと引き替えに、彼らの立場を保護する政策を取るようになった。そのために貨幣経済はいっそう進み、御家人や在地の土豪の困窮はますますひどくなった。

もうひとつの変化は、幕府の要職にある者が金銭的に堕落したことである。彼らのもとには諸国の有力な有徳人から湯水の如《ごと》く銭が集まってくる。その銭で贅沢《ぜいたく》三昧《ざんまい》をし、酒宴や饗宴《きょうえん》、はては博打《ばくち》にまで手を出すようになる。

そうした風習は下々にも伝わり、闘鶏や闘茶《とうちゃ》、さいころ賭博が異様なほど流行するようになった。

そうして身を持ちくずした御家人の中には、月田右京亮のように悪党となって略奪をはたらく者もいたのだった。

「兄者、どうしますか」

義助がたずねた。

「どうするって？」

「月田右京亮をこのままにしていていいんですか」

「そうだな。よほど困っているんだろうよ」

そいつは俺も同じだと、義貞はいたく同情している。持って生まれたやさしさが、こんな時にも顔を出すのである。

「そうじゃなくて、右京亮はもう一度襲ってくるかもしれないと言っているんです。それに備えて手を打たないと」

「あれほど痛い目にあったんだ。しばらくは動けまい」

だが備えをおこたるわけではない。十三郎に下人をつけて月田の動きをさぐらせ、何かあったらすぐに知らせるように申し付けた。

数日後、岩松経家《いわまつつねいえ》から呼び出しがあった。

新田荘の岩松郷に館を構える分家だが、四代前の当主である義純《よしずみ》は足利《あしかが》家からの婿養子である。その縁あって今も足利家との関係が深く、幕府内での地位は経家のほうが義貞より上だった。

経家の屋敷は安養寺館よりはるかに立派である。まわりに高い土塁と板塀をめぐらし、黒漆ぬりの四足門《よつあしもん》を構えていた。

経家は義貞より五つ年上で、足利高氏《たかうじ》（後の尊氏《たかうじ》）の引きによって兵部権大輔《ひょうぶごんのたいふ》に任じられていた。

「新田どの、ご足労をおかけ申した」

「近所だし、ご足労というほどのことはありません。用件は何でしょうか」

「実はこのほど京都大番役をおおせつかった。新田荘の面々をひきいて、九月十日までに鎌倉に参集せよとのお申し付けじゃ」

「そんな馬鹿な。大番役は七年前につとめたばかりじゃありませんか」

「その通りじゃが、侍所《さぶらいどころ》別当どののお申し付けゆえいたし方あるまい」

新田宗家からは騎馬二十、足軽四十、人足四十を出してもらいたい。経家は幕府の威光をかさにきて、有無を言わさず申し付けた。


京都大番役は内裏《だいり》や院の御所の警固にあたるものだ。

期間は三ヵ月から半年だが、その間の滞在費や旅費は自分で出さなければならない。東国の御家人にとって大きな負担となっていた。

義貞は七年前にもこの役をつとめ、費用を工面するために大きな借銭をした。それを年賦にしてもらい、昨年ようやく払い終えたばかりだった。

安養寺館にもどると、弟の義助が子供たちに剣術を教えていた。丸くなった輪の中で、義貞の子義顕《よしあき》と木刀で模範試合をしている。

義顕は十五歳になり元服もすませ、剣も弓も一人前に使えるようになっていた。

「いざ」

額金を巻き籠手をつけた義顕が、凜《りん》とした声を上げて正眼に構えた。

義助も正眼に構え、わずかに左の籠手に隙を作った。

義顕がそこに打ち込むと、一歩下がって切っ先をかわし、上段からの一撃を放った。

義顕はそれを木刀で横に払い、腕をたたんで体をぶつけるように抜き胴にいった。

あらかじめ申し合わせているとはいえ、動きの速い見事な立ち合いである。子供たちはその迫力と美しさに息を呑《の》み、目を輝かせて二人を見つめていた。

普通なら義貞も加わり、神速の素振りや足さばきを見せるところである。だが大番役のことで頭が一杯で、そのまま主屋に上がり込んだ。

「あら、お早いお帰りですね」

妻の知子《ともこ》が意外そうな顔をした。

常陸国《ひたちのくに》小田《おだ》城主である小田真知《まさとも》の娘で、昨年生まれた太郎（後の義宗《よしむね》）を重たげに背負っている。小柄だが乳房が大きく腰の張った働き者だった。

「うむ。用件だけ申し付けて、茶も出してくれなかった」

「何かあったのですか」

「侍所から達しがあった。義助に稽古が終わったら来るように伝えてくれ」

義貞は縁先に出てごろりとあお向けになった。

思案にあまるとこうして天をあおぐ。天の理《ことわり》はどこにあるか思い巡らすためだが、そうする間もなく義助がやって来た。

しかも執事の船田入道義昌《ふなだにゆうどうよしまさ》を従えている。新田家の家計をあずかる初老の武士だった。

「兄者、京都大番役を命じられたと聞きましたが」

「ああ、何でお前が知っているのだ」

「船田にも岩松どのから知らせがあり、落ち度がないようにせよと釘《くぎ》を刺されたそうです。それであわてて」

義昌が安養寺館に駆けつけ、義助に相談したのである。

「俺だけじゃ頼りないと思ったんだろうよ。さすがに念の入ったこった」

「拗《す》ねてる場合じゃないでしょう。何とか銭の工面をしないと」

「だからこうして考えてるんだ。もっとも何の思案も浮かばないがね」

「殿、こたびも世良田《せらだ》に頼むしか策はないものと存じます」

義昌が遠慮がちに進言した。

供の仕度や京都までの旅費、向こうでの滞在費をふくめれば百五十貫文は必要である。

それだけの銭を用立てられるのは、世良田宿の世良田入道満義《みつよし》しかいなかった。

「またあの似非《えせ》坊主に頭を下げるのか」

「大番役をはたせなければ、新田宗家は取りつぶしになりましょう。何とぞ」

「兄者、私も一緒に参ります。入道どのとて、こちらの事情は分かっておられるのですから」

「分かったよ。行けばいいんだろう」

二人にせがまれ、義貞はしぶしぶ腰を上げた。

世良田宿は早川と鎌倉道が交わる所に位置していた。

早川の湊《みなと》は利根川の水運と直結していて、多くの物資の集積場になっている。鎌倉道を南に下れば鎌倉街道と行き合うので人の通行も多い。臨済宗の名刹である長楽寺《ちょうらくじ》の門前町でもある。

この北関東一の商業都市を治めるのが、新田の分家である世良田満義だった。

宿場全体を二重の堀で囲んで外敵にそなえ、菩提寺《ぼだいじ》である長楽寺を隠《かく》れ蓑《みの》にして一門や他の御家人から所領を買い取っていた。

所領の売買は原則として禁じられているので、困窮した御家人は長楽寺に寄進した形を取り、満義から代銭を受け取る。

満義は長楽寺の別当をつとめているので、その所領は実質的には彼のものになるのだった。

「おやおや、ご兄弟そろって何のご用でござろうか」

満義は僧形に頭をそり上げ、それをおぎなうように猛々《たけだけ》しいひげをたくわえている。もう五十を過ぎているのに、顔も頭も強欲そうに脂ぎっていた。

「京都大番役を命じられたのはご存じでしょう」

口をききたがらない義貞にかわって、義助が交渉にあたった。

「岩松どのから知らせがありました。困ったことでござるな」

「さよう。正直に申し上げれば、当家には御用をつとめるだけの貯《たくわ》えがございませぬ。それゆえ入道どのに用立てていただけるよう、お願いに上がりました」

「七年前の借銭を返し終えたばかりなのに、またでござるか」

幕府に御恩を受けながら奉公もならぬとは情けないと、満義がいやみったらしく顔をしかめた。

義助はそこを何とかと頭を下げる。義貞は腹を立てるなと己に言いきかせてじっと座っていた。

「それで銭高は？」

「百五十貫です」

「ならば条件が二つござる。ひとつは三年以内に返済すること」

「三年とは、いささか」

「もうひとつは、所領と屋敷を抵当にすること」

返済できなかった場合には所領と屋敷を取り上げるというのである。これには義貞も黙っていられなくなった。

「入道どの、たった百五十貫で新田宗家を買い取るつもりですか」

「銭を貸す時に抵当を取るのは当然のことじゃ。文句を言われる筋合いはない」

「そりゃあ見も知らぬ他人なら当たり前でしょう。しかし我らは新田一門だ。長年力を合わせて新田荘を守ってきた仲じゃありませんか」

「惣領《そうりよう》どの、相変わらず時代遅れのお考えでござるな」

満義は話にもならぬと言いたげに低く笑った。

「ほう、それなら新田荘が賊に襲われた時、誰が守ってくれますか」

義貞は大きな目をじろりとむいてにらみつけた。

泣く子も黙ると言われた鋭い眼光だった。

「そ、それは……、兵を雇い集めて」

「野伏《のぶせり》や野盗の類《たぐい》ならそれですみましょう。しかし入道どのより銭のある輩《やから》が、力ずくで新田荘を奪いに来たならどうなさる。頼れるのは身内しかありますまい。その時にそなえて鍛練をおこたらぬのが、武士の務めというものでしょう」

「そんな時には幕府に守ってもらえばいいのじゃ。そのために常々、高い銭を差し出しておるのじゃからな」

満義はひるみながらも、義貞の理に屈しようとはしなかった。

義貞は困った。

腹立ちのあまり言いたいことを言ってしまったものの、満義から借銭できなければ百五十貫を借りる当てはどこにもない。このままでは座して死を待つようなものだった。

「いくら肚《はら》にすえかねたからといって、あんな言い方はないでしょう。人を見て法を説けという言葉をご存じないのですか」

義助は怒っているし、執事の義昌は悲痛な顔をして黙り込んでいる。まるで沈みゆく船に押し込められたようだった。

「銭より義のほうが大切だ。そうでなければ世の大義が失われ、皆が我欲にかられて勝手なことをするようになる。月田右京亮と同じことだ」

「それとこれとは話が別です。大義名分も結構ですが、時と場合を考えないと」

こうなったら長楽寺の住職にお願いしたらどうかと、義助と義昌は額を突き合わせて相談し始めた。

蚊帳の外の義貞は所在なく表に出た。

空は目が痛いほど青く澄みきっていて、赤城山の稜線《りょうせん》がくっきりと見える。あの山は太古からあのようにそびえ立ち、未来にもあのままの姿を保つだろう。

そう思えば、たかが百五十貫の銭に汲々《きゅうきゅう》としている我が身が馬鹿らしくなる。だが何とかしなければ、身が立たないのである。

（いっそ月田を……）

こちらから襲ってやろうかと不穏な気分になっていると、十歳くらいの子供が駆け寄ってきた。

「お館さま。いつもお世話になっているからと、おっ父が」

さしに通した二十文を差し出した。

これを見てためらいをふり切ったのか、五、六人の子供が同じように銭を差し出した。

「お館さま、お銭《あし》がないんでしょう」

「返さなくていいからって、母ちゃんが言ってたよ」

みんな日銭十文で生きている貧しい家である。だが義貞が銭に困っていると聞いた親たちが、貯えをかき集めて子供に持たせたのだった。

「ありがとうよ。泣いて喜んでいたと、父上母上に伝えてくれ」

だが義貞は惣領である。新田荘の未来のために、子供たちに教育をほどこすのは当り前のことだ。その礼に金品を受け取るわけにはいかなかった。

翌日、天神山の石工たちが五人、荷車を引いてやって来た。

荷車には五つの瓶《かめ》と、麻布に包んだ反物が入っていた。

「事情は聞きました。どうかこれをお役立て下さいまし」

瓶には五貫文の銭が入っているし、絹の反物は三貫文の値打ちがある。頭《かしら》の権之助《ごんのすけ》がそう言った。

「お前たち、どうしてこんな大金を」

「石工ばかりじゃねえ。村のみんながお館さまの身方でございます」

だからみんなで銭や反物を出し合った。黙って受け取ってくれと、五人はひとしく頭を下げた。

「そうか。嬉《うれ》しいなあ」

義貞は感極まって涙をうかべたが、やはりこれも受け取るわけにはいかなかった。

「お前たちを守るのが俺の仕事だ。いくら困ったからといって、生計《たつき》の糧《かて》までもらうわけにはいかねえよ」

「それでは我らの面目が立ちません。助けると思って、どうか受け取って下さいまし」

「その気持ちは、ここで確かに受け取った」

義貞は左の胸をポンと叩《たた》いた。

「それだけで充分だ。そのかわり手伝ってもらいたいことがある」

「何でございましょうか」

「それは後で伝えるから、肚をすえて待っていてくれ」

義助と義昌の策は不発に終わった。

長楽寺の住職は鎌倉の建長寺《けんちようじ》の出で、都にまで名を知られた名僧だが、寺の金銭や財産については別当である満義の意向に逆らえない。満義に口をきいてほしいという頼みさえ断ったのだった。

八月も下旬になり、鎌倉の参集まであと半月を残すばかりである。ここに至って義貞は例の計略を実行に移すことにした。

月田郷を見張らせていた堀口十三郎を呼びもどすと、

「右京亮の様子はどうだい」

ねぎらいの酒を勧めながらたずねた。

「この半月の間に三件の略奪を働きました。いずれも幕府の息のかかった有徳人の屋敷です」

手勢をひきいて屋敷を襲う荒っぽいやり方だが、国境を越えて越後《えちご》や下野《しもつけ》まで出向くので、上州では噂《うわさ》にもなっていなかった。

「きっとお館さまの待ち伏せに懲りたのでしょう。新田荘には絶対に足を踏み入れるなと命じているそうです」

「殊勝なことだ。それなら随分ため込んでいるだろう」

「蔵には一千貫がうなっていると豪語しております。手下は百人を超えているようです」

「そんならご苦労だが、月田の屋敷の様子を絵図面にしてくれ。攻め口や蔵のありかが分かるようにな」

「そうなるものと思っておりました。お任せ下され」

十三郎は義貞の役に立つ嬉しさに、飛び立つように月田にもどっていった。

八月末、月が欠ける日を見計らって、義貞は新里村《にいさと》の善昌寺《ぜんしょうじ》に入った。同行するのは義助、義昌ら家人十四人。それに権之助にひきいられた石工三十人が、天神山の石切り場からやって来た。

新里村は早川の源流にちかく、執事である義昌の所領である。それに目ざす月田郷までは一里半（約六キロ）ほどなので、襲撃の拠点には最適だった。

「これが月田郷の様子だ」

義貞は義助、義昌、権之助に、十三郎が作った絵図を見せた。

月田郷は粕川《かすかわ》の上流部にある集落である。

右京亮の屋敷は川の東岸で、裏山には全徳寺《ぜんとくじ》がある。万一の時にはここに立てこもれるように、寺を裏山に建てたのだった。

「我らは下の道を通って館の表門から攻め入る。権之助らは上の道を行って全徳寺を押さえてくれ」

相手の寝込みを襲い、反撃する暇《いとま》を与えずに銭を奪い取る作戦である。

出陣前の仮眠を取り、丑《うし》三つ時（午前二時半頃）に目を覚ました。義貞らは馬の口に枚《ばい》をふくませ、案内人に先導されて下の道を跑足《だくあし》で進んだ。

月はないが晩秋の星が夜空をおおい、地上を薄明るく照らしている。半刻（約一時間）ばかりで月田郷に着くと、黒装束の十三郎が待っていた。

明王院に仕えた修験者《しゆげんじや》の出で、忍びの技にも通じていた。

「どうぞ。こちらに」

敵に気付かれないように脇道にそれ、大きく迂回して月田館の前に出た。

裏山の全徳寺の大屋根が、影絵のように浮かび上がっている。しばらくするとその下から、ふくろうが鳴く声が聞こえた。配置についたという、権之助の合図だった。

「しばらくお待ち下され」

十三郎は用意の竹を使って水堀と塀を越え、館の内側から門扉を引き開けた。

義貞らは足音を忍ばせて右京亮の寝屋に迫った。

さすがにここには宿直《とのい》の武士をおいているが、片膝立ちのまま眠りこけている。義貞は音もたてずに廻《まわ》り縁《えん》に飛び上がり、当て身を入れて昏倒《こんとう》させた。

その時、けたたましい鳴子《なるこ》の音がした。右京亮が異変に気付き、仕掛けの紐《ひも》を引いたのである。

義貞と義助はふすまを引き開け、東西から中に踏み込んだ。

「出合え、曲者《くせもの》だ」

右京亮は裸のまま、脇差の切っ先を二人に交互に向けた。

義貞と同じ年くらいの筋骨たくましい男である。部屋の隅では同衾《どうきん》していた女が夜具を引っかぶって震えていた。

「新田小太郎義貞だ。命を取るつもりはない。刀を捨てろ」

「おのれ。なめた真似《まね》を」

右京亮は刀架《とうか》から大刀を取り、鞘《さや》を払って二刀流になった。

やがて三十人ばかりの手下が駆けつけ、抜き身の刃《やいば》をきらめかせながら新田勢を取り囲んだ。

「無駄だ。この館はすでに包囲している」

義貞が合図の声を上げると、全徳寺の境内に炎の列がずらりと並んだ。

権之助らの仕業だが、右京亮はまわりすべてを取り巻かれたと思ったらしい。急に戦意をなくして刀を置いた。

「右京亮よ。天神山の石切り場を襲おうとしたのはお前だな」

「ああ、その前にやられたがね」

「今日はその仕返しに来た。落とし前で片をつけようと思うがどうだ」

落とし前とは、首を落とされる前に支払う勘忍料のことである。

「わしの敗《ま》けだ。蔵にあるだけ持っていけ」

「そんなにはいらねえよ。百五十貫だけもらっていこうか」

義貞は右京亮を人質に取り、配下たちに銭を川舟に積み込むように命じた。一貫は千文。宋銭《そうせん》千枚である。百五十貫は十五万枚にも上るので、長持ち十五棹《さお》で運ばなければならなかった。

義貞らが新田荘を発《た》ったのは、元弘《げんこう》二年（一三三二）九月五日だった。

主力は岩松経家の百騎、世良田満義の嫡男兵庫助《ひょうごのすけ》の五十騎、それに義貞の二十騎である。これに大館宗氏《おおだちむねうじ》、江田光義《えだみつよし》らが五、六騎ずつをひきいて従い、総勢は二百騎を超えた。

足軽は四百、荷物運びの人足は五百余という大部隊で、大将は侍所に籍をおく岩松経家がつとめた。

一行は家族や親類縁者に見送られて中瀬渡《なかせのわたし》で利根川を越え、鎌倉道を南に下った。奈良梨《ならなし》で鎌倉街道に入り、笛吹峠を越え、小手指原《こてさしがはら》、分倍河原《ぶばいがわら》を抜けて、八日の夕方に鎌倉に着いた。

その日は源氏山の近くの寺を宿所とし、翌日大蔵御所に大仏《おさらぎ》（北条《ほうじょう》）高直《たかなお》をたずねた。執権北条氏の一門で、侍所所司をつとめていた。

「方々《かたがた》、お役目ご苦労に存じまする」

高直は北条家の中でも武勇をもって知られている。だが物腰はいたって柔らかで、次の別当（長官）に推す者も多かった。

「ご存じのように、昨年八月の主上ご謀叛《むほん》以来、世情は騒がしゅうござる。笠置《かさぎ》城を攻め落とし、主上を隠岐《おき》に流したてまつったものの、大和《やまと》や河内《かわち》には悪党どもがひそみ、再起の機会をうかがっております。京都に着かれたなら、六波羅探題《ろくはらたんだい》の指揮に従ってこうした輩にそなえていただきたい」

「恐れながら、大番役は内裏や院の御所の警固にあたると聞いておりますが」

岩松経家が緊張のあまり舌をもつれさせた。

「常の時ならそうですが、先帝が流罪となり、量仁《かずひと》親王がご即位なされたばかりです。この帝をお守りするには、先帝に与《くみ》して謀叛した者たちを封じ込めなければなりません」

即位されたのは、後に光厳《こうごん》天皇と称された方である。幕府に協力的な持明院《じみょういん》統のお生まれだった。

「中でも大塔宮護良親王《だいとうのみやもりなが》は、楠木正成《くすのきまさしげ》らとともに行方をくらましたままです。これを捕らえるのが焦眉の急と存じます」

「もうひとつ、おたずねしていいですか」

義貞が野太い声を上げた。

「どうぞ、ご遠慮なく」

「京都大番役は二十年に一度というのが通例だと聞いております。それゆえ誰もが、生涯に一度と肚をすえて役目をつとめるのです」

それなのに何ゆえ、七年前に役をつとめた我らが行かなければならないのか。義貞は歯に衣《きぬ》着せずにたずねた。

「役にご不満かな」

「そうではありませんが、政は公平であるべきと存じますので」

「今回は佐貫荘《さぬきのしょう》に命じることになっておりました。ところが五月の大雨で渡良瀬川《わたらせがわ》が氾濫し、米の収穫ができなくなりました。それゆえ新田荘に代役をつとめてもらうことになったのです」

高直は急に歯切れが悪くなり、この埋め合わせはいずれさせてもらうと言った。

散会の後、義貞は義助と連れ立って鶴岡《つるがおか》八幡宮に参拝した。

新田家の祖、八幡太郎義家《はちまんたろうよしいえ》ゆかりの神社で、武家の守護神である。源頼朝《みなもとのよりとも》がこの地に幕府を開いたのも、八幡神のご加護を願ってのことだった。

源平池にかかる赤い橋を渡って祈りを捧《ささ》げてから、若宮《わかみや》大路を歩いてみることにした。

鎌倉に来るのは、三年前に鎌倉大番役をつとめて以来である。通りの両側に建ち並ぶ御家人の屋敷はその頃より立派になり、二階建ての家も多くなっていた。

二ノ鳥居より下には商家が並び、見せ棚を出してさまざまな商品を並べている。

世良田宿とは比べものにならないほどの賑《にぎ》わいだった。

「ちょっと、いいか」

義貞は書店の棚をのぞいてみた。

四書のひとつである『孟子《もうし》』を買いたいと思ったが、あいにく注釈をつけたものが売っていなかった。

「『論語』ならあります。万里小路宣房卿《までのこうじのぶふさきよう》が注釈をなされたものです」

売り主が綴《つづ》りの本を差し出した。

値段は一貫文だった。

「いや、結構」

高すぎてとても手が出ないが、万里小路という名には聞き覚えがあった。

「大納言藤原《だいなごんふじわら》宣房卿のことです。先帝の信任が厚かった方ですよ」

義助はうるさいくらい何でも知っていた。

ついでに諸国から来た船を見物しようと材木座の船着場に向かっていると、一ノ鳥居の方から二十騎ばかりが列をなしてやって来た。

幕府の使者として寺社に参拝してきたらしく、烏帽子《えぼし》に大紋《だいもん》という正装で、それぞれ馬の口取りを従えている。

先頭を五、六人の雑人《ぞうにん》が歩き、錫　杖《しやくじよう》で地面を叩きながら、「お通りお通り」と触れていた。

義貞が誰だろうとながめていると、

「足利治部大輔《じぶのたいふ》高氏どのでござる。ご無礼があってはなりませぬぞ」

義助が早く道端に控えるようにうながした。

高氏の本拠地である足利荘は新田荘の東側にあり、渡良瀬川を間にして境を接している。同じ源氏の一門で、八幡太郎義家の孫義重が新田荘を、その弟の義康《よしやす》が足利荘を開いた。

それゆえ新田家の方が源氏の嫡流に近いが、鎌倉幕府における立場には雲泥の差があった。

高氏の横で馬を進めながら、足利兵部大輔高国《たかくに》（後の直義《ただよし》）は政争に勝った優越感にひたっていた。

今日の甘縄神明社《あまなわしんめいしゃ》への参拝は、兄高氏の立身がかかった大切な役目だった。

幕府は混迷する畿内の状勢に対応するために、侍所の別当を替えようとしている。

その候補の一番手は大仏高直、二番手は高氏だったが、参拝の使者に選ばれたことで立場は逆転した。

誰が幕府を代表して天下太平を祈願するかは、そのまま幕府内での地位の序列を示すからである。

（これも私の働きがあってこそだ）

高国は内心そう思っている。

執権北条守時《もりとき》に運動したり、高直の不正をひそかに噂として流したり、水面下で打てる手はすべて打った。

兄のように陽気な人付き合いはできないが、深謀遠慮をめぐらした掛け引きなら人後に落ちないと自負していた。

「おい、兵部大輔」

高氏はいつも弟を官名で呼んでいた。

「今のは新田の兄弟ではないか」

「どこでしょうか」

「書店の前だ。お前がよく通っている」

高国は馬上であわててふり返ったが、人ごみにさえぎられて見えなかった。

「刀の鞘に中黒の家紋がついていた。年頃といい風体といい、義貞と義助にちがいあるまい」

「京都大番役をつとめると聞きましたので、鎌倉に上《のぼ》ってきたのでしょう」

義貞は三十二歳。高氏より四つ、高国より五つ上である。新田荘での人気は高いと聞いたが、二人から見れば取るに足りない小者だった。

「新田荘は七年前にも大番役をつとめたと思うが」

「ええ、そうです」

「それなのに何ゆえ、また行くことになったのじゃ」

「新田荘には有徳人が多く、御番の負担に耐えられるからでございましょう」

高国は知らないふりをしたが、実はそれだけではなかった。

初め大番役は佐貫荘の太田貞友《おおたさだとも》が命じられていた。

ところが貞友が役目をつとめるだけの貯えがないと、妻の父である大仏貞直《さだなお》に泣きついた。

そこで貞直は侍所所司をつとめる甥《おい》の高直に相談し、渡良瀬川の水害を理由に佐貫荘の大番役を免除させたのである。

この情報をある筋から手に入れた高国は、ひそかに不正の噂を流して高直の追い落としをはかった。

それが今度の政争に勝つ、ひとつの決め手になったのだった。

「有徳人が多いとはいえ、大番役の負担は並大抵ではない。後ほど宿所に餞別《せんべつ》を届けてやれ」

「いかほど」

「そうだな。三十貫文もあれば良かろう」

高氏はまったく銭惜しみをしない。三十貫という銭がどれほどの値打ちかさえ分かっていない節があるが、こうしたおおらかさに人望が集まるのだった。

大蔵御所の近くの屋敷にもどると、高国は岩松経家を呼んだ。

岩松は新田の分家のひとつだが、経家の四代前には足利家から義純が養子に入っている。それ以来親密な関係を保ってきたのだった。

「お声をかけていただき、かたじけのうござる」

経家が取るものも取りあえず宿所から飛んできた。

「お役目、大儀でござる」

「有り難きお言葉、かたじけのうござる」

「貴殿のご尽力のおかげで、佐貫荘の穴埋めができた。大仏どのもたいそうお喜びであった」

「先ほど御所にてお目にかかり、直々にねぎらいのお言葉をいただきました」

「うむ。律義な方ゆえ、こたびの働きには必ず報いて下さるであろう」

大仏高直は情実によって佐貫荘の大番役を免じたものの、誰を代わりに大番役に命じるか決めかねていた。

そこで高国は経家をつれて高直に会い、新田荘が引き受けると言わせた。そうして高直に恩を売り、甘縄神明社への使者を辞退するようにそれとなく仕向けた。陰と陽、裏と表の両面作戦で、使者の大役を勝ち取ったばかりか、高直に恩を売ることに成功したのだった。

「ところで、これは兄者からの餞別だ」

そう言って十貫文の手形三枚を渡した。

銭の額と足利高国の名前を記し、花押をしたものだった。

「三河矢矧《みかわやはぎ》宿の三州屋か、京の粟田口《あわたぐち》の丹波屋が銭に換えてくれる。何かの役に立ててくれ」

「このような大金を、もったいない」

経家は感激に言葉を詰まらせた。

「これは当座の気持ちじゃ。やがてしかるべき恩賞を与えねばと思っておる」

「ははっ、かたじけのうござる」

「ついてはひとつ、頼まれてもらいたいことがある」

「さて、どのようなことでござろうか」

経家が不安そうに高国の顔色をうかがった。

「都に着いたなら、しかるべき伝《つて》を頼って修験者や神人《じにん》を雇い、先帝方の動きを探ってもらいたい」

「しかし、それがしにはそのような伝はございませぬが」

「聖護院《しょうごいん》に山海坊《さんかいぼう》という山伏がいる。その者を頼れば万事計らってくれよう。ただし、私の名を出してもらっては困る」

「承知いたしました」

「先帝を流罪に処したとはいえ、大塔宮や楠木正成は行方をくらましたままだ。やがて再び蜂起し、大乱となるやも知れぬ。先んじてその動きを探り、私のもとに知らせてくれ」

そのための費用だと、高国はもう二枚の手形を経家に渡した。

こちらは二十五貫ずつ、合わせて五十貫文だった。

第二章　上洛

出発は九月十日と定められていた。

各地から集まった京都大番役の軍勢が鶴岡八幡宮に勢揃《せいぞろ》いし、そのまま上洛《じょうらく》の途につく手はずである。

ところが九日の夕方になって、突然十二日に延期するという沙汰があった。

「どうやら大将を誰にするかで揉《も》めているようです」

脇屋義助が伝を頼って聞き込んできた。

「初めは金沢貞将《かねざわさだゆき》どのと決まっていたそうですが、体調の不良を理由に固辞されました。そこで大仏高直どのを代理に立てるということで話が進んでいるようです」

「仕度に手間取って、鎌倉参集に間に合わなかった者もいるそうですぞ」

執事の船田入道義昌も、旧知の御家人から話を聞き込んでいた。

「こたびの京都大番役は、六千人ちかい軍勢になるそうでござる。越後や陸奥《むつ》の大名小名にも参集を命じているゆえ、まだ到着していない者がいると聞き申した」

「それだけ都の情勢が危ういということだろうよ」

新田小太郎義貞は刀の目釘を改めていた。

遠祖義重が帝《みかど》から拝領したと伝わる二尺三寸（約七十センチ）の鬼切丸《おにきりまる》である。

刀身が長いので中子《なかご》も一尺（約三十センチ）ちかくあり、目釘を四本も使って柄《つか》をとめている。

そのゆるみを直し、明日の出陣にそなえていた。

「六千人とは、まことか」

通常の四倍ちかいではないかと、義助が念を押した。

「ご不審はもっともなれど、侍所にいる縁者から聞いたことゆえ間違いござるまい」

「それなら明日は一日暇になったということだな」

義貞は手入れを終えた鬼切丸をパチリと鞘におさめた。

「兄者、それはなりませぬぞ」

「何が」

「長谷《はせ》へ行かれるおつもりでしょう」

「その通り。たまには徳寿丸《とくじゅまる》に会ってやらんと、こっちの顔を忘れられる」

徳寿丸とは義貞の次男、後の義興《よしおき》のことだった。

「こたびの大番役には、武田甲斐守《たけだかいのかみ》さまも同行されます。この地にかくまっていると知れたなら、どのような意趣返しをされるか分かりませんぞ」

義助が血相を変えて止めようとしたが、義貞は聞きいれなかった。

「そのことなら三年前に話をつけた。案ずるには及ばんよ」

「それで済む相手ではないから申し上げているのです。大役を前に波風を立てることはないでしょう」

「しばらく鎌倉に来られないから会ってやりたいんだ。徳寿丸にも、あれの母親にも」

義貞は抜く手も見せずに鬼切丸をふるった。部屋に迷い込んでいた灰色の蛾《が》が両断され、鱗粉《りんぷん》をふりまきながら床に落ちた。

翌日、義貞は一人で宿所を抜け出し、今小路を南に向かった。

右手には銭洗《ぜにあらい》弁財天で知られる宇賀福《うがふく》神社へつづく参道がある。そこを通りすぎて由比ヶ浜《ゆいがはま》通りを西へ向かう。

昨日足利高氏らが参詣した甘縄神明社の参道を通りすぎ、長谷通りを北へ折れると、高徳院《こうとくいん》の大屋根がそびえていた。

建長四年（一二五二）から造立された金銅八丈と呼ばれる大仏がおさめられた大仏殿だった。

大仏殿の東側には、名のある大名たちが営む別邸が並んでいる。その奥まった所に、義貞の義理の伯父にあたる安藤《あんどう》入道聖秀《せいしゅう》の庵《いおり》があった。

義貞はまわりを見回し、人の目がないことを確かめてから門をくぐった。

ここに徳寿丸と側室の宣子《のぶこ》を住まわせている。だがこのことを世間に知られるわけにはいかなかった。

形良く並べられた庭石を踏んで歩いていると、玄関先で突然大声がした。

「ただ今のお言葉、そのまま執権どのにお伝えいたす。よろしゅうござるな」

威丈高な捨てゼリフを吐いて、二人の武士が大股で歩いてきた。

相手は義貞が道をゆずるものと決め込んでいるようで、どけどけと言いたげに肩をいからせたが、義貞は庭石の上に立ったままだった。

先を歩いている四十がらみの武士は、一瞬怒鳴りつけようとしたが、義貞を見るなり棒立ちになり、逃げるように脇をすり抜けていった。

後ろの若い男も、軽く舌打ちをしてそれにならった。

玄関口に安藤入道聖秀が立ち、にこやかに出迎えた。

恰幅《かっぷく》のいい初老の出家で、八年前に他界した先妻保子《やすこ》の伯父だった。

「婿どの、よう来てくだされた」

聖秀は保子が他界した後も、義貞を婿どのと呼んで親戚付き合いをつづけていた。

「あの二人は何者ですか」

「そのような話は後で良い。早《はよ》う宣姫と徳寿丸に顔を見せてやってくだされ」

聖秀は本当の婿がもどってきたように庵に招き入れ、対面の邪魔をするまいと席をはずした。

離れにつづく渡殿《わたどの》を歩いていると、向こうから二歳になる徳寿丸が歩み寄ってきた。足腰の丈夫なしっかりした歩きぶりである。

半年ぶりの再会なので、歩くところを見たのは初めてだった。

「徳寿丸、立派に歩けるではないか」

義貞は嬉しさのあまり掬《すく》い取るように抱き上げた。

徳寿丸は体を強張《こわば》らせて半べそをかきながらも、相手が誰か見きわめようとにらみつけている。

「わしじゃ。父上じゃ。忘れたか」

義貞は機嫌を取ろうと高い高いをしたが、かえって怯《おび》えさせたばかりだった。

「春以来ですから、覚えてないのは無理もありませんよ」

宣子が徳寿丸を抱き取った。

母親になって少しふっくらとして、肌が透き通るように白い。瞳の色が深くなり、負けん気の強い気性は影をひそめていた。

「俺に向かって歩いてきたと思ったが」

「あのお方に上手なあんよを見せておあげと言ったのです。真剣な顔をしていたでしょう」

「そうか。驚かしてすまなかったな」

義貞は頭をなでてあやまったが、徳寿丸は宣子の胸に顔をうずめて近付かれるのを拒んでいた。

「京都大番役をつとめられるそうですね」

「ああ。今日発つ予定だったが、神仏のご加護で二日の猶予を与えられた」

「それならお泊まりいただけますね」

「徳寿丸に顔を覚えてもらわないとな。それにつもる話もある」

義貞は形良く引き締まった宣子の腰に手を当てた。

「近頃はこの子が夜泣きしますからね。ゆっくりしていただけるといいけど」

宣子はちらりと流し目を向け、義貞の手を握りしめた。

宣子は上州一ノ宮（群馬県富岡市）の抜鉾《ぬきほこ》神社の神職をつとめる天野時宣《あまのときのぶ》の娘である。

清楚《せいそ》ではつらつとした美しさは上州一円の噂になるほどで、宣子が巫女《みこ》をつとめると聞いただけで数千の群衆が見物におしかける。

しかも乗馬の腕は男勝りで、流鏑馬《やぶさめ》神事では白小袖に緋色《ひいろ》の袴《はかま》という出立ちで馬場を駆け抜けながら的を射貫《いぬ》いていく。

その姿は勇ましくあでやかで、命知らずの武者たちの目を釘付けにする。まるで静御前《しずかごぜん》と巴《ともえ》御前を合わせたような娘だと評判で、誰が宣子の心を射止めるのか、関東一円の男たちが固唾《かたず》を呑んで見守っていた。

義貞と宣子が出会ったのは正月の流鏑馬神事の日だった。

高崎まで所用で行ったついでに、評判の巫女がいるからと郎従に誘われ、神事を見物に行ったのである。

宣子の騎乗ぶりは鮮やかだった。白赤の装束で白馬にまたがり、駆けながら五つの的を射貫いていく姿は、たとえようもなく美しい。

紫色の元結《もとゆい》でむすんだ長い髪が、駆ける間宙にたなびくほどの速さで、見物人は驚きに目を丸くするばかりである。

「さてさて、我こそはと思う殿方は、宣姫さまの妙技に挑んでくだされ」

馬場の下人《げにん》が声を張り上げた。

神事は祭りも兼ねている。見物衆の興をもり上げようとしてのことだが、名乗りを上げる者はいなかった。宣子に後れを取ることがあれば、武士の名折れだからである。

宣子は白馬にまたがったまま挑戦者が現われるのを待っていた。

いつの間にか二つ折れの笠《かさ》をかぶっているので、細く通った鼻筋と、花のつぼみのような赤い唇が見えるばかりだった。

やがて境内がざわめきだした。名乗りを上げる者がいないことに、不満の声を上げ始めたのだった。

「それなら俺がやってみるか」

義貞は郎従が止めるのも聞かずに山風を境内に乗り入れた。

いかにも鼻柱が強そうな宣子に、なんとなく興味を引かれたのだった。

「新田の小太郎義貞である」

そう名乗ると、群衆が左右に分かれて道を空けた。

義貞の武名は上州一円に鳴りひびいている。それに並の馬よりひと回りも大きな山風の姿に、恐れをなしたのだった。

馬場の側まで進むと宣子と目があった。意志の強さを秘めた黒い瞳を、臆《まま》することなく真っ直《す》ぐに向けてくる。

相手が誰だか確かめると、さて、お出来になるかしら、と言いたげににこりとほほ笑みかけた。

歳《とし》は十八。ちょうど娘から女になりかけの頃である。

「そなたより速く、五つの的を射貫けば良いのだな」

義貞は弓矢を借り受けて念を押した。

結果は義貞の圧勝だった。一町半ほどの馬場を飛ぶように駆けながら、五つの的を正確に射貫く。

的を割る矢の音が、手を打ち鳴らすように連続して聞こえたほどの速さだった。

境内は水を打ったように静まり返り、やがてどっと喚声が上がった。それを追って嵐のような拍手が起こり、あたりは興奮の渦につつまれた。

義貞は馬場の出口にいた下人に弓を返し、そのまま高崎に引き返した。

翌日新田荘にもどらなければならなかったからだが、旅籠《はたご》について半刻（約一時間）もしないうちに宣子が追いかけてきた。

巫女の装束に朽葉色《くちばいろ》の袿《うちき》を重ねた姿で部屋に上がり込むと、

「今日からわたくしの殿方になっていただきます」

そう決めつけて側に寄ってきた。

「気持ちは有り難いが、俺には女房も子供もいる」

「構いません。あなた様のお子を授けてくださいまし」

それ以外は何もいらないと、宣子は恐ろしく度胸がすわっている。

すでに父と母の了解も得てきたと、着替えまで持参していた。

翌日、義貞は宣子をつれて安養寺館にもどった。一族郎党は大喜びである。何しろ上

州一の姫君を流鏑馬の技ひとつで射止めたのだから、

「兄者、でかしましたな」

真面目で堅物の義助までが双手《もろて》を挙げて歓迎した。

気になるのは妻の知子のことである。さすがに嫌な思いをしているだろうと案じながらも、

「すまないが、側室を一人持たせてくれ」

宣子を引き合わせて頼み込んだ。

「分かりました。しかし、ひとつお願いがあります」

その方より早く私に男子を授けること。それが知子が出した条件だった。

こうしてすべてが丸くおさまったかに見えたが、思いがけない不都合が生じた。

甲斐武田家の当主である武田信武《のぶたけ》が前々から宣子に思いを寄せていて、何とか側室にもらい受けようと天野時宣に接近していた。

抜鉾神社に所領を寄進したり少なからぬ金品を贈って、約束を取りつける寸前まで話を進めていたが、義貞にまんまと玉《ぎょく》をさらわれたのである。

面目をつぶされた信武は激怒し、実力で宣子を奪い返そうとした。

甲斐の忍びを新田荘に入れたり、舅《しゅうと》である足利高義《たかよし》（高氏の異母兄）の縁者に頼んで新田家を見張らせ、隙あらば宣子を拉致しようと執拗《しつよう》に狙っていた。

これでは落ち着いて子供を授けることもできかねる。

困りはてた義貞は、宣子を鎌倉の安藤入道聖秀のもとに預けることにした。

聖秀は義理の伯父で、十五年ちかく親交がある。職を辞して長谷の奥に引きこもっているので、人目につくおそれもあまりない。

そこで事情を話して頼み込むと、聖秀は二つ返事で引き受けてくれた。

義貞はひそかに宣子を鎌倉に移した後で武田信武の館に乗り込み、「宣子を返せ」と大芝居を打った。

宣子がさらわれたと信じ込んでいるふりをすれば、信武も義貞が隠しているとは思わないだろうと考えたのである。

その計略は図にあたり、二年ちかく平穏な日々がつづいている。義貞は約束通り知子にも宣子にも子を授け、昨年徳寿丸と太郎が相次いで生まれた。

徳寿丸のほうが半月ほど早く生まれたが、知子の子を太郎と名付けたのは、正室の子が上位であると示すためである。

「そうしていただかなければ、わたくしを受《う》け容《い》れてくだされた奥方さまに申し訳が立ちません」

産後間もない宣子が気丈に言い張った。

後に太郎義宗が家を継ぐことになったのは、こうした配慮があったからだった。

宣子との話を終えると、聖秀に挨拶に行った。

こうして二人が何不自由なく暮らせるのも、聖秀の手厚い配慮のおかげだった。

「こちらこそ、宣姫にはよくしてもらっておる。実の娘と孫を授けてもらったようで、有り難いばかりじゃ」

聖秀は一献傾けようと、酒肴《しゅこう》の用意をととのえていた。

「上州では悪党を退治されたそうじゃな」

「月田郷の月田右京亮という御家人でした。喰い詰め者を集めて、方々の有徳人を襲っていましたので」

百五十貫の費用を用立てるためだとは、さすがに言いにくかった。

「ところが月田とやらは、かえって婿どのに心服したというではないか」

聖秀が浮き浮きしながら酒を勧めた。

あの翌日、右京亮は義貞に使者を送り、一族をあげて臣従すると伝えてきた。一朝事ある時には、二百の郎党をひきいて駆けつけると誓ったのである。

「この話は甘楽《かんら》郡でも持ちきりでな。宣姫の心を射止めた義貞どのなら無理もあるまいと、感服する輩が多いそうじゃ。義理とはいえ、このわしも鼻が高い」

そう言いながら盃《さかずき》を飲み干し、僧形の頭にしわを寄せて笑った。

聖秀は酒好きである。

だが酔いに溺れるようなことはなく、酒をゆっくりと味わい心の滋養にする飲み方である。

肴《さかな》も贅沢なものはない。目刺《めざし》や漬物など庶民が口にするものばかりだが、これが意外なほど旨《うま》かった。

「さっき悪態をついて帰った侍がおりましたが」

義貞はすっかりくつろいで盃を重ねていた。

「あれか。あれは侍所からの使いじゃ」

「何かいさかいがあったのでございますか」

「つまらぬことじゃ。今さらこのわしに」

聖秀は笑い飛ばそうとしたが、ふと何かに思い当たったらしい。

「そうか、あれは……」

そうつぶやくなり、盃を置いて考え込んだ。

「あれは穴山信世《あなやまのぶよ》という御家人であった。武田甲斐守の一門じゃ」

「まさか宣子のことをさぐりに」

人をつかわしたのかと、義貞は飲みかけの盃の手を止めた。

「いや。侍所別当どのの使者として参った。だが婿どのと出会《でくわ》したのだから、何やら気付いたかもしれぬ」

「見たことがない侍でしたが」

「婿どのはそうでも、相手は知っておろう。何しろ売れた顔じゃからな」

なるほど。それで四十がらみの武士は立ちすくんだのかと、義貞は妙におかしかった。

「笑いごとではござらん。宣姫がここにいると知ったなら、甲斐守は何を仕掛けてくるか分かりませぬぞ」

「武田も大番役として上洛するそうですから、こちらにご迷惑がかかることはないと思いますが」

「わしは構わぬが、心配なのは婿どのの方でござる。都までの行軍の間に、どんな嫌がらせをすることやら」

「それなら腹を割って話す機会を作れるかもしれません。かえって好都合というものです」

「それほど物をわきまえた相手なら良いのじゃが」

一門の穴山でさえあの剣幕だと、聖秀は仕方なげに苦笑した。

「実は侍所別当どのから、大仏高直どのの補佐役として上洛してもらえないかと打診がござってな。穴山はその使者として参ったのじゃ」

「お断りになられたのですか」

「出家の身で、今さら鎧をまといたくはない。それに上役たちの争いに巻き込まれるのもご免じゃ」

「上役の争いがあるのでございますか」

「さよう。京都大番役の大将は金沢貞将どのと定められていた。ところが急に大仏高直どのに変更されたのは、次の侍所別当の座をめぐる高直どのと足利高氏どのの争いがあったからじゃ」

聖秀は引付衆《ひきつけしゅう》をしていただけに、幕府中枢の事情に通じていた。

事の起こりは、今の別当である大仏貞直が娘婿の太田貞友の大番役を免除しようと計ったことだった。

貞直は次期別当と目されていた甥の高直に工作を命じ、渡良瀬川の水害が深刻だったことを理由に貞友の大番役を免除することに成功した。

ところが急な変更なので、代役を選ぶのが難しい。

このことを知った足利高氏の弟高国は、新田荘の岩松経家に命じて貞友の代役を引き受けさせた。

そうして高直に恩を売る一方、高直の不正の噂をひそかに流して追い落としを計った。

高氏が甘縄神明社への参拝の使者に選ばれたのは、この計略が功を奏したからだった。

「ところが高国という御仁は、ここで手をゆるめようとはしなかった。すでに大番役の大将と決まっていた金沢貞将どのに急病を理由に辞退するように勧め、高直どのが代役として都に行かざるを得ないように仕向けたのじゃ」

「何ゆえ、そのようなことを」

話が複雑すぎて、義貞には事情がよく呑み込めなかった。

「知れたことじゃ。畿内の情勢は困難をきわめておる。万一高直どのが大将として判断を誤り、名を汚《けが》すようなことがあれば、侍所別当になる道は閉ざされる。高国はそれを狙っておるのじゃ」

大仏貞直もその計略に気付き、経験も人望もある聖秀に補佐役として高直の面倒を見てくれるように頼んだのだが、聖秀はにべもなく断ったのだった。

「先帝に身方する者は日に日に増え、いつ大乱が起こってもおかしくない状況になりつつある。それなのに鎌倉では己の立身をとげようとする輩が内輪もめをくり返しておる。これでは唐《もろこし》が滅亡した頃と同じじゃ。幕府の命運も尽きたと言わざるを得まい」

「それでは入道どのは、どのようにするべきとお考えですか」

「あの穴山も同じことをたずねたゆえ、わしはこう答えてやった。先帝を隠岐に配流したことを謝し、都にお帰りいただくべきだとな」

「それはまた大胆なお考えですね」

「そう思うのは、事の道理をわきまえておらぬからじゃ。考えてもみよ。帝が征夷大《せいいたい》将軍《しょうぐん》を任命し、将軍が執権を任命なされる。ところが今は執権が天下の権を持ち、将軍と帝を意のままにしておる」

聖秀は入道して間もない頃、円覚寺《えんがくじ》の住職をつとめていた一山一寧《いっさんいちねい》に師事していたことがある。一寧は元からの渡来僧で、政治上の大義名分や正邪を重視する朱子学を日本に伝えた。

その影響を受けた聖秀は、幕府のあり方を歯に衣着せずに批判し、正邪の道理を説くことを己の責務としていたのだった。

「この執権の制度は、三代将軍実朝《さねとも》公が急逝されたために便宜的にもうけたものじゃ。ところが外戚であった北条家がこれを独占し、天下の権をほしいままにするようになった」

それでも百年ちかく天下が治まってきたのは、歴代の執権たちが地位をわきまえ、将軍や帝を重んじてきたからだ。それに農業が暮らしの中心だったために、富の偏りが起こらず、人々の放埒《ほうらつ》に歯止めをかけてもいた。

ところがこの二、三十年、銭と商売が暮らしの中心になり、いちじるしく富の偏りが起こるようになった。

その富が幕府のもとに集まるために、執権や重職たちが銭に目がくらんだ政をおこなうようになった。

「ために貧富の差がますます大きくなり、貧しい者たちは一家を養うこともできぬ窮状に追い込まれておる」

「その通りです。上州でも先祖伝来の領地を売り払って露命をつないでいる御家人が大勢おります」

義貞の新田宗家もまさにそんな状態だった。

「そうした不満を持つ者たちが、大義名分に従った新しい国を作るべきだという先帝の主張に心を寄せておる。それゆえ先帝に都におもどりいただき、今の政を改めぬかぎり反乱の芽をつむことはできぬ。このたび幕府は大番役を六千騎も都に送り、力によって反乱を抑え込もうとしているようだが、火に油をそそぐことになるのは目に見えておる」

それゆえ大番役のかわりに、先帝後醍醐《ごだいご》を隠岐からお迎えするための使節団を送れと言うのである。

これでは侍所の使者が血相を変えるのは無理もなかった。

出発はさらに三日延期され、九月十五日になった。

鎌倉を取り囲む山々はすでに紅葉の盛りで、吹き来る風には冬の気配がただよっていた。

鶴岡八幡宮の大銀杏《おおいちょう》も鮮やかに色づいている。

黄色い塔のようにそびえ立つ銀杏を遠くに見ながら、義貞らは若宮大路の二ノ鳥居のあたりに居並んでいた。

何しろ六千騎。足軽人足を入れれば二万余の軍勢が、行軍の態勢をとって段葛《だんかずら》の左右に勢揃いするのである。

八幡宮に近い方から有力大名たちが場所を占めるので、二百騎ばかりしか出せない新田荘の面々は、列の後ろの方に追いやられていた。

先頭は岩松経家、二番は世良田兵庫助、そして三番手が義貞たちである。執権はじめ重職たちが境内の桟敷から見送るというので、全員鎧を着込んでいた。

「どうせ鎌倉を出たあたりで脱ぐんだろう。なぜこんな面倒なことをしなけりゃならないんだ」

義貞は脇にいる義助に不満をぶつけた。

これから長旅だというのに、これでは馬に負担をかけるばかりだった。

「鎌倉市中では、幕府が畿内の反乱を抑えきれないことへの不満が高まっております。それゆえ勇ましいところを見せて、人心の安定をはかりたいのでございましょう」

義助は今度の出陣にそなえて、萌黄縅《もえぎおどし》の鎧を新調している。どこで銭を工面したのか、立派な染めの糸を用いた鎧だった。

「お前は立派だが、この俺の鎧はどうだ。父の代からの黒糸縅で、何ヵ所かほつれたままだ」

「しかし、その筋兜《すじかぶと》は見事ですよ。兄者によく似合っている」

「そうか。これは祖父の頃からのものだが」

鉄板のひとつひとつに仏の御名をきざんだ見事な造りだった。

まだ出発しないのかとしびれを切らしていると、経家の使者がやって来た。

「申し上げます。新田勢は大仏高直さまの後ろに付くようにというご指示がありました。これから三ノ鳥居前に移動いたします」

「こんなに混み合っているのに、なぜ急にそんなことをするんだ」

馬や兵の疲れが分からぬかと、義貞は使者にかみついた。

「大仏さまのご命令にございます。後につづいてくだされ」

経家を先頭にした新田勢は、前の軍勢と見物の群衆の間を割って三ノ鳥居に向かった。

先に大仏勢の後ろに並んでいた軍勢が、場所を空けようと下がるので、若宮大路は収拾のつかない混乱におちいった。

しかも皮肉なことに、新しい位置は武田甲斐守信武の軍勢のすぐ隣だった。

信武はすぐに義貞に気付き、側に控えていた穴山信世に何か耳打ちをした。

信世は軽くうなずくと、馬を下りて義貞の横までやって来た。

「先日は思いがけぬ所でお目にかかり申した」

「聖秀どのは義伯父上《おじうえ》です。ご存じありませんか」

「妙齢の女御《にょうご》がいると聞いたので、人をやってさぐらせてみた。その結果が思いがけないと申しておる」

「そうですか。ご苦労なことだ」

「新田どのは以前、宣姫がさらわれたと当家の館に怒鳴り込まれた。まさかお忘れではござるまい」

「確かに、そんなこともありましたな」

「あれは殿をたばかるための芝居だったということじゃ。この不実は高いものにつきますぞ」

覚悟しておくことだとひとにらみして、信世は信武のもとにもどっていった。

勢揃いに手間取り、出発は午《うま》の刻（正午）ちかくになった。

あいにく空はどんよりと曇り、今にも小雨が降りそうな気配である。鉄の札《さね》を多用している鎧を着ているので、冷え込みがひときわきつく感じられた。

京都大番役の軍勢は、大仏高直勢を先頭に桟敷の前を通っていく。

桟敷では宮将軍である守邦《もりくに》親王、執権の北条守時、入道して身を引いた北条高時《たかとき》、侍所別当大仏貞直ら、幕府の要人たちが見送っている。

その後ろの列には足利高氏、高国兄弟の姿もあった。

将軍や執権は軍勢が通り過ぎる間、威厳を保った無表情をくずさない。だが他の重職たちは身寄りや親しい者たちが通りかかると、扇を開いて激励の意を伝えていた。義貞や義助と親しい者は誰もいなかった。名前を聞いたことがあるだけで、顔を見るのは初めての方々ばかりである。

頰がだらしなくたるんだり、狡賢《ずるがしこ》そうな顔立ちをした者が多い中で、丸い顔にどじょうひげをたくわえた高氏ばかりは異彩を放っていた。

底抜けに陽気なのに、頭の回転が異常なばかりに速そうである。しかもどんぐりのような眼《まなこ》には、狂気をおびた暗い光が宿っていた。

小袋坂《こぶくろざか》の切通しを抜けて境川《さかいがわ》に着いたところで、ひと休みして鎧を脱ぐことになった。

鎧をつけたままの長行軍では馬が耐えられない。そこで鎧櫃《よろいびつ》に入れ、足軽や人足に担がせるのである。

そうしたことに手間を取られたために、その日は小田原で泊まることになったが、さっそく災難がふりかかってきた。

「宿所の用意が間に合わぬゆえ、今宵《こよい》は面々で宿するようにとのことでございます」

経家の使者が告げた。

「そんな馬鹿なことがあるか。他の方々には宿所があてがわれているではないか」

義助が抗議したが、どうすることもできなかった。

従者の堀口十三郎にさぐらせたところ、義貞らの宿所を穴山信世が横取りしたという。武田信武の嫌がらせだということは明らかなのに、岩松経家は見て見ぬふりをしているのだった。

翌朝早く、小田原を発った。

箱根峠を越えて三島までの八里（約三十二キロ）の道を一日で踏破しなければならない。途中には馬が怖がるほどの難所があるし、秋の日暮れは早いので、夜明けと同時の出発となった。

午の刻過ぎに箱根峠に着き、昼餉《ひるげ》の休憩をとった後に下り坂にかかった。

岩場の多い急な坂を馬で下りるのは難しい。誰もが馬の脚を痛めないように厚い馬《うま》草鞋《わらじ》をはかせ、従者に口取りをさせて慎重に下っていった。

道をおおう木々は黄紅の盛りを過ぎ、落葉を始めている。

道は色とりどりの落ち葉で錦繡《きんしゅう》に染まっているが、これが馬の脚をすべらせる難敵なのだった。

義貞は十三郎に口取りをさせ、鞍《くら》の前輪をつかんで下りていった。

道のことは山風に任せておけば心配はない。せっかくなので景色を楽しもうとまわりを見回していると、前方の楓《かえで》からハラハラと葉が舞い落ちた。

あの木だけ散るとは妙だなと目をこらすと、葉の陰にひそんだ男が、弓を引き絞っている。

そう気付いた瞬間、低く笛が鳴るような音を立て鏑矢《かぶらや》が飛んできた。

軽く体を引いてかわすと、矢は山の斜面に突き立って鳴りやんだ。

合戦の始まりを告げるのに用いる大鏑だった。

「兄者、何事でござる」

後についていた義助が馬から飛び下りた。

「騒ぐな」

「しかし、これは」

「騒げば大仏どのに迷惑がかかる。都に着くまでは何があっても事を荒立てるな」

「しかし、相手は命を狙っているのですぞ」

「命を取るつもりなら征矢《そや》を使う。落馬させて恥をかかせようという魂胆だ」

「この坂で落馬したなら、命にかかわる大怪我《おおけが》をいたしまする」

「矢に名札はついておるまい。騒いだところでどうにもならぬ」

義貞は大鏑の先を折って袖口に入れた。今は仕方がないが、いつまでも黙っているつもりはなかった。

第二弾は駿河《するが》の丸子宿《まりこ》の先にある宇津《うつ》ノ谷峠《やとうげ》で来た。

右は山の急斜面、左は谷底につづく断崖という切所《せっしょ》を通っていると、頭上で低木をへし折る不気味な音がした。

はっと見上げると、ひと抱えもありそうな岩が三つ、前後になって転げ落ちてきた。

「危ない。離れろ」

義貞はそう叫びざま、右の手綱を引き絞った。

山風は瞬時にその意図を察し、斜面に脚をかけて竿立《さおだ》ちになった。そうして義貞が右の鐙《あぶみ》を蹴ると左へ、左をけると右に跳んで、落ちかかってくる岩をかわした。

後ろ脚だけで体を支えた鮮やかな跳躍である。おかげで義貞も無事だったが、義助の馬の口取りが犠牲になった。

落石に気付いて馬を後ろに押し下げようとして、岩の直撃を受けたのである。

「権造《ごんぞう》、権造」

義助が谷底に向かって口取りの名を呼んだが、梢《こずえ》を揺らして風が吹き抜けていくばかりだった。

第三弾は三河国の中央を流れる矢矧川を渡る時だった。

日頃は難なく渡れる浅瀬が、数日前の大雨のせいで水嵩《みずかさ》が増し、薄濁《ささにご》りになっている。

人も馬も肩口までつかり、押し流されないように足を踏みしめなければならなかった。

「上流に馬を立てよ。足軽、人足を先に渡すのじゃ」

義貞は山風を川に乗り入れて手本を示した。

義助や船田義昌らが後につづき、川を横切る馬の列を作った。そうして流れを食い止めている間に、足軽たちが徒歩《かち》で渡るのである。

体が大きい山風でも、流れに抗しきれずに押し流されそうになる。

時々体を上流に向けて圧力を弱めてやりながら、足軽たちが渡りきるまで耐えさせなければならなかった。

その時、上流から一艘《そう》の川舟が下ってきた。

幅一間ばかりもある大きな舟で、舳先《へさき》には六尺棒を持った二人が立っている。艫《とも》では頬かぶりした船頭が舵《かじ》をあやつっていた。

狙いは義貞である。

山風に舟を突き当てるか六尺棒で義貞を突き落とすかして、渡河を妨害しようとしているのだった。

「山風、目にもの見せてくれようぞ」

義貞は舟が近付くのを待って、山風の体を上流に垂直に向けた。

流れの重圧から解放された山風は、鞍まで水につかりながら後ろ脚でしっかりと踏ん張った。

「いいか。うまくやれよ」

義貞は相手に意図をさとられないように、腰をかがめて鞍に乗った。

舟はすべるように近付いて、相手の顔がはっきりと見えるようになった。

猛々しいひげ面に下司《げす》な笑みをうかべ、四割菱の紋の入った刀をさしている。もはや正体を隠そうともしていなかった。

舳先が十間、五間、三間と近付いた時、

「今だ、山風」

義貞が首筋を叩いた。

山風はざぶりと川に頭を突っ込み、首を高々とふり上げた。

頭に足をかけた義貞は、その反動を利用して宙に舞い、川舟に飛び移って二人の背後に立った。

と同時に突きとひじ打ちで相手を昏倒させ、船頭に舟を岸につけるように命じた。

「へ、へい」

船頭は腰を抜かさんばかりに驚き、思いきり舵を切って山風に突き当たるのをさけた。

琵琶湖《びわこ》のほとりの大津に着いたのは十月初めのことだった。

ここから都までは、山科《やましな》を抜けて一日の行程である。明日は再び鎧兜に身を固め、六波羅探題に着刻を告げてから鴨川《かもがわ》を越えて洛中に入る。

その前に行軍の労をねぎらう酒宴が開かれた。

大将格の者たちは大手の茶屋で、土豪たちはそれぞれの旅籠で、そして足軽、人足たちは屯所《とんじょ》とした寺で、大将からのふるまい酒とご馳走《ちそう》にあずかった。

大津でも指折りの山科屋では、大仏高直が大将格の十数人を招いて酒宴をおこなっていた。その中には武田信武、穴山信世、岩松経家の姿もあった。

名物の鮒《ふな》ずしがおいしい頃で、ぜいをつくした料理と共に並んでいる。

色とりどりの小袖や袿をまとった白拍子たちが給仕をつとめ、あだっぽい流し目を送りながら酌をしたり酒肴を運んでいた。

気に入った者がいれば、閨《ねや》の供をさせることができる。

無事に行軍を終え、入洛を明日に控えた武将たちは、今夜こそ大いに気晴らしをしようと、心のうちで品定めをしながら白拍子たちをながめていた。

酒宴は和やかに進み、三の膳になった。

口直しの香の物と吸い物である。朱の漆でぬった華やかなお椀《わん》には、こまやかな金蒔《まき》絵《え》がほどこしてある。

白拍子たちがそれを武将たちの前に置き、たおやかな手付きでふたを開ける。するとふわりと湯気が立ち、蛤《はまぐり》のいい香りがただよった。

信武の給仕は小柄で柳腰《やなぎごし》の白拍子がつとめた。紅葉襲《もみじがさね》の小袖を着て、丸みをおびたふくよかな顔に美しく化粧をほどこしている。

「ほう。なかなかのたおやめぶりよ」

信武は好色な本性を隠そうともせずに無遠慮な目を向けた。

「お吸い上げでござりまする」

女が古風な言い方をしてお椀のふたを開けた。

すると中から茶色いものが飛び出し、信武の顔に張り付いた。

「ギャアー」

信武は武士らしからぬ絶叫を上げ、真後ろにのけぞった。

そのまま卒倒した顔の上で、蟇蛙《ひきがえる》が喉をふくらませたりつぼめたりしている。掌《てのひら》ほどの大きさがある重たげな奴《やつ》だった。

「まあ、彦六《ひころく》や。こんなところにいらしゃりましたんか」

白拍子があわてて蛙をお椀の中に入れると、他の武将たちがどっと笑った。

彦六とは信武の幼名である。無様にのびている信武と蟇蛙の取り合わせはいかにも滑稽だった。

「おのれ、無礼者」

穴山信世が脇から身を乗り出し、白拍子の手をつかんだ。

女はその手をふり払って中庭に逃げ、広い池の前で立ち止まった。

信世が怒りにかられてつかみかかろうとすると、するりと腕の下をかいくぐる。

逃すまいと垂髪《すいはつ》と小袖の襟をつかんだが、そのまま突き飛ばされ、派手な音を立てて池に落ちた。

ほとりには小袖と付け髪をはぎ取られて男装束になった堀口十三郎が立っていた。

「曲者じゃ、出会え」

男と分かると武将たちは殺気立って腰を上げた。

「方々、お待ちくだされ」

義貞が後ろ手に縛り上げた二人を引っ立てて現われた。

「この十三郎は俺の手の者です。鎌倉からの道中、武田甲斐守どのにはさまざまの趣向で楽しませていただいた。その返礼をしなければと思ったまでのこと」

「おのれ、新田風情が」

ようやく正気を取りもどした信武が、警固の者に義貞をつまみ出すように命じた。

「お手出し無用。これは甲斐守どのと俺の問題ですから」

ご不審のことがあればこの者たちにたずねられよと、義貞は捕らえた二人を池に突き落とした。

「これ以上、ご酒宴の邪魔をするつもりはありません。庭先をお騒がせしますが、しばらくお許しいただきたい」

「言いがかりじゃ。このような狼藉《ろうぜき》、許してはなりませぬぞ」

信武は加勢を求めたが、誰も動こうとしなかった。

この男が道中何をしたか、皆が薄々は知っていた。だが二人の個人的な争いなので立ち入らなかったのである。

それを今さらと、信武に向ける目は冷たかった。

「言いがかりと言われるなら、ここに来て差しで白黒をつけられたらいかがですか」

いつでも応じますよと、義貞は両手を広げた。大紋の袖に染めた中黒の紋が鮮やかだった。

信武は動けない。歳は義貞より二つ下。腕にはそれ以上の開きがあった。

「さあ、どうなされた」

「む、むうっ」

顔を赤くしてうなっている。

見かねた岩松経家が、

「義貞どの、それ以上は無粋でござる」

戯《ざ》れ事《ごと》にして信武を助けようとした。

お互いに足利家と縁があるので、一門同然の付き合いをしようと、行軍の間に信武と申し合わせていたのだった。

翌日、鎧兜に美々しく身を固めた京都大番役六千騎は、山科を抜けて六波羅政庁の前に勢揃いし、北条越後守《えちごのかみ》仲時《なかとき》、北条左近将監《さこんのしょうげん》時益《ときます》の出迎えを受けた。

岩松経家は新田勢二百騎をひきい、総大将の大仏高直勢の横に馬を並べた。

都の政情が風雲急を告げているせいか、関東の軍勢に寄せる六波羅の期待は大きい。沿道に並んだ数千の群衆も、さかんに手を振って歓迎の意を示していた。

経家にとって京都大番役は初めての経験である。

七年前に新田荘に割り当てられた時には、都合がつかずに弟の直国につとめてもらった。それだけに六波羅政庁の前に立つ感慨は格別だった。

勢揃えを終えると、高直から声をかけられた。

「これから越後守どのに着任の挨拶に参ります。ご同行いただきたい」

「いいのですか。それがしのような者が」

「貴殿のおかげで大番役の不足をおぎなうことができました。それに大津の茶屋では、争いを未然に防いでいただいた」

「あれは新田の小太郎が出過ぎた振る舞いに及びましたゆえ」

経家は大きな優越感にひたりながら、義貞を小太郎と呼び捨てにした。

「あそこで止めていただかなければ、武田甲斐守どのの面目がつぶれるところでした。この機会に越後守どのの面識を得ておけば、後の助けにもなりましょう」

高直がさあさあと急《せ》き立てて政庁に案内した。

越後守仲時は二十七歳。経家よりひと回りも若い。

だが元徳二年（一三三〇）以来、六波羅北方の探題をつとめ、後醍醐天皇の挙兵という難局を乗り切った。

その手腕を評価する者は多く、次の執権にという声も上がっていた。

「お知らせした岩松兵部権大輔どのでござる」

高直が官職名で紹介した。

「うむ。上洛大儀である」

「かたじけなきお言葉、恐悦に存じます」

経家は蛙のようにはいつくばって身を縮めた。

「存じておろうが畿内では戦《いくさ》がつづいておる。先帝には隠岐にお移りいただいたが、大塔宮の一党が大和、河内、伊勢に潜伏し、良からぬ企てをめぐらしておる。また洛中にも大塔宮と通じ、先帝を都におもどししようと企てる輩がおる。そうした動きを封じるのが大番役の務めである」

「ははっ。肝に銘じておきまする」

「高直どのはわしの竹馬の友じゃ。無事に都での役目をはたされるよう、忠勤に励んでもらいたい」

「承知いたしました。一命を賭してお仕え申し上げます」

経家は感極まって涙を浮かべた。

都の情勢は容易ならざるものだった。

関東はまだ平穏なので鎌倉幕府の体制は磐石《ばんじやく》のように見えるが、都の人心はすでに幕府から離れている。

公家《くげ》や庶民ばかりか在地の御家人までが幕府のやり方に憤り、先帝の隠岐の島からの還御《かんぎよ》を願っている。

目ざとく耳ざとい経家は、十日ばかり洛中に滞在しただけでそう察していた。

誰かが種火を投げ込んだだけで、一気に炎が上がりそうな不穏な空気に包まれている。

六波羅の命を受けた検非違使《けびいし》たちは、それを防ごうと躍起になって取り締まりを強化しているが、それがいっそう都人の反感を招く原因になっていた。

(兵部大輔どのがおおせられた通りだ)

経家は足利高国の先見の明に感じ入り、上洛の疲れがおさまるのを待って東山に近い聖護院をたずねた。

修験道の総本山で、花園《はなぞの》天皇の皇子《みこ》である覚誉法親王《かくよほっしんのう》が入山しておられる門跡寺院である。

格式の高さを示す大きな三門をくぐり、山海坊に会いたいと申し入れた。

「ただ今、行の最中でございますが」

お待ちいただけるならと、年若い僧が護摩《ごま》堂まで案内した。

二間四方ほどの堂の中に不動明王がまつってある。その前で護摩を焚《た》きながら、六尺ゆたかな大柄の僧が真言をとなえていた。

天井まで燃え上がる炎に護摩木を投げ入れるたびに、華々しく火の粉が上がる。

それが頭上に降りそそぎ、炎は顔を焼くほど間近まで迫っているが、山海坊は無念無想で真言をとなえつづけている。

その姿は不動明王の化身《けしん》のようだった。

第三章　世尊寺房子

上京《かみぎょう》区の持明院に院の御所がある。

天皇を退位され上皇となられた方の住まいで、仙洞《せんとう》御所とも呼ばれている。

京都大番役として上洛した新田小太郎義貞は、弟の脇屋義助らとともにこの御所の警固にあたっていた。

一条大路に面した表門ばかりでなく、東西の築地塀《ついじべい》にあけられた四つの門、北側の裏門すべてに兵を配し、不審な者の侵入を取り締まっている。

お住まいになっているのは、当代の父親である後伏見《ごふしみ》上皇と叔父に当たる花園上皇で、隠岐に流罪となった後醍醐天皇を支持する者たちからは仇敵視《きゅうてきし》されている。

その者たちがどんな攻撃を仕掛けてくるか分からないので、警備は厳重をきわめていた。

天下の趨勢《すうせい》に関わる重い役目だが、義貞らの当面の問題は寒さをしのぐことだった。十一月になると京の冷え込みは一段ときびしくなり、鎧を着てじっと立っていると手足が冷えきって痛いほどである。

だが門前でかがり火を焚いて暖を取ることは禁じられているので、門番所に火鉢をおいて交代で手足を温《ぬく》めに行く。ところが火鉢に使う炭代は自前で持たなければならないので、調達に頭を悩ませていた。

新田荘では一俵十文で買えた炭が、都では百五十文もする。

昨年の後醍醐天皇の挙兵以来、関東からたびたび大軍が上洛して駐留している。彼らが米や炭、薪や衣類を買い求めるので、すべてが異常なばかりに値上がりしていた。

「殿、そろそろ炭が尽きまする。いかがいたしましょうか」

火の番にあたっていた郎従が、切迫した声で訴えた。

「裏門の者たちも、早く補充しなければ凍え死にそうだと申しております」

見回りの者も窮状を告げた。

「大げさなことを言うな。赤城おろしに比べれば、これくらいの寒さなど」

何のことがあろうかと言いたいが、京の冷え込みは厳しく、寒さのあまり歯の根が合わない。鎧直垂《ひたたれ》を着ていてもこの有様なのだから、足軽装束の者たちの辛《つら》さは言語に絶するにちがいなかった。

「義助、銭はいくらある」

「あと五貫と三百文でございます」

義助は京都滞在の費用一切を取り仕切っていた。

「ではあと二俵、炭を買い足してくれ」

「しかしあと二ヶ月は冬がつづきます。そんなに甘い顔をなされては、すぐに銭が尽きてしまいます」

「俺が何とかする。危急の時に凍えて動けなかったなどと言われては、新田家末代までの恥じゃないか」

兄弟で角突き合わせていた折も折、頭に炭俵を載せた大原女《おはらめ》の五人が東の方からやって来た。大原で焼いた炭を川船に載せて鴨川の船着場まで運び、洛中に売り歩いているのだった。

「これ女、炭を売ってもらえようか」

義助が通りまで出て交渉を始めた。

「へーい、いかほど」

「二俵じゃが、いくらじゃ」

「さようでございますね。仙洞さんのお勤めをしておられる方ですよって」

頭らしい年嵩の女が義助の様子をうかがい、

「二百文に負けておきましょ」

「そうか。ではここに置いていってくれ」

義助がほっとした顔でさしにした二百文を差し出した。

「すんまへん。一俵二百文どすけど」

「そんな馬鹿な。この間買った時は百五十文だったぞ」

「それは売らはった人のご都合や。うちらは二百文で売らせていただいとります」

買っていただけないなら他所《よそ》で商わせてもらいますと、女は他の四人に目配せして先へ行こうとした。

「待て。それなら三俵を四百五十文で買う。それでどうだ」

「三俵やと六百文になりますよって、へぇ」

「我らは御所の御門ばかりか、この通りの警固をまかされておる。不審のかどで取り調べることもできるのだぞ」

女の取りすました態度に腹を立て、義助が脅迫めいたことを言った。

「不審とは何でっしゃろ。うちらはまっとうな商いをさせてもろとりますよって、何を調べていただこうと痛くもかゆくもあらしまへん」

「炭は通常三十文で売り買いされているというではないか。それを二百文で売るとは法外であろう」

「うちの炭は他所とはちがいます。手間も暇もかかっとります」

女は炭俵を頭に載せたまま一歩も引こうとしなかった。

「それならどうちがうか、この目で改めさせてもらおうではないか」

「上州の新田さまといえば、八幡太郎義家さまのご子孫ですやろ。そのお方が、都大路でそのようなご無体をしはりますか」

「な、何を」

「小次郎、よせ。お前の負けだ」

義貞は義助がむきになっているのがおかしくて、つい幼名で呼びかけた。

「おおきに。こちらさんはいい男ぶりであらはりますなぁ」

「ありがとよ。だけどどうして俺たちが新田一門だと分かった」

「中黒のご紋をつけとられるさかい。今日日《きょうび》、どこのご家中か分からんようでは商いはできしまへん」

「そうかい。八幡太郎さまのことまで言われちゃあ、銭を出し惜しみするわけにはいかねえな」

義貞に迫られて義助はしぶしぶ四百文を支払った。

「おおきに。そんならここに置いときますよって」

門前に二俵の炭俵を置き、女たちは立ち去ろうとした。

その時、奥から声をかける者がいた。

「これ女、その三俵はどこへ持っていくんや」

院に仕える年若い青侍だった。

「へえ、まだ売り先が決まっているわけやありまへん」

「それならここに置いていけ。たいそう寒うて院も宮さまも難儀しておられる」

「おおきに。お入り用どしたらもっと持って参りますけど」

女はうって変わって低姿勢で、丸く太った体をちぢめていた。

「そんなにはいらへん。値《あたい》は九十文やな」

「そうどす。書き付けさえいただけたら、いつでもよろしゅおすよって」

「そうか。それやったら内に運んでくれ」

青侍に案内されて、三人の女が炭俵を頭に載せたまま門をくぐった。

「おい、女」

義助が語気鋭く年嵩の女を引き止めた。

「たった今、九十文と申したな」

「へえ、申しました」

「一俵三十文ということだな」

「そうどすけど」

「それで商いになるのなら、なぜわしらから二百文も取った。暴利ではないか」

「何お言いやすの。他所で二百文で売るさかい、仙洞さまに三十文で納めさせていただくことができんのどす。三百年も前から大原の炭を買うていただいとる仙洞さまと、坂《ばん》東《どう》からお上りやした方々とではお付き合いの仕方がちがいますよって」

ほな、これでと軽く会釈し、女は書き付けをもらうために青侍の後を追っていった。

院の御所の警固は、三日に一日の当番制である。間の二日は自由に過ごすことが許される。

かといって銭のかかることはできないので、義貞は洛中をぶらぶらと歩き回ったり、山風を駆って遠乗りに出かけたりした。

都は片寄っていた。

鴨川の東岸の白河から六波羅、西岸の東大路ぞいには新しい店や屋敷が建ち並んでいる。東海道や鴨川水運によって諸国の産物が運び込まれ、商売も盛んで繁栄をきわめている。

ところがかつて都の中心だった朱雀《すざく》大路のあたりはさびれ果て、昨年の後醍醐天皇の挙兵の時に焼き払われた家がそのまま残っていた。

雑草が生い茂る屋敷跡には、住む家もない者たちが粗末な小屋を建て、物乞いや盗み、売春など、後ろ暗いさまざまな方法によって食いつないでいる。

洛外や近郊から都に流れ込んできた窮民も多い。

彼らは村では生活していけなかったり、土地を強制的に取り上げられたりして、生きる糧を求めて都に流れ込んだのである。

こうした状況に対する不満や怒りが、後醍醐天皇の倒幕運動が支持される背景にもなっているが、六波羅探題は有効な対策を取れないまま手をこまねいているのだった。

神護寺《じんごじ》まで遠乗りに行った帰り、宿所のある四条坊門《しじようぼうもん》までもどっていると、一条大路の辻《つじ》で人だかりがしていた。

公家のものらしい牛車《ぎつしや》のまわりに野次馬が二重三重に人垣を作り、中から威丈高な怒鳴り声が聞こえてきた。

「不審なことがあるゆえ取り調べると申しておる。早々に簾《すだれ》を上げて主《あるじ》の顔を見せい」

大柄の武士は六波羅の兵であることを示す赤い胴丸を着込んでいる。左右には七人の配下を従えていた。

「これは檳榔毛《びろうげ》の車でございます。お分かりになりませんか」

牛車の供侍《ともざむらい》が二人、両手を広げて武士たちの接近を拒んでいた。

「檳榔だろうが下郎だろうが知ったことか。その車に怪しい者が乗り込んでいると通報があったゆえ、番頭《ばんがしら》の栗山備中《くりやまびっちゅう》が中を改めると申しておるのじゃ」

「この車は四位《しい》より上の方しかお使いになれないものでございます。六波羅のお役人に取り調べられるいわれはありません」

「それは昔の法度《はっと》じゃ。先帝謀叛以来、たとえ主上や上皇といえども往来に出たなら取り調べてよいと定められておる」

「それは六波羅さまの勝手な言い分でございます。朝廷では承知しておりません」

「やかましい。それほど四位四位と言うなら、犬のように追い立ててくれようか」

猛々しいひげをたくわえた栗山備中は、供侍を押しのけて牛車に近付き、前簾をつかんで引き落とそうとした。

「おやめ下さい。そのような無体をなされば、どのようなお咎《とが》めがあるか分かりませぬぞ」

二人の供侍が腕と腰に取りついて止めようとした。

一人は懐から銭の袋を出して袖口に入れようとしたが、備中は受け取らなかった。

「隠し立てするとはますます怪しい。者共、この二人を引っ捕らえい」

備中が腕と腰をひと振りすると、供侍たちは二、三間も吹っ飛んで地面に叩きつけられた。

それを七人の配下がよってたかって殴り付けたり足蹴《あしげ》にしたりした。

野次馬たちは滑稽な芝居でも見るように楽しんでいる。心情的には六波羅の横暴に反感を持っているものの、日頃雲上人とか殿上人《てんじょうびと》と称してふんぞり返っている公家がやり込められるのは見物《みもの》である。はたしてあの中からどんな公家が引き出されるかと、爪先立つようにして成り行きをながめていた。

「もうそれくらいにしておけ」

義貞は野次馬の頭ごしに声をかけた。

「何だと、六波羅に楯突《たてつ》く気か」

備中は山風の背の高さに気圧《けお》されながらも、敵愾心《てきがいしん》をむき出しにした。

「そうではない。我らも都に来た時、四位以上の公家の車に狼藉してはならぬと命じられた。その供侍の言う通りだ」

「この栗山備中に意見するとは面白い。何奴じゃ」

「大番役、新田義貞という小者だよ」

義貞は山風を待たせ、人垣をかき分けて前に出た。

「その小者が何ゆえわしの邪魔をする」

「俺は権勢を笠にきて好き放題をする奴が嫌いでね。人の道に反するとは思わないか」

「言っておくが、これは役目上の取り調べだ」

「しかしやり方が間違っている。義を見てせざるは勇なきなりだ」

「おのれ、ほざきおって」

言い負けた備中が、義貞の胸倉をつかんで黙らせようとした。

体はひと回り大きく、頭ひとつ分だけ背が高い。丸太棒のような腕で引きつけられると、義貞の体は宙に浮きそうになった。

「離せ」

「何だと」

「手荒なことはしたくない。手を離せ」

「ふざけるな。このまま地べたに叩きつけてやる」

頭上高々と持ち上げようとする備中の腕を、義貞は外側から閂《かんぬき》にして締め上げた。

「あ痛《い》たたっ」

備中が苦痛のあまり前のめりになった瞬間、義貞は引き込むようにして巴投《ともえな》げを打った。

備中はあっけなく宙に飛ばされ、砂埃《すなぼこり》を上げて背中から地面に落ちた。

見物の群衆がどよめいた。中には喝采の声を上げ、手を叩く者もいた。

「おのれ、狼藉者」

七人の配下が義貞を取り巻いて六尺棒を突きつけた。

下段に構えた者は足元を狙い、中段の者は胸を突こうとしている。大勢で一人をからめ捕るやり方だった。

「狼藉したのはそっちだろう。道理もわきまえねえ者が……」

義貞は語りかけることによって相手の油断をさそい、一足飛びに下段に構えた男の棒を踏みつけた。

あっけなく棒を取り落とした相手のあごに頭突きをくらわせ、棒をつかんで走り出した。

六人は血相を変えて追ってくる。

半町ばかりも走ると、足が速く動きの機敏な者が真っ先に駆け、遅い者は後につづくので隊形は自然と縦長になる。

義貞はそれを見計らってとって返し、一人ずつ手際よく打ち倒した。

風のような速さで駆け抜けた後には、腕を打たれ、肩を突かれ、足を払われた者たちがうずくまってうめき声を上げていた。

「おのれ、許さぬ」

備中は腰の刀をすっぱ抜いた。

刀身四尺の大業物《おおわざもの》である。並の者なら抜けもしないほどだが、軽々と右手一本で使いこなしている。

「そいつはいけねえな」

義貞は真顔になって備中をにらみ据えた。

「それを抜いちゃ命のやり取りになる。戦場では一角《ひとかど》の働きをする御仁だろう。こんな所で死んでいいのかい」

「大口を叩きおって。目に物見せてくれるわ」

備中は大太刀を大上段に構えて打ちかかろうとしたが、威勢がいいのは口ばかりだった。

義貞は刀に手もかけずに立っているだけだが、気を呑まれて一歩も動けない。しかも構えた刀の重さに押しつぶされたように、その場にへなへなとくずれ落ちた。

野次馬たちも一様に静まり返っている。まるで天狗《てんぐ》の妖術でも見せられたようで、口を開けば自分にも災いがおよぶと恐れていた。

「これ、車をお出し」

前簾の奥で軽やかな女の声がした。

牛飼い童《わらわ》がはっと我に返って牛の尻を叩いた。

供侍二人が轅《ながえ》を押さえて両脇をかためた。

牛車は東に向かってゆっくりと進んでいく。

その時、声の主が物見を細目に開けて外をのぞいた。助けてくれたのが誰だか分かると、涼やかな目をして軽く頭を下げた。

義貞はあっと息を呑んで棒立ちになった。豊かな髪を元結で束ねた女は、鎌倉に残してきた宣子にそっくりだった。


翌日、四条坊門の宿所で目をさました義貞は、一瞬自分がどこにいるのか分からなくなった。

昨日見た宣子似の女の印象があまりに強く、眠っている間に意識は鎌倉へもどっている。ところが安藤聖秀の庵の離れとは天井がちがうので、どうしたことかとあわてたのだった。

（そうか、京都に来ていたのだ）

そう納得すると急に淋《さび》しさにとらわれた。

宣子の夢を見たわけではないが、体には睦《むつ》み合った時の感覚が生々しく残っている。快感の頂点に達すると、宣子は腕も足も義貞にからめ、取り逃すまいとするように背中に爪を立てる。

その傷跡が二、三ヵ所、まだかさぶたとなって残っていた。

（それにしても、あれは……）

宣子に瓜二《うりふた》つである。あんなに似ている者が、この世に二人といるはずがなかった。

（それなら徳寿丸はどうしたのだろう。それにどうして檳榔毛の車などに乗っているのか）

それも謎である。ともかく一度あの車の持ち主を当たってみようと考えて、はたと行き詰まった。

あの車が誰の物か知る手がかりが何もない。供侍にたずねておけば良かったものを、あの女の顔を見るまではそうしたことに一切関心がなかったのだった。

分かっているのは、あの車が一条大路を東へ向かったことだけである。

その先にある四位以上の公家を訪ね歩けば分かるかもしれないが、許可なく洛中の公家に接触することは禁じられていた。

どうしたものかと思い悩みながら朝餉《あさげ》を取っていると、

「兄者、困ったことになりましたぞ」

義助が血相を変えてやって来た。

「どうした。また銭が足らぬか」

義貞は急に飯がまずくなった気がして箸をおいた。

「このところ体調をこわす者が続出し、昨日は十人、今日は十五人が寝込んでおります」

「どんな具合だ」

「腹を下し寒気がすると申しております。この寒さにやられて風邪をひいたのでございましょう」

上洛して一月半になる。行軍の疲れや勤めの緊張、それに水が変わったことや栄養不足が原因だろうという。

「一昨日食べた野菜が腐っていたと言う者がおりましたので、ただ今料理番に問いただしているところでございます」

「薬師《くすし》は呼んだか」

「呼びにやらせたのですが、他家に出払っていると言ってなかなか来てくれません。先に手付けをよこせと言う者もいるそうでございます」

都の者たちは他所者に冷たい。勝手にやって来て勝手に病気になったとしか思っていないのだった。

「それなら六波羅に頼んで、薬師を回してもらったらどうだ」

「そうしておりますが、皆にもっと精のつくものを食べさせなければ、倒れる者が増えるおそれがございます。何とか銭の都合がつかないでしょうか」

「俺も考えちゃいるが、いい思案が浮かばねえんだ」

「もう一度、岩松どのに頼めませんか」

「そう思うならお前が行ってくれ。あんな奴に頭を下げるのは、金輪際《こんりんざい》ご免こうむる」

義貞は五日前に岩松経家をたずね、恥を忍んで銭を都合してほしいと頼んだ。ところが経家は大番役の費用は銘々持ちだと、びた一文出そうとしなかったのである。

「それなら大仏高直さまに直訴してはいかがでしょうか」

「なるほど。それはいい手かもしれねえな」

「頼みに行ってくれますか」

「ああ。都のすぐ近くでも悪党が出没しているようだ。その討伐を願い出てみよう」

月田右京亮を襲って百五十貫せしめた手口を使おうというのである。

「それは駄目です。大仏さまがお許しになるはずがございません」

「ほう。なぜだい」

「銭に困っているのは我らだけではありません。そんなことを許したなら、大番役の大半が野盗や野伏のようになるおそれがあります」

二人で顔を突き合わせてどうしたものかと話し合っていると、執事の船田入道義昌が六波羅から使者が来たと告げた。

「有り難い。薬師を寄こしてくれたか」

「それが二十人ちかい捕り方を従え、殿に折り入ってたずねたいことがあると申しております」

何事かと表に出ると、物々しく武装した一団がまわりを取り巻いた。

「新田小太郎義貞だな」

鍬形《くわがた》つきの兜をかぶった男が威丈高に迫った。

「そうだが」

「北条越後守さまの命により六波羅へ連行する。急ぎ仕度をせよ」

「そんな扱いを受ける覚えはないが」

「一条大路で六波羅の役人に狼藉に及んだであろう。栗山備中以下の証言もある。異存があれば六波羅において述べるがよい」

「そちらの名は」

「越後守さま配下の石見彦三郎《いわみひこざぶろう》と申す。手向かいいたさば容赦はせぬ」

理不尽な言いがかりだが、義貞はおとなしく従うことにした。騒ぎを起こせば他の大番役にまで迷惑がかかるおそれがあった。

「兄者、いったい何があったのですか」

「暴れ者をいさめただけだ。事情を話せばすぐに分かってくれるだろう」

連行されたのは六波羅北の政庁だった。

すぐに詮議の場で理非を糾明されると思っていたが、彦三郎は義貞を人屋《ひとや》（牢《ろう》）に押し入れて沙汰を待てと言った。

人屋は八畳ばかりの広さで、土間に筵《むしろ》を敷いたばかりである。中には五人の先客があり、汗と垢《あか》と血の臭いがたちこめていた。

陽の光も射さないので氷室《ひむろ》のように冷え込んでいる。それに耐えるために、皆が部屋の隅で体を寄せ、膝をかかえてうずくまっていた。

四人は悪党か盗っ人の類らしく、一人は拷問を受けて肩や背中が血にまみれている。一人は袈裟《けさ》をまとった三十がらみの僧である。

義貞は素早く様子を見て取り、皆から少し離れたところに腰を下ろした。

「新入り、挨拶はねえのかい」

体の大きなひげ面の男が声をかけた。

「小太郎という」

「侍だろう。名字は？」

「新入りだ。新入り小太郎でよかろう」

名誉ある名字をこんな所で名乗りたくはなかった。

「そこは寒いぜ。ここに来たらどうだ」

「結構だ。寒いのには慣れている」

「俺はひげ熊だ。粟田口あたりじゃ知られた名だぜ」

優位に立とうと凄《すご》んでみせたが、通じる相手ではないと分かるとおとなしく引き下がった。

その日も翌日も取り調べはなかった。

人屋番に石見彦三郎を呼べと言っても、まともに相手をしようとしない。凍えるような寒さと腐りかけた飯に耐えながら、じっと待つしかなかった。

二日目の夕方、拷問を受けた男の容体が急変した。飯を食べようともせずに横たわっていたが、突然体を小刻みにふるわせて血を吐いたのである。

「藤八《とうはち》、大丈夫か」

ひげ熊が声をかけたが、男は何かを言おうと口をあえがせるばかりだった。

「御免」

三十がらみの僧が首筋に手を当てて脈を取った。

千阿弥《せんあみ》という時宗《じしゅう》の僧で、医術の心得があるという。しばらく指先で脈を当たっていたが、もう駄目だと哀《かな》しげに首を振った。

「いい加減なことを言うな。こいつは俺の子分なんだぞ」

「脈が消えかけております。拷問によって臓腑《ぞうふ》を破られたのでございましょう」

「どうしても、助からねえのかい」

「残念ですが、私の力では」

「そんなら浄土に行けるように、念仏をとなえてやってくれ。こいつは俺の身替わりになってくれたんだ」

千阿弥が数珠を手に念仏をとなえ始めると、藤八は苦しみから解き放たれたやすらかな顔になって息を引き取った。

「藤八、すまねえ。この仇《かたき》は必ず取ってやるから、成仏してくれ」

ひげ熊はすすり泣きながら藤八の手をさすりつづけた。

義貞には彼らがどんな罪をおかして人屋に入れられたのか分からない。だがひげ熊の嘆きは痛切で、遺体に手を合わせずにはいられなかった。

翌日、義助と船田義昌が着物のさし入れを持ってたずねてきた。

人屋の格子ごしとはいえ、面会を許されるのは異例のことだった。

「大仏高直どのが北条越後守さまに頼んで下されたのです。人屋は寒いと聞きましたので、これを持参いたしました」

義助が着物の包みを中に入れた。

「ありがとうよ。石見彦三郎という奴に、いったいどういうつもりだとたずねてくれ」

「兄者が打ちすえた役人は、六波羅南の検断をしておられる隅田通治《すだみちはる》どのの配下だそうです。隅田どのから訴えがあり、越後守さまも取り調べざるを得なくなったと聞きました」

「俺は咎められるようなことはしてねえよ。あの場にいた者にたずねたら分かることだ」

「大仏どのも大変心配しておられます。何があったのか詳しく話して下さい」

「非番だったから遠乗りに出た。そして宿所にもどっていたら一条大路の辻で、栗山備中らが檳榔毛の牛車に無理な言いがかりをつけていた」

それを止めようとしたところ、相手が打ちかかってきたから乱闘になったと、義貞はその時の様子をあらまし語った。

「その車はどなたのものか分かりますか」

「それが分からねえんだ。女御が乗っていたことだけは確かなんだが」

「どんな女御でしょうか」

「宣子にそっくりだった。それでびっくりしちまって」

義貞は女が物見の戸を開けた時のことを鮮やかに思い出した。

緑色の戸には銀箔《ぎんぱく》で菱形の紋のようなものが描かれていた。

「菱形の中に十文字が描いてあった。十文字の縦の線は、筆だったような気がする」

「それは家紋でしょうか」

「どうだろうな。ただの飾りかもしれねえが」

「他には何かありませんか。その牛車の供侍に証言してもらえば、兄者の潔白を明らかにすることができるのですから」

「そうは言ってもなあ。あの時は」

宣子が現われたかと仰天し、分別を失っていたのだった。

「ご無礼ですが、小太郎どの」

千阿弥が遠慮がちに声をかけ、その紋はこんな風ではなかったかと土壁に数珠の玉で図を描いた。

「そうそう。そんな風に穂先がついていたはずだ」

「それなら世尊寺《せそんじ》家の紋です。書道を相伝する家ですから、筆を図案にした紋を用いているのです」

都で生まれた千阿弥は、そうした事情に詳しかった。


さらに三日が過ぎ、ようやく詮議がおこなわれることになった。

検断所の下段の間に入ると、いつぞや争いとなった栗山備中が大紋姿でひかえていた。

「よう。こんな所で会うとはな」

義貞は声をかけたが、備中は返事もしなかった。

あの時位負けしたせいか、目を合わせることを避けていた。

やがて上段の間に六波羅北の検断である糟谷《かすや》三郎宗秋《さぶろうむねあき》が着座した。南の検断の隅田次《じ》郎左衛門《ろうざえもん》通治も、家臣が関わっているので特別に臨席している。

備中からいきさつを聞いた隅田は、義貞の罪を問わなければ面目が立たぬと、詮議を開くように北条越後守仲時に訴えたのだった。

上段の間の脇の板張りには、事の次第を記録する書き役がひかえていた。

「それではこれより詮議をおこなう。栗山備中、訴えの次第を申しのべよ」

糟谷宗秋が口を開いた。

「ははっ」

備中は大柄の体をちぢめるように平伏し、当日のことを語り始めた。

「我らは洛中の不逞《ふてい》の輩を取り締まるため、いつものごとく巡回に出ておりました。中でも先帝の息のかかった者共の動きに目を光らせよと、厳命を受けておりました」

そこであらかじめ洛中に探索の者を配し、不審の事があれば巡回中に申し出よと命じていた。

するとあの日、妙心寺《みようしんじ》で世尊寺行尹卿《ゆきただ》が神護寺の僧と密会するという報があった。

行尹卿は先帝の信任が厚かった方なので、良からぬことを企《たくら》んでいるにちがいないと思って妙心寺を見張っていたところ、寺から檳榔毛の車が出てきた。

「これこそまさにと車を止め、前簾を開けて主の顔を見せよと迫ったのでござる。ところが供侍がいろいろ理屈を言い立てて応じようといたしませぬ。そこで六波羅南の検断所の牒《ちよう》を示し、正式の取り調べであると告げて前簾を開けようといたしました。そこにこの新田義貞なる者が現われ、力ずくで我らの妨害をいたしました。そのいきさつについては、同行していた七人の配下も目撃しております」

備中は証人とするために、七人の配下を中庭にひかえさせていた。

「新田義貞、今の訴えについて異存があれば申すがよい」

「俺は備中らのやり方があまりに威丈高だったので注意したばかりです。力ずくで妨害した覚えはありません」

「しからば何ゆえ乱闘になった」

「中庭にひかえている七人が、牛車の供侍二人に乱暴を働きました。それを止めようとしたところ、この備中さんが俺の胸倉をつかんで雑言《ぞうごん》を吐いたのです」

「ほう、どんな雑言じゃ」

「六波羅に楯突く気かとか、地べたに叩きつけてやるとか。そこで俺は四位以上の車に狼藉することは禁じられていると言ってやったのです。ちがいますか」

「確かに禁じておる。備中、さようであろう」

「我らは取り調べていたのであって、狼藉ではございらん。先帝に身方する者たちを捕らえるには、四位以上の者とて見逃すわけには参りません」

「隅田どの、南ではそのように命じておられるのですか」

「い、いや。取り締まりを厳重にせよと申し付けているだけでござる」

面目を失いそうになった隅田は、あごのひげをねじりながら備中をにらんだ。

「それがしも役目柄の取り調べだと申しました。この男はそうと知りながら、七人の配下を打ち倒して我らの邪魔をしたのです。あるいは先帝に通じている疑いもあるので、詮議にかけるべきだと訴訟申し上げたのでございます」

備中は隅田の顔色をうかがい、あわてて話の向きを変えた。

「先帝になんざ通じちゃいねえよ。それに先に打ちかかってきたのはそっちじゃねえか。俺はふりかかる火の粉を払っただけだ」

「いいや。先に手を出したのはお前じゃ。こちらには七人も証人がいるのだぞ」

そちらにもいるなら出してみろと言われて、義貞は返答に詰まった。

そうした事情があるなら牛車の主が名乗り出るとは思えないし、集まっていた大勢の野次馬はなおさら当てにできなかった。

「義貞、証人の心当たりはあるか」

「いいえ。供も連れずに遠乗りに出ておりましたので」

「ならば備中の訴えに理があると断じざるを得ぬ。追って処罰を申し付けるゆえ、人屋にて沙汰を待て」

糟谷は義貞に同情的である。だが相役の隅田通治の面目をつぶすわけにはいかないので、このような裁定を下したのだった。

その時、脇屋義助が中庭に駆け込んできた。

「しばらく、しばらくお待ちいただきたい。ただ今、証人を……、証人を連れて参りますゆえ」

駆け通して来たせいで息が上がり、切れ切れにしか声を出すことができなかった。

「その方、何者じゃ」

「ご無礼いたしました。兄義貞とともに大番役をつとめる、脇屋義助と申しまする」

「それがしは新田家執事、船田入道義昌でござる」

義昌が白い水干《すいかん》姿の若者を連れてきた。

備中らの狼藉を止めようとして、配下に痛めつけられた供侍だった。

「これは世尊寺家に仕える青木左馬助《あおきさまのすけ》どのでござる。当日のことをよく存じておられまする」

「まことか。青木左馬助」

「はい。あの日は行尹卿の姫君が妙心寺に墓参に行かれましたので、同僚の者と供をいたしておりました」

その帰りに備中らに無理な尋問をされ、往生しているところを義貞に助けられた。先に手を出したのは捕り方の役人で、備中が刀を抜いた時も義貞はいさめようとしたと証言した。

「義貞どのの眼光に射すくめられたのでございましょう。このお方は何もできず、腰を抜かしてしまわれたのでございます」

「栗山備中、まことか」

「いや、そ、それは……」

備中は顔を赤らめてしどろもどろになった。

「隅田どの、どうやら理は新田にあるようでござるな」

「ええい、たわけが」

隅田は下段に下りるなり備中を蹴り倒し、袴の裾を引きずって退席した。

「新田義貞、聞いての通りじゃ。疑いは晴れたゆえ宿所にもどるが良い」

「有り難いおおせだが、それだけですまされちゃたまらねえな」

「何だと」

「だってそうでしょう。罪もない人間をあんな人屋に六日も閉じ込めておいて、疑いが晴れたから帰れですみますかい」

義貞はあぐらをかいて啖呵《たんか》を切った。

「ならば、どうせよと申すのじゃ」

「探題さま、検断さま、それに俺を連行した石見彦三郎という方にわびを入れてもらいましょう」

「兄者、何ということを」

義助があわてて中庭から制止しようとした。

「だってそうじゃねえか。人の言い分を何ひとつ聞かずにこんな仕打ちをされて、黙って引き下がれるか」

「そちの申すことはもっともじゃ。後日三名が連署したわび証文をとどけよう。他に望みがあれば申すがよい」

糟谷は驚くほど物分かりが良かった。

「いやね。そんな風に真っ正直に出られると、振り上げた拳の下ろしように困るが」

義貞は照れたように鼻の頭をこすり、証文はいらないから人屋に捕らえられている四人を解き放ってほしいと頼んだ。

「体を寄せてこの寒さをしのいだ仲間だ。さしたる悪事もしていないようなので、放免してやって下さいませんか」

「承知した。すぐに石見に命じて計らおう」

糟谷の確約を得て、義貞は意気揚々と検断所を出たのだった。

数日後、思いがけない来客があった。

ひげ熊と千阿弥が、放免してもらった礼を言いに来たのである。

さいまし」

「兄ぃ、あっしゃこれから子分になります。粟田口のひげ熊に、何なりと申し付けて下さいまし」

「私も小太郎どののお人柄に感服いたしました。さしたる役にも立てませんが、都の事情にはいささか通じております」

「そうかい。気持ちは嬉しいが、子分を持つほど銭はねえんだ。ご覧の通りでね」

義貞は火鉢も入れずに冷えきっている宿所を示した。

「千の字からそう聞きましたんで、炭と米を持参いたしました。お納め下さいまし」

ひげ熊が「おおい」と声をかけると、子分たちが表通りから炭と米を山のように積んだ荷車を引き入れた。

「す、凄いな。これは」

側にいた義助が、腰を浮かして目を輝かせた。

「あっしゃ粟田口で車借《しやしやく》の棟梁《とうりよう》をやっております。他に必要なものがあれば、鎧兜から女子《おなご》の腰巻きまで、何でもお持ちいたします」

「それは心強いな。こっちが子分になりたいくらいだ」

「とんでもねえ。兄ぃはあっしより何倍も器が大きい。銭や財産など、しょせん消えてなくなるもんでございやす」

ひげ熊は涙ぐんで義貞の手を握り、千阿弥をうながして帰っていった。

さっそく宿所の部屋ごとに火鉢を入れ、大鍋に薬草粥《やくそうがゆ》を煮て皆にふるまった。米を売った銭で酒も買い入れ、一人一合ずつふるまった。

寒さと栄養不足に悩んでいた家臣たちは生き返ったように元気になり、義貞が人屋に入れられて助かったと言い合ったのだった。

翌日、再び来客があった。

詮議の場で証言してくれた青木左馬助が、主人の世尊寺行尹からの礼物《れいもつ》として扇を一本とどけたのである。

薄紫の地に銀箔を散らした扇には、見事な字で信義礼智信の五文字が記されていた。

「行尹卿は是非とも新田さまにお目にかかり、直々にお礼を申し上げたいとおおせでございます。明日の午の刻（正午）、晴明《せいめい》神社におこしいただけないでしょうか」

「何ゆえ神社に？」

「明日は境内で御火焚《おひたき》祭りがおこなわれます。めでたい日ゆえいかがかと」

「姫君も一緒ですか」

あれは宣子ではないかという思いを、義貞は捨てきれずにいた。

「もちろん同席なされます。助けていただいたのは姫君ですから」

「分かりました。贈物に感じ入ったとお伝え下さい」

義貞は訪ねる約束をして左馬助を帰したが、義助が異をとなえた。

「兄者、出かけるのはやめて下され」

「どうして」

「世尊寺家をさがすために、堀口十三郎にいろいろと調べさせました。どうやら六波羅に目をつけられている家のようでございます」

「そういえばあの備中は、行尹卿が誰かと密会していると言っていたな」

「先帝に心を寄せておられるのでしょう。行尹卿は先帝の書道の師をつとめておられたそうですし、兄の行房《ゆきふさ》卿は先帝と共に隠岐に流されておられます」

晴明神社で会うのも六波羅の目をさけるためにちがいない。そんな物騒な方々と会ってはどんな責めを受けるか分からないと、義助は兄の無謀をいさめようとしたのだった。

翌日約束の時刻に、義貞は一条戻り橋の側の晴明神社を訪ねた。

陰陽師《おんみょうじ》として知られた安倍晴明をまつったもので、世尊寺行尹の屋敷のすぐ東に位置していた。

一の鳥居には星を象《かたど》った晴明紋を高々とかかげてある。真っ直ぐにつづく参道は、御火焚祭りの参拝客であふれている。

祭りにあわせて市が立つので、道の両側には多くの商人が店を出していた。

義貞は供も連れていない。人混みにまぎれて本殿まで行くと、すぐに左馬助が迎えに来た。

「どうぞ。こちらでございます」

案内された拝殿の客間に、烏帽子、水干姿の世尊寺行尹が待っていた。五十がらみのふくよかな顔をした男で、品のいい細いひげをたくわえていた。

「大番役、新田義貞でございます」

義貞は敷居際で神妙に名乗った。

都の公家に会うのは初めてで、どんな対応をしていいか分からなかった。

「そんな所にかしこまらんと、奥にお入り」

行尹は気易《きやす》く声をかけ、娘を助けてもらった礼を言った。

「新田どのはお強いと、あれが感じ入っておりました。そやさかいどのような武士か会ってみとうなったんや」

「ご覧の通りの田舎者ゆえ、このような場所での作法も存じませぬ」

「ご足労いただいたんはこっちや。いつもの通りにしていただいてかまわへん」

「かたじけない。それでは」

膝をくずしてあぐらをかいた。

義貞の方が行尹よりひと回り大きかった。

「先日はかたじけのうございました。青木どのをつかわしていただかなければ、奸計《かんけい》によって罪に落とされるところでした」

「お宅の弟御が乗り込んできて、兄を助けてくれと懇願なされたんや。それに娘の房子《ふさこ》も、ここで知らんふりをするのは人の道にはずれる言うさかいな」

「娘御とおおせられると、あの車に乗っておられた」

「気性のきつい男まさりで困っとります。あの日も勝手に車を使《つこ》うて、あんなご迷惑をかけてしもた」

それならあれは宣子ではなかったのだと、義貞はようやく納得した。

「今日はそのお方も同席されると聞きましたが」

「あれが義貞どのに会いたい言うさかい、ご足労いただいたんや。午の刻までに来る言うとったけど、どうしたんやろな」

外に出て様子を見てくるように左馬助に命じた。

「ところであの扇、気に入ってくれはったか」

「見事な書で感服いたしました。あの五文字を手本に精進したいと存じます」

「どこかで孔子を学ばはったようやな」

「鎌倉にいた頃、安藤入道聖秀どのに手ほどきを受けたばかりでございます」

「聖秀どののなら、余も南禅寺《なんぜんじ》で会《お》うたことがある。一山一寧さまのお弟子の一人や」

「さようでございます」

「そんなら義貞どのも、朱子の教えに傾倒してはるんか」

「そうありたいと願っています」

「それで義を見てせざるはと言わはったんやな」

行尹は義貞がそう言ったと房子から聞き、あの五文字を記した扇を贈ったのだった。

「御前さま、房姫さまがお着きになりました」

左馬助が房子を案内した。その後ろに蓮華笠《れんげがさ》をかぶった修験者が従っていた。

房子は間近で見ても宣子と瓜二つで、背格好もほぼ同じである。修験者は赤黒く陽に焼けた、足腰の強そうな背の高い男だった。

「どうした。遅いやないか」

行尹が叱りつけた。

「すみません。新田さまにご賞味いただこうと、聖護院の酒を求めに行っておりました」

「そちらは？」

「聖護院の山海坊さまです。今日は火焚の役をつとめられるというので、一緒に参りました」

「こちらは新田義貞どの。八幡太郎義家公のご正統や」

「この間は危ういところを助けていただき、ありがとうございました。お陰さまで辱《はずかし》めを受けずにすみました」

房子が指をついて深々と頭を下げた。

仕草ばかりか髪の結い方や体付きまで宣子によく似ている。

義貞は背中に爪を立てて歓《よろこ》びの声を上げる宣子の姿を思い出し、目のやり場に困って顔を伏せた。

「房子は内侍司《ないしのつかさ》として先帝に仕えていたんや。じきに勾当《こうとう》の位に上がるはずやったけど、あないなことになってしもたさかいな」

後宮におることもできんようになってしもたと、行尹が娘の挫折を悔やんだ。

「お父上、お嘆きになることはありませんよ。先帝のお考えは正しいのですから、神仏のご加護がきっとあるはずです」

房子は左馬助に酒肴の仕度を申し付けた。

いつの間にか山海坊は姿を消している。義貞は何か妙だと思いながらも、行尹らの接待を受けることにしたのだった。


酒宴を終え義貞が帰った後も、行尹はなおしばらく一人で酒を飲みつづけた。

聖護院は上等の酒蔵を持っているので、さすがに一味ちがっていた。

先帝が配流になって以来、世尊寺家は逼塞《ひっそく》を余儀なくされている。

行尹も房子も内裏への出入りをさし止められているし、兄の行房は先帝に連座して隠岐に流されている。

この状況を打開して家運を盛り返すには、先帝に心を寄せる者たちと力を合わせて幕府を倒すしかないのだった。

（しかし、はたして……）

それでいいのかどうか行尹には自信がない。

兄のように先帝に心酔しているわけではないし、あのように極端なお考えでは世の中を統《す》べることは難しいのではないかという懸念もある。

だが今の幕府がつづくかぎり、行尹が世に出る道は永遠に閉ざされるのだった。

「お父上、もう少しいかがですか」

房子がめずらしく酒を勧めた。

「もう充分や。これ以上過ごしたら眠うなる」

「あのお方を、どうご覧になりましたか」

「新田か」

「はい」

「山の獣のような良さがある。戦をさせたらさぞ強かろう」

「七人の捕り方を、あっという間に打ち倒してしまわれました。栗山備中という大兵《だいひょう》は、あのお方ににらまれただけで腰を抜かしましたのよ」

「さようか。えらいご執心やな」

「あのような殿方は、都にはおられませんもの。保身に汲々として右往左往する方々ばかり」

房子は一目で義貞に惚《ほ》れ込んでいる。瞳が生き生きと輝き、肌までが艶を増したほどだった。

「山海坊、そちはどう見た」

「頼り甲斐《がい》のある御仁と存じます」

山海坊がふすまを開けた。

彼が来たのは偶然ではない。義貞の人品骨柄をはからせるために行尹が呼んだのだが、さっきはわざと初対面のふりをしたのだった。

「わしかてそう思う。家柄も由緒あるよってな」

「ただひとつ、気になることがございます」

「何や、言うてみい」

「今では新田宗家は没落し、分家の岩松や世良田に後れを取っております。その岩松家の当主である経家なる者が、先日聖護院を訪ねて参りました」

鎌倉のさるお方の使いで来たもので、畿内の情勢を逐一教えてほしいと、礼物二十五貫を置いていったという。

「誰や。さるお方とは」

「名前は出しませんでしたが、おそらく足利あたりかと」

「そんなら足利も、模様をながめているということやな」

「勝てると見たなら、幕府に弓引くつもりでございましょう」

「面白い。何しろ足利は幕府の重鎮やさかいな」

急に目の前が開けたようで、行尹は酒をもう一杯飲むことにした。

「河内からも知らせがございました」

「いよいよ動くか」

「楠木正成と護良親王が紀伊、大和、河内の身方をつのり、今月中にも兵を挙げるとのことでございます」

「数は？」

「おそらく三千ばかりでしょう。されど播磨《はりま》の赤松円心《あかまつえんしん》、伯耆《ほうき》の名和長年《なわながとし》も同心しております。名和が身方につくのなら、先帝を隠岐からお救い申し上げることもできましょう」

「そうですとも。帝がおもどりになりさえすれば、皆がなだれを打って身方に参じます。世の中は変わりますよ」

その時には勾当内侍となって帝を支えますと、房子が夢見るような目で彼方をあおいだ。

「それではこれでご無礼します。そろそろ御火焚祭りが始まりますので」

「ご苦労。盛大に火を焚くんやで。我らの勝利を祈念してな」

行尹は興に乗って房子に酒を勧めた。

世尊寺家が時代の表舞台に飛び出す日が、間近に迫っている気がした。

第四章　大塔宮護良

元弘三年（一三三三）の年明け早々、京都は厚い雪におおわれた。

元日、二日と雪が降りつづき、洛北の山間部では六尺（約百八十センチ）、洛中でも三尺の雪が市街をおおった。

三日は六波羅探題で新年の顔合わせがおこなわれる。

例年はそれぞれが手勢をひきいて参集し、勢揃えをおこなっていたが、雪のために大将格の者だけが集まることになった。

新田荘からは新田小太郎義貞と岩松経家、世良田兵庫助が従者二名をつれて六波羅に行く。義貞の供は弟の脇屋義助と執事の船田入道義昌がつとめた。

都大路も雪におおわれているが、町衆が朝早くから表に出て、人が通るところだけは踏み固めている。住民一丸となったこうしたおこないは、長年内裏がおかれた都ならではのものだった。

義貞らは馬の足がすべらないように馬草鞋をはかせ、並足《なみあし》で慎重に進めていった。

あたりは一面の銀世界で、雪がぶ厚く積もっている。戦で焼かれた家も行き倒れて腐肉となった者たちも雪の下に隠れ、都は清らかに静まりかえっていた。

「雪も案外いいものだな。みそぎをしたような清々《すがすが》しい気分になる」

義貞は誰にともなく語りかけた。

新田荘は赤城おろしの冷たい風が吹きつけるが、雪はそれほど積もらない。町全体が雪におおわれるのを見るのは初めてだった。

「しかしこれでは米も野菜も底をつきましょう」

路上に屯《たむろ》していた貧民はどうしただろうと、義助が案じ顔であたりを見渡した。

「そうだな。食べる物もなく凍え死んだかもしれぬ」

そういえば骸《むくろ》をあさっていた犬も姿を消している。こうした場合にはどこかに身を隠す知恵があるのかもしれなかった。

六波羅北の大広間には、北条越後守仲時、糟谷三郎宗秋をはじめ、要人たちがずらりと並んでいた。

大番役の大将である大仏高直は北に配属されたので、義貞らもこれに従っていた。

「皆の者、出仕大儀である」

仲時がねぎらいの言葉をのべ、検断の糟谷宗秋が最近の政情について語った。

「すでにお聞き及びと存ずるが、昨年の十一月に大塔宮護良が吉野で、楠木正成が河内の千早城《ちはや》で兵を挙げ申した。これには大和、紀伊、河内の悪党や土民が加わり、三、四千人ばかりの勢力になっております」

初めはさしたる力もあるまいと高をくっていたが、大塔宮の兵は大和川《やまとがわ》を船で下って山崎にまで姿を現わし、正成らも赤坂城を奪回して泉州の堺まで兵を進めているという。

「これを討伐するように現地の守護や地頭に命じておりますが、あの者たちは山に隠れ野に潜み、下賤《げせん》の輩を身方に引き入れて意表をついた攻撃を仕掛けて参りまする。しかも修験者や山の民を使って遠方との連絡を取り、次第に勢力を拡大しつつあるので、このまま放置すれば容易ならぬことになると存じまする」

六波羅や幕府がもっとも恐れているのは、大塔宮や正成が隠岐に流罪になっている後醍醐天皇と連絡を取り合って事を起こすことである。

そうなる前に芽をつもうと、関東から大軍を上洛させて鎮圧にあたることにしたのだった。

「長崎四郎左衛門《ながさきしろうざえもん》どの、阿曽弾正《あそのだんじょう》どのが率いる三万余の軍勢が、一月十日か十一日には上洛する予定でござる。さすれば六波羅からも三万余の軍勢を出し、河内、大和攻めに向かうこととなり申す」

これには大番役の方々にも加わってもらうので、その心積もりでいてほしい。宗秋はそう言い添えて話を終えた。

つづいて酒肴が出され盃事になった。

仲時が口をつけた盃を皆に回して結束を誓う。これがひと回りするごとに料理の膳を替え、三度回した後に無礼講とするのが酒席の作法だった。

上等の酒に心地よく酔って馬屋に向かっていると、六波羅南の政庁から赤ら顔で出てくる武士の一団があった。

先頭の男に見覚えがある。南の検断である隅田次郎左衛門通治で、横には六尺豊かな栗山備中が従っていた。

「兄者、別の道を参りましょう」

義助が面倒に巻き込まれるのを避けようとした。

「なあに構わねえよ。悪いのはあっちだと、詮議の席で明らかになったじゃねえか」

義貞は構わず歩を進めた。

向こうは二十人ばかりで、通り一杯に広がって歩いてくる。義貞は義助と義昌を従えて通りの真ん中を歩き、ほどなく隅田通治と角突き合わせた。

通治は義貞の顔を覚えていて、そこをどけとばかりににらみつけた。

義貞は涼しい顔で立ちつくしている。

「貴様、我らを愚弄するか」

相手の従者の一人が喰ってかかった。

「そんなつもりはねえよ。馬屋に馬を取りに行っているだけだ」

「ならばなぜ道の端を通らぬ。こちらは隅田次郎左衛門さまだぞ」

「あいにくここは天下の公道だ。互いに左にゆずり合うのが礼儀だろ」

「おのれ、先日の詮議を根に持って」

我らに喧嘩《けんか》を売るつもりかと刀の柄に手をかけた。

同僚が五、六人、いつでも相手になるとばかりに前に飛び出してきた。いずれも鋭い目付きをした屈強の男だった。

「待たれよ。今日は新年の祝いでござる」

栗山備中が割って入った。

「栗山どの、臆されたか」

「もともと貴殿がまいた種ではないか」

郎従たちが数を頼んではやり立った。

「そうではない。それがしのせいで方々に万一のことがあってはならぬゆえ申しておる」

備中は四尺の大業物を右手一本ですっぱ抜き、左手に鞘を持ち道の真ん中に立って仕切りになった。

「方々は我が前を、新田どのは後ろを通られよ。さすれば問題ござるまい」

備中は大真面目に交通整理にあたっている。

これには隅田も郎従たちも毒気を抜かれ、言われるままに通りすぎていった。

「備中さんよ。すまねえな」

義貞もおとなしく矛をおさめた。

「先日は迷惑をかけ申した。一度はご挨拶申し上げなければと、寝覚めの悪い思いをしていたのでござる」

備中はあごの張ったいかつい顔にはにかんだ笑みを浮かべ、刀をおさめて皆の後を追っていった。


一月十一日、長崎と阿曽がひきいる関東の軍勢が予定通り上洛してきた。

騎馬一万、従者、郎党、戦場人足を合わせれば三万五千にのぼる大軍である。

六波羅では彼らの宿所とするために鴨川東岸に陣小屋を建てたが、それだけではとても間に合わない。洛中の寺や神社に触れを出して、軍勢を受け入れさせるしか手がなかった。

この頃の洛中の人口はおよそ十万。ここに窮民が流れ込んだり大番役が駐留して十五万余にふくれ上がっている。

そこに新たに三万五千が加わったのだから、食糧や薪の不足は深刻になるばかりだった。

翌日、四条坊門の宿所にめずらしい客が訪ねて来た。

「兵庫助、兵庫助ではないか」

玄関口に出た義貞は、驚きと喜びの声を上げた。

少年の面影の残る丸い顔をした若武者は、名越《なごし》兵庫助貞持《さだもち》。北条一門である名越遠江《とおとうみ》入道元心《げんしん》の甥だった。

「義貞どのお久しゅうございます。このたび伯父の供をして上洛しましたので、ご挨拶にうかがいました」

「宿所はどこじゃ」

「伯父とともに東寺《とうじ》におります」

「白菊《しらぎく》は元気か」

「はい。道中大過なく」

「山風が喜ぶぞ。早く会わせてやりたいものだ」

白菊は兵庫助が乗る牝馬《ひんば》である。

その名の通り優雅な姿をした白馬で、山風は鎌倉の馬場でひと目見た途端に惚れ込んでしまった。

乗馬の稽古に出ているのに、用もないのに白菊の方に寄っていく。

義貞は仕方なく兵庫助に側に寄らせてくれと頼み、一緒に稽古するようになったのだった。

「山風も相変わらず元気でしょうね」

「それが都の空気が性に合わないようだ。近頃は妙に苛立《いらだ》っている」

「それは何となく分かりますね。雪隠《せっちん》（便所）にでも押し込まれたような気がします」

狭くて汚いと、兵庫助は遠慮のないことを言った。

「おいおい。帝のおわす都だぞ」

「関東の軍勢が上洛したせいかもしれませんが、そこら中に糞《ふん》が落ちて嫌な臭いがします。死人《しびと》も多いようですし、ここに来る時に犬を狩っている者たちを見ました」

「犬追物《いぬおうもの》か」

「いいえ。困窮した者たちが四方から犬を追い詰めて殴り殺しているのです。食べるためにそうしていると、供の者が教えてくれました」

野良犬が屍《しかばね》を喰い、その犬を生きている者が喰らう。そうしなければ生きていけないほど食糧が欠乏していた。

義貞は兵庫助を部屋に上げ、火鉢の側で粥をふるまった。米も炭も粟田口のひげ熊がとどけてくれるので、不自由なく冬を過ごすことができていた。

「お聞きになりましたか。河内の悪党らが、摂津《せっつ》の天王寺のあたりを荒らし回っているそうです」

「うむ。頭の楠木正成は、なかなかの戦上手らしいな」

「六波羅は隅田次郎左衛門どのを大将とする五千の兵を送って討伐することにしたそうです」

「検断の隅田か」

「ご存じですか」

「ちょっとした縁があってな。しかし、あんな底の浅い野郎じゃ、いくら兵を連れていっても物の役には立つまい」

義貞の予感はほどなく的中した。

隅田らは河内の守護代と協力して楠木勢を南北からはさみ撃ちしようとしたが、正成の巧妙な用兵に翻弄されて犠牲者を増やすばかりだった。

「正成の軍勢は地から湧くように現われ、霞《かすみ》のように消えていく」

そんな噂を聞くと、義貞はどんな戦をするのか自分の目で確かめずにはいられなくなった。

さっそく六波羅に行き、河内まで敵情視察に出たいと大仏高直に申し出た。

「やがて我らも戦う相手。どんな戦をするのか、この目で見届けてきたいと存じます」

「さようか。して、軍勢はいかほど必要だろうか」

高直は快く申し出を認めた。

「軍勢は不用です。俺の手下を十騎ばかり連れていきます」

「それでは万一の時に後れを取ろう」

「戦に加わるわけではありません。あくまで物見にとどめますので」

「ならば良いが、くれぐれも用心してくれ」

万一の時にはこれを使えと、高直は六波羅探題の手形を渡した。

これがあればどこにでも入れるし、関所も自由に通れるのだった。


一月十四日の夕方、義貞は義助、義昌らと共に摂津の四天王寺に着いた。

寺の北側は門前町になっていて、参拝客を泊める旅籠が軒を並べている。

そのうちの一軒で堀口十三郎と待ち合わせた。

「隅田どのの軍勢は堺での合戦に打ち負け、寺の西側の堺筋に陣をひいておられます」

十三郎はひと足先に摂津に乗り込み、配下の忍びを使って戦況を調べていた。

「楠木勢の人数は？」

「二千とも三千とも号しておりますが、騎馬は五百ほどしかおりません。後は馬借や車借、船方《ふなかた》などの雑兵ばかりでございます」

「そいつらが結構強いんだろう」

「半弓《はんきゅう》と槍《やり》を使います。いずれも正成が工夫したものだそうです」

半弓は弦《つる》の長さが三尺（約九十センチ）ばかりだが、弓は木と竹を張り合わせた三枚打ちの強弓である。持ち運びに便利で馬上でも使えるし、射程距離も通常の弓と同じくらいある。

槍は竹竿の先に鎧通しを突っ込んだだけのものだが、無類の強さを発揮するという。

「なるほど。新しい武器を工夫するとは、東国武士には真似のできねえ考え方だな」

「配下の雑兵を生かすための工夫でしょう。山中での戦にも向いているようです」

「それで楠木はどうする。兵を進めるつもりか」

「明日にも攻め寄せて参りましょうが、平野での戦なら数に勝る隅田勢が有利ではないでしょうか」

「高みの見物といきたいものだな。その様子を」

義貞はあたりを見回したが、あいにく見晴らしのいい場所はなかった。

「仕方がねえ。あの塔に登らせてもらうか」

「とんでもない。あれは聖徳太子が建立なされた五重の塔ですよ」

許してもらえるはずがないと、義助が眉をひそめた。
「幸い大仏どのから探題の手形を預かってきた。供養のために掃除をさせてもらいたいと言えば、何とかなるだろうよ」

翌朝、義貞と義助、義昌の三人は、五重の塔の四階に登り、戸を開けてまわりの状況をながめた。

隅田勢五千は堺筋の両側に陣幕を張り、南に向かって三段の陣をしいている。北上してくる楠木勢をここで迎え討つ構えだった。

一方の楠木勢は四天王寺の五町ほど南に兵を集めている。白地に非理法権天《ひりほうけんてん》と書いた大旗と菊水《きくすい》の紋を描いた旗を十本ばかり押し立てているが、兵の数は一千ばかりだった。

堺筋の向こうには冬枯れの蒲《がま》が朽ちて立つ湿地が広がり、いくつもの川が蛇行しながら流れて難波《なにわ》の海にそそいでいる。

目を北に転じると淀川《よどがわ》が満々と水をたたえて流れ、中之島《なかのしま》をはじめとするいくつもの中洲《なかす》を作っている。

中之島の渡辺《わたなべ》には舟橋がかけられ、北岸へ抜ける唯一の通路になっていた。

空には鉛色の重たげな雲がたれこめ、今にも雨が降りそうである。冷たい北風が摂津の平野を吹き抜け、両軍の旗を勢い良くなびかせていた。

「隅田どのは、なぜ攻めかからぬ」

　勝機は今だと、義貞は思った。

　この北風を利して風上から矢を射かければ、一気に楠木勢を追い払うことができるはずだった。

「楠木勢はあまりに無防備に屯しております。何か罠《わな》を仕掛けているのではないかと、警戒しておられるのでございましょう」

　義助が北側の戸を閉めた。

　そうしなければ吹き込む風に足が凍えるのだった。

「楠木は何を狙っている」

「風がやむのを待っているのでございましょう」

「他に兵を伏せている様子はないな」

　義貞はあたりを見回した。

　正成は敗走するふりをして敵を誘い出し、森や草むらに兵を伏せて不意をつく戦法を得意とする。だが堺までつづく道の両側には、それらしい気配はなかった。

　やがて暗い空に稲妻が走り、雨が降り出した。大地を叩く激しい雨に視界が白く閉ざされる。

　これでは戦えぬとみたのか、楠木勢は堺に向かって退却を始めた。三百騎ばかりが殿《しん》軍《がり》に残り、敵が追撃してきた場合にそなえている。

中央にいる緋縅の鎧を着た武者が正成にちがいない。

ひときわ大きな栗毛の馬に乗り、来るなら来いとばかりに隅田勢をにらみすえていた。

「隅田はなぜ攻めぬ。今なら楽に討ち取ることができるだろうに」

「威にすくんだとしか思えませぬな」

執事の義昌が歯がゆそうに吐き捨てた。

ところが隅田勢は正成に臆したのではなかった。急な雨を厭《いと》って戦意を失ったのである。

大事な鎧や鞍が濡《ぬ》れると後の手入れが大変なので、大将格の者たちは濡れないように通りぞいの家の軒下に入っているし、馬から鞍をはずしている者もいる。

弓の弦が伸びないようにはずす郎従や、刀や長刀《なぎなた》を袋に入れている雑兵もいた。

正成が狙っていたのはこの隙だった。退却するふりをして隅田勢の油断をさそい、陣幕の北側に伏せていた兵をいっせいに起こした。

百姓家や鎮守の森などに身を隠していた三百人ばかりが、半弓と槍を手に、隅田勢に襲いかかった。

いずれも胴丸しかつけていない雑兵だが、足腰がめっぽう強い。まず半弓の者が矢を射かけ、陣形が乱れたところに槍の者が突っ込んでいく。

隅田勢が反撃に出るとさっと下がり、矢をつがえた半弓の部隊が前に出る。見事なばかりの連携で隅田勢を押しまくる。しかも鎧兜をつけた大将格の者を真っ先に狙い、名のある者を五、六人ばかり討ち取った。

ところが隅田勢は十五倍以上の大軍である。奇襲の動揺から立ち直ると、鶴翼《かくよく》の陣形に開いて敵を押し包もうとした。

楠木勢はこれを察し一目散に逃げ出した。統制も殿軍もない。蜘蛛《くも》の子を散らしたようにバラバラになって逃げていく。

大将格の者たちを討たれた隅田勢は、怒りと復讐心《ふくしゅうしん》に燃えて攻めかかっていく。これも指揮も統制もない追撃で、軍勢は平野の中に放射状に広がっていった。

「いかん。罠だ」

義貞が叫んだ直後に、堺に向かって退却したはずの楠木勢が姿を現わした。いつの間にか二千ちかくに数を増やし、中央と左右の三隊に分かれて隅田勢に攻めかかっていく。

騎馬を先頭にした中央の隊が隅田勢の本隊を打ちくだき、左右の隊が放射状に追撃していた者たちを外から包み込もうとする。

数では優位の隅田勢も後ろから追われる恐怖に浮き足立ち、我先にと渡辺の舟橋を渡って逃げようとした。

小舟を連ねて作った幅二間（約三・六メートル）ばかりの橋を、三列四列になって渡ろうとする。

ところが先頭の者が中之島に着こうとした時、先回りしていた楠木勢が矢を射かけ、隅田勢がひるむ間に舟橋を固定していた綱を切った。

舟橋の先はゆっくり下流に向かって流れ始めたが、それを知らない後方の者たちは橋に乗った者を押しのけ突きのけして前へ進もうとする。

このため川に落ちて溺れる者が続出し、流されていることに気付いた者も引き返せないまま川に落ちていった。

溺死した者一千余。討ち取られた者を合わせると二千以上の甚大な被害だった。

渡辺の水いかばかり早ければ

高橋落ちて隅田流るらん

京童《きようわらわ》がそう歌ってはやしたのはこの時のことである。

隅田次郎左衛門は橋のたもとで兵を集め、淀川ぞいに北に向かって敗走し始めた。これを追って殺到する楠木勢を、殿軍の一隊が食い止めようとした。

中でもひときわ背の高い紺糸縅の鎧を着た武者の働きは凄《すさ》まじい。四尺の大太刀を右手一本で振り回し、楠木勢を次々になぎ倒していった。

「あれは備中じゃねえか」

義貞は目をみはった。

栗山備中が三十人ばかりの手勢とともに、隅田を逃がすために奮戦しているのである。助かる気がないことは、退路など眼中にない戦ぶりを見れば明らかだった。

それにしても強い。

鍬形をつけた兜をかぶった備中は、他の兵たちの二倍ほどにも見える。鮒の群れを泳ぐ鯉《こい》のようで、刀をひと振りするだけで四、五人が打ち倒されていく。

兵たちは槍や刀を構えたまま、および腰で遠巻きにするばかりである。半弓で矢を射かけても、備中はびくともしない。

よほど厚い鎧を着ているのか、針ねずみのように矢が突き立っても裏まで貫いたものは一本もなかった。

それでも楠木勢は数に物を言わせて次々と襲いかかっている。備中の配下は少しずつ討ち減らされ、わずか五人になっていた。

「行くぞ、小次郎」

「兄者、まさか」

「あいつを死なせるわけにはいかねえ。道を分けてもらった恩義がある」

義貞は五重の塔を駆け下り、境内につないだ山風に飛び乗った。

鎧もつけていないのだから、危ないことこの上ないが、委細かまわず楠木勢の中を駆け抜け、渡辺橋のたもとまで出た。

「待て待て」

馬上から一喝すると、楠木勢はきょとんとした顔をしておとなしくなった。

「この御仁は縁ある方ゆえ、新田小太郎義貞がいただいていく。楠木どのにさよう伝えよ」

そう言うなり備中に手をさし伸べた。

「乗んな。山風なら大丈夫だ」

「配下の者たちを置いていくわけには参り申さぬ」

「心配ねえよ。俺の家来がひろってくれる」

有無を言わさず備中を馬上に引き上げ、淀川ぞいの道を北に向かった。

雨はいつの間にか上がり、雲の切れ間から青空がのぞいていた。

一月二十五日、義貞らに出陣命令が下った。

新田荘の二百騎は大仏高直の指揮下に属し、楠木正成がこもる千早城の攻撃に向かえというのである。

この方面の大将は幕府の内管領《うちかんれい》である長崎四郎左衛門で、総勢は二万にのぼる大軍だった。

新田勢の指揮をとるのは宗家の義貞ではなく、足利高氏の後ろ楯を得て兵部権大輔に任じられている岩松経家である。

これには義貞は大いに不満だったが、幕府での地位は経家の方が上なのだから命令に従うしかなかった。

攻めるのは千早城ばかりではない。

支城の赤坂城には阿曽弾正時治《ときはる》がひきいる二万が、大塔宮護良親王がこもる吉野には二階堂道蘊《にかいどうどううん》がひきいる八千が向かい、三方から一時に攻めかかる計略だった。

一月二十九日、阿曽弾正の軍勢を先頭に、五万ちかくもの大軍が都を発して河内、大和へ向かった。二番手は二階堂、最後に長崎の軍勢である。

この日の長崎四郎左衛門の装束は、紫裾濃《むらさきすそご》の鎧に白星を打った五枚兜をかぶり、銀のみがき付けのすね当てに、金作りの大小をはいた華々しいものだった。

一行は摂津を南に下り、大和川ぞいの道をさかのぼり、支流の石川ぞいの道に入った。川にそって二上山《にじょうさん》から金剛山《こんごうさん》へとつづく山脈が走っている。千早城は金剛山の西のふもとにある山城で、つづら折りの険しい道を延々と歩かなければならなかった。

途中から獣道のように狭くなるので、馬も乗り入れられず荷車も使えない。行軍というよりも登山といった方がふさわしい道中だった。

義貞は自分で鎧櫃を背負って黙々と歩いた。足軽には武器を、人足には兵糧を運ばせているので、鎧は銘々持ちにしたのだった。

(いったい何のために)

山岳での戦が苦手な東国勢が、地形も分からぬこんな山まで入り込まなければならないのか。義貞には理由が分からない。

山城にこもっていては敵は何も出来ないのだから、ふもとに付け城をきずいて出て来るのを待てばいいのである。

(これでは楠木に、まんまと誘い込まれたようなものだ)

その予感が正しかったことを、義貞は千早城のふもとに立って痛感した。

城は金剛山から延びる支脈にきずかれ、三方に深い谷が走り、北東側だけが細い尾根の道で金剛山とつながっている。

これでは二万の軍勢といえども、一度に攻めかかることは不可能だった。

しかも山中にはまだたっぷりと雪が残り、身を切るように冷たい風が吹き抜けていく。薪を手に入れるのも容易ではなく、戦が長びくほど窮地に追い込まれるのは目に見えていた。

着陣の翌日、支脈の先端にある千早城の四の丸で評定《ひょうじょう》が開かれた。

四の丸は東西八十間（約百四十四メートル）、南北二十間（約三十六メートル）ほどの広さを持つ平坦な曲輪《くるわ》で、三の丸との間は幅十五間（約二十七メートル）ほどの巨大な堀切によってへだてられていた。

正成は四の丸にも守備兵を置いていたが、長崎勢に攻められるとさしたる抵抗もせずに堀切にかけた橋を渡って三の丸まで退却したのだった。

評定は陣幕の内でおこなわれた。年若い長崎四郎左衛門の両脇には大仏高直と名越遠江入道が補佐役として控えている。

高直の横には幕府から軍奉行に任じられた佐々木道誉《ささきどうよ》が入道姿で着座していた。近江の北半国を領する近江源氏の名門である。

義貞ら国人《こくじん》領主三十人ばかりは、地べたにあぐらをかいて尻の冷たさに耐えていた。

「千早城の構えはご覧の通りでござる。これをどう攻めるか、皆様方のお知恵を拝借したい」

四郎左衛門が語りかけたが、皆が互いの顔をうかがって黙っていた。

「恐れながら申し上げまする」

名越遠江入道が口を開いた。

「敵はわずかに五百ばかりでござる。堀切は深く山は険しいといえども、四方から攻めれば雑作もなく落とすことができましょう」

「さよう。この山中で長期の滞陣になれば、身方の負担が大きくなるばかりでござる。力攻めにして一気に決着をつけるべきと存ずる」

高直が遠江入道の後押しをした。

四の丸からは千早城のほぼ全容が見える。あれくらいの小城などすぐに落とせると、坂東武者の多くは甘く考えていた。

「いや、それはどうかな」

道誉が異をとなえた。

力攻めにしたなら正成の思う壺《つぼ》である。ここに幕府の大軍を引きつけたのも考えあってのことなので、どんな仕掛けをしているか分からない。

それゆえ金剛山との連絡を断ち、兵糧攻めにするべきだという。

「さすれば吉野も赤坂もやがて落ち、降伏するしかなくなりましょう。短気は禁物でござる」

「それでは阿曽どのや二階堂どのに後れを取ることになる」

身方の働きを当てにするなど坂東武者の名折れだと、遠江入道が反論した。

「新田どのはどう思われますか」

遠江入道の側に控えた名越兵庫助がたずねた。

「俺かい。俺は佐々木どののおおせの通りだと思う」

　摂津まで進出していた正成と大塔宮は、申し合わせたように兵を引いている。これは幕府の大軍を引き込むためとしか思えなかった。

「だから東西に一千ずつばかり兵を配して城を封じ、残りはふもとに下りて異変に備えておけばいいんじゃないかね」

「ほほう。東国にもかような方がおられるのでござるな」

　道誉が相好をくずして義貞を見た。

　愛想のいい口ぶりとは裏腹に、瞳の底には冷たい光が宿っていた。

「確かにあの城にどんな仕掛けがしてあるか分からぬうちに攻めかかっては、不覚を取るかもしれませぬ。しばらく物見の兵を出して、様子をうかがうことにいたしましょう」

　大将の四郎左衛門の決断で、四の丸には押さえの兵を交代でおき、他の軍勢は支脈のふもとに陣小屋を作って滞陣することになった。

　ふもとは四の丸より四十丈（約百二十メートル）ほど標高が低い。しかも谷の底で風が当たらないので、寒さはいくらか楽である。

　義貞らは近くの山から木を切り出し、掘っ立て柱の陣小屋をいくつも作った。屋根をふく板がないので、松や杉の枝をならべて雨をよけられるようにする。

二万の軍勢が同じように陣小屋を建てるので、方々で松や杉の枝の奪い合いが起こるほどだった。

数日後、堀口十三郎がもどってきた。

義貞に命じられてあたりを踏査し、城の見取り図を作ってきたのである。

「これが北谷、こちらが風呂谷《ふろんだに》、そして我らが今いる妙見谷《みょうけんだに》はここでございます」

十三郎が図面を指さしながら、聞きしに勝る手強い構えだと言った。

この城の強みは天然の要害だということばかりではない。大和国五条と河内国富田林《とんだばやし》を最短で結ぶ千早街道がふもとを通っているので、どちらにもにらみをきかせられるし、軍事物資の補給も容易だった。

「ということは、城内にかなりの兵糧をたくわえているな」

「戦仕度も万全と見なければなりますまい。楠木の配下には山の民が多いので、尾根の道を通って連絡を取り合っているものと思われます」

「だからこんな所まで攻め寄せるのは間違っていると言ったんだ。今のうちに山を下りねえと、楠木に足元をすくわれるぜ」

「それがもう手遅れかもしれません」

「どうした」

「ここに来る途中で聞いたのですが、四の丸の警固にあたっていた名越勢に楠木が奇襲をかけ、旗や陣幕を奪い去ったそうでございます」

「それでは名越の面目は丸潰れじゃねえか」

「遠江入道どのは激怒され、全員討死してもこの恥をすすげと命じられたとか」

それは楠木方の挑発だろうと案じていると、夕方になって名越兵庫助が血の気の失《う》せた険しい表情で訪ねてきた。

「もうご存じのようですね」

兵庫助は義貞の様子を見てそう察した。

「聞いたよ。寝込みを襲われたそうだな」

「一昨日、当家の家臣五百人ばかりが、四の丸の警固にあたっていました。決して油断したわけではないのでしょうが」

あの日は夜半から雪になった。しかも四の丸は風に吹きさらされる。骨も凍るような寒さに耐えかねた兵たちは、胴丸をはずし体を寄せ合って陣小屋の中で暖を取ることにした。

そこを楠木勢に奇襲され、半数ちかくが討ち取られたのである。

「しかも敵は当家の紋をつけた旗や陣幕を奪い去り、城の大手にさらしているのでございます」

「それは惨《むご》いやり方だな」

「さんざん笑いものにした揚げ句、ここまで取りに来いと罵詈《ばり》雑言のかぎりを」

兵庫助は悔しさのあまり声を詰まらせた。

「それほど兵糧攻めがこたえているんだろう。挑発して戦に持ち込もうとしてるんだよ」

「それは分かっておりますが、このまま黙っているわけには参りません」

名越家ではそう決し、明日の辰《たつ》の刻（午前八時）に城に攻め入って恥をすぐことにした。死を決した戦なので、暇乞いに来たという。

「気持ちは分かるが、それで悔いはないのかい」

「坂東武者と名を取るからには、生き恥をさらすわけには参りません。それに敵はたった五百。我ら主従一千余が死力を尽くして戦ったなら、活路が開けるものと存じます」

「分かった。戦ぶりは見届けるから後のことは心配するな」

「かたじけない。お言葉に甘えて、もうひとつ頼みがあります」

もし我らが討死したなら、白菊を鎌倉へ連れ帰ってほしい。兵庫助はそう言うと、迷いが吹っ切れた晴れやかな顔で帰っていった。

これを見殺しにするのは忍びない。義貞は大仏高直の陣所を訪ね、どうにかならないだろうかと相談した。

「わしの所にも、遠江入道どのが城攻めの許可を求めに参られた。ところが道誉どのが、あくまで兵糧攻めを貫くべきだと言って許されぬのだ」

「それでも名越どのは強行されるつもりのようです。これをほうっておいては、武士の信義に悖《もと》りましょう」

「わしもそのように申し上げたが、長崎どのも道誉どのに理があるとおおせでな」

「ならば大番役だけで後詰めをしたらいかがでしょうか」

「そういうわけには参るまい」

「名越勢は全員討死の覚悟と聞きました。その決死の働きがあれば、城の備えを破ることができましょう。そこに後詰めの兵を次々にくり出せば、城を落とすことができると思います」

それが名越の覚悟を生かす道だと説いたが、高直はもう一度四郎左衛門と相談すると言うばかりだった。

名越勢の捨て身の攻撃は無残な失敗に終わった。

遠江入道は兵庫助を大将とする八百人に、堀切から三の丸に攻めかかるように命じた。これを楠木勢が防ごうとしたなら、堀切の際《きわ》に並べた二百の弓隊に射落とさせる。四の丸から三の丸までは十五間しか離れていないので、強弓をもって鳴る名越の弓隊なら充分に身方を援護できる距離だった。

ところがいざ戦が始まると敵と身方が入り乱れて戦うので、弓隊も矢を放つ決断をつけかねることになった。

しかも楠木勢は三の丸によじ登ろうとする名越勢に大木や大石を落としかけたり、燃えさかる松明《たいまつ》を投げかけたりする。

遠江入道は三の丸の板塀を焼き落とそうと火矢を射かけさせたが、この塀は見せかけのもので、内側には赤土でぬり固めた真新しい土塀があった。

そうと知らずに燃えさかる板塀を引き倒そうとしていた名越勢は、頃合いを見て板塀を切り落とした楠木勢の計略にはまり、後につづく身方ともつれ合って堀切の底に落ちた。

その上に炎に包まれた板塀が落ちかかり、たちまち灼熱《しやくねつ》の地獄と化す。しかも土塀に開けた狭間《さま》から楠木勢が矢を射かけたために、八百の兵の大半が討ち取られた。

残った弓隊も堀切に下りて捨て身の突撃を敢行したが、結果はさらに悲惨だった。遠江入道と兵庫助貞持は、すべてを見届けてから刺しちがえて自決したのだった。

義貞の進言を容れた高直は、名越勢が三の丸に攻めかかっている間に後詰めの兵を出すべきだと主張した。

ところが長崎四郎左衛門は名越の抜け駆けを許した覚えはないと突っぱねた。

もともと高直は大番役として上洛しているので、軍役としてやって来た四郎左衛門と

は考え方がちがう。そのちがいが高じて、互いの仲は修復できないほど険悪なものにな
った。
その結果大番役の兵は前線をはなれ、後方で兵糧の輸送や通路の警備にあたることに
なった。
千早城の大手は四の丸、搦手《からめて》は金剛山につづく尾根だが、その他にも三方の谷から城
へ上がる秘密の間道がある。
その道を発見して敵の補給を断とうと、三千ばかりの兵が監視にあたった。
義貞は妙見谷を抜けて大和へつづく千早街道の警備についていた。
千早川ぞいの道に関所をもうけ、通行する者たちを取り調べる。またこの道を通って
運ばれてくる兵糧を、身方の陣所まで運ぶ役目もになっていた。
「こんなことなら、石切り場の者たちを連れて来りゃあ良かったな」
力もあるし仕事にも慣れていると、義貞は愚痴をこぼした。
深い谷底での長い滞陣に息が詰まりそうだった。
「滅多なことを言われますな。陣小屋も建てられない所にやられた者たちもいるのです
ぞ。我らはまだいい方でござる」
義助が小声でたしなめた。
「そいつらはどうやって夜の寒さをしのいでいるんだい」

「仕方がないので、山に穴を掘って皆でちぢこまっているそうです」

「馬鹿な話さ。だからふもとで敵が出て来るのを待ってりゃ良かったんだ」

「殿、良からぬ噂を聞きましたぞ」

山中に攻め入るように幕府に進言したのは佐々木道誉らしい。義昌がそう言った。

「あの御仁は配下の馬借や船方を使い、兵糧の輸送を一手に引き受けておられるそうでござる」

「そんなら滞陣が長引くほど儲《もう》かるという訳かい」

「さよう。兵糧攻めを命じられたのはそのためだそうでござる」

「船田、口がすぎるぞ」

義助が厳しく制した。

この年は閏《うるう》二月がある。その一日《ついたち》、大塔宮護良親王がこもる吉野が、二階堂道蘊らの猛攻を受けて陥落した。

大塔宮は村上父子が身替わりとなっている間に脱出し、いずこへともなく姿を消した。

一方十一日には、後醍醐天皇方となって摂津の摩耶山《まやさん》に立てこもっていた赤松円心が、幕府軍三万を撃退し、都に向かって進撃を始めた。

そうした噂が街道を通る者たちからもたらされる。

そのたびに千早城を取り巻いている軍勢に少しずつ動揺が広がり、無断で陣を抜けて所領にもどる者たちが出るようになった。

こんな所に滞陣している間に、誰かに所領を奪われるかもしれないという不安は深刻で、幕府に咎められるのを覚悟して帰郷する者がいたのだった。

そんな時、周辺の探索に出ていた十三郎が千早城につづく間道を見つけたと報告に来た。

「忍びらしき風体の者が、妙見谷から城に向かって登っていくのを見かけました。そこで後を尾けたのですが」

城の間近で見失ったという。

「どんな様子だった」

「小袖に裁着《たつつけ》をはいて毛皮の袖なしを着ておりました。山の者かと思ったのですが、身のこなしが普通ではありません」

「その道は分かるんだな」

「途中までなら覚えております」

「よし。それなら調べに行ってみようじゃねえか」

義貞は山に慣れた者たちを十人ばかり選び、奥に分け入ることにした。

山の傾斜は下から見るよりいっそう険しく、大きな岩場が行く手をはばんでいる。そこをぬってつづら折りに折れながら先に進むものの、平坦な場所はまったくない。

しかも登るにつれて雪が深くなり、足を運ぶたびに膝くらいまでうまるので、体力の消耗も激しかった。

「足跡がまったくないが、この道でいいんだろうな」

義貞は立ち止まって念を押した。

「間違いありません。昨夜降った雪が足跡を消したのでしょう」

十三郎は迷いなく進んでいく。

やがて岩が庇《ひさし》のように突き出し、雪をよけている場所があった。しかも岩の下は洞《ほら》になって、清水がわき出していた。

「少しここで休もう。聞きしに勝る険しさだ」

皆が膝から下にこびりついた雪を払い、清水を飲んで喉をうるおした。

地中からしみ出した水は外の気温より温かく、口にふくむとほんのりと甘かった。

さて行こうかと腰を上げた時、頭上で物音がした。鳥かと思って見上げると、木の上で半弓を構えた者たちがあたりをぐるりと取り巻いていた。

十五人、いや二十人はいる。いずれも裁着をはき、毛皮の袖なしを着ていた。

「下がれ、洞の中へ入れ」

義貞は配下を下がらせて矢面に立った。

だがよく見ると洞の奥の薄暗がりにも、半弓を構えた五人が待ち伏せていた。

「観念なされよ。小太郎どの」

頭上で野太い声がひびき、岩の上から化鳥《けちょう》のような影が降ってきた。

鈴懸《すずかけ》の衣を着て頭襟《ときん》を巻いた男に見覚えがある。晴明神社の拝殿で会った山海坊だった。

「お待ち申しておりました。状況は分かっておられましょうな」

「どうやらお手上げのようだな」

「さよう。無駄な殺生をさせないでいただきたい」

「あんたの狙いは何だ」

「小太郎どのに会いたいというお方がおられる。一人で私の後についてきていただきましょう」

拒んだなら全滅するしかない。どうやら山海坊は義貞をおびき出すために、毛皮の袖なしの忍びを使ったようだった。

山海坊は先に立って山を下り始めた。

さすがに修験者だけあって、錫杖をうまく使いながら雪深い道を楽々と歩いていく。

義貞は山海坊が踏みしめた跡を歩こうとして、いつもより大股になってついていった。

やがて沢に下り、上りの道に入った。

「これを使われるがよい」

腰につけた樏《かんじき》を貸してくれた。

義貞が足につけるのを待って、前を悠然と歩いていく。後ろから斬りつけられるとは思ってもいないようだった。

金剛山につづく尾根が近くなると、雪はいっそう深くなる。だが樏の威力はたいしたもので、雪に足を取られることはなかった。

尾根からのながめは素晴らしかった。

東に大和の盆地が広がり、西に河内平野が難波の海までつづいている。

雄大な自然の中では千早城の曲輪がかすかにそれと分かるだけで、包囲している幕府軍の姿は木々にかくれてまったく見えなかった。

山海坊は金剛山を越え、さらに北へ向かっていく。尾根の道は思った以上に広く、平坦で歩きやすかった。

「どこへ行く。俺に会いたいという奴は誰だ」

義貞は少々疲れ始めていた。

「行けば分かります。あと一里ばかりゆえ、ご辛抱を」

水越峠《みずこしとうげ》をすぎると、道は葛城山《かつらぎさん》に向かって上り坂になる。胸の鼓動が激しくなるのに耐えながら歩いていくと、半里ほどで神社があった。

まるで到着を待っていたかのように空が晴れ、社殿の屋根に積もった雪が白く輝いていた。

義貞は社殿の脇の神主の住まいに案内された。

居炉裏《いろり》を切った暖かい部屋でしばらく待っていると、子供たちの歓声が聞こえた。十四、五人、いかにも楽しげなはつらつとした声である。何かを言い争うようなやり取りも混じっている。

こんなところで何事だろう。義貞は不審を覚えて戸板を細目に開けた。

紺色の水干を着た若い男のまわりを子供たちが取り巻き、息をはずませながら参道を歩いてくる。

五歳から十歳ばかりの粗末な服を着た子たちだが、ほっぺたを赤くして白い息を吐く姿はいかにも健康的である。

男の後ろには黒い大きな犬が従い、背中に子供を乗せて平然と歩いている。長い毛におおわれた脚は太く、敏捷《びんしょう》そうな精悍《せいかん》な体付きをしていた。

「次はおいらだよ。ずるいよ」

「お前はさっき乗っただろ。順番を守れよ」

言い合っているのは、犬に乗る順番を争ってのことである。

みんな服のあちこちに雪をつけているのは、雪玉投げをしてきたかららしい。

子供たちは水干の男と一緒にいるのが楽しくて仕方がないようで、さあ次は何をするんだろうと期待に胸をはずませている。

義貞は安養寺に来ている子供たちを思い出した。

東国と畿内では人の気質も仕来《しきた》りもずいぶんちがうと思っていたが、子供たちの様子はまったく同じだった。

「ああ、とうさん、お里がもらした」

境内に入るなりそんな声が上がった。

七歳くらいの女の子が、立ったままおもらしをしたのである。

「馬鹿だな。道端ですれば良かったじゃないか」

「だって、だって……」

女の子は着物を濡らし、両手を目に当ててべそをかき始めた。

「厠《かわや》へ行くまで我慢しようとしたんだよな。えらいえらい」

とうさんと呼ばれた水干の男は女の子をひょいと抱き上げ、ごほうびだと言って背中におぶった。

「わあ、いいな」

「お里、ずるい」

子供の扱いになれている。というより本人が子供のままの心を持ち、まったく対等に接している。

義貞は急にうらやましくなり、あの輪の中に入りたくてたまらなくなった。

やがて子供たちは解散し、四、五人ずつ連れ立って家に帰っていった。

境内は命の火が消えたように静まりかえっている。急に寒くなったと感じたのは、居炉裏の炭が消えかかっているからばかりではなかった。

「お待たせいたしました」

山海坊が案内してきたのは、子供の相手をしていた男だった。

火が消えかかっていることが分かっていたように、手には炭籠を下げていた。

「とうさんとかいいましたね」

義貞は若い神主だろうと思って気軽に声をかけた。

「ええ、子供たちはそう呼んでくれます」

「背中、冷たくありませんか」

子供のおもらしに濡ているはずだった。

「平気です。汚いとお思いですか」

「とんでもない。子供は宝です。汚いことなどあるもんですか」

「あなたはそんなお方だと思っていました。だから一度お目にかかりたかったのです」

「俺のことを、どうして」

「山海坊から聞きました。ああ、やはり消えかけていましたね」

水干の男は居炉裏の側にひざまずき、素手で炭を入れ始めた。火が爆《は》ぜたが、熱さは少しも気にならないようだった。

「こちらは大塔宮さまとおおせられます」

「大塔というと、あの……」

「さよう。大塔宮護良親王さまでございます」

後醍醐天皇の一の皇子である。吉野を逃れた大塔宮は、大和の五条を抜けて金剛山地に入り、葛城神社に身を寄せていたのだった。

「そうか。それでとうさんですか」

「ええ。私は気に入っていますけど」

宮がふり返ってにこりと笑った。

「そんなお方が、どうして子供たちの世話を」

「親たちは私のために戦ってくれています。あの子たちには淋しい思いをさせていますから」

「とうさんには、子供の淋しさが分かるんですね」

「本当に分かっているかどうか怪しいものですが、子供の泣き声を聞くと胸が張り裂けそうになるのです」

大塔宮が恥ずかし気に目を伏せた。

偉ぶりもしなければ戦の悲惨さもただよわせていない。こいつとなら馬が合いそうだと、義貞は久々に心が逸《はや》るのを感じた。

「もうひとつ、たずねてもいいですか」

「どうぞ。何でも」

「子供たちにそんな思いをさせてまで、どうして戦をつづけるのですか」

「新しい国を作るためです。今は幕府寄りの者たちが栄華をきわめ、多くの者たちが貧しく虐《しいた》げられた暮らしを強いられています。それゆえ幕府を倒し、帝の親政を実現することによって、誰もが平等に暮らせる世をきずかなければなりません。そのために戦っているのです」

「誰もが平等に、ですか」

義貞は宮の言葉に打たれ、強い酒に酔ったように陶然となった。

言葉の意味よりそれを支える志に、魂を撃ち抜かれたのだった。

第五章　旗挙げ

大塔宮護良親王は一言主《ひとことぬし》をまつった社殿に結跏趺坐《けっかふざ》し、入神《にゅうしん》の修法《ずほう》をおこなっていた。

大和葛城神社の祭神である一言主大神と同化することによって、八百万《やおよろず》の神々の世界に入る。

すると神通力によって、この地に居ながらにして国中で起こっていることが分かる。それを確かめながら、これから政情がどうなっていくか、今何をするべきかを判断しようとしていた。

隠岐に配流されていた後醍醐天皇は、名和長年の尽力によって島から脱出し、伯耆の船上山《せんじょうさん》にお着きになっている。

帝のもとには地元の豪族たちが続々と集まり、二万を超える軍勢となっていた。

摂津の摩耶山には赤松円心を大将とする播磨の軍勢が立てこもり、六波羅の軍勢三万に大勝した。赤松勢は余勢をかって六波羅軍を追撃し、都に迫る構えを見せている。

眼下の千早城には吉野や大和へ向かっていた幕府軍が続々と結集し、五万を超える大軍となっている。

だが軍勢が集まるほど兵糧や薪の調達が難しくなり、かえって兵糧攻めにあっているような状態である。

まだ雪が残る山中で陣小屋も満足に作れず、将兵の士気は落ちている。飢えや寒さに耐えかねて、勝手に領国へ引き上げる者たちが続出していた。

一方、千早城内の楠木勢の窮状も限界に近づきつつあった。

兵糧はすでに尽きているので、城内に降った雪や木の根を食べて命をつないでいる。二ヵ月近くの戦いで負傷した者も多く、まともに戦えるのは三百人ほどだった。

正成は将兵と同じものを食べ、行者のようにやせ細りながら指揮をとっているが、さすがに気力が落ちている。

もはやこれまでかという思いが将兵にまで伝わり、城内の空気を暗いものにしていた。

(このままではあと十日も持ちこたえられまい)

大塔宮はそう判断し、山海坊を呼んで状況をたずねた。

「おおせの通りと存じます。中でも兵糧の欠乏は深刻でございます」

山海坊は幕府軍が知らない間道を通って城内に出入りしている。

弓矢や薬はわずかずつでも届けることができるが、米はとても間に合わないのだった。

「案じられるのは城内の気がにごっていることだ。このままでは内通者や裏切り者が出るおそれがある」

「いかがなされまするか」

「私が行って皆を励ますしかあるまい。このまま見殺しにしては、淋しい思いをさせている子供たちに申し訳が立たぬ」

「幕府勢の監視が厳しくなっております。手勢をひきいて城に入るのは無理でございましょう」

「私に考えがある」

大塔宮は矢立てと懐紙を取り出し、新田小太郎義貞に計略を伝えて協力を求める書状をしたためた。

「これは……、いくら何でも無謀過ぎましょう」

山海坊は書状を読んで難色を示した。

「義貞どのなら大丈夫だ。私がもう一度会いたがっていると伝えてくれ」

「恐れながら、たった一度会われただけで」

「私には分かるのだよ。義貞どのの心気には一点の曇りもない」

宮には人の心気を読み取る力がある。信頼できる相手かどうか、一目で見抜くことができるのだった。

数日後、山海坊が闇にまぎれてもどってきた。足音ひとつたてない身のこなしだが、宮にはすぐにそれと分かった。

「新田どのは承知したとおおせられました」

「それなら明日行こう。装束を用意しておいてくれ」

「計略が成り次第、上野《こうずけ》にもどって義兵を挙げるとおおせでございます」

「あのような方が馳《は》せ参じて下さるなら、これほど心強いことはない」

「令旨《りょうじ》をお与えになりますか」

「そのような物は不要だろうが、考えておくことにしよう」

翌朝、大塔宮は武丸《たけまる》という若い神人を従え、山海坊に案内されて千早城下の長崎四郎左衛門の陣所をたずねた。

宮も武丸も壺装束で女に化けて、市女笠《いちめがさ》に枲《むし》の垂れ衣をたらしている。

山海坊は陣所で西大寺《さいだいじ》の沙門善阿《しゃもんぜんな》だと名乗り、先日討死した名越兵庫助の妻と妹を案内してきたと言った。

その証拠として兵庫助が妻にあてたように仕立てた書状を示し、名越勢が討死した場所に香華《こうげ》をたむけたいと申し出たが、長崎四郎左衛門はすんなりとは応じてくれなかった。

「確かに西大寺に布陣した時、善阿どのとお目にかかったと存ずるが、戦場に女人を入れるわけには参りませぬ」

気の毒だが引き取ってくれと言った時、新田義貞が偶然を装ってやって来た。

「もしや、兵庫助どのの奥方さまではございませぬか」

「まあ、義貞さま。お懐かしゅう存じます」

大塔宮は声色《こわいろ》を使って応じた。

「このような所まで、女子《おなご》の足で参られましたか」

「はい。夫が討死したと聞いて、矢も楯もたまらず」

「新田どの、ご存じのお方か」

四郎左衛門がたずねた。

「鎌倉にいた頃、何度か兵庫助どのの屋敷をたずねました。ちょうど奥方さまを娶《めと》られたばかりの頃でございました」

「さようか。貴殿が存じ寄りとあらば子細あるまい。四の丸に上がって供養していただくが良い」

「ならばそれがしが、兵を連れて警固させていただきます」

義貞が抜かりなく申し出た。

「いかがでございましょう。この機会に奥方さまに和議の使者をお頼みになっては」

善阿になりすました山海坊が水を向けると、四郎左衛門はしばらくためらってから計らいに任せると言った。

大塔宮は義貞に警固されて四の丸に向かった。

「山海坊どのから話を聞いた時、何と大胆なことをなされるかと驚きました」

義貞は四方に気を配りながら先を歩いていた。

「兵庫助どのとは親しかったとおおせられたので、こんな計略を思いついたのです」

「お身方をするとは言いましたが、口先だけかもしれませんよ」

「あなたなら大丈夫。決して約束をたがえたりはなされません」

「いいのかなぁ、そんなに信用してしまって」

義貞はふり向きざまに刀を抜き放った。

山海坊はぎょっとして前に出ようとしたが、宮は顔色ひとつ変えなかった。

「これが鬼切丸ですか。さすがによく手入れされている」

「よくご存じですね。遠祖義重が帝から拝領したものだと聞いています」

「それを大事にしていただいているとは有り難いことです。どうか帝の志のために、その刀を使って下さい」

四の丸まで上がると、大塔宮は一通の書状を差し出した。

「何ですか。これは」

「義兵を挙げていただくと聞きました。私は父から文書を発給する許しを得ていますので」

親王が発給する文書を令旨という。だがそれでは義貞の尽力にむくいることができないと、天皇が発する綸旨《りんじ》という形を取ったのだった。

「これから千早城に入って、正成とこの先の計略を話し合ってきます。幕府勢はもうじき都へ引き返さざるを得なくなるでしょう」

「ご無事を祈っています。あの子供たちのためにも」

「ありがとう。そう遠くない時期に、都でお目にかかれますよ」

大塔宮は和議の使者を装い、敵にも身方にも見守られながら千早城に入っていった。

翌朝未明、思いもかけないことが起こった。

物音に気付いた千早城の見張り番が空堀《からぼり》の底に灯《あか》りを向けると、米俵が山積みされていたのである。

楠木勢は天の祐《たす》けだと喜び勇んで回収したが、宮にはすぐに義貞の仕業だと分かった。身方になると誓った義貞は、城兵の飢えを助けるために四の丸の兵糧蔵の米俵を空堀に投げ落としたのだった。

元弘三年（一三三三）三月二十七日、新田小太郎義貞の一行が、碓氷峠《うすいとうげ》を越えて坂本宿に入った。

大塔宮から綸旨を得た義貞は、三月十一日に千早城攻めの戦線から離脱し、中山道《なかせんどう》を急ぎに急いで新田荘へと向かっていた。

大将である大仏高直には、病気のために帰国すると届けている。だがやがて四の丸の兵糧蔵のことが発覚し、宮方に参じたことが分かるだろう。

そうなれば高直は六波羅へ通報し、六波羅から諸国の守護や地頭に追討令が下される。それより早く新田荘にたどり着こうと、夜を日についで駆けつづけたのだった。

近頃は幕府の許しを得ずに陣を引き払い、所領にもどる国人たちが続出している。幕府はそれを防ぐために街道の関所の監視を強化していたが、義貞は高直から預かった六波羅探題の手形を示して無事に通過してきたのだった。

碓氷峠を越えれば故郷上州である。坂本宿の旅籠に配下の者たちを割りふり、一日逗留《とうりゅう》して旅の疲れをいやすことにした。

「旗挙げまでは幕府に気取《けど》られてはならぬ。不穏な動きをする者がいないか、それぞれの宿所に見張りをつけておけ」

義貞は堀口十三郎に命じた。

「お前たちにも頼みがある」

弟の脇屋義助と執事の船田入道義昌に、越後の一族を回って討幕の綸旨を得たことを伝えるように命じた。

「挙兵まではあと一月くらいかかるだろう。だが覚悟は変わらねえから、仕度をして知らせを待てと伝えてくれ」

義貞は綸旨の原本を義助に預け、写しを手元に残すことにした。

「こんな大事なものを、預かっていいのですか」

義助は畏《おそ》れおののき、しばらくは手に取ることさえためらっていた。

「そんなものは俺にとっちゃただの紙きれだ。大事なことはここにある」

義貞は胸を叩いた。

大塔宮の人柄と志に惹《ひ》かれ、共に戦うと誓ったことこそが挙兵を決断した一番の理由だった。

「それに越後の者たちも、本物の綸旨を見なけりゃ有り難みが分かるまい」

「確かにその通りですが」

義助はためらいがちに綸旨を開き、義昌と二人でのぞき込んだ。

「綸言をこうむっていわく」

そんな書き出しで始まる文書には、北条高時らが権勢をほしいままにし、朝廷の定めをないがしろにしてきたことへの非難と、天皇の御心配を取りのぞくために討幕の兵を挙げたことが記されている。

そしてこの義挙に加わったなら、天皇のお覚えもめでたいし、恩賞も莫大《ばくだい》なものが与えられるだろうと述べている。だから早く身方となって兵を挙げよというのである。

「早く関東征伐の策《はかりごと》をめぐらし、天下静謐《せいひつ》の功をいたすべし。てへれば（というわけで）綸旨かくのごとし。よって執達《しったつ》くだんのごとし」

最後に文書の日付と左少将隆貞《たかさだ》の署名があり、黒印が押してあった。

「さすがに達者な筆さばきでござるな」

入道義昌は惚れ惚れと見入っていたが、親王の身で綸旨を発給していいのだろうかとたずねた。

「普通はどうか知らねえが、帝が隠岐に流されておられる間も、宮さまは大和や河内で身方をつのっておられた。だから帝も綸旨を出すことをお許しになったそうだ」

「なるほど。綸旨と令旨では、後々の重みがちがいましょうからな」

「何の重みだ」

「恩賞とか立身でござる」

「そんなものはいらねえよ」

「越後の一門衆はそうではありますまい。我らの一族郎党とて同じでござる」

皆少しでも所領を広げ、家臣や領民に楽な暮らしをさせたいと願っている。命を賭けて戦うのはそのためなのだ。

「のう、そうは思われませぬか」

義昌が義助に同意を求めた。

「おおせの通りと存ずるが、それだけなら人は危険な博打に手を出しますまい。兄者がおおせのように、胸をたぎらせる理想と夢と大義が必要なのでござる」

十数名の家臣をつけて二人を送り出した後、義貞は鎌倉の宣子にあてて文を書くことにした。

挙兵の企てが幕府に察知されたなら、宣子と徳寿丸の身が危うくなる。だから一刻も早く鎌倉から出るように命じなければならなかったが、本当のことを記すわけにはいかなかった。

さて、どうしたものかと考えていると、夕方になって堀口十三郎が飛び込んで来た。

「殿、こちらにお出で下され」

案内したのは旅籠の物置き小屋だった。

中に手足を縛られ猿ぐつわをされた男がいて、十三郎の配下が見張っていた。

「岩松経家どのの宿所から出て来た者です。不審な動きをしていたので問い質《ただ》したところ、逃げようとしたので捕らえました」

十三郎は忍びの技を心得ているばかりか、人を見抜く目もそなえていた。

「何者だ」

「責めにかけましたが白状しません。舌をかみ切って自害しないように、猿ぐつわをしております」

「それなら経家どのにたずねるしかあるまい。呼んできてくれ」

経家は心外そうな顔をしてやって来た。

こんな扱いを受けるいわれはないと言わんばかりに肩をそびやかしているが、内心の動揺がせわしない目の動きに表われていた。

「経家どの、この者をご存じか」

義貞は男の猿ぐつわをはずした。

「先ほど宿所に訪ねてきた者でござる」

「何の用かね」

「あ、足利高国どのの書状を届けに来たのだ」

経家はどこまで知られているか測りながら答えた。

「書状の内容は」

「そのようなことを貴殿に話すことはあるまい」

「通常のことなら、この男もこれほど頑《かたく》なに口を閉ざすまい。人に言えねえ用事じゃないのかい」

「無礼な。いかに宗家の……」

経家は言いかけて口を閉ざした。

千早城の陣所から抜けて帰国すると決めた時、綸旨を得た義貞に従うと誓ったのである。今までとは両者の関係はまったくちがっていた。

「信州諏訪《すわ》の宿所から、高国どのに書状を送り申した。新田荘にもどると知らせ、今後のことを相談したかったのじゃが、会うことはできぬという返事がござった」

足利高氏、高国兄弟はちょうど今日、三月二十七日に手勢をひきいて上洛の途につくことになった。

名越高家と共に後醍醐天皇方の討伐に向かうように命じられたという。

「それだけのことなら、どうしてお前さんは素直に白状しなかったんだい」

義貞は捕らわれた男を問い詰めた。

「わしは足利の家人じゃ。むやみに殿のご用を語ることはできぬ」

「そうかい。我らには言えねえ用事じゃないのかね」

「そんな用事などない」

「その通りじゃ。不審とあらば高国どのの書状を改められるがよい」

経家が気色ばんで言いつのった。

「それには及ばねえが、足利どのに帰国の理由を伝えたんじゃないのかね」

「わしも新田の一門じゃ。誓約は守る」

「それならいいんだ。この男をつれて行ってくれ」

義貞は使者のいましめを切り落とし、経家に引き渡した。

「今の言葉、お信じになられますか」

十三郎が悔しげに二人を見送った。

「信じちゃいねえよ。しかし綸旨のことを経家が足利高国に伝え、高国が幕府に注進したのなら、今頃討伐の軍勢がここに来ているはずだ」

そうではなくて使者が来たということは、経家が伝えていないか、伝えたとしても高国が幕府に訴えなかったか。そのどちらかだった。

「だとすれば、足利も」

「そうだな。風向きによっちゃ帝の側につこうと考えているのかもしれねえよ」

そうなった時、経家は新田と足利を結ぶ重要な仲介役になる。義貞があれ以上問い詰めなかったのはそう考えてのことだった。

新田荘の安養寺館にもどった義貞は、病気と称して不動明王をまつるお堂に引きこもった。

挙兵のことは誰にも明かさず、見舞い客ともいっさい会わなかった。

「お前さま、おかげんはいかがですか」

妻の知子が粥と梅干しを差し出しながら気づかった。

「常の時は何ともねえが、急にぞくぞくっとして頭が割れるように痛む時がある。難儀なことだ」

「お体は何でもなさそうなのに、いったいどうしたんでしょうね」

「俺にも分からねえよ。岩松どのも世良田どのも同じだと言うから、向こうの神さまの祟《たた》りかもしれねえな」

千早城の近くには金剛山や葛城山があって、土地の神々がまつってある。幕府の命令とはいえ、そこに土足で踏み込んだために祟られたのだろう。

義貞はおぞましげに言って知子を怖がらせた。

四月十日になって越後につかわしていた義助と義昌がもどってきた。家臣たちに引かせた馬の背中には、十箱ばかりの鳥籠をくりつけていた。

「あれは何だ」

「堂鳩《どうばと》（カワラバト）というものです。越後の一門衆から預かって参りました」

「そんなものをどうする。鳥屋でも始めるつもりか」

「いやいや。これが思いがけぬ働きをする奴でして。なあ船田」

二人の驚きを伝えようと、義助が義昌に話をゆずった。

「人に代わって書状をとどけるのじゃから、まさに神の使いの如き働きぶりでござる」

「書状をとどけるだと」

「屋敷で飼いならした堂鳩は、百里も二百里も離れていても屋敷にもどるのだそうでござる。それゆえ足に書状を結びつけておけば、使者の務めができるそうな」

伝書鳩のことである。

越後に所領を持つ里見《さとみ》、鳥山《とりやま》、羽川《はねかわ》らの新田一族の中には、海運業にたずさわっている者が多い。

彼らは北は奥州から南は越前や若狭《わかさ》まで船を出して、交易に従事している。

そんな時、伝書鳩を越後への通信のために使っているのだった。

「さすがに越後の衆だ。抜け目がねえことだな」

「商いだけではありません。戦の状況も伝えられるのです」

義助が得意気に口をはさんだ。

義貞が義兵を挙げる時には、この鳩を使って越後の一族に知らせるというのである。

「するってえと、みんな同意してくれたんだな」

「この綸旨が決め手でした。これで新田の世が来ると、涙を流して喜んだ方もおられました」

数日後、堀口十三郎がもどってきた。

坂本から鎌倉に向かい、宣子に書状をとどけるように命じていたのである。

「安藤さまの庵をたずね、宣子さまにお言葉を伝えました」

「ありがとよ。それでどうするって」

「時機を見て身を処すゆえ、ご安心いただきたいと」

対面した印にこれを渡すように頼まれた。十三郎はそう言って黄色い元結をさし出した。

宣子が愛用している髪油の匂いがした。

「挙兵のことは話したんだろう」

「遠からず、そのおつもりだと」

「それでも鎌倉に残ると言うのか」

「もうすぐ胡瓜《きゅうり》が実をつけるので、畑仕事を片付けたいとおおせでした」

確かに宣子は庵の庭に野菜を植えて料理に使っている。だがそれよりも安藤聖秀に気がねしているからにちがいなかった。

「それで、もうひとつの策はどうした」

義貞が急に帰国したのは、大塔宮に通じて兵を挙げるためらしい。そんな噂を鎌倉中に流すように命じていた。

「首尾良くばらまいて参りました。千早城の陣を抜けられたことはすでに伝わっていて、侍所では殿を呼び出して詮議にかけるべきだという意見も出ているそうでございます」

「そうかい。よくやってくれたな」

「しかし、なぜ不利になるようなことを」

「新田一族をまとめるためだ。やがて分かる」

義貞には八幡太郎義家から受け継いだ源氏の血が流れている。事にのぞむと面白いように知略がわき出てくるのはそのためかもしれなかった。


四月末になって鎌倉から使者が来た。

義貞にではなく新田荘にあてたもので、受け取ったのは岩松経家である。幕府の序列では経家のほうがはるかに上なので、これは致し方のないことだった。

「執権どのより、このような書状が参りました」

経家はすぐに義貞に事の次第を報告した。

幕府からの申し付けは二点。義貞の所領である平塚郷を没収して長楽寺に寄進すること、凶徒退治のための費用六万貫を負担することである。

「ほう、なかなか味な真似をするじゃねえか」

幕府の意図は明白である。

義貞の所領を没収するのは、勝手に帰国したことへの処罰と、新田家の惣領の地位を奪って叛乱《はんらん》の芽をつむためである。

しかもその所領はそっくり長楽寺に寄進するのだから、新田荘としてはさしたる被害にはならない。義貞だけを他の一門から切り離そうとする巧妙な策だった。

「いかがいたしましょうか」

「俺には分からねえが、六万貫もの銭が新田荘にあるのかい」

「長楽寺や世良田どのの財力をもってすれば、それくらいは出せるものと思います」

「なるほどね。俺の所領を六万貫で買い上げさせようという魂胆か」

「さすれば新田家の惣領職も世良田家が引き継ぐことになりましょう」

「経家どの、お前さんはどう思う」

「義貞どのに従うとお誓い申しました。共に兵を挙げさせていただきます」

経家は病気と称して引きこもっていた間に、しっかりと覚悟を決めている。少しやせて表情がりりしく引き締まっていた。

「それじゃあ一門衆を集めてこのことを伝えることにするか」

その前に弟の義助と船田義昌を呼んで考えを聞くことにした。

「なるほど。幕府もうまい所をついてきますね」

義助は書状をながめてしきりに感心した。

「六万貫で新田家の惣領家になれるなら高くはないと、あのお方なら考えられるかもしれませんな」

義昌が名を伏せたあのお方とは、新田荘一の分限者《ぶげんしゃ》である世良田入道満義だった。

「評定となれば世良田どのに同意する者も出てくるだろう。それを押さえきらなければ、兄者を大将として旗を挙げることはできぬ」

「このことは世良田どのはご存じなのでござろうか」

義昌が経家にたずねた。

「拙者は伝えておりません。されど鎌倉からの使いが告げていることでしょう」

「何ゆえそう思われる」

「使者が世良田どのの屋敷に立ち寄ったことを、当家の者が確かめております」

幕府は初めから新田一門を分断し、義貞を孤立させようとしているのだった。

「兄者、どうなされる」

「どうもこうもねえよ。肚をすえて皆を説き伏せるばかりだ」

義貞には勝算がある。鎌倉で謀叛の噂をばらまかせたのはそのためだが、今はまだ明かすことができなかった。

翌日、一門や重臣を集めて評定を開いた。

出席したのは岩松経家、世良田満義と大番役をつとめた嫡男兵庫助、大館宗氏や江田光義など、四十人ばかりだった。

「方々、ご参集をいただきかたじけのうござる」

一門から信頼されている義助が、進行役をつとめることにした。

「このたび幕府から異例の沙汰がござった。ひとつは平塚郷を没収し、長楽寺に寄進すること。ひとつは上洛軍の費用として六万貫を負担せよということでござる。これにどう対応するか、忌憚《きたん》のない意見を聞かせていただきたい」

「その前に確かめたいことがござる」

江田光義が声を上げた。

世良田満義の娘を妻にしている世良田一門だった。

「新田どのが急に帰国されたのは、天皇方として挙兵するためだという噂が、鎌倉ではしきりにささやかれているそうでござる。このたびの幕府の沙汰は、新田どのの心底を見極めるために下したものだとうかがいました。まずは噂の真偽について明らかにしていただきたい」

「そのような話、どなたからお聞きになりましたか」

義助がおだやかにたずねた。

「そ、それは……」

光義は返答に窮して満義に目をやった。

「幕府の使者でござるよ」

僧形の満義が仕方なげに助け船を出した。

「使者をつとめられた赤橋《あかはし》どのとは昵懇《じっこん》の間柄でござってな。このままでは新田荘のためにも一門のためにもよろしくないと忠告していただいたのじゃ。それゆえそれがしからも、噂が真実かどうか教えていただくようお願い申し上げる」

「綸旨をいただいたのは本当だ」

義貞は広間の中央に出て綸旨をかざした。

皆がそれを見ようと義貞のまわりに集まり、自然と車座になった。

「早く関東征伐の策をめぐらし、天下静謐の功をいたすべし。ここにはそう記してある。俺はおおせに従う決断をし、皆の同意を得て帰国することにした」

「その気持ちは今も変わらぬと言われるか」

「そうだ。だからこの場で皆にも同意してもらいたい」

「なるほど。これでは赤橋どのが危惧なされるのももっともじゃ。無謀というか愚かというか、開いた口がふさがらぬわい」

満義は義貞から綸旨を引ったくり、このような物が何の役に立つのだと皆の前にかざした。

「このお方は大罪をおかし、隠岐に流罪に処された廃帝でござる。都の内裏におわすお方こそ正統の帝じゃ。その廃帝の口車に乗って乱を起こすことこそ、天下の静謐を乱す大罪ではござらぬか」

「だが大義は隠岐の帝にある。だからこそ西国では帝を支持する者たちの勢力が日に日に大きくなっているのだ」

「西国には東国の幕府に対する反感があるからでござる。その尻馬に乗って大恩ある幕府を裏切るとは、自分の乗っている船に火を放つようなものじゃ。第一我らの手勢だけで、幕府の大軍に太刀打ちできるとお思いか」

「俺は大義に従って兵を挙げる。大事なのはその生き方で、事が成るかどうかは二の次だ」

義貞は朱子学の言行一致の思想に強い影響を受けている。だが世間知に長《た》けた満義には、そうした考えは通じなかった。

「まあ、待たれよ」

義助が険悪な雰囲気を見かねて割って入った。

「それでは世良田どのは、幕府の沙汰に応じるとおおせられるか」

「幕府の疑いさえ解ければ、この沙汰は取り下げてもらえるはずじゃ。義貞どのが鎌倉に釈明に行かれるなら、わしがお供をして赤橋どのに取りなしても良い」

「我らは兄者に従うと誓約をして国にもどってまいりました。今さら釈明するつもりはありません」

「ならば兵を挙げられるがよい。されど我ら世良田一門は謀叛に加わるつもりはござらぬ。方々、さようであろう」

満義は一門の者たちをうながして席を立った。

江田光義をはじめとして十五人がこれに従った。いずれも世良田宿と長楽寺に関係した有徳人たちである。

大番役として上洛した世良田兵庫助も、面目なさそうに一礼して父の後を追った。

端午の節句の五月五日、義貞は子供たちを安養寺に集めて軒先に菖蒲《しょうぶ》やよもぎをつるした。

強い匂いを放つ菖蒲やよもぎは厄除《やくよ》けになると古くから信じられていたが、やがて菖蒲が尚武につながるという理由で男子の健やかな成長を祈る年中行事へと変わっていく。男子の初節句にはちまきを、二年目からは柏餅《かしわもち》を食べて子孫を絶やさぬように祈念する風習もおこなわれるようになった。

子供たちの楽しみはこの柏餅で、日頃は勉強に来ない者たちまで集まってくる。

義貞は家の者たちを総動員して、五百ちかい柏餅を作らせていた。

「さあさ、並べや並べ」

筵の上に柏餅を山と積み上げ、一人二個ずつ取っていいと言った。

百人ばかりの子供たちが、目を輝かせてその時を待っていた。

「ただし、今日は男の節句だ。みんなひとつ芸を見せてくれ」

義貞の思いがけない言葉に、子供たちは顔を見合わせて戸惑っている。

「芸って何？」

「女子はどうするの」

「早く食べさせてくれよ」

不安なざわめきが境内に広がっていった。

「芸とは自分が得意だと思っていることだ。弓でも剣でも走るのが速いのでも、何でもかまわねえ。女子はその芸を見て誉《ほ》めてやれ」

「おいらは声が大きいのが取り柄だと言われているけど」

「ああ、それも立派な芸のうちだ」

「俺は変な顔をすることができるよ」

「そりゃあ面白い。みんなを笑わせてやれ」

「何もできないと、餅をもらえないの」

「そうだな。そいつにはお梶《かじ》やお咲《さき》と相撲を取ってもらおうか」

二人とも十四、五歳になる大力の女子だった。

「えーっ、勝てっこないよ」

何人かが諦めの声を上げた。

「勝てなくてもかまわねえ。男らしいところを見せることが大切なんだ」

皆を輪にして始めようとしていると、堀口十三郎が訪ねてきた。

「配下の者から知らせがありました」

義貞を境内の外に連れ出し、幕府の徴税吏が中瀬渡に迫っていると言った。

「兵二百を引き連れ、明日にも新田荘に入るようでございます」

「そうか。いよいよお出でなすったか」

「いかがいたしましょうか」

「仕掛けに抜かりはないんだろう」

「おおせの通りに計らいました」

「それなら案じることはねえよ。高みの見物といこうじゃねえか」

翌朝、そろそろ来る頃だと待ち構えていると、世良田満義が血相を変えて駆け込んできた。

気も動転していて、大紋を着ているのに足袋裸足《たびはだし》のままだった。

「新田どの、一大事でござる」

「どうなされた。何事ですか」

「鎌倉の使者が狼藉を始めたのでござる。長楽寺に乱入したばかりか、当家の蔵を打ち破っておりまする」

徴税吏は出雲介親連《いずものすけちかつら》と黒沼彦四郎《くろぬまひこしろう》という御家人だった。

二人は満義の屋敷に乗り込み、幕府が命じた六万貫のうち一万貫をただちに出すように迫った。

満義は家と長楽寺に貯えていた二千貫を運び出して差し出したが、二人は残り八千貫もどこかに隠しているはずだと言い張った。

「そのような銭を手元に置いておくはずがない。数日後に沽券《こけん》にして引き渡すので待ってくれと申したのじゃが、あの者どもは聞く耳を持たぬ。二百人ばかりの将兵を寺と屋敷に踏み込ませ、壁といわず扉といわず叩き壊し始めたのでござる」

「二百もの将兵が」

「さよう。これを止められるのは新田どのしかおわしませぬ。何とぞお助け下され」

「しかし満義どのは、幕府に守ってもらうゆえ身内の助けはいらぬと常々おおせられていた」

この間大番役の費用を借りに行った時にも、百五十貫さえ出していただけなかったと、義貞はたっぷりと意趣返しをした。

「それは、その……」

「幕府に御恩を受けながら奉公もままならぬとは情けないと、お叱りを受けた気もしますが」

「あの時はこんなことになろうとは思ってもいなかったのじゃ。それに貸さぬとは言っておらぬ。所領と屋敷を抵当にすれば」

「たとえ身内でも、銭を貸す時に抵当を取るのは当たり前だとおおせられましたな」

「おう、確かに申した」

満義が額の汗をぬぐって開き直った。

「それなら俺も抵当を取って助けることにさせていただく。よろしいか」

「い、いくらじゃ」

「幕府の役人に渡した二千貫と、沽券にする八千貫。しめて一万貫でいかがでしょうか」

「そんな馬鹿な。それでは幕府に差し出したほうがましじゃ」

「我らは幕府を倒すために、一門の命運をかけて義兵を挙げるのです。決して高くはありますまい。それに事が成ったあかつきには、全額お返し申し上げまする」

「それは、まことであろうな」

「ただし世良田一門にも、残らず挙兵に加わってもらわなければなりません」

「分かった。言う通りにするから、早く鎌倉の兵を追い払ってくれ」

このままでは世良田宿はめちゃくちゃにされると、満義が手すり足すりして催促した。

義貞は平服のまま山風に飛び乗り、二十人ばかりの家臣をひきいて世良田宿に駆けつけた。

幕府の将兵は狼藉のかぎりを尽くしていた。

世良田満義をはじめとする有徳人の屋敷に土足で踏み込み、手当たり次第に戸を引き開けて銭のありかを捜している。

本当の狙いは塗り込めの土蔵だが、これは鉄の扉で閉ざしてあるので打ち破れない。そこで屋敷の主人を責め立て、鍵のありかを白状させようとしていた。

徴税吏の出雲介親連と黒沼彦四郎は、長楽寺の山門の前に陣取り、隠した銭を捜し当てたという報告を待っていた。

「待て待て待て」

義貞は門前で馬を止めて名乗りを上げた。

「我が所領でのかような狼藉、新田家惣領として許すわけにはいかぬ。即座に中止して兵を引け」

「とぼけたことを申すな。我らは執権どののお申し付けに従って役目をはたしておるのじゃ」

彦四郎は六尺（約百八十センチ）ゆたかな偉丈夫で、赤糸縅の鎧を着込んでいる。背後には五十人ばかりの兵を従え、出雲介の警固にあたっていた。

「その執権どののやり方が我慢ならねえから、こうして出向いているんだよ」

「ほざくな。邪魔立てするとただではおかぬぞ」

「ほう。どうするつもりか見せてもらおうじゃねえか」

義貞はひらりと山風から降り、彦四郎の前に立ちはだかった。

両手をだらりと下げたまま、相手をにらみすえて間合いを詰めていく。

「おのれ。狼藉者が」

彦四郎は眼光に射すくめられ、たじろぎながら刀を抜いた。

「命のやり取りになるが、いいんだな」

「待て黒沼、挑発に乗ってはならぬ」

大紋姿の出雲介が止めようとしたが、時すでに遅かった。

手柄にはやった彦四郎は、踏み込みざま斜め上段からの一撃を放った。

ところが義貞は飛びすさりながら鬼切丸を抜き、着地と同時に地を蹴って反撃に出た。

彦四郎はふり下ろした刀を返そうとするが間に合わない。そんな馬鹿なと立ちつくした喉元に、鬼切丸が一閃《いっせん》した。

義貞が刀を鞘におさめて着地した時には、兜をかぶった首がどさりと落ちた。

後ろに控えていた兵たちはあまりのことに棒立ちになり、ややあって血相を変えて義貞を取り囲んだ。

「やめておけ。これ以上新田荘を血で汚したくないんでね」

義貞が合図をすると、両側の土塀の上に三十人ばかりが姿を現わした。

十三郎の配下の忍びで、半弓を構えて出雲介に狙いを定めている。

「それ以上一歩でも動いたなら、出雲介どのの命はない。得物を捨ててもらおうか」

義貞は身動きが取れなくなった出雲介の首に鬼切丸を当て、狼藉していた将兵にも門前に集まるように命じた。

大将を見殺しにしたなら鎌倉へもどれなくなる。好き放題をしていた者たちが、思いがけない成り行きに気勢を削《そ》がれて集まってきた。

「お前たちも得物を捨てな」

義貞に命じられるままに刀や槍を地面に投げた。

「それが済んだら鎧を脱げ」

これにはさすがに二百人の将兵が抵抗を示した。

「この宿に土足で踏み込んだ罰だ。身ぐるみはぐとは言わねえから、さっさと鎧兜を脱がねえか」

義貞は出雲介の烏帽子をむしり取り、もとどりをつかんで喉元に刃を突き付けた。

「ま、待て。者共、早く」

言う通りにしろと、出雲介があえぎながら訴えた。

二百人分の鎧と得物を取り上げた義貞は、出雲介と一行を中瀬渡まで送るように弟の義助に申し付けた。

「向こう岸につないだ馬もいただいておく。気の毒だから川舟に乗せて送ってやれ」

一行がぞろぞろと利根川に向かうのを見届けると、義貞は一門と重臣たちを長楽寺の境内に集めた。

総勢百五十人ばかり。配下の足軽雑兵を合わせても五百ばかりにしかならなかった。

「方々、ご覧の通りの成り行きだ」

義貞は彦四郎の兜首を示して声を張り上げた。

「もはや幕府に対して兵を挙げるしか、我らの生きる道はない。明後日の卯《う》の刻（午前六時）生品《いくしな》神社で兵を挙げるので参集していただきたい」

呼びかけに応じ、全員が刀を突き上げて同意の声を上げた。

「ならばこれから親類縁者に檄《げき》を飛ばし、一人でも多くの軍勢を集めていただきたい。綸旨は我らにある。越後の一門衆も、軍勢をひきいて程なく駆けつけよう」

最後に鬨《とき》の声を三度上げて結束を誓い、それぞれ自分の屋敷にもどっていった。

義貞は岩松経家を呼び止め、本堂で余人をまじえず向き合った。

「一門と見込んで、教えてもらいたいことがある」

「実はそれがしも、おたずねしたいことがござる」

「出雲介や黒沼は何ゆえ一万貫の銭があるはずだと言い張り、屋敷や寺を打ち壊し始めたのでござろうか」

「何かね」

二千貫でさえたいそうな銭である。その上八千貫も貯えているとは、普通は考えもしないはずだ。経家はそう言った。

「何か思い当たることがあるようだな」

「さよう。義貞どのの計略ではないかと」

「銭があるという噂が、二人の耳にとどくように仕向けたんだ。世良田一門を引き入れるには、これしか方法がなかったんでね」

「なるほど。あの入道どのが、してやられた訳でござるな」

経家がにやりと笑った。

「教えてもらいたいのは、坂本宿にとどいた書状のことだ。足利高国どのは何と伝えて来られたのかね」

「三月二十七日に鎌倉を発って都に向かうが、機を見て隠岐の天皇方に応じることになると」

「やはりそういう魂胆か」

だから経家が義貞の挙兵計画を伝えても、高国は幕府に報告しなかったのである。

「それがしの言葉を信じておられぬことは、あの時から分かっておりました」

「いつになるか聞いているか。足利の挙兵は」

「それは分かりません。されど高氏どののご嫡男の千寿王《せんじゆおう》さまは、すでに鎌倉を抜け出して足利荘にもどっておられます」

幕府に叛して挙兵した場合に、千寿王が殺されることを避けるためだった。

「ならば貴殿はこれから足利荘に行って、千寿王に挙兵のことを伝えてくれ。源氏の世をきずくために共に立とうと」

「よろしいのでござるか」

「身方がすべて結束しなければ、鎌倉を倒すことはできねえ。この通り、頼み入る」

義貞は経家の手を取って頭を下げた。

すべての手配を終え、夕方に安養寺館にもどった。

沈みかけた夕日に照らされ、境内で十人ばかりの子供たちが遊んでいた。

「あっ、お館さまだ」

一人が気付くと、全員が義貞の周りに駆け寄ってきた。

「おいら昨日、お梶さんに勝ったんだよ」

「柏餅三つも食べちゃった」

「途中でいなくなるんだもん。ずるいよ」

口々に言いながら遊んでくれとせがんでくる。

義貞は両腕に力こぶを作ってぶら下げてやりながら、

「あの子たちには淋しい思いをさせていますから」

という大塔宮の言葉を思い出した。

これからこの子の親たちは自分に従って戦ってくれる。そう思うと責任の重さをずしりと感じた。

「それなら明日の朝、面白いものを見せてやる。みんなを連れてここにおいで」

「わあ、なになに」

「山風に乗せてくれる」

子供たちが期待に目を輝かせた。

「明日の楽しみだ。さあ、今日はもう家に帰りなさい」

みんなを引きずるようにして門の外まで連れていった。

翌朝、噂を聞いた子供たちが百人ちかく境内に集まった。

大人たちも同じ数くらい付き添っている。

義貞は堂鳩の籠を十個、寺の廻り縁におかせた。鳩の足にはすべて、挙兵を告げる結び文がしてあった。

「これは越後の一門衆に挙兵を伝えるためのものだ。無事にたどり着くように、みんなで祈ってくれ」

義貞の合図に従い、家臣たちが籠の戸を開けた。

鳩たちはいっせいに飛び立ち、一度大きく頭上を旋回して北西に向かっていった。それを見上げながら、子供たちは手を合わせて無事を祈っている。

十羽の鳩は赤城山を目指して力強く羽ばたき、みるみるうちに小さくなっていった。

第六章　分倍河原

五月七日の朝は静かに明けた。

前日、新田小太郎義貞は幕府の使者である黒沼彦四郎を斬り、他の者たちから武具甲《かっ》冑《ちゅう》を取り上げて新田荘から追い出した。

それは幕府の圧政と横暴に苦しむ領民にとって痛快なことだが、こんなことを仕出かしてはただでは済むまいという恐れと不安が渦巻いている。この先どうなることかと固唾を呑み、息をひそめて成りゆきを見守っていた。

不安は義貞にもあった。清和源氏の嫡流とはいえ、まだ三十三歳である。大きな戦をしたこともなければ、軍勢の指揮をとったこともないが、心のどこかにそんな自分を愉《たの》しむ余裕があった。

よく空を飛ぶ夢を見る。逸る心に引きずられ、高い崖の上から当てもなく飛ぶと、得も言われぬ爽快感が体を突き抜ける。その時の感じに似ていた。

その日は静かなまま暮れるかと思われたが、夕方になって安養寺館の表門の前に砂煙が立った。鎌倉からの早馬である。

「安藤聖秀さまからのご使者でございます」

門番に案内されて、烏帽子大紋姿の武士が入ってきた。

「主《あるじ》より、これをお届けするようにと」

蠟《ろう》で封じた書状をさし出した。

聖秀からと思いきや、書状は宣子がしたためたものだった。

〈新田荘での狼藉が伝わり、鎌倉中が大変な騒ぎになっている。幕府はすぐに新田討伐の軍勢を組織し、三、四日のうちには出陣させるようだ。その数は一万とも二万とも言われている。

ちょうど上洛軍を送ろうと仕度を進めていたところなので、その軍勢を新田荘に向けることにしたらしい。北条高時さまの弟の北条泰家《やすいえ》さまが自ら出馬なされるほどの力の入れようで、配下の軍勢も屈強の者たちのようである〉

およそそんな内容である。妻や母親としての気遣いが一切ない文面だが、宣子の意図は分かっている。

身の危険を承知でぎりぎりまで鎌倉にとどまり、市中の情報を義貞に伝えようとしているのだ。しかも安藤聖秀もそのことを許し、こうして早馬の便まで与えている。

高時の弟の泰家が出馬するという情報も、聖秀ほどの要人でなければつかめないものだった。

義貞はすぐに弟の脇屋義助と執事の船田入道義昌を呼び、対応策を協議した。

「に、二万でござるか」

義助は驚きのあまり顔を引きつらせた。

「幕府はそれほど殿のお力を恐れているのでございましょう」

気丈に強がったものの、義昌も途方にくれていた。

「三、四日後の出陣となれば、こちらも急いで仕度しなければならぬ。どうするべきか、考えがあれば聞かせてくれ」

「考えとおおせられても、二万もの軍勢では……」

義助が困りきって義昌を見やった。

「楠木正成のように籠城策しかありますまい。近在の山城に立てこもり、一門一族に檄を飛ばして参集をうながすのでござる」

「近在の山城といっても、そんなに都合のいい場所はあるまい」

「高崎の八束《やつか》城か、前橋の引田《ひきた》城、あるいはいっそのこと越後の一門衆を頼り、上田山（新潟県六日市町）の要害に拠《よ》ったらいかがでござろうか」

義昌は北へ北へ逃れようとする。それは臆病だからではなく、そうする以外に二万もの軍勢に対処する方法がないからだった。

「それならいっそ佐渡島《さどがしま》にでも立てこもるか」

義貞は馬鹿馬鹿しくなった。

彦四郎を斬った時から、後もどりはできないと覚悟を決めている。今さら逃げ隠れするつもりはなかった。

「それでは兄者は、二万の大軍と正面から戦うとおおせられるか」

「おうよ。尊皇回天の旗を立て、鎌倉街道を馳せ下って幕府勢に戦いを挑むつもりだ」

「しかし、それで勝てましょうか」

「勝てるかどうかが問題じゃねえ。自分の信じた道をまっしぐらに進むだけだ。そうすれば運が開けることもある」

「お気持ちは分かりますが……」

義助と義昌は困りきった顔を見合わせ、しばらく黙り込んだ。

不安や懸念は山ほどあるが、すでに賽《さい》は投げられている。ここは運を天に任せて義貞に従う以外に道はなかった。

三人の意思統一ができると、一門一族を安養寺館に集めて評定を開いた。

鎌倉からの知らせを伝え、どう対応するかを問いかけると、案の定、多くの者たちが山城への籠城策をとなえた。

「方々《かたがた》のお考えはもっともでございます」

説得役は義助がつとめた。

温和で常識的で努力家なので、一門の者たちの信頼が厚い。義貞が言うと反発を招くことも、義助が口にすると耳に届くのである。

「弓矢の道は、死を軽んじ名を重んずるを義といたします。敵は二万もの大軍ですから、たとえ利根川を前にあてて防ごうとしても、我らの兵力では持ちこたえられません。また越後の一族を頼って落ちのびたりしたなら、新田の者共は幕府の使者を斬った科《とが》を恐れ、他国に逃げ散ったと天下の笑い物になりましょう」

「それならどうすると申すのじゃ。名だの義だのと、古い時代の名分を持ち出したところで致し方あるまい」

世良田満義は財産を守るために義貞に頭を下げたものの、何とか現状を維持する方法はないものかと心胆をくだいていた。

「世良田どの、兄者は大塔宮さまから綸旨をいただき、天下の大義を成すために兵を挙げる決意をしたのでござる。かくなる上は帝の御意に応じると一味神水の誓いをして、幕府勢に戦いを挑むしかありますまい」

「相手は二万もの大軍だぞ。策もなく打って出て勝てるはずがあるまい」

「勝負は時の運と申します。一命を賭して義を貫き、あれこそ真《まこと》の武士《もののふ》よと言われるほどの働きをしたなら、心を動かされて馳せ参じる者もおりましょう。たとえ武運つたなく敗れたとしても、帝の御為《おんため》に命を捨てたなら、天晴《あっぱ》れ源氏の嫡流と子々孫々まで誉れをいただくことになりましょう」

　帝の御為とか源氏の嫡流という言葉には、新田一門をふるい立たせる魔力がある。義助はそれを心得ていて、ここぞという時に使ったのだった。

　五月八日の明け方、義貞は黒糸縅の鎧を着込み、山風にまたがって館を出た。従うのは義助、義昌ら三十騎と足軽、従者百人ばかりである。

　白地に中黒の紋を描いたのぼり旗を押し立て、館の正門から押し出していく。沿道には将兵の家族や領民が、晴れがましさと不安が入り混じった顔をして見送りに出ていた。

「あっ、お館さまだ」

「お館さま、今日はお祭りなの」

「山風、こっち見て」

　子供たちがいつものように気易く声をかける。

　親たちが誰も止めないのは、義貞がそれを好んでいることを知っているからだった。

　長福寺の辻に出て生品神社へつづくゆるやかな上り坂を進んでいると、いくつかの辻で一門の者たちが合流してきた。

「大館次郎宗氏、見参」

「堀口三郎貞満《さだみつ》、ただ今」

「岩松三郎経家、参り申した」

それぞれに名乗りを上げ、義貞勢に合流する。生品神社に着く頃には、一門一族三十余名、侍百五十騎になっていた。

義貞はまず社殿に参拝し、戦の勝利と一族の無事を祈ってから、皆に挙兵の目的とこれからの行動を告げた。

「ここでしばらく身方の参集を待ち、利根川ぞいに北上して上野の守護所を攻める」

狙いは守護所の蔵に貯えてある米と銭である。集まった軍勢を食べさせることが、大将のもっとも重要な仕事だった。

「その後鎌倉街道を馳せ下り、幕府の軍勢と雌雄を決することになる。者ども、その覚悟をもって後につづけ」

義貞は鬼切丸を抜き放ち、天に突き上げて鬨の声を上げた。

四方に飛ばした檄に真っ先に応じたのは、月田右京亮だった。緋縅の鎧を雄々しく着込み、侍三百騎、足軽、従者八百もの手勢をつれていた。

「義貞どの、我らの命、貴殿に預けましたぞ」

人の縁とは不思議なものである。

屋敷を襲われ百五十貫もの銭を奪われた右京亮は、義貞の器量にぞっこん惚れ込み、この日を待ってひそかに手勢を集めていたのだった。

「参陣大儀、空もよく晴れてらあ」

「天晴れとはこのこと。心のままに暴れましょうぞ」

肩を叩き合って歓び合っていると、岩松経家がやって来た。

「おおせの通り、千寿王どのに合力のことを伝え申した。今日明日には手勢をひきいて参陣されるものと存じます」

足利高氏の嫡男千寿王（後の義詮《よしあきら》）はまだ四歳である。高氏が主力をひきいて上洛しているので、手勢もさしてそろえられないはずである。

だが源氏随一の有力者である足利家が挙兵に加われば、各地の守護や国人に与える影響は大きかった。

陽《ひ》が頭上にさしかかった頃、世良田兵庫助が一族の軍勢を引きつれてやって来た。侍百騎、足軽、従者二百五十である。

入道満義は事ここに致っても幕府との関係を修復する方法はないかと思案し、出陣を許そうとしなかった。だが兵庫助は父と談判し、ねじ伏せるようにして出陣してきたのだった。

「申し訳ござらぬ、仕度に手間取り、遅うなってしまい申した」

「よく来てくれた。兵庫助、武士の面構えになってきたじゃねえか」

義貞は兵庫助の決意の深さを表情から読み取っていた。

「そろそろ頃合いじゃ。大館どの」

義貞は大館宗氏を呼び、出陣の鏑矢を射るように頼んだ。

「心得た」

宗氏は三枚打ちの強弓をキリキリと引き絞り、天までとどけとばかりに矢を放った。

鳴り鏑をつけた矢は、ヒュウという笛のような音を立てて空に向かい、ゆるやかな放物線を描いて里に落ちていった。

「出陣じゃ。神々もご照覧あれ」

他勢も加わり総勢二千余になった新田勢は、生品神社の鳥居をくぐって笠懸野に打ち上がった。

この日、元弘三年五月八日は、西暦の六月二十日にあたる。

すでに梅雨は終わり、夏の気配に包まれている。笠懸野は夏草におおわれ、吹き来る風にはむせるような青臭い匂いがまじっていた。

義貞はふもとに流れる利根川と新田荘の村々をながめながら、もう一度ここに帰って来られるだろうかと考えていた。

妻の知子や三男の太郎（後の義宗）、安養寺に集ってくる子供たちと別れるのは身を切られるように辛いが、時を得てはるか遠くまで駆けてみたいという長年の想《おも》いが、今ようやく現実になったのだ。

はたしてどこまで行けるか、命を的に試してみるしかなかった。

笠懸野から田部井《たべい》に下りて西に向かっていると、粕川の手前で堀口十三郎が駆けもどってきた。

「前方から軍勢がやって来ます。長蛇の列をなしているので、しかとは分かりませんが」

三千ちかい数だという。

「旗印は」

「何も立てておりません。いかがいたしましょうか」

もう一度もどって相手の正体を確かめるべきかどうか。十三郎はその判断をあおいでいた。

「その必要はねえよ。幕府の軍勢なら、これ見よがしに旗を立てるはずだ」

義貞の見立ては当たっていた。

軍勢は越後から馳せ参じた里見、鳥山、田中、大井田《おおいだ》、羽川などの新田一族だった。

彼らは堂鳩の知らせを受けて出陣してきたが、道中幕府方とのいさかいを避けるために旗を巻いて正体を隠していたのである。

ところが粕川の向こうに義貞勢がいると知り、花が咲くようにいっせいに旗を上げた。中黒の旗が道にそってずらりと並び、新田荘の将兵を大いに勇気付けた。

「兄者、あれを見られよ。この戦、何とかなりまする」

前を行く義助が歓喜の声を上げ、あの鳩たちはたいしたものだと独りごちた。

総勢五千になって意気揚がる新田勢は、その日の夕方に上野の国府（群馬県前橋市）に乱入した。

守護所の代官である長崎孫四郎左衛門《まごしろうざえもん》は五百ばかりの手勢をひきいて防戦したが、ふいをつかれて楯の仕度も充分ではない。やむなく国府を脱出し、鎌倉をめざして落ちていった。

義貞は守護所を占領し、国中の国人たちに参集を呼びかけた。

蔵を打ち破って米や銭を諸勢に分け与え、翌日には意気揚々と鎌倉へ向かって兵を進めた。

利根川のほとりにさしかかると、川に舟橋をかけて待ち受けている者があった。

岩松経家と足利千寿王である。千寿王の手勢は、紀五左衛門《きのござえもん》以下わずか二百騎ばかりだった。

「お待ち申しております。足利千寿王さまでございます」

経家が引き合わせた。

四歳の千寿王は直垂姿で五左衛門に抱かれていた。

「あの舟橋は」

「行軍の便をはかるために、千寿王さまがお命じになったのでござる」

手勢は少ないものの、足利家には潤沢な資金がある。それを生かして付近の領民に申し付けたらしい。千寿王に恥をかかせまいとする経家の計らいだった。

「それは有り難い。この際、経家どのに頼んでおきたいことがある」

「何でございましょうか」

「貴殿は足利家の縁戚ゆえ、千寿王どのの守り役をつとめてもらいたい。ただし我らは帝の綸旨を得て義兵を起こした。それゆえ何があろうと俺の指揮に従ってもらう。よろしいな」

そう釘を刺したのは、この先新田と足利の間で指揮権をめぐる争いが起こるのを避けるためだった。

時の勢いとは凄まじい。

鎌倉街道を南下し始めた義貞勢には、上野ばかりか武蔵、信濃からも続々と軍勢が加わり、数日のうちに三万を超す大軍となった。

しかしすべてが尊皇回天の志に共鳴した者たちばかりではない。勝ち馬に乗って恩賞に与《あずか》ろうとする者。この機会にひと暴れしてやろうという野伏やあぶれ者。義貞が上野守護所の米や銭を分け与えたと聞いて、新たな分け前にありつこうとする者たち。

いろいろな欲と目論《もくろ》みを抱えた者たちの寄せ集めである。それゆえ統率するのは至難の業だが、時の勢いが数の勢いに変わり、義貞勢は快進撃をつづけていった。

北条貞国《さだくに》を大将とする幕府勢と初めて遭遇したのは五月十一日。武蔵国の小手指原でのことである。

敵は二万の精鋭だが、わずか半刻（約一時間）ばかりの戦いでこれを圧倒。逃げる敵を追って久米川まで南下した。

先陣の諸将はこのまま川を越えて追撃するべきだと言ったが、義貞はひとまず人馬を休め、皆を集めて評定を開いた。

中心となるのは新田一門で、後から参じた武将たちは遠慮して口をつぐんでいた。

「このまま勝ちに乗じ、敵を追撃するべきと存ずる」

豪勇の大館宗氏は今や先陣の大将となり、一万余の軍勢をひきいていた。

「さよう。時を移せば敵に態勢を立て直す暇を与えましょう」

世良田兵庫助も二千の兵を預けられ、宗氏と並ぶ主戦派になっていた。

「待たれよ。敵は敗走したとはいえ、大きな痛手を受けているわけではありません。あるいは我らを引きつける計略かもしれませぬぞ」

義助が口にしたのは、義貞が抱いている疑念である。

ところが総大将が気弱なことを言っては全軍の士気にかかわるので、義助が代弁したのだった。

「敵は我らの挙兵を聞き、おっ取り刀で出陣してきたのじゃ。そのような計略をめぐらす余裕はあるまい」

「大館どののおおせの通りでござる。楯の備えも不足しておりますゆえ、矢を射かければすぐに逃げていきまする」

評定は半刻ほどつづいたが、次第に宗氏らの追撃策に同調する者が多くなった。

幕府の大軍に勝った高揚感と、身方が三万にふくれ上がった自信が、皆を強気にしている。それにこの勢いを手放せば、身方は一瞬にして雲散するのではないかという不安にもさいなまれていた。

義貞にも似たような思いはある。ここで無理に押さえ込んでは暴発する者たちも出かねない。そこで五月十五日の未明に久米川を渡り、分倍河原に布陣した敵に攻めかかることにしたが、懸念はやはり当たっていた。

十五日の早朝、宗氏がひきいる先陣が渡河を終えた頃、堀口十三郎が本陣に駆け込んできた。

「殿、関戸に配していた者から報告がありました。昨夜幕府の軍勢が多摩川の南に布陣し、分倍河原の後詰めにあたっているようです」

「人数は」

「およそ三万。弓も楯も充分にそなえております」

「川を渡す浅瀬はあるか」

「上流と下流に二ヵ所ございます」

敵は分倍河原の二万をおとりにして義貞勢を引きつけ、後詰めの軍勢で左右から押し包むつもりなのである。

ここまで退却してきたのは、この策あってのことだった。

「出陣じゃ。馬を引け」

義貞は馬廻りの二百騎ばかりを引きつれて久米川を渡った。夏とはいえ明け方の川はひんやりと冷たい。腰まで水につかって山風を進め、蒲《がま》の生い茂る対岸にたどり着いた。

背の高い木々におおわれた武蔵野の丘陵地帯を抜けると、前方に広大な平野が広がっていた。中央には多摩川が西から東へ流れ、その両側に田植えが終わったばかりの水田がつづいている。

その川と鎌倉街道が交わるところに広がるのが分倍河原だった。

戦いは今まさに始まるところだった。

川を背にして河原に布陣した北条貞国の幕府勢二万に、宗氏と兵庫助の軍勢一万二千が鋒矢《ほこや》の陣形をとってまっしぐらに攻めかかっていく。

幕府軍を真っ二つに駆け割ろうとしているようだが、幅二町（約二百二十メートル）ばかりの多摩川の対岸には、幕府の援軍三万がいて、上流と下流から続々と渡河にかかっていた。

「者共、急げ」

義貞は先頭に立って山風を駆った。

宗氏に敵の計略を知らせ、ただちに兵を退《ひ》かせなければならぬ。背中を焼かれるような焦燥にかられて鐙を蹴っていると、前方から両軍入り乱れて上げる叫び声が聞こえてきた。

河原までたどり着くと、三方を押し包まれて苦戦している身方の姿が見えた。敵は宗氏勢を両手でつかんで握りつぶそうとするように、包囲の輪をちぢめている。

これを見た後続の者たちは、勝ち目はないと見て逃げ始めていた。烏合《うごう》の衆《しゅう》の弱点が、こんな大事な時にさらけ出されたのである。

義貞は敗走して来る者たちの前に立ちはだかり、山風を右に左に駆け回して行く手をはばんだ。

「総大将、新田義貞である。逃げようとする者は俺が斬る」

鬼切丸を天に突き上げて大音声《だいおんじょう》に呼ばわった。

その声に活を入れられ、恐怖に浮き足立っていた者たちがシャンとなった。

「俺に策がある。後につづいて手柄を立てよ」

義貞は敗走の兵二千余をまとめると、二百騎を先頭に上流の敵の背後に回り込んだ。

勝ちに勇み立っていた敵は、この動きにまったく気付いていない。思いがけない伏兵の出現に取り乱し、身方を押しのけるようにして敗走を始めた。

義貞はそのまま最前線まで駆け入り、

「宗氏、兵庫助、今のうちに兵を返せ」

敵に包囲されていた先陣部隊の活路を開いてやった。

この働きによって、宗氏らはかろうじて死地を脱することができたのである。

義貞はいったん久米川の北岸まで退却し、態勢を立て直すことにした。

初めての大敗に将兵は動揺している。いったん落ち着いて足元を固め、気持ちを立て直す必要があった。

死傷者も多かった。死者三百人、負傷者は一千人を超えている。この手当てをどうするかは、将兵の士気にかかわる問題だった。

義貞は上野守護所から奪った銭を使うことにした。それぞれの領主が提出する軍忠状に証判《しょうばん》をし、弔慰金や見舞金をそえて渡した。

負傷した者は堀兼《ほりがね》（埼玉県狭山《さやま》市堀兼）まで後退させ、充分な治療ができるように計らった。

その日の夕方、相模《さがみ》の三浦義勝《みうらよしかつ》が六千余の兵をひきいて参陣した。北条家のお膝元にもかかわらず、松田、河村、土肥《とひ》、土屋など、多くの国人衆が従っていた。

「義貞どの、聞きましたぞ」

義勝は顔を合わせるなり分倍河原での働きを激賞した。

一度か二度面識がある程度だが、義貞の戦ぶりにそれほど心を動かされていたのである。

「戦に敗れたとはいえ、案ずることはござらん。貴殿の鮮やかなお姿は、身方ばかりか敵の目にも焼きついているはずでござる」

「そう言っていただければ有り難いが、敵は五万。どう戦ったものか頭を悩ませています」

「策など無用。敵は今日の勝ちと数の多さに傲《おご》っており申す。それがしが先陣をつとめますゆえ、明日、朝駆けして敵の寝込みを襲われるがよい」

「敵は傲っていますか」

「さよう。ここに来る前に配下をつかわして様子をさぐらせ申した。執権の一門が出馬したというので、先陣の北条貞国は酒宴を開いてもてなしているそうでござる」

「ならば、明日の戦の手立てはこの義貞に任せてもらえないでしょうか」

「どうなされる」

「三浦どのが我らの身方に参じるとは、敵は思ってもいないでしょう。それゆえ幕府方の応援に来たと偽って、敵中に軍勢を入れていただきたい。そうして我らが朝駆けにかかったなら、頃合いを見て兵を起こすのでござる」

「なるほど。敵の傲りと油断をつくには格好の策じゃが、このことが敵に知れたら我らは全滅することになりまする」

三浦勢を捨て駒にして敵を混乱させ、一気に攻めかかるつもりではないか。義勝はそう疑っていた。

「敵陣には俺も三浦家の旗を借りて同行します。心配は無用です」

「貴殿が、我らと共に」

「そうです。共に敵の腹中に入って思う存分暴れましょう」

「面白い。獅子《しし》身中に飛び込む策じゃな」

義勝が手を打って笑った。

「兄者、それはあまりに無謀ではないかと義助が危ぶんだ。

義勝が敵陣に入ってから寝返ったなら、義貞の命はないのである。

「義勝どのはそんなお方じゃねえよ。それに考えがあるんだ」

義貞は十三郎を呼び、これから三浦義勝の使者となって分倍河原の敵陣に行くように命じた。

「三浦勢六千が夜半に到着する。ついては布陣する場所を空けておいていただきたい。北条貞国の陣所にそう伝えるんだ」

こうした先触れは参陣の作法だった。

「それにな。義貞は昼間の戦で右足を負傷し、いったん堀兼まで退却した。そんな噂を陣中にばらまいてくれ」

「承知しました。お任せ下され」

十三郎は丸に三引両の三浦家の家紋を染めた旗を背負い、十人ばかりの配下をつれて駆けていった。

その日の深夜、義貞は三浦義勝と馬を並べて分倍河原へ向かった。

義貞の手勢はわずか二百騎。六千の三浦勢に比べれば数にも入らないほどである。だがその度胸の良さを三浦義勝はいたく気に入っていた。

「面白うござるな、義貞どの」

「ほう、何が」

「思うた通りに駆けられることがでござる。幕府を倒す戦をすることになろうとは、一月前には考えてもおりませんでした」

だが義貞が挙兵したと聞き、そうした生き方ができるのだと気付いたという。義勝も胸にうつうつたるものを抱え、はるか遠くへ駆けてみたいと望んだ男の一人だった。

分倍河原には今朝の激戦の跡が生々しく残っていた。

夏草におおわれた地面は軍勢に踏み荒らされ、そこかしこに黒く見える血だまりがある。討死した者たちの遺体も放置されたままだった。

幕府勢は多摩川を背に三段の陣をしいていた。

北に向かって前一列が北条貞国勢二万、二列目が北条泰家の先陣一万、そして三列目が泰家ら一門衆の軍勢二万だった。

すでに丑の刻（午前二時）を過ぎ、軍勢は寝静まっている。

起きているのは夜番の者ばかりだが、彼らも昼間の激戦の疲れと敵は敗走したという油断のせいで、巡回もおこたって持ち場でうつらうつらとしていた。

貞国の陣所に近付くと、さすがに見張り番が松明をかざして立ちふさがった。

「止まれよ。どなたでござる」

「この旗が見えぬか。大田和《おおたわ》の三浦平六左衛門《へいろくざえもん》義勝じゃ」

「ご無礼をいたしました。しばらくお待ち下され」

見張り番がただちに本陣に取って返し、軍奉行の安藤主膳《しゅぜん》を連れてきた。

「お待ち申しておりました。主、治部大輔《じぶのたいふ》貞国は休んでおりますゆえ、明朝対面させていただきます」

主膳は先に立って陣所へ案内した。

十三郎を先触れとしてつかわした義貞の計略が功を奏し、第一列と第二列の間に三浦勢が布陣できる場所が広々と空けてあった。

「賊徒は今朝の合戦に打ち負け、入間川の辺まで落ちのびたそうでござる。ただし夜討ち朝駆けは奴らの習いゆえ、ご用心いただきたい」

それでは明朝本陣でお目にかかりますと、主膳は見張り番所に引き返そうとした。

「安藤どのとおおせられたが、入道聖秀どののお身内でしょうか」

義貞は山風から降りて声をかけた。

「聖秀は伯父でござる」

「そうですか。お元気にお過ごしでしょうか」

「貴殿は」

「三浦悪太郎《あくたろう》貞義といいます」

とっさに出任せを言い、聖秀には儒学の手ほどきを受けたと付け加えた。

「そうですか。元気にしており申す。あの通りの堅物で、説教ばかりされておりましてな」

主膳が急に相好をくずして打ち解けた態度を取った。

月は音もなく西に傾き、夜明けが刻々と近付いてくる。三浦勢は弓弦《ゆづる》を張り長巻《ながまき》の鞘を払い、息を呑んで明朝の合戦にそなえていた。

月明かりに照らされた分倍河原は静まり返っている。風はそよとも吹かず、湿気の多い空気には草いきれとかすかな血の臭いが混じっていた。

異変が起こったのは寅《とら》の刻（午前四時）だった。

昨日の戦いで大敗した大館宗氏と世良田兵庫助が、予定より半刻ばかり早く攻め寄せて来たのである。

一万余の軍勢が喚声を上げ、騎馬隊を先頭に幕府方の第一列に突っ込んで来た。

ふいをつかれた北条貞国勢のうろたえぶりは哀れなほどだった。敵は敗走したという知らせに油断しきっていたために、鎧をつけないまま眠っていた者たちが多い。馬の鞍もはずしたままで、弓には弦を張っていない。

あわてて仕度にかかるものの、寝起きなので自分の従者がどこにいるかさえ分からなくなっていた。

それでも夜番や見張り番の将兵を先頭に敵に立ち向かっていく。鎧もつけず裸馬に乗っている者たちもいる。

第一列が楯となって新田勢を食い止めている間に、第二列、第三列の幕府勢は敵を迎え討つ態勢を大急ぎでととのえていた。

兵を起こすなら今だ。第一列の背後をつけば幕府勢は大崩れする。

義貞はそう見て取ったが、義勝は馬を立てたまま動こうとしなかった。完全武装の兵六千を従えていながら、攻撃の下知《げじ》をしないのである。

「義勝どの、頃合いと思いますが」

義貞は催促した。

「あれは昨日の友でござる。後ろから討つわけには参らぬ」

「この期に及んで、そのような」

悠長なことを言うとはどういうつもりだろう。まさか寝返るつもりではないのか。そんな疑いが頭をよぎったが、肚をすえて待つしかなかった。

やがて第一列が崩れ始めた。ふいをつかれ満足な仕度ができていない弱みが、時がたつにつれてあらわになり、川の堤防が崩れるようにそこかしこで破られていった。

三浦義勝はそれでも動かなかった。陣所の左右をなだれを打って敗走する貞国勢をじ

っと見ていたが、彼らが第二列と合流したと見るや、

「今だ。かかれ」

明け方の空気を切り裂くような声を上げ、第二列に襲いかかった。

敗走する敵を楯代わりにして、幕府勢の本陣をまっしぐらに突く計略である。

三浦勢に追い立てられた第一列は恐慌をきたして身方の中に逃げ込もうとし、第二列の行動の自由を奪っている。

そこを六千の兵に攻め込まれ、なす術《すべ》もなく第三列の本陣に向かって逃げ始めた。

総大将の北条泰家は、敗走してくる身方に矢を射かけさせた。厳格な態度を取って戦場の規律を保とうとしたのだが、これがかえって混乱を大きくした。

一族郎党を射殺された国人衆の中には、北条一門に対する怒りに駆られて本陣に斬り込んでいく者や、北条得宗家に見切りをつけて離脱していく者が続出した。

三浦勢はここぞとばかりに泰家の本陣に攻め込んでいく。宗氏、兵庫助の一万二千が、後れを取るなと後につづく。これを防ぎ止める力は泰家勢にはなく、昨日渡った浅瀬を通って対岸に逃れようとした。

ところが追われる者の哀しさである。動転して浅瀬の位置を間違えたり、後から来た身方に押しのけられて、深みにはまって溺れ死ぬ者が続出した。

勝ちを見届けた義貞は、三浦勢から離脱して義助、義昌が待つ本陣に向かった。

戦に勝った喜びよりも、戦場の凄まじさに圧倒されたままである。鐙にかけた足が、自分の意思に反して小刻みに震えていた。

「なあ山風、お前も見ただろう」

そうつぶやいて労《いたわ》るようにたてがみをなでた。

人には見せられない弱さだが、心の内にしまっておくことはできなかった。

山風は何とも答えない。ただ、分かっているよと言いたげに首をふり、義貞を早く本陣に連れて行こうと足を速めた。


その頃、宣子と徳寿丸はまだ鎌倉にいた。

大仏殿の東側にある安藤入道聖秀の庵で、これまでと変わらない暮らしをしていた。

義貞が新田荘で挙兵し、小手指原や久米川で幕府勢を打ち破ったという報は鎌倉にもとどいている。

義貞から早く脱出せよとの使いもあったが、長年世話になった聖秀だけを残していくのは気が引けて、つい長居をしていたのだった。

幕府からの急便が来たのは、五月十六日の巳《み》の刻（午前十時）過ぎだった。

「大蔵御所から呼び出しがあった。ちょっと出かけてくる」

聖秀はいつもの法衣ではなく墨染めの鎧直垂をまとっている。表門には馬の用意までさせていた。

「その間に用事をしてもらいたい。これを長谷寺のご住持にとどけてきてくれ」

般若心経の写経を入れた箱を宣子に渡した。

聖秀を見送ってから、宣子は徳寿丸を背負って長谷寺に出かけた。

長谷通りを四町ほど南に下がるばかりだが、通りには荷車に家財を積んだ者や、荷物を背負い家族の手を引いた者たちでごったがえしていた。

去る五月九日に京都の六波羅探題が後醍醐天皇方の軍勢に攻め落とされ、北条越後守仲時以下四百三十二人が近江の番場で自害した。

その報が伝わったばかりである。しかも衝撃的だったのは、天皇方を討伐するために上洛した足利高氏が敵方に寝返ったことだ。

その知らせに浮き足立っていたところに、上州で新田義貞が挙兵し、小手指原と久米川で幕府勢を打ち破って鎌倉に向かっているという急報が入った。

これを知った鎌倉市中の者たちは、今日明日にも新田勢が攻めて来ると、家財をまとめて避難を始めている。

幕府はすでに、これを押しとどめる力も気力も失っていた。

宣子は複雑な心境だった。義貞が華やかな働きをして表舞台に躍り出てきたのは嬉しい。いつかはそうした偉業を成し遂げる人だと、抜鉾神社の流鏑馬神事の日に出会った時から感じていた。

しかし、この鎌倉を戦乱に巻き込むのは避けてもらいたい。鎌倉は三方が山、一方が海という袋のような地形なので、まわりから攻め込まれたら、逃げ場を失った多くの人々が犠牲になることは避けられなかった。

宣子は長谷寺の参道の階段を上り、本堂に向かった。

寺にも新田勢が迫っているという知らせは伝わっているらしく、僧たちが大童《おおわらわ》で寺宝の仏像や記録類を長櫃に入れ、安全な場所に避難させようとしていた。

五十がらみの住職が、本堂で指揮をとっている。武家の育ちらしいがっしりとした体付きをした僧だった。

「和尚さま、お取り込み中に申し訳ありません」

宣子は何度か聖秀の使いをして寺を訪ねたことがある。住職とも顔見知りだった。

「ほう。このような時に感心なことじゃ」

住職は箱の中を改め、庫裏から一通の書状を持ってきた。

千巻の写経を無事に終えたと証するものだった。

「しかと受け取った。心置きなくとお伝え下され」

住職は証書だけでは足りないと思ったらしく、首にかけた数珠をはずして聖秀に渡すように頼んだ。

帰りはもっと混んでいた。

しかも皆が殺気立ち、人より先に鎌倉を出ようと押し合いへし合いしている。

宣子は徳寿丸を腕に抱き、人ごみにもみくちゃにされながら庵に向かった。

「分倍河原でも大負けしたそうじゃ」

「明日にも攻めて来るぞ」

「幕府はいったい何をしとるんだ」

口々に叫ぶ声が聞こえてくる。

どうやら二日前に出陣していった北条泰家の軍勢が大敗したようだった。

いよいよその時が来るのだ。宣子は庵にもどると、住職から預かった物を聖秀の家来に渡し、身辺の整理を始めた。

持っていく物は義貞からもらった懐剣と路銀ばかりである。徳寿丸を守り抜き、義貞のもとに届けることができれば、後のことはどうでも良かった。

やがて聖秀が大股で離れにやって来た。

僧形の頭に頭巾をかぶっているのは、出陣にそなえてのことだった。

「証書とお数珠を受け取った。ご苦労であったな」

聖秀はいつも通りおだやかだった。

「婿どのが分倍河原で我らの軍勢を打ち破られたそうじゃ。もはや幕府の命運は尽きた」

それゆえ市中の者は一刻も早く避難させ、幕府の軍勢だけで鎌倉に立てこもることにしたという。

「今日まで良う尽くしてくれた。門前に鞍付きの馬をつないでおるゆえ、それに乗って早く落ちよ」

「聖秀さまは、いかように」

「幕府と共に死ぬのがわしの義だ。満願をとげたゆえ、思い残すことはない」

「承知いたしました。ご配慮、かたじけのうございます」

「婿どのに伝えてくれ。戦場でまみえても遠慮はいらぬと」

聖秀は革袋に入れた銀の小粒を渡し、小袋坂《こぶくろざか》の方は混み合っていないのでそちらに回れと教えてくれた。

宣子は男装束に着替え、徳寿丸を胸に結びつけて小袋坂に向かった。

乗馬は手慣れていたはずなのに、久々に乗ったせいか馬との呼吸を合わせるのにしばらく時間がかかった。

聖秀が教えてくれた通り、材木座から小袋坂を抜ける道はあまり人がいなかった。この方面には商人が多く、材木座の船着場から船で避難していたのである。

徳寿丸は窮屈さを嫌がりもせず、いつの間にか寝入っている。

この度胸の良さは父親ゆずりだと思いながら、宣子は小袋坂を駆け抜けて金沢方面に向かった。

第七章　鎌倉攻略

挙兵からわずか九日、五月十七日に新田小太郎義貞らの軍勢は鎌倉街道の藤沢宿に達していた。

義貞軍には関東各地の大名や国人衆が馳せ参じ、総勢十万ちかくにふくれ上がっている。先陣は藤沢に着いたものの、後陣は関戸あたりに屯しているほどだった。

義貞は藤沢で軍勢をとどめ、全軍の到着を待つことにした。その間に主立った者たちを集めて評定を開いた。

弟の脇屋義助、執事の船田入道義昌、大館宗氏、世良田兵庫助、岩松経家らの新田一門、足利千寿王と紀五左衛門、分倍河原の戦いで功のあった三浦義勝など、十数人が車座になった。

「明日の鎌倉攻めの部署を定めたいと存ずる。それぞれ忌憚のないご意見を聞かせていただきたい」

進行役の義助が、皆の真ん中に鎌倉周辺の絵図を広げた。

藤沢から鎌倉に攻め入る道は四つ。北から小袋坂、化粧坂《けわいざか》、大仏坂、極楽寺坂で、いずれも山を掘り切って道を作った切通しである。

道幅は二間（約三・六メートル）ばかりと狭い上に、敵は山の上に布陣して待ちかまえているので、突破するのは容易ではなかった。

「まず決めるべきは、四つの切通しに軍勢を分けるか、それとも一ヵ所二ヵ所に集中するかどうかでござる」

「これだけの軍勢じゃ。四つに分けねばどうにもなるまい」

大館宗氏が即座に応じた。

他の武将にも異存はない。四つの切通しから同時に攻めかかれば、鎌倉方も兵力を分散して守らなければならないので、どこかが手薄になるはずだった。

「ならば軍勢をどのようにふり分けるかでござるが、方々にお望みはございましょうか」

義助が皆を見回して意見を求めた。

「待たれよ。望みなど言えばまとまるはずがありませぬ。ここは御大将にご下知をいただくべきと存ずる」

三浦義勝が打ち合わせ通り声を上げた。

これで大勢が決まりかけた時、

「そのことに異存はござらぬが」

岩松経家がおだやかに口をはさんだ。

「それがしは御大将に命じられて、足利千寿王どのにご出馬をいただくように計らい申した。その甲斐あって、足利家ゆかりの方々が数多く馳せ参じて下された。これは千寿王どののお力があればこそでござる」

「さようかな。利根川のほとりに参られた時は、わずか二百騎の小勢でござったが」

宗氏が経家と足利家への対抗心をむき出しにした。

「ところが今では足利家ゆかりの軍勢だけで三万にのぼっております。それは千寿王どのが参陣なされたからに他なりますまい」

「おおせの通りです。兄者もそれが分かっておられたゆえ、千寿王どののご出馬を願われたのです」

義助が両者の間に入り、それで何か望みがあるかと経家にたずねた。

「千寿王どのを足利ゆかりの軍勢の大将となし、それがしと紀五左衛門どのを補佐役にして、ひとつの攻め口を任せていただきたい」

「岩松どのは御大将の下知に従わぬとおおせられるか」

宗氏が目を吊《つ》り上げた。

「申し上げたはずでござる。それがしは御大将の命で千寿王どのにご出馬を願った。それゆえ千寿王どのに失礼なことはできぬと考えているまででござる」

「ならば千寿王どのを副将軍として御大将の本陣におけばよい。何も軍勢を分けることはあるまい」

「軍勢を分けるとは申しており申さぬ。攻め口をひとつ任せていただけば、互いに競い合っていい働きができると思ったばかりでござる」

「経家の言うことはもっともだ」

義貞が初めて口を開いた。

「確かに千寿王どのには俺が頼んで出陣してもらった。足利家は源氏の重鎮だし、高氏どのは都で六波羅探題を滅ぼす働きをしておられる。それにふさわしい役目をはたしていただくのは当たり前だ」

それゆえ千寿王には大仏坂の切通しを受け持ってもらうと言った。

小袋坂は堀口貞満、世良田兵庫助らの二万、化粧坂は義貞、義助の本隊三万、そして稲村ヶ崎に近い極楽寺坂には大館宗氏、江田行義《ゆきよし》らの二万が向かうことにした。

評定が終わると、宗氏が鎧の金具を鳴らして歩み寄ってきた。

「御大将、本当にあれでいいのでござるか」

「千寿王どのでござる。一手の大将を任せたなら、足利の力で鎌倉を落としたなどと言われかねませぬ。経家めは足利の縁者ゆえ、それを見越してあのようなことを言ったのでござる」

「何のことだい」

「まだ鎌倉が落とせると決まったわけじゃねえよ。今は皆の力を結集することが先決だ」

「しかし、足利に一番乗りでもされたら……」

「そんなことにならないように、俺らが源氏の嫡流らしい働きをしてみせればいい。新田と足利とどちらが武士として優れているか、坂東中の侍に見てもらおうじゃねえか」

「分かり申した。御大将がそのお考えなら」

それがしが一番乗りをはたしてみせると胸を叩き、宗氏は持ち場へもどっていった。

翌十八日の明け方、四つに分けた軍勢がそれぞれの攻め口に向かっていった。

義貞は義助に二万の軍勢の采配を任せ、藤沢に近い深沢に一万をとどめて待機した。ここからだと四方の攻め口に駆けつけることができる。急な事態にいつでも対応できるように、一千余の馬廻り衆とともに陣頭に立っていた。

戦は北から始まった。小袋坂に向かった堀口、世良田勢を迎え撃とうと、北条守時の軍勢が柏尾川《かしおがわ》の東岸の洲崎《すざき》まで出てきたからである。

渡河にかかる新田勢に痛打をあびせようと考えてのことだが、連日の勝ち戦に勢いづいた堀口、世良田勢は、雨のように射かけられる矢を楯で防ぎながら、難なく川を押し渡った。

しかも化粧坂に向かった義助勢が、長く陣形が延びた敵に横矢を射かけたために、北条勢はあわてて退却せざるを得なくなった。

それを追って堀口、世良田の先陣が殺到する。

やがて極楽寺坂や大仏坂の切通しでも戦が始まり、数万の軍勢が上げる喚声や雄叫《おたけ》びが緑につつまれた山々に谺《こだま》した。

義貞は床几《しょうぎ》に腰を下ろし、各方面からの報告を待っていた。戦場の殺気には慣れたが、幕府の本拠地である鎌倉を攻めることに言いようのない重圧と緊張を覚えていた。

鎌倉は源頼朝が初めて武家の政権を打ち立てた聖地である。今は平氏である北条一門が天下の権を取っているとはいえ、幕府の重職をになっているのは、義貞が雲の上とあおぎ見てきた大名や武将ばかりである。

そこにこうして攻めかかっているとは夢でも見ているようで、足が地につかない心地だった。

「申し上げます。小袋坂の身方は敵に押しもどされております」

「化粧坂の身方は、切通しの門にはばまれて進むことができません」

「大仏坂は矢戦がつづいております」

堀口十三郎の配下の忍びたちが、次々と状況を報告に来る。

明け方から二刻（約四時間）ちかくたっても、どの口からも鎌倉に攻め入ることができなかった。

「申し上げます。大館宗氏どのが稲村ヶ崎から鎌倉に攻め入っておられます」

その知らせが届いたのは未《ひつじ》の刻（午後二時）過ぎだった。

「稲村ヶ崎とは、どこじゃ」

義貞には聞きなれない地名だった。

「極楽寺坂の南の海ぞいの道でございます。霊山《りようぜん》という山がありますので、霊山ヶ崎とも呼ばれております」

「分かった。引きつづき様子を伝えよ」

極楽寺坂の切通しを破れぬと見た宗氏は、海伝いの狭い道を通って敵の守備陣を突破したのである。そこから次々と軍勢を送り込めば、切通しをふさいでいる敵陣に背後から攻めかかることができる。

「出陣じゃ。極楽寺坂へ向かう」

義貞は山風を駆って柏尾川ぞいの道を腰越《こしごえ》まで出て、七里ヶ浜の道を稲村ヶ崎に向かった。

右手には夏の海が青々と広がり、波が静かに砂浜を洗っている。さざ波が陽に照らされてキラキラと光り、遠く水平線までつづいている。

山国育ちの義貞にはなじみのない、胸のすくような広々とした景色だった。

稲村ヶ崎まで来ると、大館、江田勢がひしめいていた。宗氏は海ぞいの道を行ったと聞いたが、海の際まで山が迫り、険しい崖になっていた。

「宗氏はどうした。海ぞいの道などないではないか」

本陣に行って江田行義にたずねた。

「大館どのは潮が引いている間に、崖の下の岩場を通っていかれました。しかし潮が満ちてきて、今は通れないのでございます」

行義は世良田家の一門で兵庫助の従兄にあたる。長楽寺で勉学を積んだこともある教養人だった。

「兵が送れぬのか」

「潮が引かなければ、どうすることもできませぬ」

「それでは宗氏は」

退路を断たれて孤立しているのではないかと案じながら待っていると、海端までせり出した霊山の山頂から戦の喚声が上がった。

山上の守りについていた新田勢が、東から攻めかかってくる敵を懸命に防いでいる。

「殿、大館宗氏どのが討死なされました」

鎌倉に潜入していた堀口十三郎が本陣に駆けもどった。

「宗氏が……、討死だと」

「坂ノ下あたりまで攻め込まれたようですが、逆茂木《さかもぎ》にはばまれて先へ進めなくなりました。その間に潮が満ちて、退路を断たれたのでございます」

「霊山を攻めているのは、追撃してきた者共だな」

義貞は山風に飛び乗り、霊山を敵に渡すなと叫ぶなり駆け出した。

霊山は死守したものの、鎌倉市中に兵を進めることはできなかった。

大館宗氏以下五百名ちかくが討死したが、遺体を引き取ることもできなかった。

義貞は態勢を立て直す必要に迫られ、稲村ヶ崎の四半里（約一キロ）ほど北の聖福《しょうふく》寺《じ》に本陣をすえた。

ここから極楽寺坂の切通しまでは五町（約五百五十メートル）ばかりである。

尾根をひとつ越えれば、谷《やつ》の平地がつづいているので、何度か突破をはかったが、大仏貞直が指揮する鎌倉勢の守備は固く、いたずらに死傷者を増やすばかりだった。

義貞軍には兵糧のたくわえがない。このまま鎌倉を落とせなければ、食べるに窮した軍勢が自領に引き上げていくのは避けられない。一日二日と過ぎるうちに、義貞の焦りはつのっていった。

「どこか鎌倉を見渡せる場所はないか」

十三郎を呼んでたずねた。

「長谷寺の西側の尾根に登れば見えますが、敵の見張り番所があります」

「夜の間に登れば何とかなろう。案内《あない》してくれ」

義貞は黒装束をまとい、五月二十日の夜半に聖福寺を忍び出た。

十三郎と二人だけで寺の裏山（後の陣鐘山《じんがねやま》）に登り、谷の道に下りて長谷寺の西側につづく尾根に向かった。

幸いと言うべきか、夜になって雨が降り始めている。梅雨の名残りの雨である。あたりは墨を流したような深い闇につつまれているが、十三郎は夜目が利く。義貞もその後ろにぴたりとついて尾根への道を上がっていった。

敵は尾根を守りの最前線としているので、一町ごとに番所をおき、その間に綱を張って鳴子を仕掛けている。だが二人とも楽々とそれを乗りこえ、山の頂きに上がって夜明けを待った。

十三郎は松の大木に背中をあずけ、すぐに眠りに入っている。

だが義貞は気持ちが高ぶり、まんじりともせずに夜明けを待った。

父の供をして初めて鎌倉に来た時のことを、義貞は鮮やかに覚えている。金沢街道を通って雪ノ下まで出ると、北側には幕府の御所があり、南側には北条家の執権邸があった。その大きくて立派な門構えに圧倒され、呆《ほう》けたように立ちつくして見上げたものだ。

鶴岡八幡宮の三ノ鳥居の下に立つと、参道の向こうに石段があり、その上に美しい神殿がそびえていた。太鼓橋の左右には源氏池と平家池があり、水路でつながれている。

ふり返ると若宮大路が真っ直ぐに延び、海へとつづいている。大路の真ん中には一段高くなった段葛と呼ばれる通りがあり、二ノ鳥居までつづいていた。

「ここは神様がお通りになる道じゃ。八幡大菩薩《だいぼさつ》さまは海からこの地にやって来られ、この道を通って鎮座なされた」

父の話を聞いているうちに、この道を歩く八幡大菩薩が見えた気がした。

そして神さえも招き寄せた頼朝の偉大さを思って心が躍った。

(俺は源氏の嫡流なのだ)

新田荘では感じたこともなかった誇りと使命感が、沸々とわき上がってきたのである。

義貞がはるか遠くまで力の限り駆けてみたいと思うようになったのは、この時からかもしれなかった。

やがて東の空が薄明るくなり、少しずつ夜の闇がうすれていった。由比ヶ浜の海岸線が見えるようになり、ひしと身を寄せて建ち並ぶ町並みが姿を現わした。

眼下には大仏坂の切通しから由比ヶ浜までなだらかな坂道がつづいている。道の両側には鎌倉勢が隙間もなく陣を敷き、大仏坂、極楽寺坂の後詰めに向かう構えを取っていた。

その数は三万を下らない。そろいの鎧兜に身をつつんだ精鋭ばかりで、軍勢の統制も取れている。騎馬だけでも五千騎ちかく、道からあふれんばかりにひしめいていた。

「安藤どのはどうしておられるだろうな」

義貞は大仏坂の東の谷に目を向けた。

安藤聖秀の庵があったあたりにも、将兵が布陣していた。

「執権どのの館に移られたのでしょう。宣子さまのことが気になったのですが、警戒が厳重で近付くことができませんでした」

「あれは乗馬の名手だ。心配するには及ばねえよ」

やはり切通しを突破するのは難しい。宗氏《そ》のように稲村ヶ崎の道に活路を求めるしかあるまい。義貞はそう見て取り、夜が明け初める前に山上から引き上げた。

聖福寺にもどると、境内の一角に作った馬屋の前に人だかりがしていた。

戦に明け暮れてきた将兵たちが、子供のように真剣な顔をして中をのぞき込んでいる。

山風をつないでいるあたりだった。

「どうした。何かあったのか」

顔見知りの者にたずねると、静かに、とでも言うように口の前で指を立てた。

前に進んで馬屋をのぞき込むと、山風が白馬に寄り添い、しきりに頬をすり寄せたり耳のあたりをなめたりしている。

(あれは……)

名越兵庫助貞持の愛馬だった白菊である。

千早城攻めに出ていた白菊がどうしてここにいるのか分からないが、山風の意図は明らかだった。

久々にめぐり合った恋馬と情を交わし、これから交尾におよぼうとしている。すでに白菊の了解も取れたようで、背中に首をのせたり、たてがみのあたりを甘噛《あまが》みする愛撫《あいぶ》の段階に入っている。

馬屋の前につめかけた将兵たちは、二頭の邪魔をしないように黙って見守っていた。

山風は皆の期待を察しているのか、あるいは女は焦《じ》らすほど喜ぶものだと心得ているのか、こまやかな愛撫をくり返すだけでなかなか後ろに回ろうとしない。

ところが視野の一角に義貞をとらえると、あっという顔をして軽く頭を下げた。

(すみません。ちょっと今は)

取り込み中なのでと言いたげである。

白菊はそれを鋭く感じ取ったようで、腹立たしげに体を当てて山風を押しやろうとした。

(その気がないなら、あっちへ行って)

移り気を許さない手厳しさである。

山風はあわてた。もう一度初めから頬ずりや甘噛みをくり返し、おもむろに後ろに回った。

白菊の尻尾を鼻先でかき分け、臭いをかいだり舌を出したりしている。これで機嫌を直した白菊は、さっと尻尾を横に巻き上げた。

山風の行動は素早かった。ぶるりと体を震わせて竿立ちになると、大人の二の腕ほどもある男根を濡れそぼった陰部に深々と沈めた。

そして白菊の背中に前脚をのせて体の安定をはかり、激しく腰を使っている。

白菊はそのたびに首を上下に動かしたり、純白のたてがみをふり乱したりして、喜びと快楽にひたっている。

山風は一、二度いななき、鼻の穴を二倍ほどにもふくらまして命の営みに没頭した。

馬屋の前に集まった百人ばかりの武士たちは、黙ったまま息を呑んで見守っている。

両手を合わせて祈っている者や、感極まって涙を流している者、朋輩《ほうばい》としっかりと手を握り合っている者もいた。

「あの馬は誰が乗ってきた」

　義貞は馬丁にたずねた。

「名前を聞いておりません。女子《おなご》のようにたおやかな姿をして、赤子をつれておられました」

「赤子だと」

　もしや宣子と徳寿丸ではないかと、義貞は本堂に急いだ。

　二人は庫裏の一室にいた。宣子はひっつめた髪を後ろでたばね、小袖に袴姿である。三つになった徳寿丸は大の字になって眠っていた。

「宣子、今まで何をしていた」

　心配していただけに、思わず叱りつける口調になった。

「分倍河原でお勝ちになったと聞き、聖秀さまのお許しを得て鎌倉を出ました。ところがどこもかしこも軍勢がいて、先に進むことができませんでした」

　そこで藤沢の知り合いの家に泊めてもらい、義貞が進軍してくるのを待っていたという。

「そうかい。それで聖秀どのはどうなされた」

「幕府と共に死ぬのがご自分の義だとおおせでした。戦場でまみえても遠慮はいらぬと、婿どのに伝えてくれと」

「あの方らしい物言いだな。ところで白菊はどこで手に入れた」

「白菊とおおせられると」

宣子が可愛《かわい》く首をかしげた。

義貞が白菊や名越貞持に会ったのは、宣子を鎌倉に連れて来る前のことだった。

「お前が乗ってきた馬だ。白菊といって、名越どのが奥州から取り寄せられた名馬だ」

「聖秀さまから門出の祝いにたまわりました。良く走ると感心しておりましたが、名前も何も聞いておりません」

「名越どのは千早城攻めで敗れた責任を取り、父上と共に自害なされた。陣中で会った時、自分に万一のことがあったなら白菊を鎌倉へ連れ帰ってくれと頼まれていた」

だが義貞は大塔宮護良親王の誘いを受け、陣所を勝手に抜け出したので、約束をはたすことができなかった。

その白菊が鎌倉にもどって聖秀の手に渡り、宣子に贈られて自分の元にやって来るとは、不思議な巡り合わせだった。

「あるいは山風の思いが天に通じたのかもしれねえな」

「山風がどうかしたのですか」

「あれは前々から白菊に惚れていたのさ。今も馬屋で仲良くしているよ」

俺もあやかりたいものだと、義貞は宣子の引き締まった腰のあたりに目をやった。

「鎌倉の守りは堅いようですね」

「ああ、さすがに頼朝公がきずかれた武家の都だ」

「付け入る隙はありませんか」

「それを見つけようと、市中の様子をながめてきた。切通しを攻め破るのは至難の業だ」

「信濃《しなの》、甲斐の幕府方が、鎌倉救援に駆けつけるという噂がございます」

宣子は義貞の到着を待つ間、四方に馬を走らせて情勢をさぐっていた。

「そうなるとますます稲村ヶ崎を越えるしかなさそうだ」

「あそこは干潮になると、鎌倉に入る道ができるそうですね」

「宗氏はそこを通って攻め込んだが、攻めあぐんでいる間に潮が満ちて退路を失った。大勢で攻め込まなければ敵の備えを破れねえが、海の道はそれほど広くはないらしい」

だから少人数しか送れない。宗氏の失敗の原因はそこにあった。

「そうですか。宗氏さまは命を散らされましたか」

「足利に先を越されてはならぬと思い詰めていたようだ。何しろ向こうは雲の上のお大名だからな」

「待って下さい。確か明日は大潮だったと思いますが」

宣子が指を折って何かを数え始めた。

大潮だと干満の差が大きくなり、干潟も広くなって道が開けるはずだという。

「まちがいありません。明日が大潮のはずです」

「何を数えたか知らねえが、そんなことが分かるのかい」

「ご存じありませんでしたか。女子の体は今も潮の満ち引きと深いつながりがあるのですよ」

宣子が片頰にえくぼをうかべてはにかんだ顔をした。

義貞は稲村ヶ崎まで出て、土地の漁師に大潮のことをたずねてみることにした。

いざ出陣だと馬屋へ行ったが、山風は白菊と体を寄せて立ったまま眠っている。心底やすらいでいるようで、耳を倒したまま満ち足りた顔をしていた。

（まあいいか。武士の情けだ）

そのまま寝かしてやることにし、他の馬で真南への道を駆け下った。

音無川《おとなしがわ》の河口に港があり、五十軒ばかりの集落がある。そこで海に詳しい者を呼び出し、大潮についてたずねた。

「今日明日がそうだと思います。よくご存じで」

銅色《あかがねいろ》に陽焼けした漁師の長老が答えた。

「潮が引くのは何刻だい」

「昼は未の刻、夜は丑の刻（午前二時）あたりでしょう」

潮は一日に二回、干満をくり返す。山国育ちの義貞はそんなことも知らなかった。

「未といえば、もうすぐだな」

「あと半刻（約一時間）ばかりでございます」

「ありがとうよ。少ねえが取っておいてくれ」

褒美に銀の小粒を渡し、義貞は霊山に上がってみた。

宗氏は討死したが、五百ばかりの兵が踏みとどまって山上の陣地を確保している。潮はすでに引き始めていて、水位が見る間に下がっていった。

沖には海ぞいの道からの侵入を防ごうと、鎌倉方が水軍を出して横矢を射かける構えを取っている。その船も引き潮に少しずつ遠くへ運ばれていた。

長老が言ったように、未の刻になると引き潮の頂点に達した。

崖に打ち寄せていた波は半町（約五十五メートル）ばかりも遠ざかり、由比ヶ浜までつづく広々とした干潟が姿を現わした。

「おい、宗氏はこの道を通っていったんだな」

大館家の番頭を呼んでたずねた。

「さようでござる。あの時はこの半分くらいの広さしかありませんでしたが」

「潮はいつ返ってくる」

「二刻ばかり後のようです」

それまでに敵の陣地を突破できなければ、宗氏のように退路を断たれて孤立するということだった。

義貞は聖福寺にもどり、評定を開いて皆に計略を話した。

「今日の夜半、潮はここまで下がる」

十三郎に作らせた絵図を示した。

「これだけの干潟があれば、軍勢はいくらでも送り込める。ただし潮が満ちてくるまでに勝負をつけなきゃならねえ」

「それなら他の切通しにも、同時に攻めかかったらどうでしょうか」

義助が四つの切通しを指さした。

同時に攻めかかれば敵の兵力を分散できるし、稲村ヶ崎方面の守りが手薄になるというのである。

「しかし、どうやって合図を送る」

「寺の鐘を裏山に上げて打ち鳴らしたらどうでしょうか。皆が寝静まった時刻ゆえ、各陣所にとどくと思います」

「それは名案でござるな。それならまず四つの切通しに敵を引きつけ、その後に稲村ヶ崎から攻め込んだほうが良うござる」

　義昌が膝を打って身を乗り出した。

「それなら十三郎を様子を見にやらせよう。潮が霊山の崖の下まで引いたなら、火矢を射て知らせるようにする」

「ならば先陣は、それがしにつとめさせていただきたい」

　江田行義が申し出た。

　宗氏の弔合戦をしたいというのである。

「分かった。精兵三千を選んで霊山の下にそろえておいてくれ。後詰めは俺がつとめる」

　義貞は小袋坂の堀口貞満と大仏坂の足利千寿王に書状を書き、今夜丑の刻、鐘の音を合図に総攻撃にかかるように申し付けた。

　化粧坂は義助、大将不在の極楽寺坂は宗氏の子氏明《うじあき》が受け持ち、義昌が補佐役をつとめることにした。

「兄者、よろしいか」

「何でえ。面白いことでも思いついたようだな」

「上州の将兵は潮の満ち引きについてよく分かっておりません。それゆえ海に道ができると言っても、信じない者たちもいると思います」

「そうだな。初めて海を見る奴も多いだろうからな」

「そこで退潮祈願をおこなってはいかがでしょうか」

「祈願って、どうするんでえ」

「その昔、日本武尊《やまとたけるのみこと》は海を渡る時に嵐に遭われ、太刀を投げ入れて波が鎮まるように祈られたと申します。兄者も太刀を投げて、潮が引くように海の神に祈られたらどうでしょうか」

義助は勉強家だけあって故事をよく知っている。しかもこうすれば皆が勇気百倍で戦にのぞむだろうと、軍師のような才覚までめぐらしていた。

義貞に異存はない。太陽が西の海に沈む頃に、霊山の下に先陣の将兵三千ばかりを集めて退潮祈願をおこなった。

山の上の岩場に立ち、どうか潮が引いてくれるようにと祈りを捧げ、黄金造りの太刀を海に投げ入れた。

その瞬間、まるで海から現われたように二羽の鳩が飛び立ち、北の空へ向かっていった。

「あれは海の神の使いじゃ。神仏もご照覧下されたぞ」

義助が大声で叫び、刀を突き上げて鬨の声を上げげた。

それに応じて三千の兵が声を上げ、極楽寺坂に配した二万余もつづいた。

義助が越後衆の堂鳩を借りて仕組んだことだが、皆が神の示現があったと信じ込み、大いに士気が高まったのだった。

草木も眠るという丑の刻、霊山の山上から火矢が上がった。

一本、二本、三本。空に向かって高々と上がった炎が、弧を描いて落ちていく。

潮が引き始めたという十三郎からの合図である。夜がふけているだけに、赤い炎は聖福寺からもくっきりと見えた。

「潮時だ。鐘を鳴らせ」

義貞の命を受けた従者たちが、裏山に運び上げた鐘をついた。

ゴーン、ゴーンという重い音が響きわたり、四つの切通しに配していた軍勢が総攻撃にかかった。

この山が陣鐘山と呼ばれるようになったのはこの時からである。

「出陣だ。馬を引け」

義貞は山風にまたがり、五百の兵をひきいて稲村ヶ崎に向かった。

山風は心身ともに爽快なようで、しきりに駆け出したがっている。だが完全に潮が引くまでにはまだ間があるので、手綱をしぼって跑足で進めた。

昨夜の雨が嘘のような晴天である。月は頭上にかかってあたりを薄青色に照らしていた。

義貞は霊山に上がった。すでに江田行義が陣幕を張り、先陣の指揮をとる構えをとっている。

潮は逃げるように引いていく最中で、すでに幅十間ばかりの干潟ができていた。

「もうじきだ。身方は切通し攻めにかかっている」

「お任せ下され。足利に負けはいたしませぬ」

行義も宗氏と同じように足利千寿王への対抗心を抱いていた。

極楽寺坂でも大仏坂でも激しい戦いがおこなわれている。数万の軍勢が上げる喚声と地鳴りのようなどよめきが聞こえてくる。

数ヵ所から火の手が上がり、海からゆるやかに吹く風が炎や煙を北になびかせている。潮はすでに沖合はるかまで引いていた。

「御大将、参りまする」

行義が本陣に据えた太鼓を打ち鳴らし、山の下に勢揃いしていた精鋭たちが、干潟を渡って鎌倉市中に突撃していった。

松明をともさずとも、月明かりで足元が見える。持楯《もちだて》に守られた弓隊を先頭に、騎馬隊と長刀隊がつづいた。

「それでは、御免」

行義は陣頭で指揮をとろうと、霊山からの坂道を馬で駆け下りていった。

これで打つべき手はすべて打った。

切通しの守りに手一杯となっている鎌倉勢の背後から、行義勢が攻めかかって敵の備えを突きくずすだろう。

義貞はそう信じていたが、半刻たっても一刻（約二時間）が過ぎても、市中に突入したという知らせはなかった。

不安と焦りに腰がすわらぬまま待っていると、

「申し上げます。敵は坂ノ下の浜に船をつらねて楯としております」

十三郎の配下が報告に来た。

敵も今夜が大潮だと知っている。義貞勢が稲村ヶ崎に精兵を集めていることも尾根の番所から見て取っている。

そこで干潟からの侵入を防ぐために、満潮の時に船を何艘も浜につなぎ、潮が引いた時には楯にできるようにしていたのだった。

「それにはばまれて、先に進めねえんだな」

「敵は船の中から矢を射かけてきますので」

「分かった。すぐに行義のもとにもどり、後詰めをすると伝えよ」

義貞は十三郎を呼び、昨夜登った尾根から鎌倉に攻め込むことはできないかとたずねた。

「馬は無理でしょうが、徒歩《かち》なら行けます」

「ならば案内を頼む」

義貞は山を下り、月田右京亮の陣所へ行った。

八百の手勢をひきいていた右京亮は、今や五千の軍勢の指揮を任され、極楽寺坂攻めの後詰めをつとめていた。

「御大将、海際の方はどうです」

右京亮も焦り始めていた。

「敵は船をつないで楯にしているらしい。そこでお前さんの力を借りたい」

「何です。何でも命じて下され」

「月田の侍たちは山戦《やまいくさ》は得意だろう」

「さよう。山賊のような真似をして食いつないでおりましたゆえ」

「そんなら腕っぷしの強い奴を選んで、長谷寺の西の尾根から鎌倉に攻め込んでくれ。俺も五百騎をひきいて海の道から駆け入ることにする」

「承知。ただちに発ちまする」

緋縅の鎧をまとった右京亮が迷いなく立ち上がった。

「頼む。あと一刻ばかりで潮が満ち始める。それまでが勝負だ」

霊山にもどって間もなく、尾根の上に火矢が上がった。突撃の仕度がととのったという十三郎の合図である。

義貞も火矢を射させてこれから出撃すると伝えた。

「出陣じゃ。俺につづけ」

義貞は山風に乗り、霊山から干潟に駆け下りた。


干潟の道は難路だった。

海岸ぞいは岩場なので馬の蹄《ひづめ》を傷めやすい。沖は砂洲《さす》で足を取られそうになる。その境目の足場のいい所を見極めて、馬を進めなければならなかった。

こんなこともあろうかと、義貞は山風に厚めの馬草鞋をはかせている。配下の者たちも心得たもので、馬の脚を傷めることなく稲村ヶ崎を抜けることができた。

ところが坂ノ下の状況は、想像していた以上に厳しかった。

鎌倉方は海岸線に楯のように船を並べ、中に弓隊を配している。その列は坂ノ下から御嶽《みたけ》神社の前までつづいていた。

江田行義の手勢三千は、船の舳先から射かけてくる矢にはばまれて上陸することができないでいる。持楯を並べて対抗するのが精一杯だった。

「こちらの手の内を読まれていたようでござる。これではどうにもなりませぬ」

行義が切迫した声を上げた。

「火矢で船を焼き払ったらどうだ」

「何度もやってみましたが、水弾《みずはじ》きですぐに消し止められてしまいます」

「あの大船の先に回り込めねえか」

「無理です。船から二十間ばかり先は深みになっていて、馬を渡すことができません」

部下にそこを突破させようとしたが、馬を泳がせなければ通り抜けられない。その間に大船の上から狙い撃たれたという。

「このままでは大館どのの二の舞いでござる」

今のうちに撤退したほうがいいと、行義の目が訴えている。もうすぐ潮が満ちてくるという恐怖に浮き足立っていた。

義貞はあたりを見回した。

確かに敵の備えは万全で、このままではいたずらに時間をついやすばかりである。残された可能性は、大船から矢を射かけられないほど沖まで馬を泳がせることである。

だが海に慣れていない上州の馬に、そんな力があるとは思えなかった。

(南無《なむ》八幡大菩薩)

義貞は月に向かって手を合わせ、ひとしきり祈った。

すると薄雲が流れ、月の光がひときわ強く海を照らした。引き潮から満ち潮に変わるはざまで、海の面はさざ波を立ててざわついている。

その下に一本の黒い筋が通っていた。大船を迂回するように沖に出て、再び由比ヶ浜に向かっている。

(あれは海の道ではないか)

義貞にはそう見えた。

海は沖へ行くほど深くなっているが、そこだけ海底の尾根のように高くなっている。

(あれなら馬の足が立つかもしれぬ)

そう見込んで山風を海に乗り入れてみた。

山風は「かなわねえな」と言いたげに胴震いして泳ぎ始めたが、すぐに足が地についた。やはりそこだけ浅くなっていたのである。

義貞は知らないが、これは三代将軍実朝がきずこうとした防波堤の跡だった。

宋に渡ろうと夢見ていた実朝は、宋の技術者である陳和卿《ちんわけい》に命じて唐船を建造させた。

その時、唐船をつなぐために坂ノ下の沖に防波堤を作らせようとした。

結局この計画は失敗に終わり、実朝も暗殺されてしまったが、作りかけの堤防の跡が海底に残り、引き潮によって水面ちかくまで姿を現わしたのである。

「者共、浅瀬だ。俺につづけ」

呼びかけに応じて五百騎が次々と海を渡り、大船を迂回して由比ヶ浜に上陸した。

義貞は真っ先に駆け、船をつらねた敵陣の背後から襲いかかった。馬を寄せて船に飛び移り、弓を射ていた足軽たちをさんざんに斬り回った。

ちょうどその時、長谷寺の裏の尾根を越えた月田勢が、御霊《ごりょう》神社の脇を抜けて敵に攻めかかった。

「御大将、お待たせ申した」

右京亮が長巻を軽々とふり回し、またたく間に五、六人の敵を打ち倒した。

東西からはさみ撃ちにされた敵は、防戦もできずに大仏坂の切通しに向かって敗走していった。

敵の守備陣の破れ目から、江田勢が次々と市中に乱入してくる。まるで堤防を切った濁流のようだった。

「俺と右京亮は極楽寺坂に向かう。お前は大仏坂の切通しの敵を追い払い、道を開けてやれ」

義貞は行義に命じた。

「何も足利を助けてやることはござるまい」

行義は新田勢だけで充分だと言った。

「そんな了見の狭いことでどうする。我らは天下のために起《た》ったのだ」

義貞は行義を叱りつけ、大仏坂へ向かわせた。

ほどなく四つの切通しが前後から攻められ、次々と破られた。

極楽寺坂を守っていた大仏貞直は、配下の郎党三十余人が自刃したのを見ると、

「日本一の不覚の者共かな。千騎が一騎になったとしても、最後まで戦って名を末代にまで残すことこそ武士の本懐というものじゃ」

そう言って生き残りの兵を集め、義貞勢の中に斬り込んで討死した。

大仏坂も化粧坂も小袋坂も同様で、切通しを突破した新田軍十万はなだれを打って鎌倉市中に攻め込んだ。

切通しを破られた幕府軍は滑川《なめりがわ》を防御線とし、山上に建てた東勝寺《とうしょうじ》を本陣として最後の抵抗をこころみた。

前の執権北条高時や内管領である長崎入道円喜《えんき》など幕府の主立った者たちが東勝寺に移り、滑川には五千ばかりの軍勢が楯を並べて新田軍の渡河をはばもうとした。

だが新田軍は三ヵ所の浅瀬を次々と押し渡り、敵を打ち破って東勝寺に攻めかかっていった。

義貞は若宮大路に本陣をおき、先陣からの知らせを待っていた。

切通し攻めの指揮にあたった武将たちも、義貞の左右に控えて数万の軍勢が東勝寺の境内に攻め上っていく様子をながめている。

百五十年ちかくつづいた幕府が、今まさに最後の時を迎えようとしていた。

「殿、安藤聖秀さまが執権館におられます」

十三郎が告げた。

郎党二百ばかりを引きつれて館に立てこもり、乱入しようとする新田勢を防いでいるという。

「東勝寺には参られなかったのか」

「館が燃え落ちるまでは、狼藉者の乱入を許さぬとおおせでございます」

「俺が行く。供をせよ」

義貞は山風に乗り、十騎ばかりを引きつれて本陣を飛び出した。

鶴岡八幡宮の東側の執権邸は二重三重に取り巻かれ、檜皮葺《ひわだぶき》の巨大な本殿から煙と炎が上がっている。高時は東勝寺に移る時に火を放ったが、建物が大きいので火が回るまでに時間がかかる。

その間に敵に踏み込まれては武門の恥だと、聖秀らは表門の左右に足場を組み、塀ごしに矢を射かけて新田勢の接近をはばんでいた。

重厚な造りの棟門は、北条一門の権勢をほこるようにそびえている。義貞が父に連れられて初めて鎌倉をおとずれた時と少しも変わっていなかった。

義貞は門の前まで山風を進め、

「新田小太郎義貞だ。安藤聖秀どのと話がしたい」

そう申し入れたが、返答は数本の矢だった。

義貞は鬼切丸を抜き放ち、右へ左へ払い落とした。

「やめぬか。その御仁はわしの婿どのじゃ」

戦場嗄《が》れした野太い声がして、黒革縅の鎧をまとった聖秀が姿を現わした。

兜には銀の不動明王像の前立てを付けていた。

「聖秀どの、戦の決着はすでにつきました。この館への乱入狼藉は固く禁じますので、兵を解いて出てきてくれませんか」

「投降せよと申されるか」

「すでに幕府は滅びました。前途ある侍たちの命まで散らすことはないでしょう。安藤どのと我らの間には何の遺恨もないのですから」

全員の安全を保障するし、所領にもどって今まで通りに暮らせるように計らうと申し入れたが、聖秀は応じなかった。

「婿どののお気持ちは有り難い。だが我らは幕府の恩を受け、今日まで御家人として暮らして参った。その恩に報いるために命を捧げるのが我らの義じゃ。婿どのにもそう話したはずでござる」

「確かにそのように教えていただきました。しかし幕府は大義を失い、多くの武士に見放されました。こうして滅ぶのはそのためではありませんか」

「それは貴殿らの理屈じゃ。この聖秀は幕府のご恩に報いるために命を捧げると常々覚悟してきたし、人にもそのように意見してきた。この期におよんでそれに背けば、一山国師の教えに背くことになる」

一山国師とは元から渡来して建長寺や円覚寺の住職をつとめた一山一寧のことだ。

彼が伝えた朱子学は、言行一致や大義名分、性即理など、人の行動規範や実践を厳しく問うもので、鎌倉武士にも大きな影響を与えていた。

「性即理とは、己が持って生まれた本性が天の理に通じるという教えじゃ。婿どのもそう観じて、挙兵を決意なされたのであろう」

「ええ。その通りです」

「ならばこの先も心のままに駆ければ良い。婿どのにはそれを成し遂げるだけの力が備わっておる。ただし、用心なされよ」

聖秀は慈しみに満ちた目を義貞に向け、言葉をつづけた。

「これから婿どのが相手にされるのは、潔い敵ばかりではない。人の欲、卑劣さ、醜悪さとの戦いになろう。そうした者たちに屈せず、同ぜず、己を見失わぬことが、婿どのに課せられた使命じゃ。それを果たすと、冥土のみやげに約束して下さらぬか」

「約束します。聖秀どのは俺の恩師ですから」

「嬉しいことを言うて下さる。ならばそれがしは婿どのの志が成ることを願って、この身を天に捧げよう。よいか婿どの、大切なのはこの世において銭や地位や名誉を得ることではない。本性のままに真っ直ぐに生きて、美しい生きざまを世に示すことじゃ。その第一歩は死を恐れぬこと。その覚悟のほどを、およばずながらお目にかける」

聖秀は高紐をとき鎧の胴をはずすと、近習に目くばせして直垂の腹をくつろげた。

そうしておもむろに脇差を抜き放ち、

「方々、おいとまつかまつる」

軽く一礼をして、立ったまま腹を切った。

そうして片膝をついて体を前にさし伸べたところを、近習が後ろから首を打ち落とした。不動明王の兜をかぶった首が塀の屋根を転がり、音を立てて地面に落ちた。

義貞は重い衝撃に耐えながら、その様子を目に焼きつけていた。

執権館の本殿は炎に包まれ、やがて自らの重みで崩れ落ちた。聖秀の家臣たちは、それを見届けてから次々と腹を切った。

同じ頃、東勝寺も新田勢の猛攻にさらされ、北条高時以下二百八十三名が自決しては てた。

実朝が殺され、北条氏が幕府の実権を奪ってから、百十四年後のことだった。

第八章　論功行賞

鎌倉攻略から二ヵ月後、新田小太郎義貞は一万余の軍勢をひきいて都に向かった。

八月五日に後醍醐天皇の御世始めの除目《じもく》をおこなう。併せて諸将の論功行賞もおこなうので上洛するようにと、朝廷から達しがあったのだった。

東国における義貞の働きは抜群である。

恩賞に三、四ヵ国はたまわるだろうと配下の将兵たちはささやいていたが、義貞は所領や領国を欲しいとは思わなかった。

それより征夷大将軍に任じられた大塔宮護良親王の片腕になって、理にかなった新しい国を作りたい。それが挙兵した時からの思いであり、安藤入道聖秀の遺言にかなう生き方でもあった。

箱根を越え駿河や遠江に入ってからも、沿道には多くの人々が出て新田勢を迎えた。

北条得宗家の専制がくずれ、これから新しい御世が始まる。天皇が政をおこなわれるなら、きっと不正や横暴のない天下になることだろう。

沿道に並んだ者たちはそんな期待を抱き、鎌倉を攻め落とした立て役者である義貞を神のごとくあがめている。兵糧や馬の飼葉を差し入れる者が引きもきらず、宿場でも無料で宿を提供する歓待ぶりだった。

(人の世とは不思議なもんだ)

義貞はそんな感慨を抱きながら山風を進めた。

千早城攻めの陣所から抜け出してから、まだ五ヵ月もたっていない。その時は抜け武者と気付かれないように、身をひそめて中山道を新田荘に向かったものだ。

ところが今や幕府は亡び、義貞は大将軍とあがめられている。鎌倉では多くの血が流れたが、大多数の者たちは少しも傷付くことなく、掌を返したように新しい御世の到来を歓んでいる。

自分の立場の激変もさることながら、義貞には庶民のそうした身の処し方が不思議に思われてならなかった。

七月末日に大津に着き、宿場でも指折りの山科屋に泊まった。

昨年の十月に大仏高直らが上洛軍をひきいて来た時、大将格の者たちを招いて酒宴をおこなった茶屋だった。

義貞はあの時と同じように行軍の労をねぎらって全軍に休息をとらせ、明日の入洛にそなえて装束をととのえるように命じた。

山科屋では手回し良く酒宴の仕度をととのえていた。昨年と同じ中庭に面した大広間である。白拍子も二十人ばかりそろえていたが、さすがにこれは断った。

「長《なが》の行軍、大儀であった」

義貞は盃を飲み干して嫡男の義顕に回した。

義顕から脇屋義助、船田入道義昌ら一門、近臣へと盃が回っていく。生品神社で挙兵した時にはわずか百五十騎ほどだったが、今や一万余の軍勢となっていた。

「昨年上洛した時には、この座敷で面白いことがございましたな」

義助が場を盛り上げようと、蟇蛙の一件を語り出した。

宣子のことで義貞を逆恨みした武田信武は、行軍の途中でさまざまな嫌がらせを仕掛けてきた。

義貞は大仏高直の迷惑にならないように事を荒立てることを避けてきたが、この山科屋でおこなわれた酒宴の席で信武の吸い物の椀に蟇蛙を入れ、一矢報いたのである。

「そうそう。あの時の十三郎の白拍子ぶりは見事なものであったそうな」

義昌がもう一度見せてもらいたいと十三郎に迫った。

「いやいや、あれは武田どのの卑怯《ひきよう》なやり方が許せなかったからこそ出来たことでございます」

十三郎が二度と御免というように手を振った。

やがて話は数日後の除目のことや天下の形勢に及んだ。

誰もが義貞に大きな恩賞があり、それにつれて自分の立身もはたせると信じている。それゆえ酒宴も陽気に盛り上がり、大言壮語も飛び交うようになった。

「まさに方々のおおせられる通りじゃが、ひとつ気がかりなことがござる」

大声をあげて喧噪《けんそう》を静めたのは、末席についた月田右京亮だった。

「ほう。何だい」

義貞がたずねた。

「足利高氏、高国兄弟の所業でござる。いち早く帝にすり寄り、恩賞をほしいままにしていると聞きましたぞ」

「あの二人はそれだけの働きをなされた。恩賞を得られるのは当然だろう」

「それればかりではござらぬ。大塔宮さまが征夷大将軍になられたのを不服として、帝と宮さまの仲を裂こうと画策しておるそうな」

「そのような話、誰から聞いた」

「都から来た商人どもが噂しておりました。あの兄弟ならさもありなんと存ずる」

右京亮は酒の勢いにまかせ、あれは根っからの寝返り者だと言ってはばからなかった。

　翌日は八月一日、八朔《はっさく》である。

この頃には早稲《わせ》の穂が実るので、初穂を恩人などに贈る風習が農村には古くからあった。このことから田の実の節句と呼ばれている。田の実はやがて頼みと読み替えられ、武家や公家でもお世話になった人に贈り物をするようになった。

偶然にも義貞の入洛はこの日と重なり、お祭り気分をいっそう盛り上げた。

新田勢をひと目見ようと、粟田口には数万の群衆が集まり、道の両側にぶ厚い人だかりを作っていた。

幸い晴天である。装束を改めた新田勢は義貞、義顕を先頭に、二列縦隊になって整然と洛中に向かった。

「兄ぃ、小太郎兄ぃ」

群衆の中から声をかける者がいた。

六波羅の人屋で会った粟田口のひげ熊が、両手をさかんに振っている。隣には僧形の千阿弥もいる。

その横に並んだ放免《ほうめん》姿の男にも見覚えがある気がしたが、誰だか分からなかった。

「新田義貞公、お待ち申しておりました」

鴨川にかかる三条大橋の手前で、烏帽子、水干姿の中年の侍が待ち受けていた。

「身共は内裏に仕える倉橋内膳《くらはしないぜん》という者でござる。宿所にご案内するように申し付けられておりまする」

内膳は五人の従者と共に先に立って案内した。

都は活気に満ちていた。幕府方と天皇方との戦で焼け野原になったものの、鴨川に近い東大路や河原町あたりから急速に復興が進んでいる。三条大路の両側にも、真新しい御殿が建ち並んでいた。

義貞らの宿所は四条坊城の壬生寺《みぶでら》だった。

このあたりも激戦がおこなわれたところだが、寺はからくも戦火をまぬがれ、本堂や食堂《じきどう》、僧坊などが整然と建ち並んでいる。広々とした境内には、一万余の軍勢がそのまま入れるほどだった。

「こちらの庫裏をご自由にお使い下され。不足の物があれば、寺の者に何なりとお申し付けいただきたい」

内膳は境内をひと通り案内し、これからのご予定はとたずねた。

「いや、別に決めちゃいねえが」

ともかく将兵の落ち着き先を決めるのが先だった。

「ならば東寺に足利どのがおられますゆえ、ご挨拶に行かれたらよろしゅうございましょう」

「どうして足利どのの所へ行かなきゃならねえんだ」

「東国の方々は、皆様ご挨拶に参られております。ご存じではありませんか」

内膳があきれたような顔をした。

「知らなかったね。ご親切は有り難いが、こっちにもちょいと都合があるんだ」

訪ねるなら大塔宮が先だ。義貞はそう心に決めていた。

壬生寺に入って間もなく、ひげ熊が百台ばかりの荷車を連ねてやって来た。荷車には米や野菜、薪、酒などを山と積んでいた。

「ご上洛の祝いでございます。どうぞ、お納め下さいませ」

烏帽子をかぶり袴までつけていた。

「これは有り難《あがて》え。すまねえな」

「あっしは嬉しいんでございます。小太郎兄ぃがこんなに立派になられて」

「ひと戦して勝っただけだ。大事なのはこれからだよ」

「このひげ熊と手下一千人。いつでも馳せ参じますので、声をかけて下さいまし」

「堅苦しい挨拶は似合わねえ、もらいもので悪いが、一杯やろうじゃねえか」

義貞は奥へ誘ったが、ひげ熊はひとつお願いがあるとつっ立ったままだった。

「何だい改まって」

「小太郎兄ぃに会いたいという方をお連れしたんで」

「そんなら入ってくれ。遠慮はいらねぇ」

ひげ熊にうながされて入ってきたのは、柿色の衣を着て髪もひげも伸ばし放題にした放免である。

高下駄《たかげた》をはいているので、大柄の体がひときわ大きく見えた。

「新田どの、お久しゅうござる」

男が錫杖を手にしたまま深々と頭を下げた。

「お前さんは、確か……」

「天王寺の戦で命を助けていただいた栗山備中でござる。面目なきことながら、このような姿になって生き延びており申す」

「そうかい。粟田口で見かけた時、見覚えのある面《つら》だとは思ったが」

「六波羅での戦に敗れて捕らえられ、無念ながら……」

備中は頭を下げたまま、肩を震わせて嗚咽《おえつ》をもらした。

放免とは罪を免じてもらうことと引き替えに刑吏《けいり》の手下になった者のことだ。

六条河原での死刑執行や、借金や税金を払えなくなった者の家財の没収などに従事し、洛中の者たちからは蛇蝎《だかつ》のごとく嫌われている。

それに反発した放免たちは、力を誇示するように柿色の衣を着て錫杖を持った異形の形《なり》をしているのだった。

「そんなに自分を責めることはねえよ。生きていたからこそ、こうして会うことができたんだ。新しい世の中だって、見ることができたじゃねえか」

「かたじけない。本来なら顔向けができない身でござるが、新田どのにお目にかかりたい一心で」

ひげ熊に頼んで連れてきてもらった。二人は偶然粟田口の茶屋で知り合い、義貞の話をしているうちに意気投合したという。

「俺はこの備中さんにからまれて六波羅の人屋に入れられ、ひげ熊の大将と知り合った。人の縁とは妙なもんだな」

義貞はためらう備中を強引に誘い、酒宴を張って一別以来の話に花を咲かせたのだった。


翌日、義貞は数人の供を従え、大塔宮が身を寄せている下鴨《しもがも》神社に向かった。

鴨川ぞいの道をさかのぼると、川はふたつに分かれている。左が鴨川の本流で右が高《たか》野川《のがわ》である。分岐点の北側には、広大な糺《ただす》の森がうっそうと生い茂っていた。

森の中の参道を通っていると、

「義貞どの、お待ち申しておりました」

丸い修行笠をかぶった背の高い僧が、庇を持ち上げて顔をさらした。

山海坊である。義貞を葛城神社に案内し、大塔宮と引き合わせた修験者だった。

「どうして分かった。使いも出していないが」

「宮さまのお申し付けでございます。そろそろ参られるので、迎えに行ってくれと」

大塔宮は遠方まで見通す目をそなえている。俗に千里眼と呼ばれる不思議な力だった。

「宮さまは神社におられると聞いたが」

「今日は天気がいいので、子供たちと魚を獲りに出かけられました。ご案内申します」

山海坊は糺の森を東へ突っ切り、高野川ぞいの道を上流に向かった。

川は浅く岩場が多いが、水は澄みきっている。清らかな流れの中を、黒っぽい背中をした魚が群れをなして泳いでいた。

「あの魚は」

「鮎《あゆ》でございます。産卵のために遡上しているので、慣れた者なら手づかみにすることができます」

やがて川幅が広く流れがゆるやかな所があり、大塔宮が二十人ばかりの子供たちと鮎獲りをしていた。

褌《ふんどし》ひとつになった大塔宮は膝のあたりまで水につかり、鮎を岩の下に追い込んでいる。そうして身動きがとれなくなった所をつかまえようとするのだが、鮎は素早く指の間をすり抜けるので、なかなかうまくいかなかった。

「それじゃあ駄目だよ。両手でそっと包み込むようにしなくちゃ」
十二、三歳ばかりの背がひょろりと高い少年が、別の岩の下で見事に鮎をつかみ上げた。
八寸（約二十四センチ）ばかりの鮎が体をくねらせて逃れようとする。すると少年は岩に叩きつけて気絶させ、小石だらけの河原にほうり投げた。

河原では年少の子供たちが、鮎を串刺しにしている。石をつみ上げて囲いを作り、火を焚く準備をしている少女たちもいた。

皆が歓声を上げ、生き生きと楽しげに動き回る中で、褌姿の宮だけが叱られながら悪戦苦闘している。その様子が何ともなごやかで好ましかった。

「宮さま、苦手なこともおありのようですな」

義貞はついからかいたくなった。

「これが案外難しいのです。そんなことを言うならやってみて下さい」

「やめておきましょう。子供の頃から新田荘の川で魚を獲っておりましたゆえ、やってみなくとも要領は分かります」

「東国の魚は鈍いのではありませんか。都の鮎は賢くて素早いですよ」

宮は悔しまぎれに負け惜しみを言った。

それを聞いて子供たちがさんざん囃《はや》し立てている。義貞はそれなら手本を見せようと服を脱ぎかけたが、山海坊が袖を引いて首を振った。宮と子供たちの楽しみを邪魔するなという意味だった。

平べったい岩の上でしばらく待っていると、紺の水干を着て烏帽子をつけた大塔宮がやって来た。

「食べてみて下さい。旨いから」

串に刺した焼き立ての鮎をさし出した。

丸々と太った鮎はいい香りがする。塩加減もよく、旨みを引き立てていた。

「関東での働き、大儀でした。あなたなら出来ると信じていました」

宮は義貞の戦ぶりをつぶさに知っていた。

「宮さまのお力で、ご綸旨をいただいたから出来たことです」

「そうしなければ鎌倉は落とせぬと思ってしたことですが、それが今や父君との争いの元になっています」

「どうした訳でございますか」

「私が発給した綸旨は無効だと、父君が急に言い出されたのです」

宮は外聞をはばかることを口にしたが、岩の上には二人しかいない。川の流れがせせらぎの音を立てるので、外に聞こえるおそれはなかった。

事の原因は恩賞をめぐる争いだった。

一年前に後醍醐天皇が隠岐へ配流になった後、大塔宮は吉野や熊野、金剛山中などを転々としながら倒幕活動をつづけてきた。

身方を得るために恩賞を約束する令旨を数多く発給したし、義貞のようにこれぞと見込んだ者には綸旨を渡した。

これは事前に了解を得てのことだが、実際に倒幕が成ると、帝が隠岐でつのられた者たちと、宮が畿内でつのった者たちが、恩賞をめぐって争うようになった。

この争いにけりをつけるために、帝は宮が下した綸旨は便宜的なものなので、ご自分が発した綸旨には及ばないという裁定を下された。

そのために宮の呼びかけに応じて挙兵した者たちは、来る五日の論功行賞できわめて不利な立場に立たされることになったのである。

「私には父君にとって代わろうという気持ちはありません。だがこれでは、私のために命がけで働いてくれた者たちに申し訳ないのです」

宮はやる瀬なさそうに川の流れに目をやった。

洛中から離れて下鴨神社に居を移したのは、そうした争いに巻き込まれるのを避けるためだった。

壬生寺にもどった義貞は、世尊寺房子にあてて文《ふみ》を書いた。

今や勾当内侍となって帝のお側ちかくに仕えている房子なら、なぜ急に大塔宮を遠ざけるようになられたか知っているかもしれぬ。山海坊からそう聞いたからである。

「これを人目につかぬように、世尊寺家の姫さまに渡してくれ」

堀口十三郎に文を託し、晴明神社の西隣にある世尊寺家へ向かわせた。

十三郎が戻ったのは日が暮れてからだった。

「申し訳ございません。姫さまが帝のお側に出仕なされていて、お帰りが夕方になったものですから」

「それで、首尾は」

「これをお渡しするようにと」

季節より少し早い紅葉襲の料紙に、

かねてよりこの日待ちたる紅葉《もみじば》の
流《なが》るうき目に伝う言の葉

水茎の跡あざやかに一首の歌が記されている。

義貞には何のことかまったく分からなかった。

「何だい。この流るうき目ってのは」

「それがしにも分かりません。ただご質問については文に記せないので、口上をお伝えするようにとのことでございました」

「そうかい。それが伝う言の葉ということだな。それで何とおおせられた」

「帝と宮さまの仲を裂こうとしているのは、女御の阿野廉子《あのれんし》さまと足利兄弟だそうでございます。廉子さまはご自分の御子を東宮にするため、足利兄弟は征夷大将軍職を奪い取るため、結託して大塔宮さまをおとしいれようとしているとか」

阿野廉子は帝の寵姫《ちようき》で、恒良《つねよし》、成良《なりよし》、義良《のりよし》の三人の皇子《みこ》を生んでいる。帝に従って隠岐にも同行したほど重んじられている女御だった。

足利高氏、高国兄弟が挙兵当時から源氏の幕府を開きたいと望んでいることは、東国武士の間では公然の秘密である。だからこそ多くの武士たちが北条家を見限って足利兄弟のもとに集まったのである。

ところが大塔宮に征夷大将軍職が与えられたために、何とか宮を失職させようと阿野廉子と手を結んだのだった。

「なるほど。それで宮さまの綸旨を無効にして力を弱めようとしているんだな」

「早く殿にお目にかかって親しく話をなさりたいそうですが、多忙に追われて叶《かな》わぬとお嘆きでした」

流るうき目とは、あるいはそのことをさしているのかもしれなかった。

翌八月三日の正午過ぎ、義貞は義助、義昌をともなって東寺をたずねた。

戦勝を祝う引き出物に、黄金造りの太刀をたずさえている。義貞はそんな物は不要だと言ったが、義助と義昌が手ぶらで行くわけにはいかないと言い張ったのだった。

東寺は壬生寺より何倍も大きく、境内の中にひとつの町を構えているほどである。五重の塔が威容を誇り、金堂にもどっしりとした威厳があった。

建久元年（一一九〇）、軍勢をひきいて上洛した源頼朝は、東寺を宿所としたと伝えられている。高氏もその吉例にならったもので、やがては幕府を開くと公言しているも同じだった。

金堂では酒宴がおこなわれていた。

四方の戸をすべて開け放ち、数十人の武士がどんちゃん騒ぎをやらかしている。色鮮やかな衣をまとった白拍子が二十人ばかり、忙《せわ》しく酌をして回っていた。

高氏と高国は薬師如来を背にして座っている。烏帽子、大紋という姿だが、高氏は大紋の片肌をぬいで、緋色の小袖を見せていた。

「新田小太郎義貞どの、ご到着」

取り次ぎの者が告げると、全員がいっせいにふり向いた。

その中には高師直《こうのもろなお》や今川範国《いまがわのりくに》、それに義貞を仇敵とつけ狙っていた武田信武の姿もあった。

「おう、これは新田氏、よう参られた」

高氏がここに来よと手招きをした。

数十人が素早く両側に引き分かれた間を、義貞らは前へ進んだ。はからずも主君の御前に伺候《しこう》するような形になった。

義貞は高氏の前であぐらをかき、

「足利氏、こたびのお働き、天晴れでござった。これは心ばかりの祝儀でござる」

黄金造りの太刀を片手で握って差し出した。

臣従ではなく対等だということを、満座の中で示したのである。

「その方、無礼であろう」

高国がいきり立った。

こちらは橡色《つるばみいろ》の大紋を上品に着こなしていた。

「まだ帝の御世が始まったばかりで、身分も位階も定まってはおらぬ。無礼ということはあるまい」

「いいや。すでに兄者は従五位上左兵衛督《さひょうえのかみ》に任じられておる。無位無冠の輩とはちがうのじゃ」

「ほう。除目を待たずに抜け駆けをなされたか」

「な、何だと」

「それは存じ上げずに失礼した。この場は無礼講に免じてお許しいただきたい」

義貞はなおも太刀を受け取るように迫った。

小太りの高氏は窮屈そうにあぐらをかいたまま、上目づかいににらんだ。

丸い顔にどじょうひげをたくわえているので、いかにも愛想がよさそうだが、どんぐり眼《まなこ》の奥には暗い光が宿っていた。

「ならば、いただこうか」

一瞬のにらみ合いの後に、高氏が笑いながら受け取った。

「そのかわりわしの盃も受けられよ。我らは源氏の血を引く輩《ともがら》じゃ。つまらぬことでいがみ合うことはあるまい」

高氏が盃を差し出し、これから力を合わせようぞと念を押した。

受け取った太刀は、余計な物のように後ろに押しやったままだった。

義貞が出て行った後も、金堂は静まり返っていた。

ついさっきまで大酒を飲み、白拍子の肩など抱いて悪ふざけをしていた者たちが、毒気が抜けたように神妙な顔をして黙り込んでいる。

義貞の五体から発する真っ直ぐな気に触れ、戦勝に浮かれて馬鹿騒ぎしている自分たちの軽薄さを思い知らされたからだ。

ここに集まっている者たちは、鎌倉幕府においても要職にあったり守護として一国の知行を任されたりしていた。それなのに幕府を裏切り、後醍醐天皇の側に立って兵を挙げた。

それは天皇の親政に賛同したからではなく、北条得宗家を倒さなければ自分たちの立場が守れないという打算があったからだ。

ところが義貞はちがう。新田荘の貧乏御家人にすぎないあの男が、大塔宮の感化を受けて新しい御世を作るために立ち上がり、東国勢十万を集めて鎌倉を攻め落とす奇跡をなし遂げてみせた。

この見事さ鮮やかさは、ここで酔い喰っている者たちの及ぶところではない。誰もがそんな反省心にとらわれ、塩をふられた青菜のようにしゅんとしているのだった。

（まずいな、これは）

義貞など取るに足らぬという風を装いながら、足利高国は内心焦っていた。

皆が幕府を裏切ったという自責の念にとらわれたなら、反感の矛先は真っ先に高氏、高国兄弟に向けられる。

世の論調がそれを糾弾する方に流れ始めたなら、足利家の存続自体が危うくなる。そうした事態を避けるためには、幕府を亡ぼした大功によって帝に信任されていることを強調するしかなかった。

「方々、お聞きいただきたい。これは明後日の除目の折に発表されることゆえ伏せておりましたが、帝は兄者の働きに感服なされ、御名の一字を下されることになった。以後兄者は、尊治《たかはる》の尊の字をいただき尊氏と名乗られる」

そう告げると皆が歓声を上げた。

帝が偏諱《へんき》をお許しになるのは、絶対の信頼をおいているという証《あかし》だった。

「兄者への信任は、すなわち兄者を支えていただいた方々への信任でござる。明後日の除目では充分の恩賞が下されましょう。楽しみにお待ちいただきたい」

「それは重畳《ちょうじょう》。して、征夷大将軍の件はいかが相成りましたかな」

今川範国が赤ら顔でたずねた。

「それも明後日の除目で明らかになりましょう。我らの思いは天聴《てんちょう》に達しているはずでござる」

「高氏どのが改名なさるなら、高国どのも変えなければなるまい」

後ろの方で頓狂な声を上げる者がいた。

高の一字は北条高時からもらったものだから、今となってはまことに都合が悪かった。

「さよう。それがしは直義という名をたまわりました。義に直《すなお》たれという意味と存ずる」

「それは良い名じゃが、何やら義貞と似ておるのう」

おどけて言う者がいて、どっと笑いが起こった。

それをきっかけに、座は再び以前の陽気さを取りもどしていった。

翌日高国は阿野廉子をたずねた。

従者には元から輸入した薬、反物、陶磁器などを持たせている。女に取り入るには金と時間と追従を惜しんではならないことを、高国はよく知っていた。

新築したばかりの真新しい御殿で待っていると、廉子はすぐにやって来た。高国より五つ年上のふくよかで妖艶な女御だった。

「先日は兄者の偏諱についてお計らいいただき、ありがとうございました。心ばかりの品でございますが、お納め下さいませ」

高国はふすまを開けさせ、隣室に山と積んだ進物を披露した。

「お易いことや。それより義良と成良を陸奥と鎌倉に下向させるという話があるそうやけど、あんた聞いてへんか」

二人はまだ六歳と八歳である。そんな幼なさで東国の彼方にやられると聞いて、廉子はひどく気をもんでいた。

「詳しくは存じませぬが、北畠親房《きたばたけちかふさ》卿のご発案だそうでございます。それゆえ陸奥にはご嫡男の顕家《あきいえ》卿を、鎌倉には次男の顕信《あきのぶ》卿を同行させるとうかがいました」

「帝の皇子はほかにも仰山おらはるやないの。何でうちの子らばかりを遠方にやろうとなされるんやろ」

「女御さまの皇子さま方を特に重んじておられるからでございましょうが、気になる噂も耳にいたしました」

「どんな？」

「お二人を派遣するよう、大塔宮さまが進言なされたそうでございます」

「なるほどな。そういうことか」

廉子が急に険しい表情をした。

大塔宮が皇位継承の競争者である二人の皇子を追い払おうとしている。そう考えていることは顔付きに表われていた。

「もし万一、成良さまが鎌倉へ参られる場合は、それがしもお供させていただきとう存じます」

「さようか。ほんまに行ってくれはるか」

「関東の事情には通じておりますので、宮さまのお役に立てると存じます」

「そうなった時には頼むな。大塔宮のいいようにされたらかなわんさかい」

「それならいささか考えがございます」

「何やの。遠慮せんと言うてんか」

「明日の除目で、大塔宮さまと昵懇の者たちの恩賞を薄くしていただくのでございます。

さすれば宮さまへの信頼が失われ、お二人を派遣する計画も中止になるかもしれません」

「それは名案や。高国はんは賢いなあ」

「明日から直義と改名いたします。今後ともよろしくお引き回しのほどを」

すべて思惑通りだと、高国は内心ほくそ笑みながら深々と平伏した。


後醍醐天皇は二条富小路《とみのこうじ》を仮の内裏としておられた。

以前の内裏は戦火にかかって焼失したために、大内裏を再建するまでここで政務をとることになされたのである。

八月五日の巳の刻（午前十時）、烏帽子、大紋を着用した義貞と義助は、倉橋内膳に先導されて富小路の内裏をたずねた。

待ち合い室にあたる遠侍《とおさぶらい》に行くと、すでに大勢の先客がいた。

いずれも今日の除目の対象とされた、倒幕に功のあった者たちである。それが二派に分かれ、部屋の西と東にそれぞれひと固まりになっていた。

一方は足利尊氏に従った旧幕府の守護大名級の武将たち。一方は大塔宮の呼びかけに応じて挙兵した、楠木正成や赤松円心のような土豪上がりの者たちだった。

内膳は部屋に入ると、ためらうことなく大塔宮派のもとに義貞を案内した。

「皆さま、新田義貞公とご舎弟の脇屋義助公でございます」

内膳が告げると、銘々に話をしていた者たちがいっせいにふり返った。

真っ先に立ち上がって挨拶に来たのは、河内の楠木正成だった。

「新田どの、いつぞやはかたじけのうござった。配下の者たちを飢え死にさせずにすみました」

義貞が千早城の外堀に米俵を投げ入れてくれたお陰だと、丁重に礼を言った。

「あれは大塔宮さまのお働きです。挙兵すると決めたからには、身方を助けるのは当たり前ですから」

「奥ゆかしいことをおおせられるものかな。あの状況であのように大胆なことが出来る者は、なかなかおらぬと存じまする」

正成は義貞より七つばかり歳上である。千早、赤坂城に十万の幕府軍を引きつけて翻弄した武将とは思えない、おだやかで優しい風貌をしていた。

「義貞どの、赤松でござる」

小柄で丸く太った僧形の男が、親しげに声をかけてきた。

播磨の土豪、赤松円心である。

「鎌倉攻めでのお働き、うかがいましたぞ。見事なご采配に感服いたしておりまする」

「赤松どのこそ、摩耶山で幕府勢をさんざんに打ち破られた。その戦ぶりが伝わるたびに、千早城を攻めていた幕府勢は浮き足立ったものでした」

「さようでござるか。義貞どのも千早城攻めに出向いておられたのじゃな」

「在陣中に大塔宮さまに声をかけていただきました。さもなくばこの場にいることはなかったでしょう」

「それなら好都合じゃ。我が子を紹介させて下され」

円心は満面の笑みを浮かべ、三男の則祐《のりすけ》に引き合わせた。

大塔宮が還俗《げんぞく》した頃から行動を共にし、何度も窮地を救ってきた若者だった。

「義貞どののことは、宮さまから何度も聞いております。嬉しそうなお話しぶりから、いかに信頼を寄せておられるか分かりました」

「そうですか。宮さまは鏡のようなお方だから、自分を偽ることはできないのです」

「本当にそうですね。真っ直ぐな心で向かえば、真っ直ぐに応えて下さる方です」

則祐は宮と労苦を共にしたことを思い出したのか、聡明そうな切れ長の目に涙を浮かべていた。

やがて主殿に移るようにとの触れがあり、二列になって渡殿を進んだ。大広間の正面には御簾《みす》が下ろされ、その前で公家装束の者たちが左右に列をなしていた。

左の上座は大塔宮で、北畠親房、顕家父子が側に従っている。

右の上座は千種忠顕《ちぐさただあき》で、次席には房子の父の世尊寺行尹がついていた。

義貞らは一段低くなった部屋に並ぶように命じられたが、ここでも足利派と大塔宮派はくっきりと分けられていた。誰が何のためにこんなことをするのか、まことに不可解な扱いだった。

やがて出御を告げる鈴が鳴り、帝がご着座なされた。御簾は垂らしたままなので、冠をつけられた姿が影のように見えるだけだった。

あたりが厳粛な空気に包まれる中、千種忠顕が恩賞の沙汰を読み上げた。

筆頭に名前をあげられたのは足利尊氏で、従三位に叙して鎮守府将軍に任じ、常陸、下総《しもうさ》を与えるという。しかも従来の所領である上総《かずさ》、三河もそのまま知行を許されたのだから、想像以上の厚遇だった。

次に弟の直義は従五位上に叙し、左馬頭《さまのかみ》に任じられた。知行国は北条家の本拠地だった相模と遠江である。

この他にも北条家が地頭職を持っていた要地数十ヵ所が、改名したばかりの足利兄弟に与えられたのだから、その力は強大なものとなった。

次に名をあげられたのは義貞で、従四位上に叙せられて上野、播磨の二ヵ国を与えられた。嫡男義顕には越後、弟義助には駿河が与えられ、新田宗家は一躍四ヵ国の大守になった。

百五十貫の出陣費用にさえ事欠いていた一年前を思えば、夢のような栄進だが、喜びもここまでだった。恩賞の発表が進むにつれて、大塔宮派への行賞がいちじるしく低いことが明らかになった。

倒幕の立て役者と言うべき楠木正成は、従五位上に叙されたものの、河内、和泉《いずみ》しか与えられなかった。

同じように大功をあげた赤松円心には叙位もなく、所領も本貫地の佐用荘《さようのしょう》が与えられたばかりである。

喜びにわく尊氏派と、愕然《がくぜん》と肩を落とす大塔宮派。両派を左右に分けたのは、その対比を誰の目にも明らかにするためだった。

（いったい誰が、このようなことを……）

義貞は帝にそうたずねたかったが、そのお姿は御簾にへだてられて影のように見えるばかりだった。

何もかもが混乱の中にあった。

鎌倉幕府を倒し、後醍醐天皇による親政が始まったものの、親政を支えるべき組織も財政基盤も直属の兵力もそなえていない。

帝は天皇親政を実現するべくさまざまな策を講じられたが、理想ばかりが先走り、現実とかけはなれているために、朝に出した命令を夕方には改めざるを得なくなる事態が頻発した。

政権が直面している最大の課題は、旧幕府勢力が持っていた土地をどう分配するかである。しかも分配にあたっては倒幕の際にどれだけの手柄があったかの査定が重要になる。

そこで記録所を設立して、土地所有に関する調査や訴訟の裁定をおこなうことにした。また恩賞方をもうけて諸国の武士に対する行賞を担当させたが、あまりに数が多いのですべてに対応することはできなかった。

また記録所や恩賞方の頭人《とうにん》（長官）に公家ばかりを起用したために、武士たちの反発と失望を招くことになった。

そこで帝は諸国平均安堵法を発令して事態の収拾をはかられた。

地方の武士が倒幕の際にどんな行動をしたか突き止めるのは困難なので、朝敵として所領を没収するのは北条一門のみに限定した。

また各国の国司に知行を任せ、訴訟や恩賞の問題を処理させることにしたが、これは問題を国司に押しつけただけだった。

この負担が、義貞にもそのままのしかかってきた。

いきなり四ヵ国もの知行をせよと言われても、経験も知識も人材もないのだから、どうしたらいいか戸惑うばかりだった。

「ともかく各国に目代《もくだい》（代官）をつかわして、現地の実情にあった知行をするしか方法がないでしょう」

一門の中では、義助が一番こうした方面の才覚に長けていた。

「その人選をどうするかだ。越後や上野には一族がいるから何とかなるかもしれねぇが、駿河や播磨となるとお手上げじゃねぇか」

「それぞれの国に、これまで目代をつとめてきた者たちがおりましょう。その者たちを召し抱えて、知行を任せたらどうでしょうか」

「それじゃあ幕府の頃に逆もどりだ。新しい世をきずくことはできねぇ」

「卒爾《そつじ》ながら、新しい世とは何でござろうか」

船田入道義昌がたずねた。

「そりゃあお前《めえ》、帝のもとでこの国がひとつになり、道理と仁義にもとづいた政をおこなうことだ」

義貞は幕府さえ倒せばそうした理想が実現できると思っていたが、事はそうたやすくはいかないのだった。

「何しろ新田荘の中でさえ、道理も仁義もわきまえぬ輩がおり申す。見も知らぬ国を治めよと言われても」

「そういう話じゃねぇんだよ。国を統べるためには、根本に何をおくかという問題だ」

「上野の目代には、岩松経家どのはいかがでしょうか」

ためらいがちな義助の提案を、義昌が即座に一蹴した。

「あの御仁は今や足利家にすり寄っておられる。上洛の供さえ断られたではございませんか」

経家は病気と称して鎌倉に残ったが、それは足利千寿王に臣従するようになっていたからだった。

「たとえそうだとしても、目代に任じれば兄者の下知に従わざるを得なくなりましょう。鎌倉に残っておられるのはかえって好都合かと思います」

「あの御仁は信用ならぬ。目代に任じたりしたなら、国ごと足利に奪われることになりかねぬ」

「ならば目代はお前に任せた」

義貞は義昌を帰国させ、越後の差配も任せることにした。

「駿河のことは義助が考えてくれ。播磨は俺が何とかする」

義貞はふらりと壬生寺を出て、鴨川ぞいの赤松円心の宿所をたずねた。

配下に水軍を持つ円心は、水運の拠点とするために鴨川ぞいに広大な屋敷を購入していたのである。

新築したばかりの御殿で、義貞は円心と則祐に会った。二人とも先日の除目に失望し、初めて会った時に見せた活気を失っていた。

「急に押しかけて申し訳ありません。頼みたいことがあるものですから」

お二人の力を貸していただきたいと、義貞は単刀直入に申し入れた。

「我らに何をしろと」

「播磨一国、俺に代わって知行していただきたい」

「これはまた、途方もないことを」

円心はどう受け取っていいか分からず、僧形にした頭をつるりとなでた。

「戯れ言ではありませぬ。播磨はもともと赤松どのに下されるべきです。しかし除目があったからには、これをくつがえすことはできません。そこで赤松則祐どのに、俺の目代になってもらいたい」

「倅《せがれ》を新田の家来にしていただくか」

円心が刺のある言い方をした。

「名目はそうですが、俺に仕える必要はありません。自分の領国として扱ってもらって結構です」

「国司の取り分も、納めなくていいということでござるか」

「そうです。大塔宮さまから下された領国だと思って下さい」

「有り難いお申し出だが、それほど見込んでいただいてよろしいかな。我らはやがて貴殿の敵になるかもしれませぬぞ」

円心が急に険しい目をした。

好々爺《こうこうや》のようなおだやかな表情の底から、幕府軍数万を手玉に取った梟雄《きょうゆう》の本性が浮き上がった。

「構いません。その時はそれまでのことです」

「さようか。実は足利からも誘いがござってな。身内に参じるなら、国の二つ三つは下されるように計らうとのことでござる」

「それに応じるつもりなら、こんな話はなさるまい」

「分かりませぬぞ。我らは商人ゆえ、高い値をつける方に売りまする」

「たとえ円心どのがそうなされても、則祐どのは従われないでしょう」

則祐は大塔宮に心酔し、同じ志に生きようとしている。義貞がこの若者になら播磨をゆずってもいいと思ったのは、その気持ちに揺るぎがないことが分かっていたからだった。

九月になって思いがけない知らせが飛び込んできた。

「ただ今勅使が参られ、宮さまの参内を当分の間停止《ちょうじ》するとのことでございます」

山海坊が玄関先に立ったまま告げた。

「停止するとは、どういうことだ」

「側に寄ってはならぬ、朝議にも列席させないということです」

「どうして、そんなことに」

「分かりません。宮さまは何も語ろうとなされませんので」

何かを言えば帝を批判していると取られかねない。それゆえ気持ちをじっとおさえているにちがいなかった。

義貞は山海坊とともに下鴨神社をたずねた。

糺の森の参道を進むと、奥から笛の音《ね》が聞こえてきた。

高く澄んだ音が、風にゆれる梢のざわめきを突き抜けて聞こえてくる。胸の憤懣《ふんまん》を笛の音にして吐き出したような切なさだった。

大塔宮は池のほとりの廻り縁に座り、目をつむって無心に笛を吹いていた。その姿があまりに淋しげで、義貞は胸をつかれて立ち止まった。

「よい。この先は一人で行かせてくれ」

山海坊を遠ざけ、しばらく笛の音に聞き入った。

初めは怒りや哀しみを吐き出していると思ったが、聞いているうちにそれだけではないことが分かってきた。澄みきった美しさ、何かを突き抜けた鎮まりがある。

それは大塔宮の高貴な人柄のせいかもしれなかった。

「ここに来て、茶でも飲みませんか」

宮が笛を置いて声をかけた。

「あまりに美しい音色に、つい聞き惚れておりました」

「笛というものは竹の管にすぎませんが、そこに息を吹き込むと命の音が生まれる。政も同じです」

「どんな息を吹き込めばいいのですか。政には」

「道理と理想です。庶民が皆その志を持ち、心を合わせて新しい国を作る。そうしなければ誰もが納得できる生き生きとした世の中は作れませぬ」

やがてお付きの僧が大きな椀にいれた茶を運んできた。この頃から抹茶が庶民の間にも広がり始めていた。

義貞はほろ苦い中にどこか甘みのあるお茶を飲み干し、

「帝のご勘気をこうむられたと聞きましたが」

そうたずねてみた。

「そうです。仕方がないことでした」

大塔宮は淡々としていた。

「理由を聞かせていただけませんか」

「私は帝のもとで幕府を開き、公武一体となって政にあたらなければ国は治められないと考えています。征夷大将軍職に任じてもらったのもそのためです。ところが」

倒幕をはたした後も、帝は幕府創建の作業に取りかかろうとなされなかった。

あくまでご親政にこだわられ、醍醐天皇の治政を手本にした律令制にのっとった国造りをおこなおうとされたのである。

「しかしそれでは諸国の武士を納得させることはできません。理想は高くとも道理が欠けているからです。そのことに不満を持つ者たちが、足利尊氏のもとに集まって新しい幕府を開こうとしていることはご存じでしょう」

「知っています。足利兄弟が挙兵したのも、功をあげて幕府を開くことを許していただこうと考えてのことです」

「しかしそれでは何も変わりません。そこで私は陣定《じんのさだめ》を開いて都に幕府を開くことを決めるように求めました」

陣定とは大臣以下の公卿が出席して開く朝議である。

宮の強い要求に押し切られ、帝は朝議を開くことを了承なされたが、従三位に任じられた尊氏が病気を理由に出席しようとしなかった。

陣定は全員出席でなければ開けない決まりなので、尊氏一人のために宮の計略は潰されたのである。

「尊氏が出席しないのは、私に幕府を開かせないためだということは分かっています。

そこで私は尊氏を罷免するように帝に求めたのです。しかし帝は応じようとなされなかった。そのために口論となり、つい言葉が過ぎてしまったのです」

「それでお怒りを買ったというわけですね」

　義貞は宮が何を言ったか聞かなかったが、おおよそのことは察せられる。この四ヵ月間のご親政には、宮ばかりか多くの者が失望していた。

「父君は阿諛《あゆ》追従の輩に取り巻かれ、この国で何が起こっているか分かっておられませぬ。このままでは理想も道理も地におち、欲と敵意がむき出しになった争乱の時代を招くことになるでしょう」

「それを止める手立てはありますか」

「ありますす。容易なことではないのですが」

「お聞かせ下さい。俺にできることは何でもします」

「楠木、赤松、そして新田の力を合わせて、尊氏を討つことです」

　大塔宮はきっぱりと言い切り、協力してもらえるかと真っ直ぐに義貞を見つめた。

「むろん協力します。俺は宮さまに従うと決めて兵を挙げたのですから」

　数日後、急ぎの陣定が開かれ、大塔宮の将軍職を解くことが決まった。

　むろん帝の意を受けてのことで、尊氏も病がいえたと称して出席したのだった。

第九章　帝の信任

京都は三方を山に囲まれた擂鉢《すりばち》状の地形で、南側だけが平地となって開けている。町の東西を流れる鴨川と桂川《かつらがわ》は鳥羽《とば》のあたりで合流し、大坂湾へとそそいでいる。風水の考え方からいえば王城の地にふさわしい地形だが、湿気が多く風が吹き抜けないので、夏はうだるように暑い。日中だけならまだしも、夜になっても温度が下がらないので、蒸し暑く寝苦しい。

そのせいだろう。新田左兵衛督義貞は悪夢にうなされていた——。

どこか広大な平野である。まわりには田植えが終わった泥田が広がっている。敵との戦いに敗れた義貞は、山風を駆って田の畔道《あぜみち》を城に向かっていた。

背後から敵の騎馬隊が追いかけてくる。本道をはずれて畔道に入ったのは、大勢をふり切るにはその方が都合が良かったからだった。

「頼むぞ。あと一里ばかりの辛抱だ」

義貞は山風のたてがみをなでて声をかけた。

畔道から荷車が通る広い道に出た時、前方に二百騎ばかりの敵が現われた。どうやら地の利に通じた者が先回りをしたらしい。

義貞は一瞬引き返そうと思ったが、もはやその余裕はない。ここは敵の真ん中を切り割って突破するしかなかった。

鐙を蹴ると山風は猛然と駆け出した。

巨体を活かして敵の馬をはね飛ばすためだが、相手は思いがけない策に出た。泥田の中に伏せた兵をいっせいに起こし、矢を射かけてきたのである。

泥人形のような兵たちが、奇怪な叫び声を上げて半弓を射かけてくる。その弓勢《ゆんぜい》は思いがけないほど強い。

山風は顔にも首にも足にも無数の矢を受け、竿立ちになって高くいななくと、泥田の中に横倒しになった。

義貞は立ち上がろうとしたが、左足が山風の下敷きになって引き抜けない。手をついて体を起こそうとしても、泥田の中にずぶずぶと沈むので力が入れられない。もがいている間に、泥人形の敵は飛ぶように近付いてくる。

義貞は自分の無様さに腹を立て、鬼切丸を杖にして立ち上がろうとしたが、杖はどこまでも泥田に沈み、身動きすることさえできなかった。

「山風、もはやこれまでか」

胸の内で悲痛な叫びを上げた時、敵の真っただ中を切り割って駆けて来る者があった。

緋縅の鎧を着て、純白の馬にまたがった大塔宮護良親王である。

宮の強さは圧倒的で、黒ずくめの鎧をまとった敵を、右へ左へ打ち払って突き進んでくる。泥人形の敵たちは、その姿を拝しただけで腰がくだけたように田の中にへたり込んだ。

「義貞どの、つかまられよ」

大塔宮が長い腕を差しのべた。

「宮さま、ご無事だったのですか」

義貞が拝むようにして手を握ると、宮は山風ごと泥田の中から引き起こした。

死んだと思った山風にまで、命を吹き込んでくれた。

「愚かな方だが、父君を頼みます」

大塔宮はにこりと笑って兜の目庇を下げ、義貞が逃げて来た方に向かって駆け出した。

「待たれよ。そちらは危のうござる」

義貞は後を追って引き止めようとしたが、どうしたわけか体が動かない。体中を縛られたようで、腕一本動かすことができなかった――。

苛立ちのあまり絶叫しそうになって、義貞は目をさました。

びっしょりと汗をかき、夜着が水をあびたように濡れている。義貞は夜着を脱ぎ捨て、褌ひとつになって廻り縁に出た。

壬生寺の庭には満々と水をたたえた池があり、中天にかかる月が映っている。中秋の名月から数日が過ぎているが、冴《さ》えた月が黄金色の光を放っていた。

(それにしても、何て蒸し暑さだ)

義貞は首筋に浮き出した汗を手でふいた。

もう秋は始まっているし、鈴虫やこおろぎの声も庭の隅から聞こえてくる。それなのに暑さだけはいっこうにおさまらないのだった。

鎌倉を攻め落とし、意気揚々と上洛してから二年がたつ。

義貞は大塔宮のもとで新しい世をきずけるものと期待していたが、現実は思い描いたものとまったくちがっていた。

新田家には上野、越後、駿河、播磨の四ヵ国が与えられたが、大塔宮の立場は足利尊氏、直義兄弟の謀略によって悪くなっていくばかりだった。

二年前の九月には征夷大将軍職を剝奪されたし、昨年の十月には謀叛の疑いをかけられて内裏で捕らえられ、事もあろうに直義が執権となっている鎌倉に流された。

義貞は流罪だけは阻止しようと、楠木正成や赤松円心とともに駆け回ったが、後醍醐天皇のご意志は固かった。

「護良は皇位を奪い取るために兵を集めていた。証拠も挙がっておる」

そう言って許そうとはなされなかった。

これは寵姫である阿野廉子や尊氏、直義が仕組んだことだ。義貞はそう主張し、証拠があるならしかるべき場で裁きにかけていただきたいと訴えたが、対面もお許しにならないまま門前払いをされたのだった。

そして一ヵ月前の建武二年（一三三五）七月、北条高時の遺児時行《ときゆき》が、諏訪《すわ》頼重《よりしげ》らに奉じられて叛乱を起こした。

鎌倉幕府を再興するという時行らの主張は、帝の親政に失望していた東国武士の心をとらえ、わずか十日後には足利直義が守る鎌倉を攻め落とした。

京都にいた尊氏は、時行軍を討伐するために征夷大将軍に任じてくれるように求めたが、帝は武家政権の復活をおそれて許そうとなされなかった。

業を煮やした尊氏は、帝の許しを待たずに八月二日に出陣し、五万余の軍勢をひきいて鎌倉に向かった。

それから半月以上が過ぎたが、鎌倉からの知らせはない。尊氏勢の力をもってすれば、鎌倉を攻略するのはたやすいはずだが、まるで出陣を許さなかったことへの意趣返しのように報告してこないのである。

（あるいはこの機会に、鎌倉に幕府を開こうとしているのかもしれねえな）

義貞は池に映った月に語りかけた。

かすかな風が池の面をそよがせ、月が笑うように波打った。


この頃、新政権を批判する落書が二条河原にかかげられた。

〈此比《このごろ》都にはやる物、夜討《ようち》、強盗、謀綸旨《にせりんじ》。召人《めしうど》、早馬、虚騒動《そらさわぎ》。生頸《なまくび》、還俗、自由出家。俄《にわか》大名、迷者《まよいもの》、安堵、恩賞、虚軍《そらいくさ》。本領はなるる訴訟人、文書入たる細葛《ほそつづら》。追従、讒人《ざんにん》、禅律僧、下克上する成出者《なりづもの》……〉

以下、都の混乱ぶりと世の乱れを、七五調の流麗な文章で強烈に批判したものだ。新政権への期待は失望になり、好意は怒りに変わっている。こんなことなら幕府の頃のほうがまだ良かったと思う者も多く、北条時行の中先代《なかせんだい》の乱や、足利兄弟による新幕府創立の動きにつながっているのだった。

「兄者、二条河原の落書のことでござるが」

このまま放置していいのかと、弟の脇屋義助が進言に来た。

立て札のまわりには連日大勢が集まり、それを目当てに物売りが来るほどだという。

「人の口に戸は立てられねえ。あわてて取りはずしに行ったりすりゃあ、いい笑いものじゃねえか」

「しかし、ご親政への批判や風刺があまりに強く、武者所は何をしているのだという批判もあるようでございます」

武者所とは内裏や仙洞御所を警備する役所のことだが、近頃では洛中の治安維持も任されている。

義貞は昨年からその頭人に任じられていた。

「分かった。それならどんな風か様子を見て来よう」

「それから、鎌倉から急使が来ました。先に鎌倉が北条勢に攻められた時、岩松経家どのが鏑川《かぶらがわ》の戦で討死されました」

「あの経家が、討死だと」

「ご兄弟三人、北条勢の進軍を食い止めようとして、同じ枕に討死されたそうです」

「たいしたもんじゃねえか。新田荘の岩松家に、供養の品をとどけてやれ」

義貞は山風に乗り、ただ一人で二条河原へ向かった。

落書ごときに目くじらを立てることはあるまいと思うものの、内裏で問題にされているのなら放置しておくわけにはいかなかった。

落書は八十八節にもわたる長大なもので、八本の立て札に記してあった。

義助が言った通り大勢が見物におとずれ、いろいろと批評しあっている。それを目当てにした売女《うりめ》が、頭に載せた籠ににぎり飯や果物を入れて売り声を上げていた。

立て札の字は見事な書体で、文章も的確で無駄がない。しかも新政権の痛いところをずばりと衝《つ》いているので、よほど見識のある者にちがいなかった。

〈させる忠功なけれとも、過分の昇進するもあり。定《さだめ》て損そあるらんと、仰《あおぎ》て信をとるはかり。

天下一統めつらしや、御代《みよ》に生てさまさまの、事をみきくそ不思議共。京童の口すさみ、十分一そもらすなり〉

最後はそう結んでいる。

これまで書き連ねたことは、京童の批判の十分の一にすぎないと言うのである。

「なかなか気の利いた文言でございますな」

立て札に見入っていると、五十がらみの僧が声をかけてきた。

「生半可な修業では書けない文句だ。公家か出家が、やむにやまれず書き連ねたのだろう」

義貞はそう感じ取っていた。

「名のあるお方とお見受けいたしましたが」

「俺かい？　俺はここに書かれてある通りだ。たいした忠功もないのに、過分の昇進をさせてもらった者だよ」

「生きることに迷っておられるようでございますな」

僧がいきなり図星をついた。

「迷っちゃいねえが、何もかもが見当はずれの方に進んでいく。どうしたものか思案にくれているばかりだ」

「恐れながら、それはより良く生きたいと望んでおられるからではありませんか」

「そう言われれば、まあ、そうだろうな」

「仏法ではそれを欲とか執着と言い、悟りの妨げになると申します。それにこの世は穢《え》土《ど》であり、どうあがいても良くはならないと説いております」

「そんなら人はどう生きりゃあいいんだい。お前さんの言う通り、すべての努力が空《むな》しいんなら」

「拙僧が申しているのではありません。御仏がそのように説いておられるのです」

僧は心外そうに訂正した。

「御仏はどう生きるべきだと言っておられる。この世に正義も道理もないのなら」

「すべての執着を断ち、心静かに入滅の時を待つ。そうすれば人の世の諸相が、ちがったように見えて参ります」

「お前さんは出家だからそんなことを言うが、武家はそんな風にはいかねえよ」

義貞は一笑に付したが、僧の言葉が妙に胸にひびいて、機会があればもっと話を聞いてみたくなった。

「俺は新田義貞という者だが、お前さんは」

「卜部《うらべ》（吉田《よしだ》）兼好《けんこう》という貧乏出家でございます」

「今度遊びに行ってもいいかい」

「北白川に庵を結んでおりますので」

いつでもどうぞとにこりと笑い、兼好は編み笠をかぶって立ち去った。


八月末になって鎌倉の尊氏から知らせがとどいた。

八月十九日に鎌倉を攻略、北条時行勢を敗走させたという。

だが、鎌倉に流罪になっている大塔宮の行方は分からないままだった。

戦の混乱の中で行方不明になったので、敵に連れ去られたか、自力で脱出したのだろう。尊氏らはそう報告していた。

義貞も使者をつかわして状況をさぐらせたが、何の手がかりも得られなかった。

「鎌倉が北条勢に攻め落とされたのは、七月二十五日のことだそうでございます。足利直義は成良親王を守護して鎌倉を脱出しましたが、大塔宮さまをどうしたのかは分かりません」

義助が面目なさそうに報告した。

「宮さまに仕えていた者たちがいるだろう。その者たちをさがし出すことはできねえのか」

「それが……、宮さまは土牢に入れられ、世話をする者もいなかったようでございます」

「土牢だと」

義貞は驚きのあまり思わず声を荒くした。

「流人とはいえ、帝のご嫡男だ。そのような扱いをしていいはずがあるまい」

「足利直義は宮さまを追い落とした張本人ですので、扱いにも容赦がなかったものと思われます」

「ともかく、もっと人を出して行方をさがしてくれ。土牢なら牢番がいただろう」

その者なら何か知っているはずだと、義貞は居ても立ってもいられない気持ちになった。

やがて尊氏が不可解な動きをするようになった。

後醍醐天皇は北条討伐の恩賞として従二位の位をさずけ、すぐに上洛するようにお命じになったが、尊氏は北条氏の残党を討伐中だと言って応じなかった。

しかも九月二十七日には配下の諸将に勝手に恩賞を下し、主従関係を強固なものにした。

十月十五日には鎌倉幕府の旧邸である大蔵御所に移り、将軍の格式をもって諸将と対面するようになった。

もはや建武親政を否定し、新しい幕府を開こうとしていることは明らかである。だが帝も朝廷も何とか尊氏を懐柔しようとするばかりで、有効な手立てを講じることができないまま後手後手に回っていた。

そんな時、世尊寺房子から使者が来た。

折り入ってお願いしたいことがあるので、至急ご足労願いたいと言う。

「迎えの車を用意しておりますので、どうぞ」

使者はすぐに乗り込むように催促した。

「俺は武者だ。車の必要はねえよ」

義貞は馬で行くつもりだったが、それでは人目につくと反対された。

「他聞をはばかることゆえ、窮屈とは存じますが」

使者に懇願されて、解《げ》せないまま牛車に乗り込んだ。

大きな網代車《あじろぐるま》は見た目は華やかだが、車輪が石に乗り上げたりくぼみに落ちたりするたびに、衝撃が直《じか》に伝わってくる。

こんなに乗り心地が悪いものかとあきれながら、義貞は他聞をはばかる用事とは何だろうと考えていた。

牛飼い童は時々、「ほーい、ほい」という声を上げて道行く人に注意を呼びかけながら牛を進めていく。至急という割には、いらいらするほど鈍《のろ》い歩みだった。

世尊寺家の車寄せに着くと、紅葉襲の打ち掛けを着た房子が待っていた。

色白の瓜実顔《うりざねがお》は相変わらず生気に満ち、腰までたらした髪はつややかである。

「どうぞ。お久しゅうございました」

房子が嬉しげな笑みをうかべて手をさしのべた。

義貞はその手につかまっていいものか一瞬迷ったが、好意に甘えることにした。

「急にお呼び立てして申し訳ございません。父が新田さま以外に頼れる方はいないと申しますので」

「何かあったのでしょうか」

「それは父がお話しいたしますが、わたくしも同じ気持ちでございます。どうか、よろしくお願いいたします」

房子が再び義貞の手を取り、頼りにしているとばかりに体を寄せた。

勾当内侍として帝に近侍する、宮廷第一の女御である。打ち掛けに焚き染めた香も涼やかで、男心を軽やかにくすぐってくる。

義貞は余程のことが起こったようだと気を引き締めながらも、房子の重みを心地よく受け止めていた。

世尊寺行尹は対面所で待っていた。

鈍色《にびいろ》の水干を着て、烏帽子を上品にかぶっている。朝廷での激務に追われているせいか、顔がひと回りやせて目の下に隈《くま》ができていた。

「義貞どの、久しいの。変わりはないか」

「お陰さまで、変わりなく過ごしております」

「あの折には、力になれんとすまんやった。身共も力を尽くしたが、いろいろあってな」

昨年十月に大塔宮が内裏で捕らえられた時、義貞は行尹に釈放してもらえるように嘆願した。行尹も帝にその旨を奏上したが、聞きとどけてもらえなかった。

行尹と会うのは、その時以来だった。

「宮さまの行方が分からぬままと聞き、案じております。朝廷には何か知らせが入っていないでしょうか」

「ふむ。そのことやが」

行尹はしばらく暗い顔をして考え込み、房子に酒の用意をしてくれと頼んだ。

「不躾《ぶしつけ》ながら、お体の具合が良くないようですが」

「そうや。そやさかい飲まずにはいられんのや。辛い話を、せなならんさかいな」

「もしや、宮さまの身に何か……」

義貞はどきりとしてたずねたが、行尹は酒肴が運ばれるまで口を開こうとしなかった。房子が柄杓《ひしやく》に入れた酒を運び、行尹と義貞に酌をした。

「これは宮さまへの献杯や。黙って飲んでくれ」

「献杯というと、やはり」

死んだのではないかと言おうとしたが、行尹の鋭い目に止められて黙って盃を飲み干した。

いつか飲んだ聖護院の名酒だが、ひどく苦く感じられた。

「まずいな。哀しい酒は」

行尹はそうつぶやき、大塔宮が足利直義によって弑《しい》されたと告げた。

北条時行勢に攻められた直義は、鎌倉を脱出する前に宮を殺すように配下の兵に命じた。それを隠すために、宮は戦の混乱のさなかに行方知れずになったと嘘の報告をしたのである。

「そのようなことを、誰が」

「成良親王に従って鎌倉に下っていた女御や。直義は厳重に口止めしていたそうやが、さすがに黙ってはいられんかったんやろ。使いを立てて文をよこしたんや」

「宮さまは兵法にも武芸にも通じておられます。どうしてむざむざと」

「陽もささん土牢に一年ちかく入れられておられたさかい、手足が萎えて不自由になっておられたんやろうな。それを引き出して首を打ったというさかい、ほんまに惨《むご》いことや」

「そんな……」

そんな馬鹿な話があるかと、義貞は胸の中で叫んだ。

「義貞どのが憤るのは無理もない。我らももっと力を尽くせば良かったんやが、まさかこんなことになるとは思わんかったんや」

「それで、直義の処分はどうなされるのですか」

「都に召喚して、裁きの場で理非を明らかにせなならん。ところが戦のさなかのことで、はっきりとした証拠がない。それに尊氏も直義も、上洛の命令に従わんのや」

「それは罪をおかしているからでしょう。何よりの証拠ではありませんか」

「帝もそうお考えや。そやさかい足利を討伐するために軍勢を催すことになされた」

行尹は盃をゆっくりと飲み干し、義貞がどんな反応をするか見定めていた。

「どうですか。おひとつ」

房子が義貞に体を寄せて酌をした。

「いや、この話がすむまで待っていただきたい」

義貞は盃を伏せ、軍勢の編成や発向の時期についてたずねた。

「早くしなければ冬になるさかいな。来月早々には討伐軍を送るとおおせやが、誰を大将にするか朝廷の中にもさまざまな意見がある。今日来てもらったのは、そのことについて知恵を拝借したかったからや」

「東国での戦ゆえ、東国の事情に通じた御仁を大将になされるべきでしょう」

「そうなると義貞どの、お事しか人がおらんが」

行尹が水を向けたが、義貞は応じる気にはなれなかった。

大塔宮の仇を討ちたいのは山々だが、こんな事態を招いたのは帝だという抜きがたい不信感があった。

「さようか。無理もあらへんな」

「結城《ゆうき》宗広《むねひろ》どのはいかがでございますか」

「立派な武将や。そやけどお事ほどの武功も器量もないさかいな」

行尹は義貞の決意が固いことを知ると、話をさっさと切り上げて席を立った。

「すみません。近頃はこのことで駆けずり回っているものですから」

房子が父の非礼をわびた。

「すると宮さまが亡くなられたことは、だいぶん前に分かっていたのですか」

「一月ばかり前に知らせが届きました。しかし事実かどうかも分からず、朝廷でも対応に苦慮していたのです」

「それが事実だと分かったのですね」

「ええ、山海坊さまが鎌倉に下られ、つぶさに調べて参られましたので」

「山海坊どのはどこにおられます。会って話を聞かせてもらえないでしょうか」

「それは無理です。検非違使庁の人屋に入れられておりますので」

大塔宮が直義に殺されたことが公になれば、鎌倉に流罪にした朝廷の責任が問われかねない。そこで足利尊氏や直義への処分が決まるまで、山海坊の口を封じるために人屋に入れているのだった。


宮の死はさすがに応えた。

しかも土牢に入れられた末に直義に殺されたと思うと、義貞は背骨をくだかれたように気力を失った。

こんな喪失感は、十八歳の時に父朝氏《ともうじ》を亡くして以来である。

いや、あの時には父に代わって新田家を支えなければという責任感で己をふるい立たせたが、今は胸にぽっかりと穴が空いて何をする気にもなれなかった。

大塔宮と出会い、回天の志に惹かれたからこそ、義貞はすべてを賭けて挙兵する決意をしたのである。

その宮がもういないと思うと、闇夜に灯《ともしび》を失った心地だった。

(俺はいったい、何をしてきたんだ)

挙兵してからのことが、まるで夢の中の出来事だった気がする。すべてが空しく、この世は穢土だと言った兼好法師の言葉が胸にしみた。

「出家でもなされまするか」

義助がさすがに見かねて険しいことを言った。

大将がこんな有様では、新田勢三万の士気にかかわるからである。

「そんなつもりはねえよ。俺は侍だ」

「ならば山風を連れ出し、遠乗りでもしてやったらどうですか。足を鈍らせまいと、しきりに足踏みしておりますぞ」

「そうか。さすがに山風だ」

そうは思うものの、遠乗りに出る気にはなれなかった。

体から気力の芯棒が抜けている。今の義貞なら、端武者《はむしゃ》の二、三人もいれば討ち取れるにちがいなかった。

翌日、義貞は意を決して山海坊に会いに行くことにした。

近衛大路堀川の検非違使庁に行くと、放免頭の大膳坊《だいぜんぼう》に会いたいと申し入れた。

「そちらは」

係の役人がぞんざいに問い返した。

「新田小太郎と言ってくれれば分かる」

「さようか。しばらく待っておれ」

役所の中庭には柿が植えてあり、今を盛りと黄色い実をつけている。

新田荘で食べたことを思い出しながらながめていると、人屋の方から柿色の衣を着て高下駄をはいた大膳坊が現われた。

放免になって生き延びた栗山備中は、今や放免頭となって大膳坊と名乗り、五百人ちかくの手下を持つ身になっている。検非違使庁でも一目おかれる存在だった。

「めずらしや。義貞どの」

大膳坊は抱きつかんばかりに駆け寄ってきた。

「しばらく会わないうちに、ずいぶん出世したようじゃねえか」

「放免に出世はござらぬ、世の中から消された身の上でござるゆえ」

「そうか。気に障ったら許してくれ」

「なんの。義貞どのに認めてもらえれば、少しは嬉しゅうござるよ」

大膳坊がひげだらけの顔に笑みを浮かべ、乙女のようにはにかんだ。

「頼みがある。こちらの人屋に山海坊という修験者がいるだろう」

「おりまする。なかなかの人物と見受け申した」

「会いたいが、何とかならねえか」

「どうぞ。ここは我が庭も同じでござる」

人屋は上中下の房に分かれ、身分によって扱いがちがっている。上房は高位の公家や僧侶が収容されるところで、板張りの部屋に窓がついていた。

山海坊は上房にいた。格子戸には外から閂がさしてある。大膳坊がそれをはずし、中に入るようにうながした。

「とんだ目に遭ったな。鎌倉まで行ってきてくれたというのに」

「お聞きになりましたか」

山海坊は使っていた円座をはずし、義貞に勧めた。

「世尊寺卿から聞いた。宮さまのこともな」

「無念とも哀れとも、何とも言いようのない仕儀でござった」

「本当かい。間違いじゃねえのか」

義貞は一縷《いちる》の望みを捨てきれずにいた。

「二階堂ケ谷《にかいどうがやつ》の土牢で牢番をしていた者をつきとめました。その者からつぶさに聞いたことでござる」

「宮さまは土牢暮らしで、手足が萎えておられたと聞いたが」

「手は鍛えておられたそうでござるが、立ち上がることもできぬ狭い土牢ゆえ、足が萎えて立つことができなかったとのこと」

それゆえ淵辺義博《ふちのべよしひろ》という屈強の武士に牢から引き出された時、腕の力だけで抵抗しようとなされた。

　組み敷かれて首を取られそうになると、刀に嚙みついて刃を喰い折られたそうだが、所詮かなわぬことだったのだ。

　山海坊は淡々とそう語った。肉のそげ落ちた顔は仮面のようで、何の感情も浮かべていなかった。

「宮さまの最期を見たのだな。その牢番は」

「見てはおりません。宮さまを助けようと淵辺に飛びかかり、斬りつけられて気を失っておりました。牢番が見たのは、首のないご遺体ばかりでございます」

「惨いな。それは」

「その牢番が、宮さまからこれを預かっておりました」

　山海坊が文机《ふづくえ》の横から包みを取り出した。

　中には精巧に彫られた白木の不動明王が入っていた。

「宮さまはこれを託す時、私が死んで二月後に山海坊という者が訪ねてくるのでこれを渡してくれ。そうおおせられたそうでございます。拙僧が訪ねたのはちょうど二月後でしたから、牢番は腰を抜かさんばかりに驚いて、何もかも話してくれたのでございます」

　突然、格子の外からすすり泣く声がした。

廊下に控えていた大膳坊が、「惨うござる、惨うござる」とつぶやきながら嗚咽をもらしているのだった。

「そうか。宮さまは土牢でこれを彫っておられたのか」

懐剣をノミの代わりにしたというが、仏師にも劣らぬ見事な出来である。片手に剣、片手に羂索《けんじやく》を持って衆生《しゆじよう》に救いをもたらそうとする不動明王の姿は、大塔宮の生き方そのものだった。

「何かお気付きになりませんか」

山海坊がたずねた。

「入魂の作と思うが……」

「お顔をご覧下され。義貞どのにそっくりでござる」

そう言われて改めて見直したが、自分ではよく分からなかった。

「ご免候《そうら》え、ご無礼いたす」

大膳坊がはいつくばって牢に入り、扇を広げて不動明王像を隙見《すきみ》した。自分のような者が直に見ては、像が汚れると遠慮したのである。

「本当じゃ。義貞どの、これはまさしく貴殿のご尊顔でござるぞ」

「宮さまはそれだけ義貞どのを見込んでおられた。常々、楠木は知勇あって義に欠ける、赤松は仁義あって信に欠ける。義にも信にも欠けぬのは、一人新田のみとおおせでございました」

確かによく見れば自分の顔のようである。義貞は不動明王像をながめているうちに、大塔宮の意志と温情に包まれるのを感じ、ようやく気力を取り戻すことができた。宮はそのことを予見し、これを授けてくれたのかもしれなかった。

数日後、再び世尊寺家からの使者が来た。

同じように網代車を用意している。今度は何だと思いながら車に乗り込むと、中に女御装束をした房子がいた。

「申し訳ありません。同乗させていただきます」

隅に体を寄せて場所を空け、ここに座れという仕草をした。

「何のご用ですか」

「お引き合わせしたい方がいます。内々のことですので」

人に知られたくないと言う。

義貞は仕方なく房子の側に腰を下ろした。

体がすり合うほど狭い。着物の下から柔らかい肌の感触までが伝わってくるようだった。

「狭くてごめんなさい。車に乗るのはお嫌いだそうですね」

「馬の方が慣れているだけだ。これから誰の所に案内しようってんだい」

義貞は故郷に残してきた宣子と一緒にいる気がしてきた。

「会っていただければ分かります。決して怪しい方ではありません」

「もったいぶった言い方だなあ。都の女はこれだからかなわねえ」

「あら、お国にはさぞいい女がおられるのでしょうね」

「いるさ。一緒に馬で駆け回ってくれる気丈な奴がな」

そういえば徳寿丸は元気だろうか。もう五つになるはずだがと、義貞は両手を見つめた。

別れぎわに抱き上げた時の感触を、今でも手が覚えていた。

「大塔宮さまのことは、本当にお気の毒でした。お上のご処置に対してさぞお怒りでしょうが、あれにはやむを得ない事情があったのです」

お上とは朝廷のことか、後醍醐天皇のことなのか。義貞はそう思ったが、軽々しくその話題に触れたくなかった。

「宮さまに従っていた吉野の大衆《だいしゅ》が、足利尊氏を待ち伏せて襲ったのはまぎれもない事実です。そのうちの十人ばかりが討ち取られ、宮さまの手の者であることも明らかになりました」

もちろん宮さまがお命じになったという証拠はないし、捕らわれた大衆の中にそう証言した者もいない。だが襲われた場所がいかにも悪かった。

房子はそう言ってしばらく口ごもった。

「場所が悪いとは、どういうことだ」

「尊氏が襲われたのは、お上と対面して二条堀川の館にもどる途中だったのです。この対面のことは、誰にも知らされていませんでした」

それを吉野の大衆が知っていたのは、後醍醐天皇が大塔宮と結託していたからだ。尊氏はそう言い張り、天皇の責任を容赦なく追及した。

「お困りになったお上は、宮さまを捕らえざるを得なくなられました。そして阿野廉子さまの進言に従って、鎌倉に配流することになされたのです」

「宮さまを足利に差し出して、責任を逃れようとの魂胆か」

「そうではありません。鎌倉に預けた形にすれば尊氏の顔が立つし、成良親王もおられるのですから、ご兄弟で仲良くされればよい。直義がそう言っていると、阿野さまはおおせになりました。お上はやむなくそれをお許しになったのです」

同じことだ。今さらどんな言い訳をしようと、大塔宮はもどって来ない。義貞は深い哀しみとともに口を閉ざした。

その時、外で鳴き交わす鳥の声にまじって、宮の声が聞こえたような気がした。

「愚かな方だが、父君を頼みます」

ああ、そうか。宮さまは何もかもご存じの上で、そう言われたのだ。義貞は初めてそれが腑《ふ》に落ち、ご遺志に従わねばならぬと改めて思った。

案内されたのは東山の蓮華王院《れんげおういん》だった。

通称三十三間堂。後白河法皇が建立された、千体の千手観音をおさめた仏堂である。扉を開けて中に入ると、灯明の光に照らされた千手観音が黄金色に輝いていた。

窓を閉めきってあるので、中は夜のように暗い。それがかえって千体の仏の存在感をきわ立たせ、浄土の世界の荘厳さを表わしていた。

堂の中央には丈六（約三メートル）の巨大な千手観音坐像《ざぞう》があり、数十本の百目ろうそくで明々と照らされている。

その前で朱の水干をまとい唐冠《とうかむり》をつけた大柄の男が瞑想《めいそう》していた。結跏趺坐した後ろ姿は見事に仏の世界と溶け合っている。まるで千手観音の千本の腕にしっかりと抱き止められているようだった。

「お上でございます」

房子がささやき、ここで控えるように言った。

義貞は意外ななりゆきに戸惑いながら、帝から五間（約九メートル）ばかりも離れた所で深々と平伏した。

「義貞か。近《ちこ》う」

芯の太い重みのある声が降ってきた。

義貞は平伏した姿勢のまま二間ばかりも膝行《しっこう》した。

「もそっと近う」

さらに二間を進み、一間の間合いになった。

なぜだろう。それだけで体がかっと熱くなり、首筋から汗が流れた。

「面を上げよ」

上体を起こし、帝の膝のあたりに目をやった。

「顔を上げよ。目を合わさずに、男同士の話ができるか」

意外なことをおおせになる。声の質といいお話しぶりといい、よほど剛毅《ごうき》な方のようだった。

義貞は背筋をのばし、肚をすえて帝と目を合わせた。

唐冠をかぶり、豊かなひげをたくわえた顔は気品に満ちている。強い意志と覚悟をひめた目は、大塔宮にそっくりである。

そのことに気付いた瞬間、義貞の胸に熱い思いが突き上げてきた。

「護良が世話になった」

ねぎらいの言葉には愛惜の念が込められていた。

宮を鎌倉に配流したことを、帝も悔やんでおられるのである。

「こたびの出陣は護良の仇討ちでもある。なぜ引き受けぬ」

これは討伐軍の総大将のことである。他に人はおらぬと、帝は義貞をひとえに頼りにしておられるのだった。

義貞は帝の目を見つめつづけていた。天地ばかりか宇宙までも感じさせるご双眼である。

父や祖父は「帝は神にましませば」と口癖のように言っていたが、あれは本当だったのだ。遠い天照大神の昔から連綿とつづく聖なるものを、確かに受け継いでおられる。

義貞は内心ひれ伏したくなった。

神の御前ではそうするのがもっとも自然で楽な行動だが、平伏してしまえば男同士の話はできなかった。

「答えよ。なぜ引き受けぬ」

「あんたの気持ちが分からなかったからさ」

義貞は常の言葉遣いをした。

「これで分かったか」

「分かったよ。初めから死ぬつもりだってことがな」

帝が兵を挙げられたのは、鎌倉幕府の政治を正し、新しい世の中を作るためだけではない。帝というものが神の末裔《まつえい》であり、この日本という国の主となるべき存在だと知らしめるためである。

だがこの穢土においては、それは容易に受け容れられることではない。理想のための政治をおこなおうとして大きな反発を招いている現状が、そのことをよく表わしている。

それでも帝は理想の旗を懸命に守ろうとしておられる。

なぜなら必要なのは、万民のために地上の幸福を実現することではなく、帝がこの国の主だということを万民の脳裏に刻み込むことだからだ。

たとえ負けても、旗を下ろさずに戦い抜いて死ぬことで、己の主張の正しさを証明する。

そのためには息子や家臣を犠牲にしても構わない。いや、戦いが華やかで犠牲が多いほど、いっそう強烈に庶民の心に残り、未来永劫《えいごう》消え去ることはない。

義貞は対面してみて初めて、殉教にも似たお覚悟を深く理解したのだった。

「それなら、引き受けよう。ただし、これは俺のためだ」

「引き受けよう。引き受けてくれような」

「どういうことだ」

「宮さまから頼まれたんだ。父君を頼むってな」

義貞は大塔宮の理想に心酔し、命を捨てる覚悟で旗を挙げた。宮が亡くなったからといって、その旗を下ろすわけにはいかなかった。

「あんたの旗に比べれば小さなもんだ。だが俺にも意地というものがある」

「構わぬ。そんな男だからこそ、朕も頼みにしておるのだ」

これからは勾当内侍を側において連絡役として使うように。帝は犬の子でもくれてやるような口調でお命じになった。

「それは困る。だってこのお方は……」

「いいのですよ。帝のおおせなのですから」

房子が余計なことを言うなとばかりに袖を引いた。

「義貞、都の女子は手強いぞ」

うまく乗りこなして男を磨けと、帝は何やら愉しげだった。

「参りましょう。ご参籠のお邪魔をしてはなりません。それにご出陣の仕度もありましょうから」

房子は早くも女房気取りである。

義貞は鼻面を取られるように立ち上がり、急かされるまま車に乗り込んだのだった。

第十章　箱根・竹下合戦

時に建武二年（一三三五）十一月十九日。

新田左兵衛督義貞は、後醍醐天皇のお召しによって参内し、足利尊氏追討の宣旨《せんじ》を受けた。

「よう決意してくれた。頼みにしておるぞ」

帝は直々にお言葉をかけられ、朝敵追討の将軍であることを示す太刀を贈られた。

そのまま二条河原に出て、出征軍の勢揃えをおこなった。新田一族の軍勢七千余。これに従う大名は三十数名、総勢は六万七千を超えていた。

出陣前の儀式として、朝敵となった尊氏の屋敷を壊さなければならない。義貞はこの役に執事の船田入道義昌を当てた。

「皆の士気を高めるためだ。派手にやってくれ」

「かしこまって候」

義昌は三百騎ばかりを引きつれて二条高倉の尊氏邸に出向き、合戦の始まりを告げる鏑矢三本を射込ませ、中庭の中門の柱を切り落とした。

やがて二条富小路の内裏から、前後を華やかな騎馬武者に囲まれた輿が出てきた。東征軍の総大将である一の宮尊良《たかよし》親王の輿で、側近の二条為冬《にじょうためふゆ》が先導役をつとめていた。

戦にはうとい親王を総大将にいただけば、義貞にとっては足手まといになりかねない。だが帝が推しすすめておられる天皇親政、天下統一を象徴する存在として、ぜひとも同行させるように迫られたのだった。

「出陣じゃ。貝を吹け」

三つの法螺貝《ほらがい》の高い音を合図に、新田勢七千を先頭とする軍勢が動き出した。

義貞はその中ほどを、義昌と馬を並べて進んだ。

「大番役を命じられて鎌倉を発った時とは、大違いでござるな」

義昌が満足そうにあたりを見回した。

あの時には新田一族二百人ばかりをひきい、大仏高直の配下として出陣した。それからわずか三年で、義貞は天下の軍勢をひきいる大将軍となったのだった。

「俺はちっとも変わっちゃいねえけどな」

「相手は尊氏どのでござるぞ。少しは変わっていただかないと」

「どう変われって言うんだい」

「それは、その……。大将軍らしい威厳とか、立ち居振る舞いとか」

「そんなものは自然とついてくるだろうよ。俺にそれだけの力量があればな」

義貞は同意を求めるように山風のたてがみをなでた。

戦となれば迷っている暇はない。与えられた役目をはたすために全力を尽くすばかりである。そう肚をすえているせいか、天を突き抜けたような心地だった。

三条の大橋を渡り粟田口にさしかかると、ふり分け荷物を背負わせた馬五百頭ばかりが待ち受けていた。

兵糧を運ぶために粟田口のひげ熊が手配したもので、一頭に一人ずつ口取りをつけている。

ひげ熊は銀色の小札《こざね》を用いた鎧を着込み、漆黒の馬にまたがって指揮をとっていた。

「大将、米と薪はこのひげ熊が調達いたします。他のことは気にせず、存分に腕をふるって下せえ」

「ありがとよ。しかし馬に乗れるとは驚いたな」

「はばかりながら、それくらい出来なけりゃ馬借、車借の親方はつとまりません」

「腕の方はどうだい。ずいぶん立派な出立ちだが」

「それはちょっとあきまへん。そこで助っ人に来てもらいました」

ひげ熊が合図をすると、路地にひかえていた者たちが走り出てきた。

柿色の衣の上に胴丸をつけた三百人ばかりの放免で、大膳坊と名を変えた栗山備中が指揮をとっていた。

「新田どの、ご迷惑とは存ずるがお供をさせていただきたい」

大膳坊が片膝をついて許しを求めた。

「迷惑なものか。あんたがいたら百人力だ」

「有り難い。我ら三百八名、捨て駒にでも使い殺しにでも、存分にして下され」

「そんなことをするものか。しかしどうして、放免の装束のままなんだい」

「我らは故あって放免に落とされ、天下のさげすみを受けながら生き永らえてきた身でござる。されどこのたびのご親政によって、ようやくひとしなみの扱いを受けるようになり申した。そのご恩を報じるには、この装束が似合いでござる」

「そうかい。そういえば宮さまも、そんなことをおおせられたよ」

天皇親政の世にすれば、武家の世で虐げられた者たちを自由にすることができる。そのために戦っているのだと、大塔宮が話してくれたことがある。

その理想に共感して、山の民や散所《さんじょ》の者、道々の輩などが宮のために身命を賭して戦ったのである。

宮の志は後醍醐天皇の親政にも生かされ、下層の民ほど親政を支持するようになっていたのだった。

義貞は先を急いだ。

これから冬は進み、寒さはますます厳しくなる。行軍中に川を渡れば濡れた服の始末に手間取るし、薪がなければ夜営もできなくなる。

そうした不利をさけるためにも一刻も早く鎌倉に着きたかったが、三日目にして早くも問題が起こった。

近江の柏原《かしわばら》宿を早朝に発とうとしていると、

「二条為冬卿が墓参をしたいとおおせでございます」

弟の脇屋義助が困りきった顔をして宿所に訪ねてきた。

「墓参とは、誰の墓だ」

「元弘の変の折、北畠具行《ともゆき》卿がこの地で首を打たれております。為冬卿とは歌道の相弟子だったそうでございます」

義助は尊良親王の側にいて、義貞との連絡役にあたっている。両者の板挟みになって気を遣うことも多かった。

「分かった。俺が行って話を聞こう」

親王の宿所を訪ねると、為冬が玄関口で待ち構えていた。細面で鋭い顔付きをした四十がらみの公家である。

歌道の家に生まれながら武芸の修練をつみ、元弘の変の時から後醍醐天皇に従っていた。

「北畠卿の墓参をしたいとうかがいましたが」

どれくらい時間がかかるかと、義貞は率直にたずねた。

「墓はこの近くにあると聞いた。二刻（約四時間）もあれば充分であろう」

「関東までは半月以上もかかります。雪がふり出す前に着かなければ、箱根の峠を越えるのに難渋いたします」

「わずか半日ではないか。具行卿に東征の報告をし、ご加護を願いたいのじゃ。そちとて具行卿のご忠節は存じておろう」

具行は一門の北畠親房とともに帝の挙兵に加わったが、元弘の変に敗れて幕府方に捕らえられた。

そうして鎌倉まで連行される途中に、警固役をつとめていた佐々木道誉に柏原宿で斬られたのである。

行年四十三。具行が逢坂《おうさか》の関を越える時に詠んだ、

帰るべき時しなければこれやこの

行くを限りの逢坂の関

という歌は、天皇方として挙兵した者たちに愛誦《あいしょう》されていた。

「それは承知しておりますが、節刀《せっとう》（朝敵追討の太刀）を受けた身としては、戦に勝つことを第一番に考えなければなりません」

「実はな、宮さまもお供の公家衆も、あまりに行軍が速いので足腰を痛めておられる。それゆえ具行卿のことを想い、性根をすえていただきたいのじゃ」

分かるであろうと、為冬が秘密めかした目配せをした。

墓参は公家たちの不満をやわらげるための口実だというのである。

「承知いたしました。それではお考えの通りにしていただきたい。ただし我々はこのまま予定通りに出発いたしまする」

「総大将の宮さまを置いていくと申すか」

「さにあらず。おそらく足利勢は、三河の矢矧あたりで我々を迎え撃つことでしょう。それを打ち破って露払いをつとめますので、後からゆるゆると来ていただきたい」

「それで結構。宮さまにはそのように伝えておく」

為冬は用はすんだとばかりに奥に引っ込んだ。

「兄者、申し訳ございませぬ」

義助が消え入りたげにわびを言った。

「構わねえよ。足手まといがない方が、実を言えば助かるんだ。お前はこのまま宮さまの側にいて、道中の警固にあたってくれ」

「すみませんが、小太郎もこのまま残していただけませんか」

小太郎とは義貞の嫡男義顕のことだ。義顕は義助の子義治《よしはる》とともに、尊良親王の近習《きんじゅ》をつとめていた。

「ほう、どうして」

「宮さまが小太郎を気に入られ、常にお側においておられるのです」

「ほう。それは結構なことだ。命にかえて宮さまをお守りしろと、あいつに伝えてくれ」

三河国に入ったのは、十一月二十四日のことだった。

鳴海《なるみ》宿に宿営して翌日の行軍にそなえていると、道中の偵察をつとめている堀口十三郎がもどって来た。

「おおせの通り、敵は矢矧川の東の宿に屯しております。その数、四、五万と見受けました」

「大将は尊氏か、それとも直義か」

「お二人とも来ておられないようです。指揮をとっているのは、足利家の高師直、師泰《もろやす》兄弟のようでございます」

「ご苦労、さぞ疲れたろう」

「天下を賭けた戦ゆえ、疲れるということはございません」

十三郎が頬のそげ落ちた顔を向けた。

童顔だった青年がいつの間にか剽悍《ひょうかん》な武者になり、鋭い目に闘志をみなぎらせていた。

「そうかい。それなら地形に詳しい者をつれて矢矧川まで行き、川を渡れる浅瀬があるかどうか確かめてくれ」

義貞は足利勢との合戦にそなえて手を打つと、鎧直垂のまま横になった。

翌朝早く、義貞は軍勢を三段に分けて矢矧川の河原に出た。

先陣一万ばかりを敵の目に触れるようにし、中陣と後陣四万は背後に隠しておくことにした。

敵はおよそ四万。川上から川下まで長くつらなり、新田勢の渡河をはばもうとしている。

川風になびく旗印から吉良《きら》左兵衛佐《さひょうえのすけ》満義、上杉《うえすぎ》伊豆守《いずのかみ》重能《しげよし》、細川《ほそかわ》陸奥守《むつのかみ》顕氏《あきうじ》、畠山左京大夫《さきょうのだいぶ》国清《くにきよ》、佐々木入道道誉、そして高兄弟を中心とする軍勢だということが分かった。

河原では十三郎が数人の武士を従えて待ち受けていた。

「こちらは三河の住人、長浜六郎左衛門《ながはまろくろうざえもん》どのでございます」

十三郎が六郎左衛門に状況を報告するようにうながした。

「しからば申し上げまする。この川には三ヵ所の浅瀬があり、馬でも人でも渡ることができ申す。されど川が東の岸をえぐるように流れておりますゆえ、向かいの岸が高くなり屛風《びょうぶ》を立てたように険しくなっております。敵はその利を生かし、川から上がってくるところを狙い撃とうと、弓をそろえて待ち構えております」

それゆえ無理に渡ろうとすれば犠牲を増やすばかりだと、六郎左衛門は的を射た話しぶりをした。

「ならばどうする」

「こちらから敵を挑発し、川を渡ってくるように仕向けるべきと存じます。恐れながら、御大将もそのつもりで先陣ばかりを河原に出されたのではございませんか」

「ほう、お見通しだな」

「寡兵とは申せ、それがしも吉良の衆とこの川で何度か戦ったことがござるゆえ」

「それなら采配は六郎どのに任せよう。俺の側にいて進退の時機を教えてくれ」

「有り難き幸せ。ただ今、一族郎党を引きつれて参ります」

白髪頭の六郎左衛門が急に活気づき、配下のもとに取って返した。

「やはり足利兄弟は出陣しておらぬようだな」

十三郎にたずねた。

「それについて面白い噂を耳にしました。尊氏どのは帝に弓を引くわけにはいかぬと、鎌倉の寺に参籠しておられるそうでございます」

「寺に参籠だと。策略ではあるまいな」

「そうかもしれませんが、尊氏どのは直義が大塔宮さまを弑したてまつったことを知って激怒なされたそうです。それ以来兄弟の仲が険しくなっているとのことでございます」

「それがまことなら今が攻め時だ。もう少し詳しく、噂の真偽を確かめてくれ」

義貞はさっそく兵を出し、相手の出方をさぐることにした。

士気の高さや統率の有無は、敵の動きを見ればおおよそ分かる。噂が本当なら、まともな戦ができるはずがなかった。

「六郎どの、頼む」

「承知いたした」

六郎左衛門が法螺貝を吹くと、一族郎党二百人ばかりが上の浅瀬の中ほどまで進み、吉良の陣地に向かって矢を射かけた。五十本、百本のまばらな矢だが、宿敵の挑発にいきり立った吉良勢は、猛烈な勢いで矢を射返してきた。

六郎左衛門の配下たちは楯をかまえて矢を防ぎながら、

「吉良の斬られは犬の糞《くそ》」

と声をそろえてののしった。

まるで子供の喧嘩だが、恥を受けては生きていられないのが武士である。

「おのれ、こしゃくな奴原《やつばら》が」

吉良満義は弓ではらちが明かぬと、三百騎ばかりを川に乗り入れて蹴散らそうとした。

「案の如くにござる」

六郎左衛門がしてやったりと法螺貝を吹いた。

川の中ほどにいた配下たちは、あるだけの矢を射かけると、楯を投げすてて逃げ帰った。

敵は勢いに乗って追ってくる。それにつづいて吉良の本隊、土岐頼遠《ときよりとお》、佐々木道誉の軍勢六千ばかりが、続々と渡河にかかった。

「六郎どの、お見事」

義貞は軍勢の半数を上流に向かわせ、敵が渡河を終えるのを待って北と南からはさみ撃ちにした。

冷たい川から上がったばかりの敵は、馬も人も体がかじかんで動きが鈍くなる。そこに容赦なく攻めかかり、敵を中に取り籠めて討ち取っていった。

身方の窮地を見た高師直、師泰兄弟は、中の浅瀬に一万ばかりをくり出して、新田勢の背後をつこうとした。

高兄弟の軍勢が渡河を終えるのを待ち構えて、河原の背後に伏せていた中陣二万が攻めかかった。

下の浅瀬を渡ってくる細川顕氏、今川氏兼《うじかね》らの軍勢には、後陣の二万を当たらせた。

このために足利勢は河原の三ヵ所で窮地におちいり、一千ちかくの将兵を失って退却せざるを得なくなった。

「なるほど、噂は本当らしい」

義貞は敗走する敵をながめながら独りごちた。

諸将の心がひとつになっているなら、これほど無様な戦をするはずがなかった。

天竜川ぞいの鷺坂《さぎさか》での合戦にも勝ち、尊良親王の本隊とも無事に合流した東征軍は、十万もの大軍にふくれ上がっていた。

この中には敵方から降伏した者も数多く含まれていた。

二度の戦で大勝したために、義貞の強さは鬼神の如く取り沙汰されている。一方、尊氏が戦をさけて参籠しているという噂が、誰言うともなく広がっている。

これではとても勝ち目がないと、足利方となっていた者たちも旗を巻いて東征軍に加わってきたのだった。

十二月五日の早朝、義貞は駿河の丸子川の西岸にまで陣を進めた。

対岸の手越河原《てごしがわら》には、足利勢五万ばかりが布陣して、渡ってくる敵を迎え討つ構えを取っている。

陣所のまわりに柵をめぐらし、旗をぐるりと立て回し、ここからは一歩も引かぬという気概を示していた。

「どうやら新手が加わったようだな」

義貞は十三郎に敵陣の様子をさぐらせた。

「おおせの通り、足利直義が二万の軍勢をひきいて参陣しております」

先陣をつとめるのは上杉、高、佐々木の軍勢だと、十三郎は半刻（約一時間）もしない間に調べ上げてきた。

「直義が出てきただと」

「さよう。本陣の脇まで行って確かめて参りました」

「鎧の出立ちは」

「金の鍬形を打った兜をかぶり、紫裾濃の鎧をまとっております」

「馬は」

「連銭葦毛の奥州馬でございました」

「でかした。よう見てきた」

義貞は仇の出現に色めき立ち、後方の本隊から弟の義助を呼びつけた。

「すまぬが、今日の戦の指揮はお前がとってくれ」

「何ゆえでございますか」

「直義が出陣してきたのだ」

そう言っただけで、義助は兄が何をしようとしているか理解した。

「承知しました。して、計略は」

「敵もあれだけ固い陣をしいておる。今日一日の合戦では決着がつくまい。そこで夜になるのを待つ」

義貞は地面にあたりの地図を描き、作戦を説明した。

敵が布陣している手越河原は、西の丸子川と東の安倍川《あべかわ》の間に広がっている。直義が安倍川を背にして背水の陣をしいたのは、死んでもここに踏みとどまるという覚悟を示すためである。

足利勢はそれに従っているものの、また負けるのではないかという不安を抱えている。その弱点をついて夜襲をかければ、大混乱におちいるはずだった。

「俺は十六騎党をひきいて、夕暮れ時になったら敵の上手に回り込む。そうして敵が寝静まるのを待ち、矢を射込んで斬り込みをかける。その頃合いを見計らって、安倍川ぞいに先回りさせた大膳坊の放免組に松明をかかげさせるのだ」

そうすれば敵は背後に回り込まれたと恐慌をきたすだろう。その時義助が二万の軍勢をひきいて手越河原に押し出せば、我先にと敗走するにちがいなかった。

「直義は真っ先に逃げるはずだ。それをどこまでも追って、大塔宮さまのご無念を晴らしてくれよう」

「分かりました。それでは昼間の戦は、少々手をゆるめなければなりますまい」

合戦は午の刻（正午）から始まった。

義貞にかわって采配をとる義助は、金銀で日月を描いた錦の御旗を本陣に立て、丸子川の上流と下流から渡河にかかった。

冬場のことで川の水量は少なく、人の膝くらいの深さしかない。東征軍はやすやすと川を渡ったが、足利方も上流に佐々木道誉、土岐頼遠らの軍勢五千、下流には今川、吉良、畠山ら足利一門の大名を配して迎え撃った。

緒戦はほぼ互角だった。

数に勝る東征軍は力押しに押し込んで敵の疲れをさそったが、足利勢も武門の意地とばかりに踏みとどまった。

一度、二度、三度、それぞれ新手をくり出して敵陣の突破をはかるが、互いに二重三重に備えをした大軍である。突き進みすぎれば左右から押し包まれ、脇を突こうとすれば鼻先に回り込まれて、なかなか勝機を見出《みいだ》せない。

互いに死力をつくしてのぶつかり合いは十七度、酉《とり》の刻（午後六時）までつづいたが、ついに決着はつかなかった。しかも東征軍は徐々に旗色が悪くなり、丸子川の西岸まで押しもどされた。

ところが、これは敵を油断させるための計略だった。義助は義貞の計略を助けようと、わざと手をゆるめて負けた風を装ったのである。

（義助め、いつの間に）

これほど巧みになったのかと、舌を巻くほどの采配ぶりだった。

義貞は東征にあたってこれぞと見込んだ十六人を集め、十六騎党と名付けた馬廻り衆を組織していた。

その屈強の者たちと放免衆三百八人を引き連れ、合戦が相引きになった頃に丸子川の上流を渡った。

そうして手越河原の北側に身をひそめ、夜になるのを待って大膳坊らを安倍川の西岸に回り込ませた。

「月が西の山に沈む頃、敵陣に夜襲をかける。合戦が始まったなら、松明をかかげて軍勢がいるように見せかけてくれ」

「承知いたした。お任せ下され」

大膳坊は六尺棒を月に向かってひと振りし、百人ばかりの配下とともに闇の中に消えていった。

足利勢は陣所のいたる所にかがり火を焚き、暖を取りながら仮眠をしている。昼間の合戦の疲れと、敵を川の対岸まで押し返した安堵に、ぐっすりと寝入っている。

それでもおこたりなく夜番の兵をおいていて、十人ばかりがひと組になって陣所の周りを巡回していた。

やがて月が西に傾き、山の稜線に近づいていった。頃は寅の刻（午前四時）、あと一刻（約二時間）ばかりで夜が明ける。

仮眠をとっていた義貞は、計ったようにぴたりと目をさました。十六騎党はすでに騎乗の仕度を終え、放免組二百余人は弓に弦を張って合図を待っている。

「それじゃあ、行くか」

義貞は山風に乗り、敵陣の柵までわずか一町ばかりに迫ると、放免組に矢を射込ませた。

かつては名のある武士だった放免たちが放つ矢は、空気を切る鋭い音とともに放物線を描いて敵陣に降りそそいだ。

一の矢、二の矢、三の矢と射込むたびに、敵陣の騒ぎが大きくなっていく。敵はあそこだと柵の扉を開けて打って出る者もいたが、薄闇の底から飛来する矢に、なす術もなく射殺されていった。

その叫び声を合図にしたように、敵陣の背後で列をなして松明がともった。大膳坊らの仕掛けである。

これを見た敵は、退路を断たれたと浮き足立った。背水の陣をしいている不安が、将兵たちの動揺をいっそう激しくしたのだった。

「川波新左《かわなみしんざ》、貝を吹け」

義貞は十六騎党の一人に命じた。

大兵の川波新左衛門が吹き鳴らす法螺貝が、高く低く手越河原に響きわたった。それに応じて丸子川の西岸からも貝の音が上がり、新田勢二万が鬨の声を上げて攻めかかった。

寝込みを襲われ、大混乱におちいった足利勢に、これに立ち向かう力はなかった。それぞれの武将たちが、子飼いの将兵だけは失うまいと、ひと固まりになって思い思いの方向へ逃げていく。

東へ走って安倍川を渡ろうとする者、川ぞいに北へ向かう者、南の浜へ出ようとする者など、蜘蛛《くも》の子を散らすようなうろたえぶりだった。

「直義の本陣はあれだ。行くぞ」

義貞は旗印をはずして敵にまぎれ、十六騎党とともに二引両《ふたつひきりよう》の旗を立てた陣所に向かった。

直義は百騎ばかりの馬廻り衆に守られ、安倍川を渡ろうと東へ向かっている。淡い月明かりでは鎧の見分けはつかないが、兜に打った金の鍬形と連銭葦毛の馬でそれと分かる。

義貞は鐙を蹴り、山風をするすると敵の間にわけ入らせた。馬廻り衆にまぎれて直義の側まで馬を寄せると、

「左馬頭どの、浅瀬はこちらでござる」

直義の背中の総角《あげまき》に手をかけ、上流へ向かおうとした。

騎乗に長けた相手なら、そのまま近臣たちから引き離すことができたかもしれない。だが直義の腰は鞍から浮いていて、体だけを前に引きずるような形になった。

「な、何奴じゃ」

直義は鞍の前輪にしがみつき、もがきながら義貞を見た。

末成《うらな》りのようなのっぺりした顔が、驚愕のあまり引きつっている。相手が誰か気付いたのだった。

「新田じゃ。新田の義貞だぞ」

引きずられながら、甲高い叫びを上げて助けを求めた。

「ええい、小賢《こざか》しい」

義貞は総角をつかんで直義を片手でぶら下げ、そのまま連れ去ろうとした。

「放せ、放してくれ」

「宮さまのご無念、今こそ思い知れ」

馬上で刺し殺すこともできる。だが義貞は直義に大塔宮へのわびを言わせなければ気がすまなかった。

その時、鎧武者が二騎、左右から馬を寄せてきた。

「細川陸奥守顕氏、見参」

右手の顕氏は直義を奪い取ろうとした。

「同じく、佐々木五郎左衛門貞満」

左手の貞満は義貞に飛びかかって組み落とそうと、左足を鞍にかけていた。

直義をぶら下げたままでは、これをふり切ることはできない。義貞は直義を顕氏の馬前に投げ落とし、左手で抜き取った刀で貞満に斬りつけた。

切っ先はあやまたず喉頸《のどくび》をとらえ、貞満は血しぶきを上げながら落馬した。

それが佐々木道誉の弟だということを、義貞はまだ知らなかった。

直義は運良く一命を取りとめた。

普通なら馬の蹄にかけられて命を落とすか、重傷を負うところである。

ところが細川顕氏が希代の乗馬の名手で、うまく手綱をさばいて体の上を通り抜けたために、かすり傷ひとつ負わなかった。

「殿、大事ございませぬか」

顕氏が駆け寄って抱き起こした。

「馬を、わしの馬を引け」

直義は一刻も早く川向こうに逃げることしか考えていなかった。

「こちらでござる。お急ぎ下され」

近習が引きつれてきた馬に乗ろうとしたが、腰が痛いので踏ん張れない。尻を押し上げてもらってようやく鞍におさまった。

直義は震えていた。義貞につかみ上げられ、今にも刺し殺されそうになった恐怖が体にしみついている。

天地がまだ逆さまになっているようで、目まいがおさまらなかった。

(わしは臆病者だ。武将には向いておらぬ)

痛切にそう思った。

そんなことは子供の頃から分かっていた。馬に乗るのも剣術の稽古をするのも嫌で、部屋にこもって本ばかり読んでいた。

将来は足利学校に進み、僧籍に入って研究三昧の日々を送りたいと願っていた。ところが思いがけなく鎌倉幕府の滅亡に遭遇し、兄の補佐役として戦場に立たざるを得なくなった。

それゆえ無理に無理を重ねて一角の大将になろうと努めてきたが、戦場に出ればこの体たらくである。

無残にもその現実を突き付けられ、直義は腹立ちまぎれに開き直っていた。

（わしのせいではない。こうなることが分かっていながら、出陣しなかった兄者が悪いのじゃ）

もし尊氏がいたなら楽々と勝っていたはずだと思うと、腹の底から凶暴なばかりの怒りが突き上げてきた。

安倍川を渡ると、後詰めの一万余が無傷のまま隊列をととのえていた。指揮をとるのは軍監《ぐんかん》に任じた佐々木道誉だった。

「このまま退いては、殿の面目にかかわります。ここに旗を立てて敗走してくる将兵をまとめ、川を前に当ててひと戦なされませ」

そうしなければ身方の犠牲は大きくなるばかりだし、敵の降人《こうにん》になる者も続出しかねない。道誉はそう進言したが、直義は聞く耳を持たなかった。

「わしは嫌じゃ。鎌倉に帰る」

「身方を置き去りになされるか」

「わしでは勝てぬ。後のことは入道に任す」

こうなったからには、鎌倉に行って尊氏を出陣させるしか勝つ方法はない。直義はそう考えていたが、皆の前でそう告げるのは抵抗があった。

わずか二十騎ばかりの馬廻り衆に守られ、直義は東海道を東に向かった。馬が躍動するたびに腰がずきずきと痛んだが、歯を食いしばって駆けつづけた。

三日目の朝に箱根峠を越え、夕方には鎌倉に着いた。

直義は大蔵の御所に入り、留守役の者に尊氏はどうしているかとたずねた。

「建長寺に参籠なされたままでございます。出家のご決意にて元結を払われましたが、皆で押しとどめましたゆえ、いまだに法体《ほったい》にはなられておりません」

「お目にかかりたい。取り次いでくれ」

「それが誰にも会わぬと、寺の門を固く閉ざしておられます」

まるで天の岩戸にこもった天照《あまてらす》である。

直義はあまりの身勝手に憎悪さえ覚え、兄を引きずり出す手立てはないかと知恵をしぼった。

策略なら兄にも負けない自信がある。その誇りにかけても、引きさがるわけにはいかなかった。

　翌日、上杉伊豆守重能と細川顕氏が三千ばかりの兵をまとめて引き上げて来た。

「佐々木入道はどうした」

「ここで敵の追撃を食い止めると、伊豆の国府（静岡県三島市）にとどまっておられます」

「さようか。貞満にはすまぬことをした」

　自分のために佐々木貞満を死なせたことに、直義は大きな負い目を感じていた。

「兄者のことは、聞いたであろう」

「いまだに参籠の由、うけたまわりました」

「この戦、兄者に出馬してもらわなければ勝てぬ。そこでじゃ」

　このようなものを作ってみたと、直義は文机から大形の宿紙《しゆくし》を取り出した。

　天皇の綸旨を真似たもので、内容は次のようなものだった。

〈足利宰相尊氏、左馬頭直義以下一類等、武威に誇って朝憲を軽んずるのあひだ、征伐せらるるところなり。かの輩たとひ隠遁《いんとん》の身たりといへども、刑罰を寛《ゆる》すべからず。深くかの在所を尋ね、不日に誅戮《ちゆうりく》せしむべし。戦功あらんにおいては、抽賞《ちゆうしよう》せらるべし。てへれば綸旨かくの如し〉

　たとえ尊氏、直義が出家していても、すみやかに討ち果たせというものである。

「どうじゃ。帝がこのような命令を下しておられると知れば、兄者とて観念して出陣するしかあるまい」

「なるほど。これなら……」

重能はそうつぶやきながらも、苦りきった顔を顕氏と見合わせた。

ここまでする直義の心の闇を、垣間見《かいまみ》た気がしたのだった。

手越河原の戦いに大勝した義貞らは、十二月九日に三島に着いた。

足利方から降伏した者や、にわかに官軍となって恩賞にあずかろうとする者が加わり、軍勢はさらにふくれ上がっている。

義貞はそうした者たちの扱いを本隊にいる義助に任せ、先陣二万をひきいて先を急いだ。

尊氏が出陣をためらい、足利勢の足並みがそろわないうちに鎌倉を叩けば、容易に攻め落とすことができる。そう考えてのことだが、狩野川《かのがわ》にさしかかると、一万ばかりの軍勢が前方に屯していた。

四割菱の佐々木家の旗をかかげているので道誉の軍勢だろうが、戦を仕掛けてくる気配はない。隊列もととのえず、弓の弦ははずしたままで、焚火をしながら暖を取っていた。

どうしたことだといぶかっていると、義助が馬を飛ばしてやって来た。

「近江の佐々木道誉どのが、降人に参じられました。ただ今、二条為冬卿が真偽をただしておられます」

「まさか。罠ではあるまいな」

義貞は真っ先にそう疑った。

「とにかく本陣に来て下さい。為冬卿はすっかり感じ入っておられるようなので」

義貞が駆けつけた時には、為冬はすでに尊良親王の本陣に道誉を通していた。

僧形の道誉は降人らしく地べたに座り、しおらしく頭を下げていた。

「左兵衛督、お聞きになられたか」

為冬が甲高い声でたずねた。

陣中なのに鎧もつけていなかった。

「うかがいましたが、解せぬことでございます」

「余もたいそう驚いておる。しかし話を聞けば、入道が足利方を見限るのももっともじゃ」

「その話とやらを、俺にも聞かせてもらいましょうか」

義貞は床几に座って道誉と向き合った。

「帝に弓を引く恐ろしさが分かったからでござるよ。それを恐れて、尊氏どのさえ参籠しておられる。これではとても足利方に勝ち目はござるまい」

道誉は悪びれることなく陳弁した。

「勝てぬと分かったから、降人になられたということですか」

「それが武門の常でござろう。新田どのとて、千早城攻めの陣営から旗を巻いて引き上げられたではござらぬか」

「あれは大塔宮さまからご綸旨をいただいたからです。勝てぬと分かったからではありません」

「それゆえそれがしも宮さまのお身方に参じ、先陣をつとめさせていただきたいと願っておる。こうして降人となったのは、そのためでござる」

「実はな、左兵衛督。具行卿の墓参の折には、佐々木家の者にひとかたならぬ世話になった」

近江の柏原は佐々木家の本拠地で、墓は佐々木家の家臣たちが守っている。

尊良親王や為冬が墓参をしたいと申し出ると、敵方と知りながら丁重なもてなしをしてくれたという。

「それは入道の尊皇の志が厚いからじゃ。帝に弓を引くことができぬと言うのももっともであろう」

「宮さまもそのようにお考えでしょうか」

為冬ではらちが明かぬと見て、義貞は尊良親王の裁定をあおぐことにした。

「降人を許すは武家の習いと聞く。まして佐々木家は近江源氏の名門じゃ。身方となって戦うなら、帝のご威光を天下に示すことができよう」

親王のおおせはもっともである。義貞は懸念を持ちながらも引き退《ひさ》がらざるを得なかった。

一万余の道誉勢を身方に加えるとなると、軍勢の編成をやり直さなければならない。その手続きに手間取り、十一日まで三島にとどまった。

十三郎が足利尊氏の出陣を伝えたのは、その日の正午過ぎだった。

「尊氏の先陣三万は足柄峠《あしがらとうげ》へ、直義の本隊四万は箱根峠へ向かうそうでございます」

すでに箱根の山々は雪におおわれている。山中で布陣することはできないので、一気に山を下って決戦を挑むつもりにちがいなかった。

義貞はさっそく義助や船田義昌、その他の面々を集めて対応を協議した。

「箱根峠へは今日のうちに俺が向かう。先手を取って地の利を占めれば、雪の山道を進んでくる敵を蹴散らすのはたやすいことだ」

義貞は絵図を示しながら説明した。

箱根峠を下った所に芦ノ湖《あしのこ》があり、まわりには平坦地が広がっている。ここに兵を伏せて敵を迎え撃ち、一気に小田原まで追撃するつもりだった。

「義助は本隊をひきいて竹下《たけのした》に向かってくれ。敵は足柄峠をこえて竹下に出ようとする。そこでふもとに柵をきずき、弓隊を配して出口をふさげ。その間に我らが小田原まで攻め下れば、敵ははさみ撃ちにされるのを避けるために、退却せざるを得なくなる。その時、精兵をそろえて追撃すればよい」

「承知いたしました。お任せ下され」

「道誉どのは、どうする」

「先陣として柵の守りについていただきます。その後ろにもう一重の柵をきずき、我らが布陣して監視にあたることにいたします」

万一道誉が寝返っても、この柵を楯にして防ぐことができる。義助はそう考えていた。

「なるほど。万全の策でござるな」

義昌が言うと皆がしのび笑いをもらした。

柵と策をかけた洒落《しやれ》だと思ったのである。

「為冬卿の動きにも気をつけよ。どうやら道誉どのに、たっぷりと鼻薬《はなぐすり》をかがされているようだ」

道誉は目的のためなら銭を惜しまない。また銭の力がどれほど大きいかも心得ている。

千早城で共に戦ったことのある義貞は、そのことを知りつくしていた。

芦ノ湖まで進んだ義貞勢は、東海道を下って来る敵を左右から狙い撃つ陣形をとった。敵は四万とはいえ、狭い道を一列になって下ってくる。道の両側に兵を伏せて矢を射かければ、大混乱におちいることは目に見えている。

そこに長槍を構えた屈強の兵たちを突撃させる計略だった。

戦は翌日の辰の刻（午前八時）から始まった。

直義勢の先陣をつとめる細川顕氏、上杉重能らは、敵に地の利を占められる前に芦ノ湖まで下りようと、五百余の兵を偵察部隊としてくり出してきた。

義貞勢は手はず通り敵を間近まで引きつけ、いっせいに矢を射かけた。

雪山に寒々と立ちつくす木々を楯にした伏兵たちが、矢継ぎ早に攻撃を仕掛けると、敵はあわてて後方へ逃げ上がろうとする。

そこに大膳坊がひきいる放免組が、長巻を手に斬り込みをかけた。

「帝の御恩に報いるのはこの時じゃ。者共、遅れるな」

大膳坊は伸ばし放題にした髪をふり乱し、嬉々《きき》として突撃していった。

わずか三百八人だが、その強さと気迫は圧倒的で、敵を斬り倒し突き倒し五町（約五百五十メートル）ばかりも追い上げていく。

これを見た細川、上杉勢が新手をくり出すと、大膳坊らはしばらく斬り結んでから退却にかかった。

これは敵を誘い出すための囮《おとり》である。放免組の面々は身方の勝利を確実なものにするために、自らこの役を買って出たのだった。

敵はまんまと罠にはまり、三千人ばかりが芦ノ湖の際の平地まで突出してきた。

それを充分に引きつけてから、九州の肥後《ひご》から参戦している菊池《きくち》肥後守武重《たけしげ》の軍勢一千余が襲いかかった。

菊池勢は山中での戦にそなえて、竹竿の先に鎧通しを仕込んだ武器（一説には槍の嚆《こう》矢《し》ともいう）をたずさえている。

その切っ先を隙間なくそろえて突撃すると、勢いづいて駆け下りてきた敵は、後ろから来る身方に押されて退却することもできず、次々に討ち取られていった。

菊池勢はそのまま箱根の山を駆け上がり、峠まで進撃して陣をととのえた。

槍衾《やりぶすま》を作って敵の後続の進軍をはばみ、身方の到着を待って一気に攻め下るかまえである。

「皆々、菊池どのにつづけ。敵の首は打ち捨てにせよ」

義貞が勝利を確信して馬を出そうとした時、竹下に向かった義助から使者が来た。

「竹下の戦で身方は大敗し、三島に向かって敗走しております」

「なぜだ。柵をきつく結って敵を通さぬと申したではないか」

「先陣の佐々木道誉が寝返り、敵と一手になって攻めかかってきたのでございます」

「あの痴《し》れ者《もの》が、やはり」

初めから裏切るつもりで降人になったのである。

しかし義助はそれにそなえていたはずなのに、どうして防ぐことができなかったのか。

義貞はそうたずねたが、使者も詳しい状況は分からなかった。

ぐずぐずしてはいられない。尊氏勢が三島まで進撃したなら、はさみ撃ちにされるおそれがあった。

「すぐに陣を引き払う、前後の身方にそう告げよ」

義貞は兵をまとめ、退路を断たれる前に尊良親王の本隊と合流することにした。

「殿、後陣はすでにもぬけの殻でござる」

連絡に行った船田義昌が、あきれはててもどってきた。

竹下の敗報を聞いた大名たちは、陣幕だけを残して我先にと逃げ散ったのである。五万をこえていた義貞勢は、わずか半刻ばかりで半数以下になっていた。

「左兵衛督どの、殿軍は我らにお任せ下され」

菊池武重が迷いなく申し出た。

「ならば我らも加勢いたす」

大膳坊も配下とともに踏みとどまることにした。

「頼む。ふもとに下り、街道ぞいの民家に火を放って敵の進撃をはばむ。それが見えたなら退却してくれ」

　義貞は十六騎党をひきいて、真っ先に山を駆け下った。

　その後を義昌ら一門一族の軍勢が追っていく。三島に着いた時には、敗走してきた身方が右往左往しているばかりで、敵の姿は見えなかった。

「宮さまは……、義助の本隊はどうした」

　中黒の旗差しをつけた武将にたずねた。

「黄瀬川《きせがわ》の向こうまで退却なされました」

「宮さまはご無事なのだな」

「はい、越後守さまと式部大夫《しきぶのたいふ》さまが守っておられます」

　越後守義顕と式部大夫義治。義貞の嫡男と甥は、敗戦の混乱の中でもしっかりと役目をはたしていた。

「でかした。兵をまとめて俺につづけ」

　義貞は勇気百倍する思いで、街道を北へ向かって足利勢とひと戦することにした。

「待たれよ。ここは我々に任せ、一刻も早く宮さまのお側に」

　川波新左衛門が山風の先に回り込み、ここは我々だけで敵にひと泡吹かせてくると申し出た。

　確かにそれも道理だと、義貞は黄瀬川に馬を乗り入れた。氷のように冷たい水に腹までつかりながら、山風はひるむことなく川を渡っていく。

対岸では一万余の東征軍が、かがり火を焚いて暖を取りながら屯していた。

義助の本陣に行くと、武将たちが沈痛な面持ちで黙り込んでいた。

「兄者、申し訳ございません」

義助は責任を一身に背負っていた。

「道誉にはそなえていると言っていたが、どうした訳だい」

「柵を結ってそなえておりましたが、為冬卿が五百余の青侍をひきいて先陣に出られたのでございます」

「そんな無茶な。黙ってそれを許したのか」

「引き止めたのですが、道誉との約束があるとおおせられて」

勝手に竹下のふもとまで駆けて行った。

敵に寝返った道誉は、為冬勢を追い立てながら義助の陣所に攻め入ってきたために、柵の戸を閉ざすことも矢を射かけることもできなかったという。

「なるほど。道誉はそこまで考えて、為冬卿を手なずけていたわけか」

「為冬卿もそれに気付き、とって返して防戦しようとなされましたが」

勢いに乗って攻めかかってくる武士に、公家の青侍が太刀打ちできるはずがない。為冬はやすやすと討ち取られ、佐々木勢はなだれを打って義助の陣に攻め入ってきたのだった。

「我らも敵を押し返し、半刻ばかり防いでおりました。ところが後方に布陣していた塩《えん》冶《や》判官高貞《たかさだ》、大友《おおとも》左《さ》近衛将監《こんえのしょうげん》貞載《さだのり》が寝返ったために、持ちこたえることができなくなったのでございます」

「塩冶判官といえば、佐々木の一族だが」

「おそらく道誉と申し合わせていたのでございましょう」

「そうかい。完全にはめられた訳だな」

道誉は降人になることで義貞勢の進撃を遅らせたばかりか、同族の塩冶判官にまで手を回して裏切りの手はずをととのえていたのである。

「まことに面目ございません。この地を死守することで、この償いをさせていただきとう存じます」

「そんなに自分を責めることはねえよ。戦に勝ち負けはつきものだ。なあ、そうだろう」

義貞は皆を励ますためにつとめて明るく振る舞った。

気落ちしてうつむいていた者たちが、それを見て少しずつ生気を取りもどしていった。

「そんならこれから、黄瀬川に舟橋をかけようじゃねえか。殿軍をつとめてくれた者たちに、あの冷たい川を渡らせるのは気の毒だ」

敗戦の痛手は大きい。だが義貞は自分でも意外なくらいはつらつとしていた。勝敗や天下の行方よりも大切なものがあると、漠然と感じ始めていたのだった。

第十一章　京都争奪戦

この時代、木曽川と長良川《ながらがわ》は美濃《みの》の洲《す》の俣《また》（墨俣《すのまた》）で合流し、幅二町（約二百二十メートル）もの大河となって伊勢湾に向かって流れている。

その川を前に当てて、新田左兵衛督義貞は三万の軍勢を川ぞいに配していた。竹下の合戦に敗れて尾張まで退却したものの、木曽川の満々たる流れを防御の要として、追撃してくる足利尊氏の軍勢を迎え討とうとしていたのである。

時は十二月の下旬、厳寒のさなかである。

将兵たちは陣所ごとに焚火をして暖を取っているが、それでも吹きつけてくる北風にさらされ、寒さに身をすくめていた。

（船がなければ、この川は渡れぬ）

義貞は山風に乗って陣所を回りながら、そなえに手落ちがないことを確かめていた。

物見に出した堀口十三郎の報告によれば、尊氏は十五万の軍勢を引きつれ、三河の矢矧に到着したという。ここで行軍の疲れをいやし、一気に尾張に攻め入ってくる構えである。

五倍もの大軍だが、義貞は少しも臆していなかった。

布陣に抜かりはなく、将兵たちも敗戦の痛手から立ち直っている。川ぞいにめぐらした柵と逆茂木で敵の渡河を食い止め、補強した弓隊に矢を射かけさせれば、勝算は充分にあった。

「なあ山風、この寒さじゃ、敵もさぞかし難渋するだろうよ」

遠乗りがわりに下流まで足を延ばし、洲の俣の対岸においた本陣にもどった。

本陣では弟の脇屋義助、船田入道義昌らが首を長くして待っていた。

「兄者、いったいどこに行っておられたのですか」

義助が叱責する口調でたずねた。

「陣所の見回りだ。寒さに耐えてみんな頑張っている」

「それは結構なことですが、行き先くらいは告げてもらわないと」

「何かあったのかい」

「先ほど義治が参りました。宮さまが都に引き上げるとおおせになり、陣払いにかかっておられるそうでございます」

これを止められるのは義貞しかいないと、皆で手分けして行方をさがしていたのだった。

「陣払いって、どうして」

「分かりません。敵は十五万と聞いて、お供の公家衆が怖気《おじけ》づかれたのでございましょう」

総大将である尊良親王は、木曽川から半里（約二キロ）ほど西にある常念寺を本営としていた。

従うのは五百ばかりの公家侍たちで、討死した二条為冬にかわって権大納言洞院公泰《とういんきんやす》が指揮をとっていた。

寺の東西では、義貞の嫡男義顕と義助の子義治の手勢一千ばかりが警固にあたっている。義貞が駆けつけると、義治が待ちきれずに本陣から飛び出してきた。

「伯父上、お手をわずらわせて、申し訳ございません」

「そんなことはいいんだが、何があった」

「洞院公泰さまが、帰洛せよというお告げがあったと言い出され、宮さまを説き伏せて陣払いを始められたのでございます」

「お告げってのは、神仏のあれか」

「帝の念持仏《ねんじぶつ》である愛染明王《あいぜんみようおう》が夢枕に立ち、帝のご意志を伝えたそうでございます。

ただ今、義顕どのが宮さまをお引き止めしておられますが」

公泰の剣幕に押し切られて手の打ちようがなくなり、義貞に救いを求めたのだった。

常念寺の山門を入ると、公家侍たちが行軍の隊列をととのえ、尊良親王の出御を待っていた。本堂の階の前には、尊良が乗る四方輿《しほうごし》が置いてあった。

義貞は太刀を預けて本堂に入った。尊良親王を連れ出そうとする公家たちの前で、義顕が諸肌脱ぎになって立ちはだかっていた。

右手に持った脇差を、腹に押し当てている。このまま陣を引き払うなら、この場で切腹すると言って一行を引き止めていたのだった。

「宮さま、こんな者の脅しに屈したらあきまへん。主上のお申し付けの方が大事です」

公泰は尊良を連れ出そうとしきりに催促している。

だが尊良は義顕を死なせるわけにはいかないと、その場を動けずにいたのだった。

「そんなら身共が、降魔《ごうま》の利剣で不忠者を成敗するばかりや。本気やで。斬られとうなかったら、そこをどきなはれ」

公泰は黄金造りの太刀を抜いたが、義顕は微動だにせず相手を見据えていた。

「公泰さま、敵は足利です。同士討ちはやめていただきましょう」

義貞は義顕の肩に手をかけ、下がっていろと脇に押しやった。

「同士討ちやない。命令に従わんからや」

公泰がいまいましげに刀をおさめた。

疑ぐり深そうな金壺眼《かなつぼまなこ》をした三十ばかりの公卿だった。

「我らは主上に、足利尊氏を討てと命じられております。勝手に陣を引き払うことはできません」

「勝手やない。愛染明王さまが夢枕に立たれ、主上のご意志を告げられたんや」

「失礼ながら、それを証《あか》す手立てはありましょうか」

「身共が嘘をついとる言うんかい」

「夢にも正夢と逆夢があります。俺にはどうも逆夢のような気がするんで」

義貞はどかりと床に座り、木曽川周辺の布陣図を開いて戦況の説明を始めた。

尊良が真っ先に腰を下ろして図面に見入った。公家たちもしぶしぶそれに従った。

「敵は木曽川上流の浅瀬を渡るか、船を集めてこのあたりを渡るものと思われます」

義貞は腕を伸ばして絵図の一点を指した。

「それにそなえて木曽川の西岸に二万、洲の俣に一万の兵を配し、柵と逆茂木で守りを固めております」

「敵は十五万と聞く。それで守りきれるか」

尊良がたずねた。

「あと十日もすれば、中山道を下って鎌倉に向かっていた二万の軍勢が引き返して参ります。また北畠顕家卿がひきいておられる五万の軍勢が、敵の背後をつきましょう」

「さようか。奥州勢も参るか」

「残念ながら鎌倉攻めには間に合いませんでしたが、今月二十二日には陸奥を発ったとの知らせを受けております」

「それなら勝てよう。都へもどることはあるまい」

陣払いは中止すべきだと、尊良が公泰をさとした。

「そやかて主上のお告げがありましたんや。従わんわけにはいきまへん」

「それなら公泰どのが公家侍をひきいてもどられるがよい。ただし北近江には佐々木道誉が勢力を張っております。無事に通過できるかどうか分かりませぬぞ」

義貞が脅し付けると、公泰は急に怖気づいて黙り込んだ。


三日後、再び義治からの使者が来た。

尊良親王のもとに都から勅使が来て、至急帰洛するようにという勅命を伝えたのである。

義貞は義助とともに常念寺に駆けつけた。

「見てみい。身共の言うた通りやないか」

公泰が勝ち誇ったように綸旨を示した。

朝敵が蜂起して都に迫っているので、至急帰洛せよと記してあった。

「朝敵とは誰の軍勢でしょうか」

「讃岐《さぬき》の細川定禅《じょうぜん》、播磨の赤松円心や」

「赤松どのが……」

「そうや。あの似非坊主は、主上のお計らいに不満を持っとったさかいな」

円心は楠木正成と並ぶ建武新政の功労者だが、戦後の恩賞が薄いことに失望し、尊氏方に寝返ったのだった。

「しかし両勢合わせても三万ほどでございましょう。都には正成どのも名和長年どのもおられるのですから、充分に防ぐことができるはずでございます」

「そうはいかんさかい、我らの力を頼っておられるのやないか」

「宮さま、今ここを引き払えば、足利勢はますます勢いづいて都に攻め寄せて参ります。そうすれば東西に敵を受け、都を守り抜くことはいっそう難しくなりましょう」

だからここに踏みとどまり、足利勢を打ち破った後で都にとって返すべきだ。義貞はそう訴えた。

「そうかもしれぬ。だが主上のご命令が下ったからには、逆らうことはできぬのだ」

尊良は苦悩に顔をゆがめながら、すぐに陣払いにかかるように命じた。

仕度は一日でととのったが、問題は佐々木道誉の領国である北近江をどうやって通るかである。

中山道の垂井《たるい》宿から鳥居本《とりいもと》宿まで、道誉の息のかかった者たちが勢力を張っているので、そなえを固めていなければどんな襲撃を受けるか分からなかった。

「それなら我らに任せて下され」

粟田口のひげ熊が申し出た。

馬借や車借は中山道をよく通るので、道誉の配下たちとも顔馴染《かおなじ》みだというのである。

「我らが先に通り、良からぬことを企てているようならお知らせいたします」

「しかし今は戦のさなかだ。いつものようにはいくまい」

「なあに。互いに助け合うのが仲間の掟《おきて》だ。大名に命じられたからといって掟を破るような柔《やわ》な奴は、一人もいやしませんよ」

ひげ熊が誇らしげに胸を叩いた。

「ならば我らも供をいたす」

放免組の大膳坊が、錫杖で地面を突いて名乗りを上げた。

「気持ちは有り難いが、あんたたちゃ箱根峠でたいそうな働きをしてくれた。まだ傷を負っている者も多かろう」

義貞らが箱根峠から退却する時、三百八人の放免組は峠に踏みとどまって敵の追撃を防ぎ、二百人以上が討死したのである。

「それゆえ我らもあの者たちにつづきたいのでござる。武士として戦い、大義のために死ぬことができるなら、これほど有り難いことはござらぬ」

大膳坊も箱根の戦いで三ヵ所に傷を負っている。中でも左の太股は深手のようだが、痛む様子を見せたことは一度もなかった。

「ありがとうよ。そんならお言葉に甘えるか」

義貞はひげ熊と大膳坊らを先頭に立て、その後ろから本隊を進めることにした。

万一の時には即座に対応できるように、十六騎党をひきいて警戒にあたったが、何事もなく北近江を通過することができた。

ひげ熊が言った通り、街道往来を生業《なりわい》とする車借や馬借の仲間意識は強く、宿場を通るたびに飯や酒を差し入れてくれたほどだった。

都に着いたのは、年も押しつまった十二月二十八日である。

西国から細川、赤松勢が迫っているというので、戦の人馬が駆け回っているだろうと思っていたが、洛中は何事もなく静まりかえっていた。

「これは、どうしたことでしょうか」

義助が馬を寄せてたずねた。

「分からぬ。何かお告げはなかったか、公泰どのに聞いてくれ」

義貞は尊良親王を警固して二条富小路の内裏に向かった。

なぜ敵が迫っていないのに撤退を命じたかたずねたかったが、帝は不例を理由に会おうとなされなかった。

「不例とは、どういうことでしょうか」

「ご気分がすぐれんいうことや。そんなことも知らんのかい」

洞院公泰は義貞だけを清涼殿の庇に残し、公家衆を連れて奥に入っていった。

「私が理由を聞いてくる。しばらくここで待っていてくれ」

尊良はそう約束したが、なかなか戻って来なかった。

幅一間ばかりの庇は外の風に直にさらされ、雪の日にはひときわ寒さが身にしみる。まるで番犬のような扱いだが、義貞はじっと待っていた。

(それにしても、妙なお方だ)

寒さに耐えながら義貞はそう思った。

後醍醐天皇のことである。敵が迫っているので急いで帰洛せよと命じておきながら、対面を許さないのはどうした訳なのか。苦労をねぎらってもらいたいとは思わないが、帰洛を命じた理由くらい説明するのが当たり前ではないか。

それなのにこんな所で待たせるとは何事かと肚にすえかねていると、

「目を合わさずに、男同士の話ができるか」

帝のお声が脳裡《のうり》に響いた。

そして命を賭けて天皇中心の国をきずこうとしておられる帝の覚悟を思い出した。ご自身が理想のために身も心も捧げておられるのだから、人もそうするのが当然だと思っておられるのである。

しかし俗世の人間は、そんな高邁《こうまい》な理想より利益になるかどうかを基準に物を考えている。だから多くの武士が、足利尊氏を将軍にしてもう一度幕府を開きたいと願っているのだった。

「わが君さま、こちらへ」

どこからかそんな声がした。聞き覚えのある女の声音である。

初めは空耳かと思ったが、義貞は廻り縁を回って声のした方をのぞいてみた。

あたりにかすかに沈香《じんこう》の香りがただよっている。もしやと思って渡殿まで行くと、西の御殿の部屋から白い手首だけを出してさし招く者がいた。

（あの悪戯者《いたずらもの》が）

義貞は足音を忍ばせて手首をつかもうとしたが、すんでの所で女は戸を閉ざした。

「だーれだ」

中からそう問いかけてくる。

「房子だろう。分かっている」

「いいえ。ここでは勾当内侍と呼ばれてますえ」

そう言うなり義貞を引き込み、手早く戸を閉めて抱きついた。

袿《うちき》を重ね着しているが、抱き止めると柔らかい肌のはずみが伝わってくる。求められるまま唇を合わせると、渇きに苦しむ者が水を求めるように舌をさし入れてきた。

「大胆だな。こんな所で」

「そやかて、長《なご》う会《お》うてへんさかい」

房子はなまめいた顔色をして頬にかかった髪をかき上げた。

部屋は驚くほど暖かい。火鉢の炭は燃えさかり、酒と肴も用意してあった。

「会うことはできぬがねぎらうようにと、お上がおおせでございます」

房子が女官の顔になって温めた酒をそそいだ。

「その前に聞きたいことがある」

義貞は盃をおき、帝はどうして対面をお許しにならないのだとたずねた。

「恥じておられるのでございます」

「恥じるって、何を」

「わが君さまに、帰洛せよとお命じになったことでございます」

帝がそう命じたのは心細かったからである。

都には楠木正成や名和長年ら三万の軍勢がいたが、諸国の武士が足利方となって挙兵していると聞くと次々と離脱し、十日ばかりの間に一万ばかりになった。

「それをお聞きになった帝は、新田でなければ大事は任せられぬと、わが君さまを呼びもどすようお命じになりました」

しかしこれは早とちりで、細川や赤松勢はいまだに播磨にとどまっている。それを読み間違えて帰洛を命じたことを、帝は恥じておられるというのである。

「それはまあ、かたじけないことだが、それなら直に会ってそうおっしゃればいいじゃねえか」

「そんなことをすれば、群臣の前で誤ちを公にすることになります。それゆえわが君さまが帝の御身を案じ、勝手に帰洛してきた。帝はそれをお怒りになり、対面をお許しにならないということにしていただきたいのでございます」

「なるほど。それで庇で吹きさらしにした訳か」

「まことに申し訳ございません」

「帝のご威信に傷をつけちゃならねぇという理屈は分かるが、こっちの身にもなってもらいてえもんだな」

「それゆえこうして、おわびのもてなしをさせていただいているのでございます。これが帝のご本心とおぼし召して、どうかお許し下さいませ」

房子は体を寄せて酒を勧め、今夜は実家にもどることが許されたので通ってきてほしいと言った。

「それもおわびのしるしかい」

「そやあらしまへん。一人の女子《おなご》としてお頼み申し上げております」

房子はすねたような仕草をして、お流れを頂戴いたしますと手をさし出した。


建武三年（一三三六）の年明け早々、足利勢十五万は北近江に到着した。柏原、醒ケ井《さめがい》、鳥居本と中山道づたいの宿場に布陣し、しばしの休息をとって都に攻め上がる機会をうかがっていた。

この報を得た義貞は、一月七日に参内して後醍醐天皇のご意向をうかがった。

「足利勢は数日のうちに都に攻めて参ります。出陣をお許しいただきとう存じます」

下ろされたままの御簾に向かって語りかけた。

「謀叛の輩は十五万と聞く。大事なかろうな」

「勝負は時の運でございます。絶対に勝つと約束することはできませんが、この義貞が生きている限りは必ず挽回《ばんかい》できるとおぼし召し、お心安く過ごして下されませ」

「何やら妙だ。そちらしく男らしい言葉を聞かせてくれ」

「少々のことにびくつくなってことよ。大船に乗ったつもりで、俺に任せときゃいいんだ。そういうことでございます」

内裏を退出した義貞は、諸将を集めて軍議を開いた。

楠木正成、名和長年、結城親光《ちかみつ》ら、天下に名を知られた武将たちが顔をそろえている。その中でも義貞の力量と名声は群を抜いている。義貞が都にもどった日から、離脱する者の足がぴたりと止まったことが、そのことを明確に示していた。

「布陣はかくの如くお願い申し上げます」

義助が車座の中に絵図を広げた。

近江の勢多《せた》には名和長年の三千。宇治には正成の五千。摂津の山崎には義助勢七千。淀の大渡《おおわたり》（大橋）には義貞勢一万である。

その他に江田行義の五千を洛中にとどめ、遊撃隊として窮地におちいった身方の救援に行かせることにした。

「それでは勢多と宇治が手薄ではなかろうか。のう、正成どの」

長年がわずか三千と聞いて不満をもらした。

「さよう。すでに宇治には足利方となった大和の軍勢が攻め寄せております。これに新手が加わったなら、五千では守りきれませぬ」

正成はすでに手勢を出し、宇治川を前に当てて大和勢の侵入を食い止めていた。

「おおせはもっともだが、俺はそうは思わねえ」

義貞は遠慮なく家臣に対するような話し方をした。

「尊氏だって勢多と宇治を攻め落とすのがどれほど難しいか分かっている。だからそこから攻めかかる構えを見せて我らを引きつけ、石清水《いわしみず》八幡宮まで迂回して細川、赤松勢と合流しようとするはずだ」

そう考えたからこそ、淀の大渡と山崎に新田勢を中心とする一万七千の軍勢を配したのだった。

「卒爾ながら、何ゆえそのようにお考えか聞かせていただきたい」

「ひとつは八幡宮が源氏の氏神だからだ。尊氏はここに布陣することで、自分こそが武家の棟梁だと示そうとするだろう。もうひとつは三年前にも尊氏は都を西から攻め、六波羅探題を亡ぼしている。勝手知った攻め口ということよ」

「もし勢多に攻めかかって来たならどうなされる」

三千では守りきれぬと、長年が食い下がった。

「そん時ゃ、狼煙《のろし》を上げて三井寺《みいでら》まで退却してくれ。世良田の遊撃隊が応援に駆け付けるはずだ」

義貞の読みはぴたりと当たった。

尊氏は近江の印岐志呂《いきしろ》神社の背後にある城を攻め落とし、琵琶湖を船で押し渡って大津を攻める構えを見せたが、これは陽動作戦だった。

本隊十万余はそのまま中山道を南下し、勢多川、宇治川ぞいの道をたどって一月八日に石清水八幡宮に入った。

男山《おとこやま》の山頂にあり、ふもとを宇治川、木津川、桂川が流れる要害の地である。宇治川と木津川が合流した所には、なだらかな弧を描いた巨大な橋がかけてあり、淀の大渡と呼ばれている。

尊氏はこの橋を突破して一気に都まで攻め上ろうと、男山に十万余、淀川の対岸の山崎に細川定禅、赤松範資《のりすけ》の軍勢三万を配したのだった。

これに対して義貞は、一万の軍勢で橋の守りを固めている。数は十分の一と劣勢だが、一日先に布陣して備えを固めた有利がある。対岸の山崎にも、義助が柵や逆茂木を結い回し、所々に高櫓《たかやぐら》を上げて守りを固めていた。

両軍が川をはさんで対峙《たいじ》したのは、一月九日の早朝である。新田方の先陣は菊池武重に任せ、義貞は後方の與杼《よど》神社で指揮をとっている。

対する足利方は高師直が先陣をつとめ、尊氏、直義兄弟は八幡宮の境内から高みの見物を決め込んでいた。

「こんな時が来ようとは、夢のようでござるな」

船田入道義昌が足利勢をながめて武者震いをした。

「どうした。臆したわけじゃねえだろう」

義貞は餅を頬張って腹ごしらえをしていた。

「嬉しいのでござるよ。足利どのの十万の兵と戦うとは、新田荘にいた時には想像さえできませなんだ」

「そうだなあ。向こうは北条一門につながる幕府の重鎮。こっちは借金に追いまくられる貧乏御家人だったからな」

「所領を切り売りして、ようやく大番役の費用をひねり出しておりました。これでは武士か百姓か分からぬと、情けなさに涙を流したことも一度や二度ではござらん」

「お前さんはよくやってくれたよ。親父《おやじ》が死んだ後も何とかやってこられたのは、船田入道義昌がいてくれたお陰だ」

「嬉しいことを……」

義昌は老いの目に涙を浮かべ、己の弱さを恥じるように鎧の胴を掌で叩いた。

合戦は矢合わせから始まった。

双方の陣から放った鏑矢が空気を切って笛の鳴るような音を上げ、合戦の始まりを告げた。

だが宇治川と木津川が合流し、一町（約百十メートル）ばかりの幅になった川を渡るのは容易ではない。武勇をもって知られる高師直配下の軍勢も、さすがに馬を乗り入れかね、どうしたものかと様子をながめていた。

するとなく菊池勢の中から十騎ばかりが川の中ほどまで馬を進め、

「御旗の紋を見たところ、足利家の執事としてその名も高い高師直どのの手勢と存ずる。源平争乱の昔、足利又太郎忠綱《またたろうただつな》、佐々木四郎高綱《しろうたかつな》が宇治川を渡し、名を後代まで挙げ候《そうろう》いき。この川は宇治川よりも浅く、流れもゆるやかでござる。尻ごみなどなさらず、疾《と》く馬を進められよ」

そう叫び、箙《えびら》を叩いて挑発した。

このことあるを見越していた師直は、まわりの民家をこわして調達した材木で筏《いかだ》を作らせていた。それを川に浮かべてつなぎ合わせ、二百人ばかりが一度に乗れる大きさにして前方に楯を並べ、後方で棹を突いて川を渡り始めた。

先頭に二台、後ろに四台。縦長の陣を組み、千二百人ばかりの屈強の弓隊を乗せている。

ところが新田勢は川の中ほどに杭《くい》を打ち逆茂木を沈めているので、筏が引っかかって先へ進めなくなった。

「今だ。肥後の強弓のほどを見せてやれ」

肥後守武重の下知に従い、五百余の弓隊がいっせいに遠矢を放った。

矢はゆるやかな弧を描き、計ったように正確に筏の上に降りそそぐ。先頭の二台は楯をそなえているが、後ろの四台の者たちはなす術もなく矢の雨にさらされる。

川の流れにもまれて押し合いへし合いするうちに、筏をつないだ綱が切れ、組み重ねた材木がほぐれ出し、次第に足場を失っていった。

師直勢は身方の惨状を救おうと、橋を押し渡って敵陣に攻め込もうとした。弓のように弧を描いている大橋を、楯を押し立てた兵たちが駆け登っていく。

新田勢はこれに備えて橋の頂点に兵を配し、楯の陰から矢を射かけた。しかも陣の前五間（約九メートル）ばかりは、橋板をはずして渡れないようにしている。

師直勢はこの隙間を埋めるために新しい橋板を用意し、楯を押し立てて敵の矢を防ぎながら板を並べようとした。

両者の間はわずか五間。橋板十五枚分である。この隙間を埋めさえすれば、数に勝る足利勢が圧倒的に有利だった。

義貞もこの作戦は見抜いている。それにそなえた手も打っていた。

「十六騎党、出でよ」

「お任せあれ」

大兵の川波新左衛門がひきいる十六騎党が、数十本の松明を手に大橋を駆け登った。そうして頂きの陣に着くと、敵陣に向かって燃えさかる松明を投げ入れた。

押し立てた楯を軽々と越え、炎が敵の頭上に降りそそぐ。

それを消し止めようとして師直勢が大混乱におちいっている隙に、新左衛門らが橋桁を渡って斬り込み、楯を構えた者たちをことごとく討ち取った。

そうしてさっと引き上げたところに、橋の頂きの陣から矢を射かけたからたまらない。後ろに逃げようとした先陣の者は、後陣の者ともつれ合って将棋倒しになり、自分だけは助かろうと同士討ちを始める有様だった。

男山の本陣でこれを見ていた尊氏は、師直勢を下げて弟の直義に大橋の突破を命じた。

「新田のやり口は見たであろう。抜かるな」

「承知いたしました」

知略をもって知られる直義は、槍隊に先陣を命じた。

十六騎党が楯を引き倒しに来たなら、槍を突き出して串刺しにするつもりである。しかも松明を防ぐために、隙間を埋めるための橋板を濡らし、頭上にかかげて進むように命じた。

「敵は無勢じゃ。一番乗りして名を挙げよ」

直義の気負った声に押し出され、楯と板で箱のようになった者たちが大橋を登っていった。

ところが與杼神社にいる義貞は、この策も見抜いていた。

「大膳坊さんよ。今生のなごりのひと暴れ。見せてもらおうじゃねえか」

「かたじけない。これにてお暇申し上げる」

大膳坊は生き残りの放免組をまとめ、柿色の衣の袖をなびかせて大橋を駆け登っていった。

「何もここで果てることはないと存ずるが」

船田入道は数珠を手に見送っている。

「俺もそう言ったが、あれほど決意が固いんだ。思いを遂げさせるのが、情けというもんだろうよ」

義貞と尊氏が初めて激突した名誉ある戦場で命を散らし、武士の道をまっとうしたい。大膳坊ら百余人はそう望んだのだった。

放免組は意気盛んである。先頭の二十人ばかりが二本の大木を突き棒のように構えて走っている。

何をするつもりかとながめていると、そのまま大橋を駆け上がり、楯を構えた敵陣に突撃していった。

「なんと……」

足利勢が陣替えしている間に、はずしていた橋板をはめ込み、自由に渡れるようにしている。

二本の大木を突き棒のようにして敵が構えた楯にぶち当たると、直義勢の先陣は楯板ごと後ろに突き飛ばされ、下り坂になった橋をころがり落ちていった。

後ろの者たちはそれに巻き込まれ、師直勢と同じように将棋倒しになった。

放免組の先陣は大木を構えたまま、倒れた敵を乗りこえ踏みこえ、手当たり次第に敵を突き飛ばしながら対岸まで下り、まっしぐらに直義の本陣まで駆けていった。

その後ろを槍や刀や六尺棒を持った者たちがつづき、逃げ散る敵を次々に討ち取った。

「あわてるな。押し包んで矢を射かけよ」

直義はそう命じながらも一町ばかりも後ろに退《ひ》いている。

五百ばかりの弓隊が放免組を取り囲み、身方の犠牲もいとわずに矢を射かけた。

「放免組組頭、大膳坊見参」

大音声を上げ、大膳坊は大長刀を大車輪にふり回しながら敵の本陣に向かって斬り込んでいった。

射かけられた矢が突き立って針ねずみのようになっているが、柿色の衣の下には栗山家重代の鎧を着込んでいる。

頭部をめがけて飛んで来る矢を首を振ってかわし、顔を狙った矢ははたき落としながら、本陣の武者たちの首を次々にはね飛ばした。

だが人の力には限りがある。大膳坊も放免たちも次々に討ち取られ、首も取られないまま放置された。

「橋を渡れるぞ。馬を駆って敵を押しつぶせ」

本陣に詰めた二百騎ばかりが、今こそ好機とばかりに猛然と橋を駆け上がった。

ところが放免組が奮闘している間に、新田勢は橋板十五枚を、切り込みを入れたものに替えている。そうとも知らずに攻め寄せてきた騎馬たちは、板を踏み割って次々に川に転落していった。

この日の足利勢の死傷者は三千余人。

新田勢の死者は自ら望んで斬り死にした放免組だけである。

義貞が知略によって尊氏を圧倒したわけだが、翌日になって思いがけないことが起こった。

「殿、義助どのの軍勢が備えを破られ、総崩れになって敗走しております」

物見の兵が告げた。

神社の裏側に出てみると、細川、赤松勢に柵を破られた義助の軍勢が、旗を投げ捨てて都へ向かって敗走している。

敵の先陣は騎馬隊を出して追撃しているが、本隊は船を集めて淀川を渡り、義貞の陣に攻めかかる仕度にかかっていた。

「このままでは前後に敵を受けまする。殿は急いで洛中までお引き下され」

義昌が手勢をひきいて殿軍をつとめると申し出た。

「ならば私も、小父《おじ》さまとともに残ります」

嫡男義顕も名乗りを上げた。

子供の頃から義昌を小父さまと呼んで慕っていた。

「頼んだぜ。渡河口に楯を並べて矢を射かける構えを取れば、敵は船を渡そうとはしねえ。大橋はもっと橋板を落とし、渡れねえようにしておけ」

義貞は義顕の肩を叩き、都に向かって駆け出した。

二人を残していくのは忍びないが、山崎の守りが破られたなら、敵は一気に都に攻め入ってくる。

その前に帝を安全な場所にお移ししなければならなかった。

義貞勢が引き上げていくのを、足利直義は男山のふもとの本陣からながめていた。

山崎で細川、赤松の軍勢が脇屋義助勢を打ち破っているのも遠目に見えていた。

「すぐに橋板をはめよ。これから都に向かって追撃する」

近習にそう命じた。

「お待ち下され。川に落ちた者や手負った者を助けなければなりません」

上杉重能が引き止めた。

「さよう。それにまだ、新田勢の殿軍が待ち構えております。それがしの弟の軍勢が淀川を渡れば、かなわじと見て陣を引き払いましょう」

細川顕氏もそう言った。

讃岐の細川定禅は顕氏の弟で、互いに連絡を取り合っている。船の扱いにも長けているので、手間はかからないはずだった。

「いや、討死した者たちの供養のためにも、都へ一番乗りをはたさねばならぬ」

直義は引き下がらなかった。

功名心にはやっているわけではない。一刻も早く都に乗り込んで、やらねばならないことがあった。

「ならばそれがしが槍隊をひきいて、橋の上の敵を追い払いまする。我らが橋を渡ったなら、直義どのが押し出して下され」

顕氏は弟の働きに刺激され、三百ばかりの手勢をひきいて橋を駆け登った。

新田勢は矢を射かけて防戦したが、本隊が引き上げているので気勢が上がらない。顕氏勢が一枚もう一枚と橋板を並べ始めると、頃合いを計って退却していった。

それを合図にしたように、與杼神社にいた新田義顕も兵をまとめて引き上げていった。

直義は二万の軍勢をひきい、その日のうちに鳥羽まで兵を進め、翌日の早朝都に入った。すでに天皇方は近江の東坂本《ひがしさかもと》まで陣を移し、立ちはだかろうとする者は一人もいない。

昨日脇屋勢を追撃してきた細川、赤松勢が狼藉したらしく、上京の各所が焼き払われている。

二条富小路の内裏からも炎と煙が上がっていた。

(しまった。遅かったか)

直義は馬廻り衆とともに上京の持明院に急いだ。

幸い兵火にはかかっていないが、四方の門は固く閉ざされ、警固の者さえいなかった。

ここにお住まいになっていたのは、建武新政によって退位させられた光厳上皇と親王たちである。

直義はいち早く彼らを保護し、天皇方を打ち破った後の政権作りに備えようとしたのだった。

「殿、方々《かたがた》は昨日のうちに引き払われたそうでござる」

近習が近くの寺の僧をつれてきた。

天皇方の者たちは持明院統の方々が尊氏に擁立されることを恐れ、法皇、上皇、親王、内親王までことごとく東坂本に連れ去ったのである。

(いかにも、あのお方らしいなされようだ)

直義が言うあのお方とは、後醍醐天皇ではない。帝の後宮にあってすべてを仕切っている阿野廉子のことだった。

直義は持明院のまわりに二百ばかりの警固の兵を残し、細川、赤松勢に狼藉をきびしく禁じてから、尊氏が本陣としている東寺にもどった。

東寺の本堂では尊氏を上座にして諸将が車座になり、上洛を祝って酒盛りをしていた。執事の高師直、佐々木道誉、土岐頼遠など十数人で、山崎の合戦に功のあった細川定禅、赤松範資も加わっていた。

「これはご舎弟どの、先駆けご苦労に存ずる」

師直がこちらにござれと席を空けた。

皆が戦勝に酔い、陽気に顔を赤らめて酒を酌み交わしている。尊氏がいるだけで皆が安心するらしく、いつも底抜けに陽気な酒宴になるのだった。

「兄者、お伝えしたいことが」

直義は尊氏の横に座り、持明院の方々が連れ去られたことを小声で告げた。

「そうか。お前の計略は封じられたか」

「上京は放火され、内裏も焼け落ちております」

「上京に火を放ったのは、細川、赤松の軍勢であったな」

尊氏が皆に向かって語りかけると、ざわめいていた車座が水を打ったように静まった。

「申し訳ございませぬ」

細川定禅が姿勢を改めてわびをのべ、赤松範資もそれにならった。

「なんの。こたびの戦は貴殿らのお陰で勝つことができた。勢いがあって結構なことじゃ」

「有り難いお言葉、かたじけのうございます」

「その勢いをもって、このまま坂本まで敵を追撃してもらいたい。三井寺に陣を取れば、天皇方の喉頸を押さえたも同じじゃ」

「ならば我が領国の軍勢にも、湖西の道をたどって坂本に攻め込むように申し付けましょう」

道誉が申し出た。

（しかし、坂本には……）

あと数日のうちに、北畠顕家がひきいる五万ちかい軍勢が到着するはずだ。直義はそう思ったが口にはしなかった。

翌日、定禅と範資は二万余の軍勢をひきいて三井寺に向かった。顕家軍が坂本に着いたという知らせが届いたのは、翌十三日の夕方だった。

「顕家勢は新田勢と合流し、今夜のうちに三井寺を包囲するようでございます」

定禅の使者は救いを求める悲痛な声を上げたが、尊氏は落ち着き払っていた。

「ならば明朝、三条河原で勢揃えし、三井寺の救援に向かう。皆にそう告げよ」

こうなることが分かっていたような決断の速さだった。

一月十四日の早朝から、新田義貞は三井寺攻めにかかった。

坂本の南の唐崎に本陣をおき、新田勢三万と奥州から到着したばかりの北畠顕家勢五万の指揮をとっている。

側では緋縅の鎧をまとった顕家が、固唾を呑んで戦況を見守っていた。

北畠親房の嫡男で十九歳になる。公家武者とはいえ、奥州に赴任してわずか三年で五万の大軍をひきいて来た手腕はたいしたものだった。

「顕家どの、寺はほどなく攻め落とします。肩の力を抜いて、ゆるりと構えて下され」

「臆している訳ではないのですが、体の震えが止まらないのです」

顕家が澄んだ目を向けて苦笑した。

「まだお若いので無理もないが、場数を踏めば慣れるでしょう」

「戦のことばかりではありません。あの寺は智証《ちしよう》大師ゆかりの名刹ですし、白河上皇が深く帰依しておられた寺でもあります」

そうした歴史と伝統を持つ寺に兵を向けることを、公家である顕家は深く畏れていたのだった。

新田勢は大津の浜からの道を突き進み、寺の南院の木戸に攻めかかっていた。

南院の木戸の前には、幅三間（約五・四メートル）、深さ二丈（約六メートル）ばかりの空堀がめぐらしてある。この堀にさまたげられて攻めあぐねていた新田勢は、火矢を射かけて木戸を焼き払う策に出た。

敵がそれを消し止めようとしている間に、近くの堂から取ってきた柱を空堀に渡し、突き棒を持った者たちが突撃していった。

木戸の扉はひとたまりもなく打ち破られ、縦長になった五千余の軍勢が、蛇がのたうつように門の中に躍り込んでいった。

と同時に、寺の裏山からも鬨の声が上がり、三千ちかい僧兵が一気に境内に攻め込んだ。三井寺の宿敵である比叡山延暦寺《ひえいざんえんりやくじ》の大衆が、如意ヶ岳《によいがたけ》の道をたどって搦手に回っていたのである。

前後から攻められた上に、堂舎、仏閣に火を放たれた細川、赤松勢は、逃げ場を失い炎や煙に目をさえぎられて、右も左も分からぬまま散り散りになって落ちていく。

「殿、兵を出すのは今でござる」

船田義昌が敵を追撃するように進言した。

「そうだな。すぐに貝を吹かせよ」

「ならば我らもお供いたす」

顕家も近習に追撃の態勢をとるように命じた。

「それはご無用。奥州勢は長行軍で疲れている。少しは馬の足を休めねえと、後がもたなくなる」

「しかし、物見の知らせによれば、尊氏勢十万が三井寺の救援に来ているそうでございます」

「十万だろうが二十万だろうが、俺に任せておけ。あんな連中に負けはしねえよ」

義貞は山科あたりで足利本隊に行き合うことを覚悟して、堀口十三郎らを物見に出していたが、尊氏は三条河原に布陣したまま動こうとしなかった。細川、赤松勢を囮にして天皇方をおびき寄せ、一気に決着をつけようとしているのである。

粟田口の峠まで出て、義貞は足利勢の布陣を見た。

北は糺の森から南は七条河原まで、十万の軍勢が隙間もなく布陣している。先陣、中陣、後陣と四段、五段に整然と陣をしいていることが、三井寺の救援に行く気は初めからなかったことを示していた。

「二万もの身方を囮に使うとは、尊氏って奴はつくづく食えねえ野郎だな」

「いかがなされますか」

義昌が肩で息をつきながらたずねた。

「いくら俺がお人好《ひとよ》しでも、相手のお膳立てにまんまと乗ったりはしねえよ。向こうがおびき出すつもりなら、こっちも同じ手を使ってやろうじゃねえか」

義貞は二万の軍勢を三手に分け、真如堂《しんにょどう》、法勝寺《ほっしょうじ》、将軍塚に布陣させた。

東山にそって北から南に展開し、鴨川西岸の敵を山の中腹から見下ろす構えである。

自身は三千の軍勢をひきいて花頂《かちょうざん》山の山頂から指揮をとることにしたが、そのうち屈強の兵一千を選び出して次のように命じた。

「お前らはこれから五十人ずつ一組になり、偽の旗や袖印をつけて敵の中にまぎれ込め。三井寺から敗走してきた者のように装って、俺の合図を待つのだ」

その日も次の日も、互いににらみ合ったまま動かなかった。

義貞は敵が攻めてくるのを待って反撃するつもりだし、尊氏も川を渡り山を登って攻めるのは不利だと分かっているので、小人数を出して小競り合いを仕掛ける程度にとどめていた。

ところが長い滞陣になれば、大軍の方が負担が大きい。食糧も煮炊きするための薪も必要になる。それに立錐《りっすい》の余地もないほど詰め合って布陣しているので、横になって手足を伸ばすこともできなかった。

これに耐えきれなくなった尊氏は、十六日の早朝に高師直、師泰《もろやす》兄弟の軍勢二万に、将軍塚と法勝寺の敵を攻めさせた。

「そうら来なすった。みんな抜かるんじゃねえぞ」

新田勢は敵をぎりぎりまで引きつけ、松林を楯にして矢を射かけた。

敵はあわてて楯を並べ、身を守りながら矢を射かけてくるが、山の上と下では、上から射かける方が圧倒的に有利である。

しかも並べた楯に向かって、大石をなだれのように落としかけた。

いている。

師直、師泰勢は楯をなぎ倒され、石に打ち倒されて、どうしたものかとあわてふためいている。

新田勢はそれを尻目に、頭上から雨あられと矢を射かけた。

敵がたまらず引き始めると、三千ばかりの槍隊が一気に山を駆け下りて襲いかかった。

「今だ。総攻めにせよ」

義貞が法螺貝を吹かせて合図を送ると、三つの陣所から次々と軍勢が出撃して行った。

それに呼応して、敵中に伏せていた一千の兵が行動を起こした。

まわりを埋めつくした足利勢に手当たり次第に斬りかかり、屍の山をきずいていく。

「返り忠じゃ。敵に内応した者がいるぞ」

方々《ほうぼう》で叫び声が上がると、事情が分からない者たちは疑心暗鬼におちいり、同士討ちを始める始末である。

そんな混乱が二十組の伏兵たちによって引き起こされ、足利勢は攻めてくる新田勢に対応することができなくなった。

「やむを得ぬ。ひとまず引け」

尊氏は馬廻り衆を引き連れ、三条大路を西に向かった。

師直、師泰らは川を渡らずに南に逃れ、後詰めに出ていた細川、赤松らは北白川や糺の森に向かっていった。

十万の軍勢が、まさに蜘蛛の子を散らす如くである。

それを追って新田勢も四方八方に散っていく。花頂山の本陣に残ったのは二千ばかりの馬廻り衆だけだった。

「殿、お見事なご采配でござる。尊氏どのを完膚なきまでに打ちのめされましたな」

義昌が晴れ晴れとした顔で洛中を見やった。

「勝つには勝ったが、深追いしちゃならねえ。使い番を出して元の陣所にもどるように伝えてくれ」

「何ゆえでございますか」

「平地に出ればこちらの無勢がすぐに分かる。尊氏も直義も気を取り直し、兵を集めて反撃してくるはずだ」

義貞には戦の成り行きが不思議なくらいよく見える。八幡太郎義家以来の源氏の血に秘められた力が、こうした事態になって目覚めたのかもしれなかった。

「殿、勅使が参られましたぞ。すぐに陣を引き払い、坂本にもどるようにおおせでござる」

近習が勅使の公家侍を案内してきた。

「そりゃあいったい、どういう訳だ」

「北近江の佐々木勢が、越前、若狭の朝敵五万をひきいて帝の御座所に迫っております。

また近江の地侍五千ばかりも、石山寺に立てこもって佐々木勢と呼応する構えでございます」

「顕家どのは」

どうしておられると言いかけて、義貞は口を閉ざした。

馬の足を休めよと言ったのは、他ならぬ自分なのである。

「すぐに坂本に向かう。皆にそう伝えよ」

「殿、あれをご覧下され」

義昌が切迫した声を上げて糺の森を見やった。

どこに身をひそめていたのか、四割菱の旗をかかげた佐々木道誉の軍勢三千ばかりが、賀茂川、高野川を渡って北白川に向かっている。

敗走していた細川、赤松勢も、態勢を立て直して道誉に従っていた。

「鹿ケ谷《ししがたに》に回って、坂本への道をふさぐつもりだな」

「今ならまだ間に合います。お急ぎ下され」

「いや、ひと戦して追い払わなければ無事に退くことはできぬ」

「それでは帝をお救いすることができませぬ。それがしが手勢をひきいて食い止めますゆえ、その間に」

義昌はそう言うなり、二百騎ばかりをひきいて山を下りていった。

やがてふもとの松林の陰から義昌勢が現われ、脇目もふらずに道誉勢に向かって駆けていった。

「みんな急げ。義昌の働きを無駄にするな」

義貞は山風に飛び乗り、手勢をひきいて鹿ヶ谷に向かった。

ここから如意ヶ岳を越えれば、三井寺の裏に出る道がつづいている。北近江からの軍勢が攻め寄せる前に、東坂本におられる帝のもとに駆けつけなければならなかった。

第十二章　それぞれの心

建武三年（一三三六）二月十二日、新田左兵衛督義貞は十万余の軍勢をひきいて都にもどってきた。

打出《うちで》の浜、豊島河原《てしまがわら》の戦いで足利尊氏軍二十万を打ち破り、九州まで敗走させての華々しい凱旋《がいせん》である。

従うのは新田一門や関東勢ばかりではない。北畠顕家がひきいる奥州勢五万、楠木正成がひきいる畿内の軍勢二万、そして中山道から引き上げてきた洞院実世《さねよ》の軍勢二万もいる。

その先頭で馬を進める姿は、まさに官軍の総大将と呼ぶにふさわしく、都大路で出迎えた大勢の者たちの注目を一身に集めていた。

注目すべきは、軍勢の中に一万五千ちかくの降人がいたことだ。

降伏を申し出た。

尊氏が兵庫の港から船に乗って落ちのびたと知った足利方の将兵は、進退きわまって義貞はこれを丁重に遇し、官軍に加わる者の所領を安堵したために、これほどの軍勢がいっきょに身方に参じたのだった。

彼らは昨日まで二引両の足利家の紋を染めた旗をかかげていた。

官軍に加わるにはこれでは不都合なので、二引両の間の白い所を塗りつぶし、新田家の家紋である中黒に見せようとした。

ところがいかにも急ごしらえで、二引両を塗りつぶしたことが墨の濃淡で分かる。それを見た京童は、次のような歌を作って冷笑した。

二筋《ふたすじ》の中の白みを塗り隠し
新田新田《にたにた》しげな笠符《かさじるし》かな

都は昨年十二月以来の戦乱のために、焼き払われたり打ち壊されたりしている。

ところが都に住む者たちには不思議なばかりの復原力があって、焼け残った家を補修したり、焼け跡に掘っ立て小屋を建てたりして以前のように住みついている。

まるで土地や町そのものに生命力があり、人間を走らせて復活をとげているようにさえ見えた。

群衆の視線をあびて山風を進めながら、義貞は奇妙な感覚にとらわれていた。黒山のように集まった者たちの顔を見、目を合わせただけで、何を考えているか分かるのである。

（ほう。あの商人はひと儲けしやがったな）

（あの爺さんは、連れ合いとはぐれてあわてているようだ）

（あの娘は小便がしたくてたまらんらしい）

一人一人の頭の中をのぞき込むように分かってしまう。

それは面白くもあり、うっとうしくもある。聞こえすぎる耳が雑音までひろうように、人の考えがいちいち飛び込んでくるのも迷惑なことだった。

「これはいったいどうした訳だろうな」

自分でも理由が分からず、山風のたてがみをなでてたずねた。

「さあね。厳しい戦をつづけるうちに、備わっていた才能が花開いたんじゃねえのかい」

そう言う声が聞こえた気がした。

馬がしゃべるとは思えない。あるいは山風の考えまで読めたのかもしれなかった。

「兄者、何かおおせられたか」

弟の脇屋義助が馬を寄せてきた。

合戦の成果のあまりの大きさに興奮し、顔を上気させていた。

「何でもねえ。あんまり……」

舞い上がるなと言いかけて、義貞は口を閉ざした。

心の内を見透かされて、いい気持ちのする奴はいないはずだった。

五条の辻で軍勢をとどめ、義貞は主立った者たちだけを引きつれて花山院の御所をたずねた。

先の戦で二条富小路の内裏が焼失したために、東坂本から還幸なされた後醍醐天皇は、東洞院《ひがしのとういん》大路に面した花山院を仮の御所としておられた。

花山院は勘解由《かげゆ》小路をはさんで北と南に分かれている。北には帝の御所や公卿衆、女房衆の御殿があり、南には伺候する武家の詰所があった。

義貞らは詰所で義助、北畠顕家、結城宗広、楠木正成、名和長年、洞院実世らと車座になり、帝からの知らせを待った。

いずれも勝ち戦に気持ちが高ぶり、手柄話に花を咲かせているが、内心ではそれぞれ思うことがちがっていた。

宗広は春が来るまでに奥州に引き上げなければ、田植えもままならないと案じているし、正成はこの戦勝を好機として、盟友だった赤松円心を身方に引きもどしたいと願っている。

伯耆を中心に日本海に勢力を張る長年は、近江佐々木氏の一門である塩冶高貞を追放し、長門から若狭までの海運の独占権を認めてもらおうと考えていた。

義貞にはその心の内が読める。皆がそれを隠そうと無欲で陽気なふりをしているだけに、何とも居心地が悪かった。

「新田どの、いかがなされましたか」

顕家が美しく澄んだ目を向けた。

この十九歳の若者だけは、何の欲も邪念も持っていなかった。

「いや、何でもねえ。ちょっと腹の具合が」

馬上での長行軍で腹を冷やしたらしい。義貞は鎧の胴をさすって苦笑した。

やがて帝の使いが来た。夢のお告げがあったと言って尾張からの撤退を主張した権大納言洞院公泰である。

たいした力量もない公卿だが、帝の寵姫である阿野廉子の叔父にあたるので重用されていた。

「お待たせした。これから昇殿の栄に浴する者の名を告げるさかい、一人ずつ御前に上がるように」

公泰は決して無礼のないようにと一同を睨《ね》め付けてから、

「一番、新田左兵衛督義貞、二番、北畠中納言顕家、三番、脇屋治部大輔義助」

おごそかな声を作って読み上げた。

四番は結城入道宗広、五番は楠木正成だった。今日の対面は五人までで、他の者には感状が下されるばかりである。

選にもれた者の中には名和長年や洞院実世もいて、仕方なげな苦笑をもらしたり不満そうな仏頂面をしたりしていた。

「それでは左兵衛督、参るがよい」

公泰が御所に案内しようとした。

「叔父上、待たれよ」

実世が不満の者を代表して口を開いた。

「私の働きが他の方々より劣っていたと見られたのはいたし方ありますまい。しかし妙観院《みょうかんいん》の全村《ぜんそん》どのの働きは、皆が称賛する見事なものでございました。特別な計らいあってしかるべきではありませぬか」

「これは帝のお計らいや。さし出がましいことを言うたらあかん」

「これでは比叡山の大衆の不満が高じかねぬゆえ、あえて申し上げているのです。帝が東坂本に逃れられたのは、大衆の力を頼んでのことではありませんか」

大衆とは比叡山の僧兵のことで、三井寺攻めにも洛中の戦にも一万余の軍勢を出している。妙観院の全村は、常に先頭に立って大衆をひきいてきたのだった。

「身共は帝の御意を伝えているだけや。不満があるならしかるべき手順をふんで申し上げるんやな」

公泰はわずか三つしか年のちがわない甥をうとましく思っている。日頃無能呼ばわりされている鬱憤を、威丈高な態度で晴らしたのだった。

義貞は何も気付かぬふりをしながら花山院の御所に上がり、帝の御前にまかり出た。

御簾が下げてあるので、帝のお姿は影のようにしか見えなかった。

「義貞、面《おもて》を上げよ」

芯の太い迷いのない声が降ってきた。

義貞は平伏していた頭を上げ、帝のお心も読めるか試してみたが、御簾にへだてられて何も伝わってこなかった。

「こたびの働き大儀であった。そちこそまことの大将軍だ」

「足利方は豊前の大友勢の船に乗り、九州まで落ちのびました。博多の港を押さえられては面倒なことになりますゆえ、一刻も早く追討の軍勢を送っていただきとうございます」

「博多といえば銭か」

「日《ひ》の本《もと》で用いている銭は、すべて元の船が博多に持ち込んだものでございます」

この頃の日本では銭の鋳造をしていないので、元から輸入した銭を流通させている。その船はすべて博多に入るのだから、尊氏が筑前《ちくぜん》の国を支配して博多を押さえたなら、自在に銭を使えるようになる。

貨幣の発行権を握られるのと同じだった。

「しかし、畿内はまだ治まっておらぬ。そちを行かせるわけにはいかぬ」

「ならば名和どのと楠木どのをつかわして下されませ。名和どのは船の扱いになれておられますし、楠木どのは戦に長けておられます」

「分かった。そちの計らいに任せよう」

「名和どのをつかわすには、配下の船団の士気を高めなければなりませぬ。今日の恩賞の列に、名和どのも加えていただきとうございます」

「それはならぬ」

帝は言下に拒まれた。

綸言汗の如しと言う。洞院公泰をつかわして伝えたばかりの決定をくつがえしては、ご威信にかかわるからである。

(それなら何で、恩賞を下す前に俺に相談してくれなかったんだよ)

義貞はそう言いたかったが、御簾を閉ざされたままでは、前のように男同士の話はできなかった。

さて、どうしたものかと考えながら長廊下を歩いていると、前の方から華やかな打ち掛けをまとった女御と、烏帽子水干姿の貴人がやって来るのが見えた。

「光厳上皇さまと阿野廉子さまや。は、早《はよ》う庭に下りて頭を下げなはれ」

公泰が義貞をあわてて庭に押しやり、自身も廊下の隅に平伏した。

光厳上皇は鎌倉幕府の支持を受けて皇位についておられたが、建武新政が始まったために後醍醐天皇に譲位なされた。

それ以後は帝と行動を共にすることを強いられ、不自由な暮らしをなされている。

その無聊《ぶりよう》をなぐさめるために、阿野廉子が女官たちとともに接待していたが、これは体のいい監視役なのだった。

義貞はちらりと目を上げて二人をうかがった。

廉子は三十六歳になる妖艶な女御で、帝との間に三人の皇子《みこ》を生《な》している。強情な気性をおだやかな笑みで包み隠し、上皇を帝のもとへ案内していた。

上皇は二十四歳。若年ながら、いくたの戦乱をくぐり抜けた老成した顔をしておられる。背がすらりと高く、橡色の水干がよく似合っていた。

義貞はそのお顔に注意を引かれた。

いかにもおだやかそうな優しい表情をしておられるが、心の内では怒りが燃えさかっていたからである。

それは一瞬のことで気のせいかと思ったが、そうではないことが、公泰に向けた上皇の目で分かった。

(この謀叛人めが)

心の内で叫ばれる上皇の声が、義貞にははっきりと聞こえたのだった。


二日後、臨時の除目がおこなわれ、義貞は左近衛中将に、義助は右衛門佐に任じられた。

義貞はそれを祝って盛大な酒宴をもよおした。

生品神社での挙兵以来従ってきた者は、この三年の合戦で半数以上が討死している。だが船田長門守経政《つねまさ》や大館左馬助氏明など、次の世代をになう者たちが頭角を現わし、立派に新田勢の中核を形成していた。

「これは俺に対する褒美じゃねえ。みんなの働きに報いるためのもんだ」

義貞は主立った者たちに酒をついで回り、今日までの苦労をねぎらった。

「しかし面白い。わしの屋敷に夜討ちをかけ、百五十貫を盗んでいった御仁が、今や天下の総大将じゃ」

月田右京亮が戦場嗄れしただみ声を上げ、大盃を飲み干した。

「あの銭はあんたが方々から奪い取ってきたもんじゃねえか。それを拝借したって盗みとは言わねえよ」

「斬り取り強盗は武士の習いゆえ、文句を言うつもりはござらん。むしろわしは大将の手並みの鮮やかさに惚れ込んで、こうして家臣の列に加えていただいたのじゃ」

悪党と呼ばれ、上州から奥州にかけて暴れ回っていた右京亮が、今や下総半国を与えられて大名になっていた。

「旗上げの時にはたった百五十騎で、討死するしかあるまいと覚悟を決めておった」

堀口美濃守《みののかみ》貞満が感極まって涙声になった。

「ところがどうじゃ。鎌倉を攻め落として幕府を滅ぼし、今また足利どのを打ち破って征夷大将軍にも劣らぬ官職に任じられた。すべて我が大将の武運と将才によるものじゃのう、ご舎弟どの」

「いやいや、方々のお力添えのお陰でござる。新田一門の結束が固かったゆえ、ここまで来ることができました」

義助はあくまで謙虚で、皆のまとめ役に徹していた。

「叔父上が生きておられたなら、さぞお喜びになられたことでござろう。それを思うと、涙が流れてなりません」

船田経政は討死した入道義昌の甥にあたる。出陣以来側に付き従っていたので、ひときわ思いが深かった。

「殿、世尊寺さまから使いが参りました」

堀口十三郎が書状を持参した。

この実直な若者は立身など望まず、探索方として常に義貞の側に従っていた。

書状は世尊寺房子、勾当内侍からのもので、明日の申《さる》の刻（午後四時）にご足労いただきたいと記されていた。

焚き染めた香りもなまめかしく、房子が何を望んでいるか明らかに告げていた。

「分かった。一人で行くと伝えてくれ」

約束の時刻に晴明神社の近くの世尊寺家を訪ねると、雪の残る門前で房子の侍女が待ち構えていた。

「お待ち申しておりました。どうぞ」

案内したのは奥の離れである。火鉢を入れて温めた部屋で、十二単《じゆうにひとえ》を着た房子が待っていた。

緋色、朱色、紫、緑など、袖と裾が折り重なって艶《あで》やかさはたとえようもない。しかも凛とした雅やかさを保っている。

これが都の女たちが磨き上げてきた装いの極致かと、感服するばかりだった。

「このたびのご昇進、まことにおめでとうございます」

房子が指をついて挨拶すると、背中に垂らした髪が計ったように両側に広がった。

「ささやかながら祝いをさせていただきたく、ご足労をいただきました」

「ありがとよ。朝まで世話になるぜ」

義貞が座に着くと、二人の侍女が酒肴を運んできた。

いつぞや飲んだ聖護院の酒である。その豊かな味わいが、初めて晴明神社で房子と会った日のことを思い出させた。

「あれは確か、御火焚祭りの日だったな」

「洛中で六波羅の侍に狼藉を受けていた時、助けていただきました。そのお礼がしたかったのです」

「そればかりではあるまい。やがて大塔宮さまと引き合わせ、身方にしようという魂胆だったろう」

「そうですとも。わが君さまの男ぶりを見た時から、天下の軍勢を動かすご器量をそなえておられると分かりましたもの」

房子がしなだれるように体を寄せ、黄金造りの柄杓で酒をついだ。

「えらく見込まれたもんだ。俺は知っている女にお前がそっくりだったからびっくりした。そいつが俺を追って都まで来たんじゃねえかと思ったくらいだ」

「ごちそうさま。もしや閨の中でも、その方を思いながらわたくしと睦《むつ》んでおられるのではないでしょうね」

「そんなことはねえよ。お前と宣子はちがう。似ているのは姿だけだ」

房子はやわらかく吸いつくような餅肌だが、宣子は磁器のようになめらかでつるりとした感触である。交わる時の作法や乱れ方も……。

「そのようなことまでお考えにならなくて結構です」

房子が心の内を見透したように言った。

「驚いたな。何を考えていたか分かったのかい」

「ええ。鼻の下を伸ばして、嫌なお方だこと」

「実は、俺もな」

人の心が読めるようになったと言おうとして、義貞はやはりためらった。

房子を信用しきっていいのか、いまひとつ分からない。決して本心を見せないのが都の女の処世術なのだから、相手の術中にはまったふりをしている方がいいのかもしれなかった。


二人はしばらく近頃の戦の話などをしながら酒を酌み交わした。

肴は鯛《たい》の焼物やはまぐりの吸い物、昆布巻きの煮物など、縁起物ばかりである。味付けも調理法も洗練されていて、器の美しさも際立っていた。

ふと耳をすますと、どこからかうぐいすの鳴く音《ね》が聞こえてくる。ホキョォ、ホキョォという幼い鳴き方だが、春が間近に迫っていることを伝えていた。

「まあ、健気《けなげ》だこと」

房子は文箱から筆を取り出し、一首の和歌を書きつけた。

　うぐいすの鳴きつる声にさそわれて
　　花のもとにぞ我は来にける

「後撰集にある歌です。今年は一緒に花見がしたいですね」

「そんなにのんびり過ごせればいいが、そうもいかねえようだ」

「また戦があるのですか」

「足利方を九州で打ち破れば、帝の御世が定まるだろうが、なかなか追討の軍勢を出せねえんだ」

　義貞は名和長年の船団を九州に向かわせるべきだと進言したが、帝はいまだに迷っておられるのだった。

「それにもうひとつ気になることがある」

「何でしょうか」

「上皇さまのことだ。この間花山院の御所でお目にかかったが、心の中では帝へのご不満をつのらせておられるようだ」

「どうして、そうだと」

「洞院公泰卿に向けられた目が尋常ではなかった。今にも怒鳴りつけんばかりの険しさだ」

心を読んだとは言えないので、義貞はそんな風に言いつくろった。

「そうですか。実はわたくしの耳にも不穏な噂が伝わっております」

「どんな噂か、教えてくれるか」

「足利方は朝敵となっている限り戦には勝てぬと思い知り、光厳上皇の院宣を得て官軍と戦おうとしているというのです」

そうすれば保元《ほうげん》の乱の時のように朝廷内の争い、君と君との戦いになるので、兵力に勝る足利方が勝つというのである。

「お前、そんな話をどこで」

「上皇の御所には、世尊寺家ゆかりの女官もおりますから」

房子が京女の凄みをちらりと見せた。

親類縁者の情報網は朝廷のいたるところに張りめぐらされている。そこで得た情報を帝に伝えることも、勾当内侍の務めのひとつだった。

「すると准后《じゅごう》さまもこのことはご存じなのだな」

准后とは阿野廉子のことだった。

「もちろんです。あのお方の耳は、わたくしの何倍も研ぎすまされていますから」

「それで上皇さまの側から離れず、見張っているという訳か」

正月の戦に敗れて帝が東坂本に逃れられた時、廉子はいち早く上皇と親族を連行した。それも上皇が謀叛を企てると疑っていたからにちがいなかった。

「そのように難しい話は、もう」

今日はやめてくれと、房子があだっぽい流し目をした。

「そうだな。そろそろ休ませてもらうか」

「わたくしもお供をいたします」

「そんな形《なり》じゃ、着替えも手間がかかるだろう」

「いいえ。ご覧あそばせ」

房子は二人の侍女を呼び、座ったまま両手を広げた。

侍女が手早く帯を解き、内側の紐をはずして両袖を持った。すると六、七枚重ねていた着物の合わせが開き、房子は白小袖と袴だけですするりと外に出てきたのである。

まるで筍《たけのこ》の皮を一度にむき、中身だけが出てきたような具合だった。

「なるほど。便利なものだな」

「二本の紐と帯だけで着ていますから、すぐに脱げるのです。わが君さまをお待たせするわけにはいきませんもの」

隣の部屋にはすでに夜具の仕度がしてあり、明かりがともしてある。閉めきった部屋には涼やかな香りがたちこめていた。

二人は小袖だけの姿になって夜具に入った。

房子は義貞に背中を向けておとずれを待っている。

都では背中から抱き、そのまま交わるのが作法とされている。背の君という言葉もそこから生まれたと言われているが、義貞は坂東の荒武者である。房子を強引に向き直らせ、小袖をはぎ取って灯明に裸体をさらした。

「まあ、ご無体な」

初めはそう言って乳房を隠していた房子も、今ではすっかり慣れて、義貞のぶ厚い胸に体をぶつけるように飛び込み、首にしがみついて肌をすり合わせる。

義貞の硬い胸毛が乳房に触れる感触が、愛《いと》おしくてたまらないのである。

「ああ、ようやく」

待ちわびていた日が来たと、喉頸といわず肩といわず唇を押し当ててくる。

義貞は隠し所に手を伸ばした。

すでにしっとりと濡れて外にあふれそうである。指の腹で敏感なところをさすると、房子はぴくりと体を震わせてのけぞった。

充分に愛撫してから指を沈めると、

「あぁ、あぁ」

切なげにあえいで太股で手を締めつけようとする。

義貞は夜具を引きはがし、房子の両膝を大きく押し開いた。

小柄なわりには隠し所はたっぷりとしていて、二つの花弁が大きく外に開いている。

その上部には角のような突起があって、猛々しい感じさえする。

乳房は豊かで腰も尻も張っているが、幼い頃から土を踏むことさえ禁じられてきたせいか、筋肉が発達していない。

それがやわらかい弾力と吸いつくような肌ざわりを生むのだった。

「それでは参る」

義貞は花弁の間に一物をさし入れた。

初めはその大きさを受け入れきれずに押し返そうとしていた肉壺が、奥に進むにつれてしっとりと包み込んでくる。

房子は歓びのあまり首を打ち振り、乱れ箱におさめた髪を枕元に振り散らかした。

「ああ、ああ、わが君さま、もっと」

あえぎながら腕を突き上げて宙をつかんでいる。

義貞がゆっくりと前後に動くと、それに合わせて腰を浮かし、左右に振ったり回したりして歓びを高めようとする。

そのたびに肉壺のひだがうごめいて、義貞を中へ中へと引き込もうとするのだった。

「ああ、あかん、勘忍して」

房子は我知らず大声を発し、体をひくつかせて絶頂に達した。

小刻みに何度もいく女は多いが、房子は強烈な絶頂をくり返す。初めは男を歓ばすための演技ではないかと思ったが、どうやらちがうようだった。

「どうだ。得心がいったか」

義貞はそうたずねて心を読んでみた。

「ええ。とっても」

驚いたことに、房子の心には何の感情もない。快感の余波にたゆたっているばかりだった。

「不思議だな。どうしてそんなに無心になれる」

「無心って」

「今のお前は何も思わず何も考えていない。そんな風に見えるのだ」

「あるいは内裏にお仕えする女房だからかもしれません」

公家の娘は帝や公卿に見初められ、寵愛を受けて子を生すことを目標として育てられる。そのために幼い頃から殿方に尽くす術を教え込まれるというのである。

「ですから閨でも、自分をなげうって殿方に歓んでいただこうとするのです。そのためには余計な思いや感情を持ってはならないし、相手のためにどのようにも変わることができなければなりません」

「俺にもそんな風に尽くしてくれているわけか」

「わが君さまはちがいます。愛おしくて会いたくて、わたくしの方がむさぼってしまうのです」

房子が恥ずかしげにはにかんで下から抱きついてきた。

「そうか。そんなら次へいこうか」

義貞は房子を抱き起こし、座位になって貫いた。

互いに抱き合い、唇を合わせながら交わる男女交歓像《ミトゥナ》のような体位で、房子はことのほか気に入っている。これも義貞と出会ってから覚えたことだった。

足利勢を追討するために、一刻も早く九州に軍勢を送らなければならない。

義貞はそう主張したが、諸将の動きは鈍かった。

水軍の将である名和長年は、瀬戸内海での操船には慣れていないと難色を示し、熊野水軍の来援を待って出港すると言い張った。

陸路の総大将には楠木正成が任じられたが、これには諸国から来た源氏の武将たちが従おうとしなかった。

正成は千早、赤坂城で鎌倉幕府の大軍を撃退する華々しい働きをしたが、山岳戦に長けた土豪にすぎず、総大将の器ではない。そんな意識が強かったのである。

「総大将はやはり新田どのに」

そう望む声が多く、義貞も自分が行くしかあるまいと思っていたが、帝がお許しにならなかった。

都のまわりには足利方に心を寄せる者も多く、義貞が留守をしたならたちまち攻め込まれると危惧しておられたのである。

「それに都には、足利方から降った一万五千の軍勢がおる。そちがおらねば、この者たちの抑えがきくまい」

「ならばそれがしが、そいつらを連れて九州に参りましょう」

そう申し上げたが、帝はお許しにならなかった。

それやこれやでぐずぐずしているうちに、最悪の知らせがとどいた。

三月二日の多々良浜《たたらはま》の戦いで、足利勢は菊池武敏《たけとし》らの官軍を打ち破り、北部九州を征圧したというのである。

帝はさっそく御前での評定を開き、諸将に対応を問われた。

集まったのは四条隆資《たかすけ》、千種忠顕、洞院実世らの公家と、新田義貞、楠木正成、名和長年、北畠顕家、結城宗広らだった。

左右二列になって御前に伺候しているが、皆の顔は暗い。足利方に筑前の博多津《はかたのつ》を占領され、元からの銭を入手する手立てが断たれたからだ。

一方足利方は元との貿易を支配し、自由に銭を使うことができる。これでは長期戦になればなるほど、天皇方が不利になるのは誰の目にも明らかだった。

「だから早う追討軍を送れと言うたんや。それをぐずぐずしとるよって」

忠顕が長年に憤懣をぶつけた。

二人は帝を隠岐の島から脱出させた功労者で、共に辛酸をなめた仲だが、新政府での待遇をめぐって反目するようになっていた。

「今さらおおせられても、詮方なきことでしょう。要はこれからどうするかです」

長年は遠慮なく言い返した。

「新田どのはどうお考えですか」

顕家が率直にたずねた。

「その前に、楠木どののお考えを聞かせていただきたい」

義貞は官軍の総大将になってからも、正成には一目おいていた。

「考えというほどのことはござらぬ。東上してくる敵を要害の地で待ち受け、大義の旗をかかげて戦うのみでござる」

四十歳を越えた正成は、面長の顔にどじょうひげをたくわえている。いつもおだやかで、感情をほとんど表に出さなかった。

「要害の地とおおせられると」

「備後《びんご》の福山城と鞆《とも》の浦《うら》が良かろうと存ずる」

これは義貞の考えと同じだった。

足利勢は陸路と海路で東上しようとするはずである。鞆の浦は瀬戸内海航路の要地で、上げ潮と引き潮を利用して航海する船は、かならずここで潮待ちをする。

足利の船団もここに入ろうとするのは確実なので、先に港を押さえて阻止すればそれ以上東には向かえなくなる。

また福山城は山陽道の要地に位置し、眼下を通る敵を狙い撃ちすることができる。鞆の浦の真北にあたり、四里ほどしか離れていないので、港を守る身方と連絡を取り合って敵にそなえることができた。

「俺も同じ考えだが、それには問題が二つある」

義貞は用意してきた山陽道の絵図を開いた。

「ひとつは鞆の浦を守る船団だが、名和どの、お前さんの水軍は出せそうかい」

「熊野水軍に水先案内をしてもらえれば、船を出すことができまする」

「熊野水軍はいつ尼崎《あまがさき》に着く」

「明日か明後日には着くはずでござる」

「それならすぐに出港の準備にかかってくれ。もうひとつの問題は、こいつだ」

義貞は千種川《ちくさがわ》の上流にある白旗《しらはた》城を押さえた。

ここには足利方に寝返った赤松円心が一万余の兵を擁して立てこもり、山陽道を下る官軍の背後を衝こうと待ち構えている。これにどう対処するかだった。

「楠木どのは、どう思われる」

「城のふもとに軍勢を配し、出入りを封じれば良うござる。山城には一万余の兵を養う兵糧はなく、一月もすれば音を上げて退散いたしましょう」

正成は山岳戦の名手だけに弱点もよく知っていた。

「分かった。そんなら俺が新田勢と降人たちをひきいて白旗と福山に向かう。楠木どのは都の軍勢三万と泉州の水軍をひきい、兵庫まで出て後詰めをしてもらいたい」

義貞の意見に反対する者はなく、御前での評定はわずか半刻（約一時間）ばかりで終わったのだった。

出発は三月十日と定められた。

義貞はその前日まで兵糧や馬の飼葉の入手、宿所の確保などに忙殺されていた。

「殿、北畠中将さまが参られました」

近習がそう告げた。

　何事だろうと思って玄関まで迎えに出ると、顕家が水干姿で悄然《しょうぜん》と立ち尽くしてい
「新田どの、今日はおわびに参りました」

　強張った表情がただならぬ事態だと告げていた。

「ともかく奥へ」

　義貞は客間に招き入れ、熱い茶をふるまった。

「かたじけない。生き返った心地がします」

　顕家は端正な所作で飲み干し、ふうっと大きく息をついた。

「良からぬことがあったようだね」

「奥州から早馬が来て、足利方が蜂起したと伝えました。このままでは多賀《たが》城さえ危う
いので、兵を返さざるを得なくなりました」

　奥州にも畠山や斯波《しば》、南部《なんぶ》などの源氏の一門がいて、足利方に心を寄せている。多々
良浜の戦いで足利方が大勝し、東上をめざしていると知ると、これに呼応して鎌倉まで
攻め上ろうと兵を起こしたのである。

　その軍勢の最初の標的は、顕家が本拠地としている陸奥の国の多賀城だった。

「敵は三万を超えるといいます。留守の者たちだけでは、とても守りきれません」

「そうかい。奥州の雪が解ける前にもどってやんな」

「お許しいただけるのですか」

「許すも何も、お前さんたちは俺の配下じゃねえ、奥州鎮守府の軍勢だ」

「すみません。こんな大事な時に」

「謝ることはねえよ。遠路はるばる都まで来てくれたお陰で、劣勢をはね返すことができた。この通り、礼を言う」

義貞は深々と頭を下げた。

「遠路はるばる来たのは、新田どのも同じではありませんか。不甲斐ないのは、畿内におられる方々です」

「何かあったのかい」

「いえ。別に……」

口ごもった顕家の心を、義貞はちらりと読み取った。

(楠木正成が足利方と和解するように帝に奏上した)

喉の奥にとどめたのは、その言葉だった。

「俺も楠木どのが参内したとは聞いたが」

義貞はさりげなく水を向けた。

「そうです。博多津を押さえられてはもはや勝ち目はない。それゆえ新田どのを遠ざけ、尊氏を召し返すように奏上されたとのことでございます」

「それは誰から聞いた」

「洞院公泰さまでございます。公泰さまは准后さまからお聞きになられたそうです」

「しかし帝は、お聞き入れにならなかったんだろう」

「その通りです。奇っ怪なことを言うものだと、一笑に付されたそうでございます」

「それならもうこのことは忘れてくれ。楠木どのも帝のためによかれと思って奏上したはずだ」

「そうでしょうが、そのように二心ある方に後詰めを任せては」

「俺がこれから話をつける。お前さんは奥州を守り抜くことだけを考えてくれ」

義貞は虎の皮の陣羽織を取り出し、向こうはまだ寒いだろうと顕家に与えた。昨年末に尾張から引き上げてきた時、帝から賜わったものだった。

顕家を見送ってから、義貞は堀口十三郎を正成のもとにつかわして面会を求めた。

「いつでもお出で下され。そうおおせでございます」

「楠木どのに会えたか」

「いえ。近習の方が取り次ぎをなされました」

「そんなら供をしてくれ」

義貞は十三郎を従えて東洞院大路を北に向かった。

すでに外は春の陽気で、沿道の屋敷には桜が咲きほこっている。そのあでやかな花の色が、一緒に花見をしたいと言った房子の姿を思い起こさせた。

正成は三条大路の南に宿所を構えていた。

六角堂の東隣の浄土宗の寺である。戦火で半焼した門をくぐると、すぐに本堂に通された。

「義貞どの、よく来て下された」

正成は阿弥陀仏の前で待ちうけていた。

義貞は十三郎を外に待たせ、勧められた円座に腰を下ろした。

「運命《さだめ》とは不思議なもんだ。こうして楠木どのと向き合うことになるとは、三年前にゃ思いもしなかったよ」

「あの時はかたじけのうござった。兵糧を投げ入れていただいたお陰で、五百の将兵が命をつなぐことができました」

「大塔宮さまから、城内には兵糧が尽きていると聞いたんでね。あれもちょうど三月だったが、金剛山は手足が凍るように寒かったなぁ」

「あの後関東に取って返され、見事に鎌倉を攻め落とされた。見事なお働きでございました」

「いいや。ご新政を成し遂げることができたのは、楠木どの、あんたの働きがあったからだよ」

「過分のお言葉、かたじけない」

正成が折烏帽子をかぶった頭を軽く下げた。

「そのご新政を、あんたはこれからどうするつもりだね」

「帝の御世が健やかなことを祈るばかりです」

「俺もそうだ。そのために明日、西国に向かって出陣する。あんたは何をするつもりかね」

「何を、と申されると」

正成がいぶかしげにたずねた。

義貞は心の内を読もうとしたが、盗み見のような卑怯な真似はしたくない。ここは正面から向きあって本音を聞き出すべきだと思い直した。

「足利と和議を結ぶべきだと、帝に奏上したそうじゃねぇか」

「さよう。いたし申した」

「和議を結んで、どうする」

「帝のもとで尊氏どのに幕府を開いていただくのでござる。博多津を征圧されたからには、もはや我らに勝ち目はありません」

「それじゃ鎌倉幕府の頃に逆もどりだ。何のために幕府を倒したか分からねぇだろう」

「尊氏どのも帝のお志に打たれて兵を挙げられたのでござる。理を分けて話せば、必ず帝の理想と武家の幕府が折り合うような制度を作り上げることができましょう。戦を終わらせるには、それしか手立てはございませぬ」

「帝にそう申し上げたのかい」

「ええ。それがしが九州まで出向き、その条件で交渉してくると申し上げました」

しかし帝に応じてはいただけなかったと、正成は唇をゆがめて薄く笑った。

「そうだろうな。帝はご自身の志に殉じようとしておられる。たとえ敗れても、そうした生き方をした帝がいると歴史に刻みつければいいと考えておられるんだ」

「義貞どのも、同じお考えですか」

「俺はただの坂東武者だ。そんな大それたことは思っちゃいねえが、一寸の虫にも五分の魂と言うだろう。信じたもののために、命を賭けてみるつもりだ」

「信じたものとは」

「義だよ。信じたこと、約束したことを貫くのが男の義だ」

「なるほど。それをうかがって、多くの武将が義貞どのに従う理由がよく分かり申した」

「それなら和議は諦めるかい」

「帝に拒まれてはいたし方ござらぬ。それがしも義のために命を賭けまする」

「ありがとよ。兵庫への後詰め、よろしく頼むぜ」

義貞は早々に話を切り上げて表に出た。

十三郎が足音もたてずに影のようについてきた。

「楠木どのの顔、覚えたかい」

「はい。はっきりと」

「それならしばらく見張っていてくれ」

正成の言葉に嘘はないが、まだ何かを隠している。義貞はそう感じていた。


義貞が帰った後も、正成はしばらく本堂から動かなかった。

対面したいと言ってきた時から、こんな話になるだろうと予想はしていた。

どんな風に切り返すかも考えていたが、これほど重く心に響く言葉を投げつけられるとは思っていなかった。

「男の義、か」

それほど真っ直ぐな義貞がうらやましくもある。

だが畿内のような複雑な土地で生きてきた正成には、それだけでは事を成し遂げることができないこともよく分かっていた。

すでに日が暮れかかり、あたりは冷え込み始めている。花冷えと言うには厳しすぎる都の寒の残りだった。

（やはり、行くか）

正成は嫡男正行《まさつら》を呼び、夜まで出かけてくると告げた。

羽織に裁着袴を着て、笠を目深にかぶっている。河内、和泉両国を領する大名となっても、一人で気ままに出歩くことが多かった。

三条大路を西に向かい、堀川小路の辻を北へ折れる。立売りの女たちの売り声を聞きながら歩いていると、後ろから人が尾けてくる気配がした。

（さすがは義貞どの、ぬかりはないな）

ふり返らずとも、さっきの従者だと分かっている。

楠木家は伊賀の服部《はっとり》家と親戚なので、正成も忍びの技には通じていた。

正成は神社に立ち寄って参拝し、社殿に挨拶に行くと、裏口から出て尾行を撒《ま》いた。

そのまま近衛大路まで進み、花山院の北門から女御の御所に入った。

「楠木でござる」

笠を少し上げて顔を見せると、すぐに奥の対面所に通された。

やがて急ぎ足で歩く気配がして、阿野廉子が供も連れずに現われた。

帝のご寵愛深い、妖艶な女御だった。

「左衛門殿、やはりお事が言わはった通りや。上皇はすでに足利尊氏に院宣を下しておられた」

廉子はいささか取り乱し、これがその写しだと立て文をさし出した。

「早く上洛をとげ、天下の静謐を成し遂げるべし」

そう書かれているばかりだが、これで尊氏は朝敵の汚名をまぬがれ、官軍と同様の大義名分を手に入れたのである。

日付は二月十五日。もう一ヵ月近くも前だった。

「これをどこで」

「院宣いうんは、かならず控えを取っておく。その控え帳から、お付きの女官が写したんや」

廉子の息のかかった者が、上皇のお側にいるのである。

「このことを帝には」

「伝えてへん。こんなもんを見せたら、激高して何を仕出かさはるか分からへんやろ」

「賢明なご判断でございました。上皇さまやご親族に危害が及ぶようなことがあってはなりません」

それは皇統の神聖を自ら否定するようなものだと、正成は前々から廉子に忠告していた。

「それはよう分かっとる。そやけどこんなもんが足利に下ったら、いよいよあかんのとちがうんか」

「尊氏どのと和議を結んでいただくほかに、道はないものと存じます」

「そやけど帝は応じてくれはらへんのや。今度ばかりは、うちが何を言うてもどうにもならへん」

「しかし戦になれば滅ぼされるばかりでございます。たとえ一度や二度勝つことはあっても、銭の力で次第に追い詰められることになりましょう」

商業や流通業に通じている正成には、そのことがよく分かる。それゆえ断腸の思いで、義貞を遠ざけて尊氏と和議を結ぶべきだと進言したのである。

「そんならどうすればいいんや。何か毘沙門天《びしやもんてん》の知恵はあらへんか」

「帝にこれと同じ書状をしたためていただくことはできませんか」

「文言だけなら書いてもらえるかもしれへんけど」

尊氏あてと書くのはとても無理だと、廉子が不安そうに身をもんだ。

「あて名と日付は、似せ字の達者に書いてもらいます」

「そんなもん、どうすんの」

「やがて山陽道で足利方との戦が始まります。それがしも後詰めに出陣しますので、機を見て尊氏どのにその書状を届けます」

そうして和議が成ったなら、院宣よりも天皇の勅命の方が権威が高いので、光厳上皇の策も封じ込めることができる。それが正成が考え出した苦肉の策だった。

「そやけど、そないなことをして帝に知れたなら、どんなお叱りを受けるか」

廉子がおぞましげに身震いした。

「その時には、官軍に勝ち目がないことがはっきりしているはずでござる。帝にもこれしか方法がなかったと、ご理解いただけるものと存じます」

その時には自分も義貞も生きてはいまい。正成はそこまで織り込んで、計略をめぐらしたのだった。

第十三章　帝のゆくえ

鉛色の雲が空をおおい、細かい雨が絶え間なく降ってくる。

一昨日から降りつづく雨で加古川《かこがわ》は増水し、茶色く濁った水が河原一杯に広がって流れていく。

改元なった延元元年（一三三六）五月二十一日、新田左近衛中将義貞は加古川西岸の小高い丘に陣を張り、身方の到着を待っていた。

播磨に出陣してから二ヵ月になる。

九州から東上してくる足利尊氏の軍勢にそなえるために、総勢六万の大軍をひきいて出陣したものの、白旗城に立てこもった赤松円心を攻めあぐね、いたずらに日数をついやしてしまった。

敵はわずか三千ばかりだが、円心は山岳戦の名人である上に地の利を得ている。しかもさまざまな調略をしかけてくる上に、義貞が病を得てしばらく指揮をとれなかったために、新田勢ははからずも翻弄されつづけたのである。

その間に足利尊氏は水軍をひきいて鞆の浦に入り、弟の直義は山陽道を進んで福山城を攻め落とした。

その数合わせて十二万にふくれ上がっている。

義貞は弟の脇屋義助に四万の軍勢をさずけて船坂山《ふなさかやま》と三石《みついし》に派遣し、山陽道の守りを固めさせていたが、尊氏の水軍に背後に回られてはさみ撃ちされるおそれがあるので、兵庫まで退却させて水陸両路の敵にそなえることにした。

その途中、西播磨の加古川に陣を張り、退却してくる身方を収容することにしたのだった。

「殿、今のうちに川を渡らねば、水嵩が増して越えかねることになりましょう」

近習が勧めたが、義貞は動かなかった。

「そのおそれがあるから、余計に動けねえんだよ」

もし退却してくる義助らが敵に追撃されていたなら、増水した加古川にはばまれて全滅することになりかねない。それゆえここに踏みとどまり、身方の安全をはかってからでなければ、川を渡るわけにはいかなかった。

二十一日の夕刻、義助が二万余の軍勢をひきいて到着した。

四万の軍勢が半数に減っている。死傷した者や殿軍をつとめている者もいるが、足利方優勢と知って寝返った者も多かった。

「兄者、申し訳ございません」

義助が疲れきった顔で、福山城を守りきれなかったことをわびた。

「気にするな。次に勝ちゃいいんだ。それに赤松に手こずった俺も悪い」

「これから兵庫へ向かわれますか」

「明日まで待ってみよう。殿軍をつとめてくれた者たちを見捨てるわけにはいくまい」

翌日の昼までに三千ばかりの将兵が、二百人、三百人の集団になって引き上げてきた。身方の無事をはかるために、最後まで戦場にとどまった者たちである。

義貞は負傷者の手当てをさせ、疲れて弱った者たちには食事を取らせて、川船に乗せて加古川を渡らせた。

こういうこともあろうかと、河原に住む者たちの協力を得て、川に大綱を張っていた。普通なら増水して速さを増した川に押し流されるところだが、船頭たちは大綱につかまって船を進め、何とか向こう岸までたどり着いたのだった。

この大綱が他の将兵たちの命綱にもなった。その日の夕方までには四万余の軍勢が川を渡り、翌二十三日には兵庫まで無事にたどり着くことができた。

ところが港には、来援するはずの名和長年の水軍がいなかった。

軍船は数えるほどしかなく、舫《もや》ってあるのは漁船や荷船ばかりである。

楠木正成は手はず通り出陣していたが、その数は一千にも満たない。ひとつまみの菊水の旗が、生田《いくた》の森に隠れるように揺れているばかりだった。

「これはどうしたことだ」

義貞は正成に糾問の使者を送った。

都には六万の兵を擁している。その半数と名和の水軍を兵庫にさし向けてくれれば、勝機は充分にある。

義貞は出陣前に正成とそう申し合わせたのに、あんな少人数で出陣してくるとはどういうことなのか……。

使者は四半刻（約三十分）ばかりでもどったが、正成はこれが自分の手勢だとにべもなかったという。

「理由を聞こう。楠木どのをここに呼べ」

義貞は再び使者を走らせたが、正成は不都合を言い立てて応じようとしなかった。

夕方になり堀口十三郎がやって来た。

忍び装束を着込み、一人の配下を従えていた。

「都の軍勢は動きません」

それを見届けてから馬を駆ってきたのだった。

「なぜだ。帝は俺たちを見殺しにされるつもりか」

「勾当内侍さまにうかがいましたが、帝は戦のことは武士に任せるとおおせられたそうでございます」

「都にいる武将たちが、出陣しないと決めたということか」

「楠木さまがそのように進言なされたようでございます」

兵庫に援軍を出しても、勢いに乗った足利方を食い止めることはできない。帝はひとまず比叡山にお移りになり、敵を都におびき寄せてから撃退する策を取るべきだと奏上したというのである。

「そうかい。足利方と和解するべきだという考えを、まだ捨てていねえんだな」

「殿と対面なされた後、楠木どのはお忍びで花山院をたずねられました」

「帝に会ったのか」

「いえ、阿野廉子さまと会われたのでございます」

十三郎は正成を尾行する途中でまんまと撒かれたが、こういうこともあろうかと、花山院に配下を忍ばせて様子をうかがわせていた。

すると正成が現われて、女御の御所に入っていったのである。

「その一部始終を、この者が見届けております。ご不審の点はおたずね下され」

十三郎は後ろに控えていた配下を前に押し出した。

「それには及ばねえよ。これから楠木どのに会って、直に聞かせてもらおうじゃねえか」

義貞は十三郎をつれて正成の本陣をたずねた。

陣幕も張らず、まわりに楯を円くつらねているばかりである。将兵の多くは徒兵《かち》で、騎馬は二百ばかりしかいなかった。

正成は小具足姿で床几に腰を下ろしている。側には弟の正季が従っていた。

「忙しいようなのでこっちから出向いてきた。こいつは俺の手下で堀口十三郎という者だ」

「存じております」

正成がどじょうひげを生やした面長の顔に笑みを浮かべた。

「都ではうまく撒いてくれたようだが、お前さんが花山院をたずねたのは分かっているんだ。阿野廉子さまと会ったんだってな」

義貞はいきなり斬りつけるようにたずね、正成を動揺させて心を読もうとした。

ところが正成の心はただ渺々《びょうびょう》と薄暗い。昨日までの梅雨空のようだった。

「どうやら、事はうまく運ばなかったようだな」

「お分かりになりますか」

「先はないと諦めている。大事な身内とも別れてきたようだね」

「桜井の駅で嫡男正行を河内に帰し申した。面目なきことながら、騎馬も兵も少ないのは正行に従わせたからでござる」

「それで討死と覚悟を決めてここに来たわけかい」

「帝と足利どのの和議をはかるには、天下静謐を命じる綸旨を尊氏どのあてに出していただく他はない。それがしはそう考えておりました。もしこのまま尊氏どのが光厳上皇さまを奉じられたなら、我らに勝ち目はございませぬ。その上、保元、平治の乱のごとく朝廷を二つに割った戦いとなり、この国に計り知れない災いをもたらすことになりましょう」

「ところが帝は、綸旨をお出しにならなかったわけだ」

「阿野廉子さまから進言していただきましたが、激怒なされるばかりだったそうでございます」

「しかしお前さんは都の軍勢をひきいて来なかった。まだ何か考えがあるんだろう」

「むろん、ございます」

「聞かせてくれねえか。その考えとやらを」

「ここで貴殿とともに討死することでございます」

「すると、どうなる」

「この戦には勝ち目がないと、帝もお分かりになるでしょう。その時に廉子さまと珣子《じゅんし》内親王さまのお力で、帝と光厳上皇さまの和をはかっていただくのでございます」

珣子内親王は後醍醐天皇の后であり、光厳上皇の姉にあたる。

両者の間で和議がなり、以前のように大覚寺統と持明院統から交互に帝を立てることにすれば、天下が両朝に分かれて争うことを避けることができる。

そして足利尊氏を将軍に任じて幕府を開かせる以外に、この争いを終わらせる手立てはないというのである。

「帝はそんなことをお認めにはならねえよ」

「さよう。それゆえ貴殿とそれがしが討死しなければならないのでござる」

「お前さんの覚悟の程は分かったが、そんなやり方には付き合えねえな」

「敵はすでに十五万を超えております。わずか四万ばかりの手勢で、勝てるとお思いか」

「勝てるかどうかが問題じゃねえ。俺はそんな生き方が嫌《きれ》えなんだ」

それは気弱者のやり方だと、義貞は手厳しく決めつけた。

「それがしが逃げているとおおせられるか」

「本当に足利方と和議を結ぶべきだと考えるなら、どうして帝にそう言わねえんだ。それにどうして、このままでは足利方に勝てぬと決めつける。あんたは考えに考えたつもりだろうが、戦い疲れて諦めているだけだ。だから心の中がそんなに暗く、憂いに閉ざされているんじゃねえのかい」

「貴殿はそう言われると思っておりました。それゆえ会いたくなかったのでござる」

「俺は無駄に命を捨てたりはしねえ。この義貞が生きている限り、必ず挽回してみせると帝に申し上げたんだ。男同士の約束を、反古《ほご》にする訳にはいかねえよ」

それが義というものだ。世の中がどうなろうと知ったこっちゃねえ。義貞は目を吊り上げて啖呵を切った。

腹立ちのあまり言葉が過ぎたが、それが掛け値なしの本音だった。


五月二十五日の早朝、義貞は四万の軍勢を兵庫に配して東上してくる足利勢を迎え撃つことにした。

和田岬《わだのみさき》の灯炉堂《とうろどう》の南に大館氏明、江田行義の軍勢五千、岬の東の経島《きようがしま》に脇屋義助勢五千を配し、海から上陸してくる足利方にそなえた。

湊川《みなとがわ》西岸の宿場には楠木正成の軍勢七百余。その後方の湊川東岸に、河野、土居、得能《とくのう》ら四国勢五千を配して山陽道を東上してくる敵に当たらせる。

義貞は兵庫に本陣を置き、二万五千の兵を二手に分けて、陸路と海路の敵に対応することにした。

義貞のまわりは十六騎党と月田右京亮の手勢が固めていた。

「山陽道は足利直義の軍勢十五万。海路は尊氏がひきいる水軍六万だそうでござる」

右京亮が配下に作らせたにぎり飯を持参した。

「そうかい。相手にとって不足なしだな」

「水軍は和田岬や経島ばかりでなく、生田のあたりまで回り込んで上陸しようとするはずでござる。この人数では手が回りかねますな」

「海から上陸するには案外手間がかかるもんさ。こちらは騎馬隊を組んで、上陸しようとする敵の鼻先に回り込んで討ち果たす」

義貞はにぎり飯を頬張った。

干した小魚をまぶした飯は、ほんのりと塩気があって磯の香りがした。

「問題は陸路の方だ。あれだけの人数ではとても守りきれねえから、いよいよの時は右京亮が後詰めをしてくれ」

「それにしても妙でござるな。楠木どのは何ゆえ向こう岸に陣を張られたのでござろうか」

「天下に名を知られた戦上手だ。何かお考えがあるのだろうよ」

正成が華々しく討死して帝のお心を動かそうとしていることを、義貞は知っている。だから楠木の手勢だけをひきい、軍規を無視して矢面に布陣したのだった。

辰の刻（午前八時）、足利の船団が須磨《すま》の沖を通って姿を現わした。

朝霞におおわれた海上を、色とりどりの旗をかかげた軍船が引き潮に乗って静かに進んでくる。

先陣は大内、細川、小早川の軍船が七百艘ばかり。勝手知ったる瀬戸内海の海流を身方につけ、幅一町（約百十メートル）、長さ五町ばかりの船団を組んで和田岬を目ざしている。

先頭の船が三町ばかりに迫った頃、灯炉堂の南に布陣した大館氏明の配下が戦始めの鏑矢を射た。

強弓で知られた本間彦四郎《ほんまひこしろう》が放った矢は、六町ばかりも飛んで細川定禅が立てた二引両の旗を貫いた。

これに対して細川方からも鏑矢を射返したが、矢は三町ばかり飛んで空しく海に落ちた。

これを見た新田勢は箙を叩き、相手をあざける声を上げたが、足利方は委細構わず和田岬、経島、求塚《もとめづか》に上陸を開始した。

求塚は生田の森の東に位置し、兵庫からは半里（約二キロ）も離れている。新田勢の妨害をさけて大軍を上陸させ、東西からはさみ撃ちにする計略だった。

「そら来なすった。右京亮、後は頼む」

義貞は十六騎党を中心とした五千ばかりの馬廻り衆をひきい、求塚の浜に先回りした。浜にはあらかじめ逆茂木を植え柵をめぐらしている。逆茂木を払いのけて上陸しようとする敵に、柵を楯にしてさんざんに矢を射かけた。

だが敵は多勢に物を言わせ、手楯を押し立てて迫ってくる。楯で矢を防ぎながら柵に向かって矢を射かけ、足がかりの陣地をきずいていく。

「させるな。つづけ」

義貞は柵の戸を開け、山風を駆って突撃した。

手楯を並べた陣をやすやすと飛びこえ、鬼切丸をふるって敵を斬り伏せていく。

その混乱をついて十六騎党がひきいる騎馬隊がなだれ込み、浜辺を縦横無尽に走り回って、敵を追い払った。

ここからは上陸できぬと見た敵の船団は、敗残の身方を浜に残したまま、さらに東へと向かっていった。

その間に尊氏の船団七百余艘が、和田岬の大館勢を突破して続々と上陸していた。山陽道の直義勢も、西の上野と北の鹿松岡《しかまつおか》の二手に分かれて楠木勢に襲いかかった。

正成は北からの敵には目もくれず、西から迫る直義勢にまっしぐらに突っ込んでいった。

ここを死に場所と決めた主従七百余はさすがに強い。

弟正季を先陣として魚鱗の陣形を取り、錐《きり》をもむように大軍の中に攻め入ると、浮き足立った直義勢は怖気をふるって敗走し始めた。

上野に布陣していた直義までが逃げ仕度にかかったほどだが、鹿松岡に回っていた上杉重能、高師直らが楠木勢の背後をついたために、正成はこれを撃退するために馬を返した。

これを見た河野、土居らの四国勢が上杉、高勢の背後をつき、五町ばかりも押し戻した。その隙に虎口を脱した正成らは、湊川の近くの民家に走り入り、主従そろって切腹して果てたのだった。


「殿、身方は各方面で苦戦を強いられておりまする」

堀口十三郎が急を告げた。

「分かった。紺部《こんべ》（神戸）までもどって大旗を立てる。そこに集まれと知らせてくれ」

義貞は求塚の陣を引き払い、紺部の町の口に中黒の旗を立てた。

それを目ざして各方面に散っていた軍勢が続々と集まってきた。

「兄者、かくのごとき仕儀でござる。面目ございません」

経島の守りについていた義助は、足利勢に海と陸から攻められ配下の大半を失っている。まだ戦えるのは義貞の嫡男義顕、義助の嫡男義治がひきいる馬廻り衆五百騎ばかりだった。

「よく守り抜いてくれた。わびることはねえよ。義顕、義治」

足利方の手応えはどうだとたずねた。

「何ほどのこともございません。弱弓《よわゆみ》、遅太刀《おそだち》の輩ばかりでございます」

十九歳になる義顕は意気盛んだった。

「馬の息をつがせ、もう一度駆け入りとうございます」

五つ下の義治も負けじと言った。

「よしよし。その気迫があれば充分じゃ。義助、ひと足先に生田の森まで下がり、陣形をととのえておいてくれ」

義貞は義助に本隊の指揮を任せ、紺部に踏みとどまって身方を待った。

敵の追走を受けている者たちがあれば、自ら十六騎党をひきいて追い払った。

義貞勢の強さは天下に鳴りひびいている。山風にまたがり颯爽《さっそう》と駆ける姿を遠目に見ただけで、足利方の将兵は及び腰になった。

この戦の勝ちはすでに見えている。ここで無理をして命を失っては、これまでの苦労が水の泡になる。そんな打算が、彼らの足を鈍らせていた。

その隙に義貞は次々と身方を収容し、生田の森まで退くように命じた。

それまで敵の追撃にあって命からがら逃げてきた者たちが、義貞の顔を見ただけで感激に顔を紅潮させ、戦う気力を取りもどして戦列に加わっていった。

「さすがに殿は天下一の武将じゃ。わしが惚れただけのことはある」

月田右京亮が本陣の兵五千ばかりをひきいてやって来た。

「馬鹿を言え。お前なんかに惚れられたって嬉しかねえよ」

「楠木正成どのは湊川のほとりの家に走り入って、一族郎党とともにご自害なされましたぞ」

「そうかい。それがあの御仁の義だろうよ」

義貞は湊川に向かって一礼した。

正成は帝に足利方との和睦を勧めたが容れられなかった。それゆえ自ら腹を切って、臆病ゆえの進言ではなかったことを証明したのだ。

「殿は腹を召されませぬか」

「俺かい。俺はお前さんと同じだよ」

義貞は右京亮の胸板に刺さった矢を抜いてやった。

どんな強敵であろうと、どんな不利な状況であろうと、敵に向かって命の限り戦い抜く。それが信義を守る武士の道だった。

生田の森に勢揃いしたのは二万五千ばかりだった。義貞はこれを四隊に分けた。

一番は大館氏明、江田行義。二番は大江田、里見、鳥山の新田一門。三番は弟義助と義顕たち。そして義貞がひきいる馬廻り衆である。

「この先は勝ち目のない戦だが、それぞれどんな働きをしたかは必ず見届けてやる。それぞれの義と信念に従って、武士《もののふ》ぶりを見せてくれ」

生きたいと願う者は、このまま退却しても構わない。義貞はそう言ったが、誰一人戦列を離れる者はいなかった。

「そうかい。そんならひと暴れして、足利どもを慌てさせてやろうじゃねえか」

決死の覚悟を定めた四隊は西から迫る足利勢に突撃していったが、十倍ちかくの敵を打ち破る力はすでにない。半刻（約一時間）ばかり戦い抜いた末に、潮の目が変わるようにいっせいに退却し始めた。

義貞は十六騎党をひきいて殿軍をつとめ、身方が無事に丹波路を落ちるまで時間をかせごうとした。

義貞は山風を駆って敵の中に飛び込み、縦横に切り回って敵をひるませると、

「求塚まで退け。あそこの陣所はまだ使える」

先に十六騎党を落とし、最後に馬手の手綱を引いて山風を返した。

ところが求塚の柵に入ろうとした直前、山側に回り込んだ敵の一隊が矢を射かけてきた。

義貞はそれに気付いた瞬間、海側に転げ落ちて身をかわしたが、楯となった山風の脇

腹に数本の矢が突き立った。

山風は竿立ちになって鋭くいななき、横倒しにどうと倒れた。

「山風」

義貞は矢を抜こうとしたが、いずれも篦深《のぶか》で手がつけられなかった。

「殿、大事ござらぬか」

異変に気付いた右京亮が、十騎ばかりをひきいて山側の敵に向かっていった。

「この馬を、それがしの馬をお使い下され」

馬廻り衆の小山田高家《おやまだたかいえ》が申し出た。

だが、義貞は山風から離れようとしなかった。

（俺のことはいいから、早く行け）

山風は黒く濡れた瞳で訴えている。

敵の大軍はすでに目前まで迫っていたが、それでも義貞は動かない。長年苦労を共にしてきた山風を、見捨てたくはなかった。

「殿、何をしておられるのじゃ」

とって返した右京亮はすべてを見て取り、大上段に太刀をふり上げて馬から飛び下りた。

着地と同時に刀をふり下ろし、山風の太い首を血しぶきを上げて両断した。

「右京亮、何ということを」

「馬鹿野郎、そんなことをして山風が喜ぶと思うか」

右京亮はどやしつけるように言って、義貞を小山田の馬の背に押し上げた。

「さあ行け。馬鹿の殿軍は俺がしてやる」

ぴしりと尻を打って馬を走らせ、手勢とともに敵の中に突っ込んでいった。

濁流に呑まれた笹舟のように、緋縅の鎧はまたたく間に見えなくなった。


五月二十七日、義貞は敗残の兵五千余を集めて丹波路から洛中に入った。

洛中に布陣していた六万の軍勢は、すでに跡形もなく消え去っていた。

昨日のうちに湊川での敗報がとどいたために、花山院におられた帝は今朝早く東坂本に臨幸なされた。軍勢の多くはそれに従い、もはや勝ち目はないと見切った者は領国へ引き上げていた。

残されたのは荒れはてた都だった。

東坂本へ向かった者たちは何ひとつ足利勢に渡すまいとし、領国に引き上げた者たちは少しでも金目の物を手に入れようとする。それゆえ財物や兵糧ばかりか、家の壁板を引きはがし、柱まで引き抜いて持ち去ったのだった。

これでは傷つき戦い疲れた将兵に、充分な食事を与えることも手足を伸ばして休ませてやることもできない。

義貞はいっそう暗い気持ちになったが、朱雀《すざく》大路まで来ると東寺の前にずらりと荷車が並んでいるのが見えた。

「大将、お待ち申しておりました」

粟田口のひげ熊が僧形の千阿弥とともに出迎えた。

堀口十三郎から知らせを受け、炊き出しの用意をして待っていたのである。

「すまんな。みんな腹を減らしている」

「分かっております。さあ、どうぞ中へ」

そう言って東寺の門をくぐって行った。

境内には十台ばかりの竈《かまど》がすえられ、釜には粥が煮えている。薬草と鳥肉のたっぷり入った粥は、腸《はらわた》に染み入るいい匂いをただよわせていた。

「官軍の総大将ですから、遠慮することはありません。七堂伽藍《しちどうがらん》、みんな空けさせましたから、中でお休みになって下さいまし」

ひげ熊は手下たちに手抜かりのないように申し付け、義貞を本堂に案内した。

翌朝、義貞らは東寺を出て、都の表鬼門にあたる赤山禅院《せきざんぜんいん》に向かった。

ここから雲母坂《きららざか》を登って比叡山の東塔に着き、東坂本に下る道を今路《いまみち》越えという。都と東坂本をむすぶ最短の通路だった。

義貞勢は久々に充分な食事と休息を取り、生き返ったように元気になっている。雲母坂は山の斜面を真っ直ぐに登る険しい道だが、鎧を着込み馬を引いた武者たちは「えい、えい」と声を上げながら楽々と登っていった。

四明ケ嶽《しめいがたけ》を越え延暦寺の境内に入ると、杉木立ちの中に文殊楼《もんじゆろう》があった。その前に手輿《てごし》がすえられ、数人の青侍が警戒心をあらわにして見張りに立っている。中に高貴な方が休息しているようだが、楼の扉がぴたりと閉ざされているので様子をうかがうことはできなかった。

義貞らは楼の下の道を通り、東塔の横を通って東坂本に下りていった。

前方には琵琶湖が満々と水をたたえて横たわっている。その向こうには近江の山々が折り重なって連なっていた。

湖のほとりの堅田《かたた》から大津にかけて、帝に従ってきた軍勢が長々と陣を張っている。領国へ引き上げた者たちがいるとはいえ、まだ五万を超える威容を誇っていた。

義貞はまず帝が行宮《あんぐう》としておられる日吉《ひよし》大社をたずねた。

大社の鳥居の前では、長刀を手にした僧兵たちが警固にあたっている。その間の石畳を踏んで境内に入ると、青侍たちが殺気立った様子で走り回っていた。

笹竜胆《ささりんどう》の紋をつけているので、千種忠顕の家来にちがいなかった。

「何事だ。帝はいずこにおわす」

組頭らしい者を呼び止めてたずねたが、何も答えず一礼しただけで走り去った。

東本宮の中門まで進むと、廻廊《かいろう》を急ぎ足でやって来る公家がいた。

権大納言洞院公泰である。よほどあわてているらしく、義貞が声をかけても気付かなかった。

「公泰さま、また夢のお告げでもありましたか」

無遠慮に声を張り上げると、公泰はようやく足を止めた。

「何や、お事か。こんな所まで何しに来たんや」

「湊川の戦のご報告に」

「そんなん聞かんかて分かっとる。さんざんに負けたそうやないか」

「負け申した。それゆえこの先のことを、帝とご相談させていただかなければなりません」

「後にせい。今はそれどころやないんや」

「何かあったのでございましょうか」

「上皇さまのお姿が見えんのや」

公泰は苛立たしげに吐き捨て、失言に気付いてはっと口に手を当てた。

帝は都から敗走する時、光厳上皇、豊仁《とよひと》親王などをともなわれた。持明院統の皇族が足利尊氏に擁立されるのを避けるためである。

ところが今朝になって、上皇も親王も日吉大社から抜け出しておられることが明らかになり、大慌てで行方を捜していたのだった。

(そうか。文殊楼にあった手輿は)

お二人のものかもしれないと思い当たったが、義貞は口にしなかった。

「そうや。お事は上皇さまのお顔を見知っとるな」

「何度か拝したことがございます」

「そんなら丁度ええ。これから都にもどって、上皇さまを捜してきてくれ」

上皇は足利方に通じているので、都にもどって尊氏らの上洛を待とうとしているにちがいない。公泰はそう考えているのだった。

「叔父さま、こんな所で何をしておられますか」

阿野廉子が侍女を従えてやって来た。

「義貞に呼び止められたさかい、いろいろ話を聞いとったんや」

「帝がお待ちです。お急ぎ下さい」

「しかし、早《は》よ上皇さまを捜さんと」

「軽々しくおおせられるな。これ以上、騒ぎを大きくしてはなりません」

左中将も分かっていますねと、廉子は義貞を見下ろした。

「承知しております。ご安心を」

義貞はちらりと廉子を見上げ、心の内を読み取った。

上皇の脱出を助けたのはこの寵姫である。やがて上皇が尊氏に擁立されたなら、帝との和議の仲介役をつとめると申し合わせてのことだった。

義貞が東坂本に着いた翌日、足利左馬頭直義は上杉重能、細川顕氏ら二万の兵をひいて東寺に入った。

ここで重能に上皇のご一行を迎える仕度を申し付けると、馬廻り衆五百騎ばかりをひきいて北白川に向かった。

東坂本から逃れて来られた上皇と豊仁親王が、ひとまず赤山禅院に身を寄せておられることは、楠木正成からの密書によって知らされていた。

「このことは准后さまもご存じのことにて候。和睦の計らい、ひとえに頼み入り申し候」

正成はそう記していた。

そして後醍醐天皇への忠節をまっとうするために、無二の一戦をした後に切腹して果てたのである。その覚悟と見識を、直義は重く受け止めていた。

直義は逸り立つ気持ちをおさえて馬を進めた。

都は数度の戦と東坂本に引き上げた帝方の略奪のために荒れはてている。

だが焦土の中にも都大路だけはくっきりと残り、多くの売女が出て米や野菜、薪や衣服などを商っていた。

商品の横には値段を書いた板を立て、艶やかな声を上げて客を引いている。

直義はそれを見て、なぜ京都では女の立売りが多いのか初めて分かった。

源平時代からつづく争乱の後ほど、食料や薪炭は高く売れる。戦に勝って入洛した者は、銭に糸目をつけずに必要な品々を買うからである。

いち早く都で商いを始めればそうした者たちに高値で売ることができるが、洛中は荒れはてているので店での商いはできない。そこで立売りをするわけだし、戦の直後には男より女の方が怪しまれることが少ないのだった。

直義は近習を物見に出し、上皇のご一行が身を寄せておられることを確かめてから赤山禅院をたずねた。

赤山大明神を本尊とする延暦寺の塔頭《たっちゅう》で、都の表鬼門を守護するために建立されたものだ。

本殿の前に手輿が置かれ、奥に上皇のご一行が身を寄せておられた。

「足利左馬頭直義でございます。兄尊氏の命により、お迎えに参上いたしました」

直義は階段下の地べたに平伏して告げた。

「左馬頭、近《ちこ》う」

側に仕える正親町《おおぎまち》三条中将実継《さねつぐ》が戸口まで出て手招いた。

「足利の約束に偽りはないであろうな」

「ございません。やがて威儀をととのえ、豊仁親王さまにご即位いただきます」

親王は後伏見天皇の子で、光厳上皇の弟にあたる。後に光明《こうみょう》天皇となられるお方である。

「それは承知しておる。上皇が案じておられるのは、帝との和睦のことや」

「ご安心下されませ。万事准后さまがお計らい下さいます」

「いかに足利の力が強いとはいえ、帝からご神器を受け継がなければ正式のご即位にはならぬ。分かっておろうな」

「豊仁親王さまの後には、帝が東宮となされている恒良親王にご即位いただきます。この約束さえ守っていただけるなら、帝も和議に応じられましょう」

「それは上皇も承知しておられる。頼みにしているさかい、忠義を尽くしてくれ」

実継は天下静謐を命じる上皇の院宣を改めて手渡した。

ひとまず上皇のご一行を持明院統の御所である六条殿《ろくじょうどの》に案内し、お二人や供奉人《ぐぶにん》の装束をととのえた。

そうして檳榔毛の車にお乗りいただき、東寺まで案内した。

朝廷の作法に通じた上杉重能が、用意万端ととのえて待ち構えている。在所とした本堂にお入りいただくと、直義は重能と細川顕氏に厳重に警固するように命じた。

「百万の軍勢に匹敵する方々じゃ。万が一にも敵に奪い返されることがないようにな」

「お任せ下され。寺のまわりには十重二十重に兵を配しております」

「刺客を送って、お二人を無き者にしようとするやもしれぬ。床下や天井裏にも忍びを配しておくのじゃ」

直義は東寺に二日間とどまってご即位の用意をととのえ、六月二日に男山まで取って返した。

船団をひきいて西宮に着いた尊氏は、この日十万の軍勢をひきいて石清水八幡宮に入っていた。

まさに十重二十重の軍勢の間を抜けて八幡宮に行くと、尊氏は例によって諸大名と戦勝の酒宴を開いていた。

「尊氏どの、すべて予定通りに計らいました」

直義は兄を名前で呼ぶことにしている。公私は厳密に分けるべきだと考えているからである。

「ご苦労、お前もここに来て一杯やれ」

尊氏はすでに片肌脱ぎになり、赤ら顔で巫女に酒をつがせていた。

「さよう。石清水の酒は旨《うも》うござるぞ」

高師直がここに来いと席を空けた。

車座には播磨の赤松円心、近江の佐々木道誉、美濃の土岐頼遠ら、今度の戦で手柄を立てた者たちがいて、足利一門の者たちより厚遇されていた。

「勝利の酒も結構でござるが、今日のうちに東寺に入り、上皇さまに対面していただきとう存じます」

「それはならぬ。今日はまわりにかがり火を焚き、夜通し酒を飲むことにしておるのじゃ」

「それでは上皇さまに対して礼を欠くことになります。急ぎ伺候していただかないと」

「礼を欠いても構わぬ。それほど会わせたいなら、上皇をここに連れて来い」

尊氏がそう言って大杯を飲み干すと、車座の者たちが喝采の声を上げた。

「よくぞおおせられた。上皇にここに来てもらった方が、誰が天下の主《あるじ》か分かるというものでござる」

円心がすかさず応じた。

「馬鹿を申されるな。我らが真っ先に上皇を敬わなければ、新しい帝を擁立することなどできませぬ」

直義は円心の放言を厳しくとがめた。

「直義、お前は帝を立てれば世が治まると、本気で思っておるのか」

尊氏が不快そうに吐き捨てた。

「思っておりまする。新たな帝を立て、今上帝と対等の条件で和睦する以外に、この戦を終わらせる方法はございませぬ」

「あの帝は異形のお方じゃ。和睦になど応じられぬ」

「いいえ。すでに准后さまとも話をつけております。案ずるには及びませぬ」

「お前は凡人ゆえ、帝のご本心が分からぬ。あのお方はこの国の主は帝だと証すために戦っておられる。たとえ戦に負けて討死しようと構わぬ、いや、討死した方がより鮮やかにその信念を歴史に刻みつけることができると考えておられるのじゃ」

「そのようなことは、凡人にも分かっております」

直義は手柄も自尊心も傷付けられ、むきになって反論した。

「それゆえ新しい帝にご即位いただき、今上の主張を封じようとしているのではありませんか」

「それはあのお方の主張を認めるだけのことだ。我らはそれに異議あるゆえ、こうして戦っておる」

「異議……、とおおせられると」

「いつまでも帝に仕える時代は終わったということじゃ。かの唐《もろこし》の儒者は、愚かな王が国を乱した時には、天の意志にかなう者が新たに王になって国を治めると説いておる。

易姓革命という世直しじゃ。ならばわしがこの国の王になっても構わぬはずじゃ」

「おおせの通りじゃ。どうしても帝というものが必要なら、仏のように金《かね》か木で作って皆に拝ませれば良かろう」

師直の言葉に皆が膝を打って同意した。

尊氏とともに戦い、自分たちの力の大きさに自信を深めた大名たちは、旧来の秩序や規範など取るに足らぬと考え始めていた。

それは帝や公家たちの、あまりの不甲斐なさを見せつけられた反動でもあった。

「方々、そのように軽薄なお考えでは、とても国を治めることなどできませぬぞ」

「いいから早く院を連れて来い。それなら会ってやっても良い」

「院でござるか。それならキャンキャン言わせて、犬追物の的にしてくれようか」

頼遠の放言に車座がどっと沸いた。

まるで悪鬼や虎狼の酒宴である。尊氏はいつの間にこんな者たちばかりを重んじるようになったのかと、直義は背筋も凍る思いで立ち尽くしていた。

第十四章　再起への道

秋が深まるにつれて、比叡山は紅葉に包まれていった。

山頂から色づき始めた木々は、徐々に色合いを変えながらふもとに向かい、山全体を錦繡におおっていく。

それは目を奪われるほど美しいが、吹き下ろす北風の冷たさとあいまって、やがて来る冬の厳しさを思わずにはいられなかった。

新田左近衛中将義貞は坂本の日吉大社を本陣とし、一門の諸将を集めて評定を開いていた。湊川の戦いに敗れて京都を放棄して以来、天皇方は苦戦を強いられている。

勢いに乗った足利方は、近江と京都の両方向から比叡山に攻めかかっているし、交通を遮断して兵糧や薪の搬入をさまたげている。

そのために山上、山下にいる軍勢は、日々の食料にこと欠き、焚火をして暖を取ることもままならなくなっている。

このままでは冬を乗り切ることは難しいと、誰もが感じ始めていた。

「何とか越前、若狭への道を確保するしかねえだろうな」

義貞は絵図を広げ、比叡山から越前敦賀《つるが》、若狭小浜《おばま》へ抜ける道を指した。

修験者がたどる尾根の道を行けば、敵に襲われるおそれは少なかった。

「しかし、それでは数千人分を運ぶのがやっとでしょう。三万の軍勢の口はまかなえませぬ」

弟の脇屋義助が深刻な顔で絵図をのぞき込んだ。

「いっそ近江の村々に打ち入り、奪い取ってきた方が早いのではありませぬか。のう大館どの」

江田行義が大館氏明に同意を求めた。

この二人は湊川の戦いで同じ陣所について以来、常に行動を共にするようになっていた。

「それは出来ねえ。食うものに困って強盗のような真似をしたんじゃ、新しい御世を作ろうとしておられる帝のお志に背くことになる」

「しかし、背に腹は替えられませぬ。このまま戦に負けたのでは、元も子もありませぬぞ」

「ともかく越前、若狭から少しでも多くの兵糧を運び込むことだ。この冬を越せば越後や奥州から身方が馳せ参じる」

義貞は奥州の北畠顕家や越後、上野の新田一族に使者を送り、来年の春には大軍をひきいて上洛するように求めている。その準備も着々と進んでいるので、この冬さえ越せれば何とかなる。そう言って皆を励ました。

その時、堀口十三郎が勾当内侍からの伝言を伝えた。

「至急お目にかかりたいとのことでございます。ご足労下さいますよう」

「見ての通り忙しい。何の用だ」

「帝のご用とだけ」

勾当内侍は山上におられる後醍醐天皇の側近くに仕えている。山下の義貞とは十三郎を使いとして連絡を取り合っていた。

根本中堂のかたわらの僧坊で、勾当内侍、世尊寺房子は待っていた。

少しやせて肌の色がすき透るように白くなっている。長い間髪を洗うことができないので、髪の先が毛羽立ってからみ合っていた。

「すまねえな。辛い思いをさせて」

義貞は房子のうらぶれた様子を見て胸を衝かれた。

「戦ですもの。仕方がありません」

「帝のご用って何だい」

「ご案内いたします。人目につかないように」

房子は義貞の烏帽子をぬがせ、女物の打ち掛けをかぶらせてから外に出た。

案内したのは准后である阿野廉子が在所としている僧坊で、奥の部屋では帝が廉子と囲碁に興じておられた。

火鉢を入れただけでは寒さに耐えきれず、背中から夜具をおかけになっている。

「おう、来たか」

帝は少しも変わらぬふくよかな顔を義貞に向け、廉子に下がるようにお命じになった。

「実は、足利尊氏から和議の申し入れがあった。入洛して三種のご神器を引き渡すなら、供奉の諸卿ならびに降参の諸将の罪は問わないし、元の官位、所領に復帰することを約束するという」

「それをお信じになられますか」

「いいや。信用はできぬ。だが尊氏は起請文まで差し出して、約束を守ると誓っておる。新たな帝まで擁立した責任ある身でそれを破れば、天下の信用を失うことになろう」

新たな帝とは、去る八月にご即位された光明天皇のことである。

尊氏は上洛をはたすと、光厳上皇の弟の豊仁親王を即位させた。だが三種のご神器を持たないままの践祚《せんそ》なので、帝と和解してご神器を受け取りたがっていたのである。

「しかも豊仁の後には恒良に位をゆずり、以前のように大覚寺と持明院から交互に帝を立てるというのだ」

「お受けなされるおつもりですか」

「ああ。その下話をするために来てもらった」

帝が不敵な笑みを浮かべ、もっと近くに寄れと手招きをされた。


帝のご計略は驚天動地、驚くべきものだった。

このままでは天皇方三万余は兵糧も馬の飼葉も尽き、冬を越せないで散り散りバラバラになって消滅する。そこで尊氏の申し出を逆手に取り、偽りの和議を結んで時間をかせいで春を待つというのである。

その間に義貞は主力をひきいて越前国府に入り、越後に勢力を張る新田一族と連携して北陸一帯を支配下におさめる。

妙法院《みょうほういん》宮宗良《むねよし》親王は遠江へ、阿蘇《あそ》宮懐良《かねなが》親王は九州へ下向し、地方の武士の旗頭となって勢力の挽回をはかる。

四条中納言隆資は大和と紀伊、中院《なかのいん》少将定平《さだひら》は河内国に下り、かつて大塔宮護良親王が行ったように、南都の大衆や吉野の僧兵、国々の土豪を身方につける。

そうして来年の春になったなら、帝が都を脱出して吉野の金峯山寺《きんぷせんじ》に入り、足利打倒の指揮をおとりになるというのである。

「その頃には北畠顕家も、奥州の軍勢をひきいて馳せ参じよう。宗良を遠江につかわすのは、奥州勢が東海道を攻め上る時の助けをするようにと考えてのことだ。阿蘇宮には五条頼元《ごじょうよりもと》を守役につけ、熊野から九州に向かわせておる。やがては大宰府を足利方から奪い取り、博多を押さえて元との貿易を掌握するであろう。この計略、いかがじゃ」

帝はすでに事が成ったように自信に満ちておられる。

その信念のゆるぎなさと、逆境をものともしない強さには、義貞でさえ脱帽したほどだった。

「まことに雄大なご計略と存じます」

「そうであろう。朕には天が身方をしておる」

「されどひとつ、気にかかることがございます」

「申せ。二人きりじゃ、遠慮はいらぬ」

「偽りの降伏とはいえ、都の新帝にご神器を渡されたなら、帝の正統性は失われるのではないでしょうか。さすれば綸旨や令旨によって、身方をつのることができなくなると存じます」

「さすがに義貞。朕もそれをどう切り抜けるか思い悩んだ」

そうして練り上げた策が、和議に応じて入洛する前に、東宮である恒良親王に譲位し、三種のご神器を渡して義貞とともに越前へ下向させるというものだった。

「帝になられた宮さまを、それがしに……」

義貞は一瞬呆然《ぼうぜん》とした。

それほど破天荒な計略だった。

「義貞はいつか、俺が生きている限りは何とかするから、ジタバタするなと言ったではないか。朕はその言葉を信じ、宮ばかりか我らの未来をそちに託すのだ」

「過分のお言葉、かたじけのうございます」

「引き受けてくれるか」

「むろん、身命を賭して宮さまをお守り申し上げます。されど」

恒良親王にご神器を渡したなら、足利方との約束が守れなくなる。それでは和議を結べなくなると案じられた。

「義貞、いつぞやのように男同士の話をしてくれるか」

「望むところだ。何でも言ってくれ」

義貞が常の言葉で応じると、帝は間近に寄って嬉しそうに肩を組まれた。

「さすがに立派な体付きだ。勾当内侍もさぞ喜んでおろうな」

「あっちが一枚上手だよ。ご存じだと思うが」

「だから都の女子《おなご》は手強いと言っておる。お陰で俺も鍛えられてな。こんなこともあろうかと、偽のご神器を作らせておいた」

「………」

「豊仁には、いいや、尊氏にはそれを渡す。帝をないがしろにする者に、本物に触れさせるわけにはいかんのだ」

「しかし、そんなことをしちゃあ、悪《あ》しき前例を残すことになるんじゃねえのかい」

「その通りだ。だが俺は帝の存在をこの国の歴史に刻みつけるために、命を賭けて戦っている。それはこの命が尽きるまで、絶対に変わらない。だから勘弁してくれと、神々とご先祖に許しを乞うしかないだろうな」

「そうかい。たいしたもんだな。お前さんは」

「近頃婆娑羅《ばさら》大名などと呼ばれる輩がいるそうだが、俺が一番の婆娑羅かもしれぬ」

帝は義貞の肩を二、三度お叩きになると、内侍が待っているから早く行ってやれとおおせられた。

房子は僧房で待っていた。さっきは火鉢を使っていなかったのに、義貞をもてなすために炭をおこしていた。

「近頃は炭も薪も不足して、勝手には使えませんから」

珍らしく弱音を吐き、火鉢の口を扇であおいだ。

「もう少しの辛抱だ。帝は足利方と和睦なされるそうだ」

「足利ではありません。持明院の帝と和睦なされるのです」

「すると楠木正成どのの計略通りになったわけだな」

「准后さまと中宮さまのご尽力によるものとうかがいました」

阿野廉子と珣子内親王が、光厳上皇らと連絡を取って話をまとめたのである。だがその計略を最初に廉子に持ちかけたのは正成だった。

「俺は東宮さまを奉じて越前へ下ることになった」

「お隠しにならなくても結構です。東宮さまではなく主上でございましょう」

「何もかも知ってやがるな」

「内侍とはそういうお役目ですから」

房子は当然だと言いたげだった。

「それならついでに教えてくれ。帝はなぜそこまでして戦いつづけようとなされるのだ」

「あら、とっくにご存じなのではありませんか」

「帝が命を捨てて、ご自身がこの国の主だということを万民の脳裡に刻み付けようとしておられることは分かっている」

だがそのために偽のご神器まで作って計略をめぐらされるとは、常軌を逸しているとしか思えなかった。

「この国は帝への尊崇をもとに成り立っているからです」

「それにしたって、やり過ぎじゃねえのかい」

「わが君は、この国の成り立ちについてお考えになったことがありますか」

「ちったぁ学問をしたが、それほど分かっちゃいねえ」

「この大八嶋《おおやしま》には太古からさまざまな人々が住んでいたばかりでなく、異国《とつくに》からも多くの人々が海を渡ってやって来て、それぞれに小国を作って長い間争っていました。それをひとつにまとめて争いのない国にするには、誰もが正統と認める神聖にして絶対的に正しい方の存在が必要だったのです」

その必要に迫られた者たちは、中国の周王朝や漢王朝の思想に学び、神の子孫がこの国を治めているという神話を作り上げた。

それが天孫降臨の物語であり、万世一系といわれる皇室なのだ。

房子は義貞の目を真っ直ぐに見つめ、この国の根幹にかかわる秘密をためらうことなく口にした。

「帝が代々こうした役割を受け継いでこられたゆえ、この国はひとつにまとまることができたのです。誰もが帝の赤子《せきし》であるという意識によって、互いを尊重し平等を保つこともできました。ところが時代がくだり世俗の世になって、帝のこうした意義や意味が見失われるようになりました」

後醍醐天皇はこのことをもう一度すべての者に思い出させ、ゆるみかけた箍《たが》を締め直してこの国をひとつにするために、どんな犠牲も厭わず戦いつづけておられる。

房子は早くからそのことを理解し、帝の志が成就するように念じながら仕えつづけてきたのだった。

「なるほど。帝がどうしてこれほど大胆なことをなされるのか、これでようやく分かったよ」

「今はまだほとんどの人が、帝のご真意を分かっておられません。しかし、やがてこの国が未曽有の危機に立たされた時、誰もが分かる日が来ると思います」

「お前はどうする。俺と一緒に寒い所へ行くか」

「都へ参ります。この先、果たさなければならない役目もありますから」

「そして無事に吉野にご潜行されるのを見届けてから、越前に参りとうございます」

上皇となられた帝と義貞の連絡役をつとめるというのである。

「来てくれるのか」

「許していただけるなら、必ず」

房子がそっと義貞の手を握った。

「願ってもないことだ。首を長くして待ってるよ」

義貞は愛おしさに突き動かされて抱き寄せようとしたが、房子がそっと体を押し返した。

「今はあきまへん。汚い女子に触れたら、男の値打ちが下がりますえ」

何日も湯あみしていないからと、恥ずかしげに身をかわしたのだった。

十月九日、比叡山においてあわただしくご譲位の儀がおこなわれた。

東宮であった恒良親王が帝から三種のご神器を受け取り、新たな帝となられた。

そして義貞は新しい帝を奉じて越前へ下り、形勢の挽回をはかる大役をおおせつかったのだった。

「恒良はまだ若い。至らぬところも多かろうが、朕だと思って支えてやってくれ」

儀式の後の祝いの席で、上皇は十三歳の新帝の行く末を義貞にゆだねられた。

「もったいないお言葉、いたみいります。死力を尽くし身命を賭して、仕えさせていただく所存にございます」

「恒良、寒い土地で苦労も多いことだろうが、義貞の言葉は朕の言葉だと心得て胸に納めよ」

「分かりました。ただ今から父君と思っておおせに従います」

だからどうかよろしくと、新帝は義貞にお言葉をかけられた。

父君や母君と別れる淋しさと不安に心は張り裂けんばかりだろうに、そうしたそぶりは露ほども見せない健気なお振る舞いだった。

「かつて奈良の都で皇統が絶えなんとした時、越前から継体《けいたい》天皇が起たれて世の乱れを正された。そなたもそのお志を忘れず、越前から逆賊討伐の兵を起こせ」

「承知いたしました。都でお目にかかり、勝利の宴《うたげ》をもよおす日を楽しみにしております」

新帝がおおせられると、母親である阿野廉子は涙をそっと袖でぬぐった。

「尊良は恒良を支え、宮将軍となれ。越前は雪深い所ゆえ苦労も多かろうが、義良は奥州へ、宗良は遠州へ、懐良は九州へ一人でおもむいておる。それを思えば、弟と同行できるそなたは幸せなのだ」

上皇は尊良親王をひときわ見込まれ、尊治という御名の一字を与えられたほどだ。

本来なら二十六歳になられるこの宮が新帝にふさわしいのだが、寵姫である廉子の懇願によって、恒良親王を位につけられたのだった。

「父君、ご心配には及びません。義貞公、義助公の教えを受け、兄大塔宮に劣らぬ働きをする覚悟でございます」

尊良は快活な気性で武人としての才質にも恵まれている。義顕や義治とも仲が良く、常に側において気軽に談笑していた。

翌日の朝、上皇は今路越えの道をたどって洛中へ向かわれた。

帝の乗物である鳳輦《ほうれん》を用いられたのは、まだ御位にあると見せかけて足利方をあざむくためである。

鳳輦の前後には、江田行義、大館氏明がひきいる五百余人が、中黒の旗を高々とかかげて従っている。

二人は義貞、義助の鎧兜をつけて、新田の本隊が帝を守護しているように装っていた。

義貞は一行を見送ってから、新帝の輿を守護して坂本に下り、湖西の道をたどって越前へ向かった。

従うのは尊良親王、洞院実世、三条泰季《やすすえ》を中心とする公家衆。

武士は義貞、義顕父子、脇屋義助、義治父子、堀口貞満らをはじめとして、桃井、千葉、宇都宮らの関東勢、土居、得能、河野の四国勢など、都合八千余人である。

北近江に向かう道は、比良《ひら》山地のふもとと琵琶湖の水が境を接している所を、ひと筋細く曲がりくねってつづいている。大軍の移動には不向きで、長蛇の列になってしか進めなかった。

義貞はゆるゆると馬を進めながら、ふと安藤入道聖秀のことを思い出した。

鎌倉を攻め落とした時、義貞は恩義のある聖秀を助けようとしたが、聖秀は幕府への忠義を貫きたいと言って櫓の上で切腹した。

朱子学を日本に伝えた一山一寧に教えを受けた聖秀は、言行一致や大義名分、そして性即理を何より重んじていた。

性即理とは、己が持って生まれた本性が天の理に通じるという教えで、自分の信じるままに生きることが天の理にかなっているという考え方だ。

義貞もこうした教えの影響を受け、理不尽なことを押しつけてくる幕府に従うことはないと考えるようになり、挙兵を決断したのである。

「これから婿どのが相手にされるのは、潔い敵ばかりではない。人の欲、卑劣さ、醜悪さとの戦いになろう。そうした者たちに屈せず、同ぜず、己を見失わぬことが、婿どのに課せられた使命じゃ」

聖秀はそのように生きると約束してくれと迫り、そのための第一歩は死を恐れぬことだと言った。その覚悟のほどをお目にかけると、立ったまま腹を切った。

あれから三年五ヵ月。あっという間にも、果てしなく長かったようにも思われる。

（俺は聖秀どのとの約束をはたすことが出来たのだろうか）

そう問い直せばいささか心許《こころもと》ないが、自分をあざむき、信じるものから目をそらしたことは一度もない。あの世とやらで聖秀に会っても、それだけは自信を持って言えそうな気がした。

琵琶湖北岸の海津《かいづ》から越前敦賀までの道は七里半越えと呼ばれている。

距離が七里半（約三十キロ）。一日で踏破できる道程だし、国境の尾根を越える道も比較的なだらかなので、古くから日本海と琵琶湖を結ぶ主要道路として重んじられてきた。

義貞らも七里半越えを通って敦賀に出るつもりだったが、海津まで着いた時、物見に出していた堀口十三郎が急を告げた。

「国境の峠に斯波高経《たかつね》が陣を張り、道をふさいでおります」

高経は足利氏の一門で、越前、若狭の守護に任じられている。越前国を掌握するには倒さなければならない相手だった。

「人数は」

「しかとは分かりませんが、五千は下らないと見受けました。峠に柵を立て逆茂木をめぐらしておりますので、攻め破るのは難しいと存じます」

義貞はしばらく軍勢を休息させ、義助や義顕らと対応を協議した。

国境を突破するか、木之本《きのもと》まで出て北国《ほっこく》街道を北に向かうか、道は二つに一つだった。

「今は兵を損じてはなりません。北国街道に回り、木ノ芽峠を越えて敦賀に入るべきと存じます」

義助はこの後の越前での戦いを考え、兵力を温存すべきだと言った。

「しかし、北陸はすでに雪が降り始める頃でござる。冬の備えもないまま木ノ芽峠を越えれば、兵も馬も難渋いたしましょう」

　それよりは国境の敵に夜討ちをかけ、敵を追い払って敦賀に入るべきだと、堀口貞満が言い張った。

「しかし叔父上、敵は柵と逆茂木で強固な陣をきずいております」

　十三郎は貞満の甥に当たるが、あまり親しい間柄ではなかった。

「ならば忍びを入れ、夜の間に焼き払え。それを合図に奇襲をかければ良い」

「敵もそれを警戒し、柵の根元に土盛りをして火をつけられないようにしています。逆茂木はともかく、柵を焼き払うことはできません」

「それを成し遂げるのが忍びの役目であろう。日頃何のために扶持《ふち》をあてがって鍛練を積ませておるのだ」

　貞満は叔父の威厳で押し切ろうとしたが、十三郎は無理なものは無理だと引き下がらなかった。

「ならば国境に攻めかかるように見せかけて敵を引きつけ、北国街道に向かわれたらいかがかな」

　千葉介貞胤《ちばのすけさだたね》が間に入った。

　自分が手勢五百余をひきいてその役目をはたすという。

「それでは貴殿が孤立することになりましょう。いたずらに兵を損ずることにもなりかねませぬ」

「堀口どの、案ずるには及びませぬ。新田どのが金ケ崎《かねがさき》城に入られたと聞けば、敵はあわてて陣を引き払いましょう。それを追撃して、敦賀に入れば良いのでござる」

なるほどこの男ならそれができるにちがいない。皆にそう思わせる実績と力量が貞胤にはあった。

十月十二日の夜明け前、義貞がひきいる六千余の軍勢は、旗だけを残して北国街道を北に向かった。先陣は義助、義治。第二陣は義顕、そして本陣の義貞がつづく。

貞胤の計略が功を奏し、道をさえぎる敵はいない。うっすらと雪におおわれた山道に難渋しながらも、その日の夕方には今庄《いまじょう》宿までたどり着いた。

ここから北に向かえば越前府中（福井県越前市）までは四里半（約十八キロ）。南に向かい木ノ芽峠を越えれば、敦賀まで八里半（約三十四キロ）である。

義貞は十三郎らを北へ南へ走らせ、あたりの状況を調べさせた。

「杣山《そまやま》城の瓜生《うりゅう》判官どのは身方に参じ、軍勢を迎え入れる仕度をととのえておられます。されど国府には足利方の軍勢が一万余も集まり、斯波どのの下知を待っております」

「木ノ芽峠はすでに三寸ばかりの雪が積もっておりますので、草鞋で越えるのは難しいと存じます」

「金ケ崎城の気比弥三郎《けひやさぶろう》さまが、気比神宮内に行在所《あんざいしょ》をととのえてお待ちでございます」

速足《はやあし》の忍びたちが、次々に知らせをもたらしてくる。

義貞はその成果をもとに今後の対応を決め、配下の武将たちに指示をした。

「義助、義治、義顕は、明日杣山城に入り、瓜生判官どのと国府に攻め入る手立てを講じよ。また領内の村々を回り、雪沓《ゆきぐつ》、馬草鞋を一つでも多く買い集めてこい」

木ノ芽峠はさすがに難所である。

義貞勢は降り積もった雪に踝《くるぶし》まで埋まり、足を滑らせながら歩いたが、幸い天気にも恵まれ、十四日の夕方には敦賀に着くことができた。

金ケ崎城は海に突き出した岬にきずかれていて、三方は海、東の一方だけが天筒山《てづつやま》につながっている。その山頂にも城をきずいて、敵の攻撃にそなえていた。

義貞は気比弥三郎らに迎えられて気比神宮に入り、新帝と公家衆が行在所に落ち着くのを見届けてから金ケ崎城に向かった。

金ケ崎城は聞きしに勝る要害だった。

敦賀湾に突き出した岬は険しい壁になっていて、登れる道はどこにもない。にもかかわらず尾根の曲輪は広く、最高所に本丸、手筒山の側に二の丸、そして岬の先端に三の丸を配していた。

敵が攻めるとすれば、気比神宮から海ぞいの道を北上して大手口に取りつくか、手筒山を占領して尾根の道を二の丸に向かうしかない。

そこで義貞は二の丸の東側の尾根を掘り切り、この方面の守りを強化することにした。幅十間（約十八メートル）、深さ五間ばかりの巨大な堀切を配し、二の丸の周囲には土塀と柵をめぐらした。

ただ一ヵ所の出入り口である木戸には、寺の楼門のような櫓をきずき、攻めかかる敵に二階から矢を射かけられるようにした。

土塀や柵に取りつく敵は石や材木を落としかけて撃退する。そのための石や材木を土塀にそって十間ごとに積み上げさせた。

長い籠城戦になれば、必ず兵糧と薪が不足する。

そこで方々に兵を走らせてできるだけ多く買い付けると同時に、船が着けるように本丸の北側に船入りをもうけ、海から物資を補給できるようにした。

敵に包囲された場合、この船入りが城外との連絡に使える唯一の通路になるはずだった。

「この城に敵の大軍を長々と引きつけておけば、身方は各地で兵を挙げやすくなる。来春になって雪が解ければ、越後の軍勢も馳せ参じよう」

越後一国ではいまだに新田一門の勢力が強い。彼らが来援するまで持ちこたえられるかどうかが勝敗の分かれ目だった。

年も押し詰まった頃、都から嬉しい知らせがとどいた。

十二月二十一日、後醍醐上皇は足利方の目をあざむいて都を抜け出し、吉野の金峯山寺に向かわれたのである。

南北から都を攻めようと申し合わせた通りの行動で、大和、紀伊、河内の天皇方は続々と吉野に集まっているという。

「上皇さまは約束を守って下さった。後は俺らの覚悟次第だ」

義貞はこの知らせを皆に伝え、祝いの酒を配った。北風に吹きさらされた厳寒の城で戦い抜くためには、皆の士気を維持することが何より大切だった。

足利方は年明け早々から攻め寄せてきた。

斯波高経の軍勢一万に加え、都から高師泰が三万の大軍をひきいて到着し、城を二重三重に包囲した。

対する義貞は新帝に金ケ崎城内に新築した御所にお移りいただき、精鋭三千を選《え》りすぐって迎え討つことにした。

最初の合戦は一月十八日におこなわれた。

高師泰は一万の兵を手筒山に上げ、二の丸に攻めかかろうとした。これを見た義貞は、二千の兵を手筒山に走らせ、雪道に難渋しながら攻め上がってくる敵に痛打をあびせた。

雪に足を取られている敵は、石を落としかけただけで身をよける術もなく打ち倒されていく。身を守る楯さえ立てられず、頭上から射かけられる矢の犠牲になる者も多かった。

力攻めにしては将兵を失うばかりだと悟った足利勢は、城の周りを厳重に封じて兵糧攻めに出た。

義貞はこれを見越して兵糧を潤沢に城内に運び込んでいたが、三千の兵をまかなうには充分ではない。粥にして節約しても、二ヵ月くらいしか持ちこたえられなかった。

「仕方がねえな。兵の半分を城から出す」

義貞は千五百の兵をひきいて打って出よと、堀口貞満に命じた。

「敵の囲みを打ち破り、杣山城の義助と合流してくれ。その後の手立ては、この書状に書いてある」

義助にあてた書状を貞満に託した。

二月十一日の明け方、貞満がひきいる新田勢は、寒さに震えながら野営している敵の囲みをやすやすと突破し、敦賀湾ぞいの道を北に走って杣山城に向かった。

翌日、貞満に同行した十三郎が城にもどってきた。

「脇屋義助さまはすべてを了解なされました。お申し付けの通り、十六日の明け方に後詰めをするとのことでございます」

「杣山城の様子はどうだ」

「皆様変わりはございません。義顕さまも殿と会うのが楽しみだとおおせでございました」

「そうかい。ご苦労だったな」

十六日の明け方、義貞は一千ばかりの兵をひきいて二の丸の木戸から打って出て、手筒山に布陣している足利勢に攻めかかった。

寝込みを襲われてあわてふためく敵をさんざんに斬り伏せ、大将格の者を七、八人討ち取ると、

「頃合いだ。鐘を叩け」

鐘の音を合図に退却にかかった。

足利勢はようやく混乱から立ち直り、このまま引き上げさせてたまるかと尾根の道を追撃してくる。義貞は二の丸の堀切の前でそれを迎え討ち、やせ尾根を一列になって攻めてくる敵を押し返した。

その時、敵の背後から義助、義顕がひきいる二千余が、長槍を手に突撃してきたからたまらない。足利勢五千あまりは進むことも退くこともできず、槍も楯も投げ捨てて山の斜面を逃げくだっていった。

堀切の前で合流した両勢は、そっくり入れ替わることにした。

義貞がひきいていた一千余は杣山城へ向かわせ、義助の配下の一千が金ケ崎城に入る。新手を入れて将兵の消耗を少なくするためだった。

「父上、私も入城させていただきます」

義顕が覚悟の定まった目をして申し出た。

「そうしてくれ。尊良親王さまもお前はいつ入城するのだと、首を長くして待っておられる」

「兄者、兵糧も持参いたしました」

義助は足軽に二百俵の米を運ばせていた。

義貞はそれを受け取り、意気揚々と城にもどったのだった。

その日以来、にらみ合いがつづいた。

足利勢はこれ以上の被害を出すことを恐れて兵糧攻めを強化する策を取り、新田勢は越後からの来援を待ってひたすら守りを固めていた。

越後勢は三万を超える大軍である。その力で越前府中を攻め落とし、杣山城の義助らと合流すれば、足利勢と互角に戦える。その時には城から打って出て、敵をさんざんな目にあわせてやろうと、城中の将兵はじっと力を温存していた。

ところが二月二十日になって思いもかけないことが起こった。新帝が高熱を発して床に臥され、粥も喉を通らなくなったのである。

「この寒さゆえ、お風邪を召されたようでございます」

尊良親王に近侍している義顕が告げた。

「薬師はどうした」

「お側についてはおられますが、まだ年若いお方ゆえ」

ちゃんと処方ができないし、必要な薬もそろっていないという。

新帝に万一のことがあったなら、後醍醐上皇との約束をたがえることになる。義貞は心配のあまり矢も楯もたまらず御所をたずねた。

控えの間で尊良親王と洞院実世が額を寄せて何かを話し合っていた。

「主上のご容体は、いかがでございますか」

「良うないのや。まだお若いさかい、この寒さにお体がついていけんのやろ」

それに籠城のご心労も重なったのだと、実世は打ち沈んでいた。

「何とか手立てはないのでしょうか」

「薬師が未熟やさかいどうにもならん。これが都やったら、手の打ちようもあるやろうが」

「恐れながら越前府中の時宗の寺に、名の知れた薬師がいると聞いたことがございます」

義顕が口をはさんだ。

「何という寺だ」

「それは分かりません。杣山城で瓜生判官どのが語っておられるのを聞いたばかりですから」

「そのお方に診ていただければ、快方に向かわれるかもしれぬ」

「しかし、どうやって連れて来るんや」

実世がたずねた。

城は二重三重に包囲されている上に、越前府中は足利方の勢力下にあるのである。

「杣山城に行って瓜生どのと手立てを講じます。しばらく城を空けさせていただきとう存じます」

義貞はそう申し出た。

「分かりました。首尾良くおもどりになるよう祈っております」

尊良親王の決断によって、単身城を抜け出すことになった。

「義顕、留守中のことは頼んだぞ」

「お任せ下され。宮さまと共に身命を賭して城を守ります」

「堀口十三郎を残していく。何かあったら杣山城までつかわしてくれ」

「お父上もどうかご無事で。主上のお命を救って下さい」

「分かっておる。五、六日のうちにはもどれよう」

義貞は夜になるのを待って船入りから小舟を出すつもりだったが、あいにく夕方から嵐になった。

北から激しい風が吹き、岬には高波が打ち寄せて、とても船を出せる状態ではない。

じりじりしながら二日待ち、三日目の朝に船を漕《こ》ぎ出した。

うねりが強く、船は上へ下へとゆさぶられたが、舵取りと二人で力を合わせて艪《ろ》をあやつり、岡崎の浦に何とか漕ぎ寄せることができた。

舵取りには船をつないで待っていろと命じ、山を越えて北国街道に入り、杣山城までたどり着いた。

「新田左中将義貞じゃ。瓜生判官どのにお目にかかりたい」

義貞はそう言ったが、漁師のような形《なり》をしているのでなかなか信用してもらえない。門の外でしばらく待たされ、堀口貞満の家臣の証言を得てからようやく中に入れてもらった。

「それは府中の称念寺《しようねんじ》でござる」

瓜生判官保《たもつ》はすぐに分かった。

「都から来た時宗の僧で、名を真行《しんぎよう》と申します」

「金ケ崎城に連れて行きたいんだが、来てもらえようか」

「城下の僧を呼びにやれば、二日で来てくれると思いますが」

「それではお願いする。できるだけ急いでもらいたい」

「城中で何かあったのでござるか」

「寒さのために将兵が次々と腹を痛めておる。何とかしなければ、戦うこともできねえんだ」

義貞は考えてきた嘘を言った。

今は身方をしているとはいえ、新帝がご病気だと知れば瓜生判官もどう動くか分からない。周辺の土豪たちも、次々と寝返るおそれがあった。

義貞は義助の館にとどまって真行が来るのを待ったが、あいにく能登方面に遊行に出ていて、あと十日ほどしないともどらないという。

仕方がないので杣山城にいて、府中攻略の策をねりながら待つことにしたが、三月三日になって義顕の使者が急を告げた。

「昨日から敵が大手口に攻めかかり、身方は苦戦中でございます」

義貞の留守を狙ったように総攻撃をかけてきたのである。その数五万にものぼる大軍だった。

「五万だと」

「若狭、近江、美濃から三万以上の軍勢が派遣されております」

尊氏はいよいよ本腰を入れて金ケ崎城の攻略にかかったのである。

義貞はすぐに新田勢二千をまとめ、金ケ崎城の救援に向かった。

ところが五万の兵は厚い壁となって行く手に立ちはだかっていた。

義貞は何度か突破をこころみたが、細い道を万全の陣構えで封じた敵に勝つ方策は見出せない。手の打ちようがないまま日を過ごすうちに、金ケ崎城は三月六日に落城した。

尊良親王と義顕は城を枕に討死し、病床に臥しておられた新帝は足利方に捕らえられたのだった。

第十五章　義を受け継ぐ者

手痛い敗戦から半年が過ぎ、越前の山々は再び秋を迎えていた。

義貞は弟の義助らと杣山城にいて、挽回の策をめぐらしていた。

すでに北畠顕家は三万の軍勢をひきいて奥州を出発し、義貞の故郷である上野に向かっている。

これには新田荘に残してきた次男徳寿丸が、一族郎党五千余をひきいて加わることになっていた。

まだ七歳の徳寿丸に武者としての働きができるわけではない。だが義貞の息子が陣頭に立っていると聞いただけで、上野、下野、越後の土豪たちは続々と身方に参じている。

しかも徳寿丸の守役をするために、母親の宣子が武者姿で出陣しているのだった。

月命日の九月六日、義貞は尊良親王や義顕らの法要をおこなった。

親王は二十七歳、義顕は弱冠二十歳で忠義のために命を散らしたのである。

他にも新田一族十人、郎党百十一人、足軽雑兵五百余人が討死したのだった。

法要を終え、冥福を祈って寺に参籠していると、

「伯父上、堀口十三郎どのがおもどりになりました」

義治が伝えた。

「生きておったか、十三郎が」

「市女笠をかぶった女人を連れておられます」

誰だろうといぶかりながら客間に出ると、山伏姿の十三郎と世尊寺房子が待ち受けていた。

「これは、どういうことだ」

義貞は驚きと喜びに声をはずませた。

「それがしから話をさせていただきます」

十三郎が房子にことわってからいきさつを語った。

「金ケ崎城が落とされる直前、新帝は三種のご神器を吉野の上皇のもとにとどけるようにお命じになりました。そこで洞院実世卿らが奉じられ、殿がご用意なされた船入りから対岸の隠し砦《とりで》に落ちのびられたのです。それがしは義顕さまに命じられ、配下の五人とともに警固の役をつとめたのでございます」

そうして砦にひそんでほとぼりがさめるのを待ち、無事に吉野に送りとどけたのだった。

「船を出す余裕があったのか」

「はい。敵は船入りがあることに気付かず、見張りの番船も出しておりませんでした」

「ならばどうして、新帝をお連れしなかった。そうすれば足利方に捕らえられることはなかったのだ」

「義顕さまはそのように勧められましたが、新帝は拒まれたのでございます。自分が逃げ落ちたと分かれば、足利方は道中を厳しく封じ、ご神器を吉野にとどけることはできなくなるとおおせでした」

確かにご神器が足利方に渡れば、吉野で再起を期しておられる上皇の計略は破綻する。それを防ぐために新帝は捕虜になられ、義顕と尊良親王は討死したのだった。

「わたくしは吉野にいて、ご神器がとどけられた場に立ち合いました」

房子がつとめる内侍所の最大の役目は、ご神鏡である八咫鏡《やたのかがみ》を管理、保管することである。

勾当内侍とは内侍所の最高責任者なのだから、吉野の御所にご神器が運び込まれる際にも中心的な役割をはたしたのだった。

「上皇は洞院実世卿の話をつぶさに聞かれ、新帝のご配慮の深さに感じ入っておられました。朕の志は新帝のお陰で命脈を保つことができたとおおせられ、はらはらと涙をお流しになりました」

「そうか。上皇さまにそこまで言ってもらえたなら、宮さまや義顕らも浮かばれるだろうよ」

「それぱかりではありません。如意輪寺《にょいりんじ》に一宇を建立して、討死した方々の御魂《みたま》をまつるようにお命じになりました。しかもその日のうちに重祚《ちょうそ》の儀をおこない、再び帝となられたのでございます」

　重祚とは二度目の践祚をして皇位につくことで、ご神器を吉野にとどけたからこそ可能になったのである。

　こうして後醍醐天皇は南朝初代となられ、世は南北朝時代に突入することになったのだった。

「ところで新帝のご様子はどうだ。何か分かったか」

「足利方に捕らえられて都に連行され、花山院に幽閉されておられるそうでございます。暖かくなってご容体は快方に向かったようですが、この先のことはどうなるか分からないと、主上はお心を痛めておられます」

「助け出す手立てがあればいいが」

　まさか害するとは思えないが、鎌倉で謀殺された大塔宮の例もあるだけにひときわ案じられた。

「わたくしのことは、おたずねにならないのですか」

房子がすねたように口をはさんだ。

「何を？」

「どうしてここに来たのかとか、道中危ないことはなかったかとか」

「比叡山を発つ時、お前は必ずお側に参りますと約束してくれた。俺はそれを信じて待っていたよ」

「でも、あまり嬉しそうになさらないから」

「人前でそんな顔ができるもんか。俺の目を見りゃ、心の内は分かるだろう」

「それなら、まあ、結構ですけど」

房子は機嫌を直して引き下がった。

「殿、北畠顕家卿は十二月には尾張、美濃に到着なされるそうでございます。奥州勢ばかりか上野、越後の身方も加わり、その数は五万におよぶそうでございます」

十三郎が戦のことに話を移した。

「その時、越前からも呼応して近江、美濃に兵を進めてほしいと、洞院実世卿、四条隆資卿がおおせでございました」

「分かった。何とか越前府中を押さえられればいいが」

金ケ崎城が落ちたために、越後の身方も鳴りをひそめている。今の勢力では、府中から斯波高経を追い払うのは難しかった。

やがて北畠顕家が使者を送り、状況を刻々と伝えてきた。

顕家は義良親王（後の後村上天皇）を奉じ、八月十一日に奥州の霊山《りようぜん》城を発した。従うのは結城宗広、伊達行朝《だてゆきとも》ら総勢三万である。

一行は白河関を越え、奥州街道を南下して鎌倉を目ざしたが、下野国小山《おやま》で上杉憲顕《のりあき》がひきいる足利勢が行く手をはばんだ。

両者は二ヵ月ちかくにわたって一進一退の合戦をくりひろげたが、徳寿丸を奉じた上野、越後の新田勢二万が到着したことで形勢は逆転し、十二月二十四日には鎌倉を攻め落とすことに成功した。

ここで兵馬を休めて英気をやしない、建武五年（一三三八）一月二日に西上を開始した。

途中遠江で宗良親王の軍勢と合流し、一月二十日頃には美濃に着く予定だという。

義貞にとっては血湧き肉躍るような知らせだが、越前の天皇方は苦境に立たされたままだった。

斯波高経の力が大きいので越前府中を攻め落とす手立てがない上に、冬の間は雪が深くて軍勢を思うように集められない。

たとえ集めることができたとしても、北国街道の峠を越えて近江から美濃に出るのは容易なことではなかった。

（これが夏か秋なら……）

手の打ちようもあるとうらめしかったが、奥州が雪に閉ざされて敵も身方も動けなくなる冬の間しか、顕家らは国を空けられない。

しかも寒さに強い奥州勢は、冬場の戦いには無類の強さを発揮するので、今の時期に動く方が有利なのだった。

「兄者、城を抜けて美濃に行かれたらどうですか」

義助が勧めた。

留守は自分が守るという。

「しかし、この城も手薄だ。兵を割くわけにはいかねえよ」

「五十人ばかり連れて行かれるがよい」

「それではたいした働きはできねえだろう」

「何をおおせられる。兄者が行かれたなら、新田勢二万は大喜びで下知に従いましょう」

徳寿丸に兄者の戦ぶりを見せて下されと、義助が頼もしげに背中を叩いた。

一月十五日、義貞は堀口貞満、十三郎ら三十余人を従えて美濃に向かった。蓑笠をつけて行商人を装い、樏《かんじき》をはいて雪深い山道を歩きつづけた。

二十日に美濃に着いた時には、すでに土岐頼遠、高師冬《もろふゆ》らの軍勢が青野ケ原《あおのがはら》（岐阜県大垣市）に布陣して、北畠勢を撃退しようと待ち構えていた。

街道ぞいには人馬が満ち、通り抜けるのに往生するほどである。

義貞は二引両の袖印を皆につけさせ、

「我らは高武蔵守《むさしのかみ》師直さまの命により、高師冬さまの陣所に向かう者でございます。お通し下され」

そう偽り、人をかき分けるようにして前に進んだ。

師冬は洲の俣に近い最前線に布陣している。それを遠目に見ながら南に下り、川船に乗って木曽川を渡った。

北畠顕家はすでに尾張に到着し、尾張一の宮に布陣していた。

その軍勢は七万にふくれ上がっている。

中でも目を引くのは騎馬の多さで、たてがみの長い四肢たくましい奥州馬が、冷気の中で白い息を吐きながら立ちつくしていた。

顕家は本陣とした真清田《ますみだ》神社の本殿にいた。

緋縅の鎧を着込み風折烏帽子《かざおり》をかぶって、数人の近習と何事かを話し合っていた。

「もしや、義貞どのではありませんか」

顕家が先に気付いたが、薄汚れた行商人の姿をしているので半信半疑のようだった。

「軍勢を連れてくることは出来なかったが、一緒に戦いたいと思ってね」

「よく来てくだされた。貴殿がおられるだけで、十万の身方を得たも同じでございます」

顕家は立ち上がって義貞の手を取り、感極まって涙を流した。

たぐいまれな才質に恵まれているとはいえ、まだ二十一歳である。奥州から大軍をひきいてくる重圧は、想像を絶するほど大きかったことだろう。

「俺は新田勢をひきいて戦わせてもらう。倅や宣子を連れて来てくれたと聞いたが、足手まといになったのではないかね」

「とんでもない。宣子どのは常に陣頭で戦われ、名のある武将に劣らぬ働きをなされます。中でも乗馬と弓の腕は際立っていて、さすがは義貞どのの奥方だと皆が感じ入っております」

「そうかい。さぞ……」

得意気に戦場を駆け回っていることだろう。義貞は抜鉾神社で流鏑馬の勝負をした時の宣子の姿を思い出して苦笑した。

「隣の堂におられますので、早く行ってやって下さい。さぞお喜びになることでしょう」

急かされるようにして、宣子と徳寿丸に会いに行った。

二人は鎧を着たまま床几に座り、昼食の粥を食べていた。

赤い漆をぬった椀は、新田荘で作っているなつかしいものだった。

「参陣、大儀だったな」

声をかけたが、宣子は一瞬誰だか分からずぽかんとしていた。

徳寿丸は八歳になり鎧姿もりりしいが、完全に義貞の顔を忘れている。五年も会っていないのだから無理もなかった。

「徳寿丸、父上じゃ。忘れたか」

義貞は鎧ごと抱き上げたが、徳寿丸はどう対応していいか分からず顔を強張らせていた。

「どうなされたのです。そのお姿は」

「敵陣を抜けてきたゆえ化けておる。ここに着けば鎧も馬もあるだろうと思ってな」

「それならまず鎧を着込んで下さい。そんなお姿では、徳寿丸も戸惑うばかりです」

宣子は躾のきびしい母親の顔をして、義貞を別室に連れていった。

ひとまず汚れた服を脱ぎすて、固く絞った手ぬぐいで旅の垢をこすり落とす。そうして錦の鎧直垂を着込むと、宣子が鎧の籠手やすね当てをつけ始めた。

義貞は床几に座り、言われるままに足を上げたり手を伸ばしたりしている。

色々縅《いろいろおどし》の鎧を着た宣子は相変わらずきりりとして美しく、なつかしい髪油の香りがした。

「都の女子《おなご》を側室になされたそうですね」

籠手の紐をぎゅっと締めてたずねた。

「ああ、帝からたまわった」

「どのようなお方ですか」

「勾当内侍をつとめている。世尊寺家の姫君だ」

「さぞお美しい方でしょうね」

「それがな」

お前と瓜二つで驚いたと言おうとして、義貞は口を閉ざした。

宣子の目にきらりと光るものが浮かんでいたからである。

「佩楯《はいだて》（膝鎧《ひざよろい》）は長めのものしかありませんが、これでいいですか」

「ああ、仕方があるまい」

「徳寿丸には見事な戦ぶりを見せて下さいね。ずっとそのように教えてきたんですから」

宣子は義貞の後ろに回り、佩楯の紐を力任せに引き絞った。

翌日の朝、顕家が宿所に一人でたずねて来た。鎧をつけない身軽な姿だった。

「急にすみません。お耳に入れておいた方がいいと思いましたので」

「構わねえよ。戦の手立ての話かね」

義貞は顕家を堂の外に連れ出し、木の切り株に腰を下ろした。

「大塔宮さまのことでございます。宮さまは鎌倉で殺されたと噂されていますが」

助け出されて奥州に難をさけている。顕家はそう言った。

「生きておられるだって」

「はい。石巻《いしのまき》に零羊崎《ひつじざき》神社があります。そこで静養し、再起を期しておられます」

「お前さんは、宮さまに会ったのかい」

義貞は慎重だった。

嬉しさと驚きのあまり、狐《きつね》につままれた気がした。

「お目にかかりました。以前に楠木正成どのから宮さまの安否についてたずねられたので、この目で確かめておこうと神社に行ったのです」

「み、宮さまに、間違いなかったかい」

「お目にかかるのは初めてですが、高い見識といい人を惹き付けずにはおかないお人柄といい、宮さまに間違いありません。側には淵辺伊賀守《ふちのべいがのかみ》も従っておりました」

「北条時行の乱の時、伊賀守は宮さまを鎌倉の土牢から引き出して首を討ったと聞いたが」

義貞はさらに慎重になった。

夢なら覚めないでくれと祈りたかった。

「足利直義からそうせよと命じられたそうですが、宮さまを手にかけるなどあまりに恐れ多いと、ひそかに相模の所領にかくまったそうでございます」

「そうか。そうだろうよ。宮さまを手にかけるなど、武士なら絶対にできないはずだ」

「ところがやがて足利方が鎌倉を奪い返したために、相模にかくまっておくことが難しくなりました。そこで奥州に向かうことにしたそうです」

「どうして奥州に？」

「かつて宮さまは、わが父親房とともに戦っておられました。北畠の子が鎮守府将軍となって奥州にいると聞いて、身を寄せる決意をなされたそうでございます」

しかもちょうど救いの手を差し伸べた者がいた。

宮さまが窮地におちいっておられると知った安藤新九郎季兼《しんくろうすえかね》という蝦夷《えみし》の王が、船を出して相模の淵野辺《ふちのべ》村まで迎えに行ったのである。

「その名は聞いたことがある。十三湊《とさみなと》の安藤だろう」

「そうです。今は蝦夷地のマトウマイ（松前市）を拠点にして、北方交易を取り仕切っております」

「名和長年どのから聞いたよ。宮さまが帝の倒幕計画に連座して幕府から追討を受けられた時、名和どのの船で津軽《つがる》に難を避けられた。その時には、北畠親房卿も同行なされたそうだ」

「今から十四年前、正中《しょうちゅう》の変が起こった時のことです。確かに父は宮さまとともに津軽に落ちのび、安藤氏の力を借りて幕府を倒そうと画策していました」

その計略に応じて、新九郎の父安藤又太郎季長《またたろうすえなが》が挙兵した。ところが畿内で呼応する態勢がととのっていなかったために、季長は幕府に降伏して処刑されたのである。

「新九郎季兼という男は、宮さまに剣の手ほどきをするほどの使い手だったそうだ。宮さまも兄のように慕っておられたと聞いたが」

「石巻の渡波《わたのは》には万石浦《まんごくうら》という入江があり、格好の船着き場になっております。奥州の安藤水軍も拠点をおいて交易していますが、それを取り仕切っているのが新九郎なのです」

「会ったことがあるのか。その新九郎とやらに」

「一度だけあります。身の丈六尺三寸（約百九十センチ）ほどもある偉丈夫で、どんな困難にも平然と立ち向かっていく芯の強さを持った男でした」

「そんな奴なら、一緒に戦ってみたいもんだね」

「私も西上軍を起こす時に渡波を訪ね、水軍の大将として加わらないかと誘いました」

「ところが断られたというわけか」

「自分は戦をするより、交易によって人を豊かにするために生きたいと申しました。安藤氏の乱で父親を失ったことが、心の痛手になっているようです」

「それでも宮さまを救うために関東まで船を出したんだろう。武士《もののふ》だよ。その新九郎という男も」

宮さまが生きておられると知って、義貞は頭上の暗雲がいっぺんに晴れた思いをしていた。

もう会うことはできなくても、自分の生き様はかならず宮さまに伝わる。その時のためにも無様なことはできないと、決意を新たにしたのだった。

余談ながら、大塔宮は淵辺伊賀守らに守られて石巻で余生を送り、入滅後には一皇子《いちおうじの》宮《みや》（石巻市湊）に祭られた。

一皇子とは、宮が後醍醐天皇の一の宮であったことに由来することは言うまでもない。

戦機は徐々に熟していった。

顕家らが後続の身方を待つ間に、足利方も美濃の青野ケ原を本陣とし、洲の俣、足近《あぢか》に兵を配して守りを固めた。
足利方には鎌倉から顕家らを追ってきた上杉憲顕の軍勢が加わり、五万余になってい
る。顕家勢は七万とはいえ、形勢は五分五分になりつつあった。
「敵の勢がそろわぬ先に、勝負を決するべきではないか」
諸将の中にはそう主張する者もいたが、顕家も義貞も動かなかった。
敵が勢をそろえてくれるなら、いちいち追っていく手間がはぶける。一ヵ所に集めて
粉砕すれば、与える打撃も大きかった。
満を持して動いたのは一月二十八日のことである。
新たに参陣を許した北条時行の軍勢五千を先頭にし、洲の俣の対岸まで進んで高師冬、
今川範国の軍勢と対峙した。
敵は一万五千ばかりだが、川を渡ってくる奥州勢に痛打を加えようと待ち構えている。
冬場のこととて長良川の水位は低いが、水は手を切るように冷たいので、一気に押し
渡らなければ人馬を凍えさせるおそれがあった。
「ここはそれがしにお任せ下され」
結城宗広が申し出た。
奥州の寒立馬《かんだちめ》は寒さに強く体も大きい。一千騎ばかりが次々と川に乗り入れ、魚鱗の
陣形をとって敵の中に斬り込んでいった。

「結城どのを討たすな。つづけ」

義貞は五百騎ばかりをひきいて上流に回り、楯をつらねた敵の横合いから斬り込んで攪乱《かくらん》した。

そこに顕家の本隊が攻め込むと、足利勢はひとたまりもなく青野ケ原に向かって退却していった。

その日は揖斐川《いびがわ》を前にして宿営し、翌日の決戦にそなえた。

顕家は将兵を充分に休ませるように下知すると、諸将を集めて評定を開いた。

「敵は青野ケ原に主力をおき、北と南に別動隊を配しております」

顕家の近習が布陣図を広げた。

青野ケ原には土岐頼遠、桃井直常《もものいただつね》らの軍勢三万、北の赤坂には上杉憲顕の一万五千。南の大垣には洲の俣から退却した高師冬、今川範国の一万余を配していた。

「これに対して我が軍は、このような布陣でのぞみたい」

顕家の言葉を待って、近習が身方の布陣図を敵の図の前に置いた。

上杉には義貞がひきいる新田勢二万、土岐、桃井には顕家の本隊三万、南の高、今川には結城宗広、伊達行朝の一万が対峙する案だった。

「方々、異存はござるまいか」

顕家は念押しをしたが、誰も異をとなえる者はいなかった。

出陣は明朝卯の刻（午前六時）と決した時、堀口十三郎が中庭に駆け込み、至急お伝えしたいことがあると言った。

義貞が庭に下りようとすると、

「構いません。皆の前で報告させて下さい」

顕家が制した。

「申し上げます。足利勢五万が明日都を発ち、明後日には美濃に入るようでございます」

「それは誰の軍勢じゃ」

「大将は高師泰、副将は佐々木道誉、細川頼春《よりはる》がつとめ、不破《ふわ》の関を封じるようでございます」

尊氏は青野ケ原の戦に敗れた場合にそなえ、不破の関を封じて北畠勢の畿内への侵入を防ごうとしたのである。

「方々、いかがなされる」

顕家が諸将を見回して意見を求めた。

「知れたことでござる。青野ケ原の敵を打ち破り、後詰めが不破の関を固めぬ先に近江に攻め込むばかりじゃ」

宗広がこともなげに言った。

「恐れながら、それはならぬと存じます」

十三郎がためらいなく言い切った。

「何ゆえじゃ」

「すでに道誉の配下の馬借や車借が、土嚢《どのう》を積んだ荷車を不破の関に並べて道をふさいでおります」

これを突破するだけで一日二日はかかるという。

「義貞どの、何かお考えは」

「手勢もひきいず来た身ゆえ、顕家どののご下知に従うばかりでござる」

「ご遠慮なさらずとも良い。畿内での戦を一番よくご存じなのは、長年戦ってこられた貴殿でございます」

そうであろうと顕家は皆の同意を求め、先回りして異論を封じた。

「ならば申し上げる。青野ケ原の敵を打ち破ったなら、全軍をひきいて伊勢路を下り、吉野の帝のもとに馳せ参じられるべきと存じまする」

「馬鹿な。敵に後ろを見せるおつもりか」

「そうじゃ。左中将どのとも思えぬ弱腰でござるな」

そんな声を上げる者がいた。

「そうじゃねえよ。たとえ後詰めの軍勢を打ち破ったとしても、こちらも大きな痛手を受ける。それを立て直すことは、本領を離れたお前さんたちには容易ではあるまい」

ところが足利方は容易に立て直せる体制をととのえている。

これに対抗するには、顕家が全軍をひきいて吉野におもむき、帝のご指示のもとに大和、紀伊、摂津、河内をしっかりと押さえ、長期戦に耐えられる体制を作り上げなければならない。

それが義貞が五年の戦いの末にたどり着いた結論だった。

「その間俺は、一千ばかりの新田勢をひきいて越前にもどり、府中を攻め落として足利勢を追い払う。高師泰が越前を留守にしているのなら、またとない好機だ。そうして越中、越後を平定し、南北から呼応して都に攻め込むんだ。足利に勝つ方法はこれしかねえよ」

「さよう。私もそう思っていました」

顕家も奥州で領国経営の辛酸をなめてきただけに、即座に義貞に同意した。

評定を終えると、義貞は一門の主立った者たちにこのことを告げた。

「お前たちは徳寿丸とともに吉野に向かってくれ。俺は堀口、額田《ぬかだ》、里見の一千ばかりと越前にもどる」

「なぜ二万の軍勢をお連れにならないんですか」

武者姿で同席している宣子が、険しい顔で口をはさんだ。

「越前の平定は一千もあれば充分だ。お前たちは吉野へ行って帝のお力になってくれ。そうして帝の御世を復したなら、徳寿丸や新田家の未来は大きく開けよう」

「殿のおおせられる通りじゃ。越前には脇屋義助さまもおられるゆえ、案ずることはない」

宣子の叔父の天野時久《ときひさ》がたしなめた。

徳寿丸が出陣するというので、抜鉾神社の氏子ら五百騎をひきいて同行していたのである。

「それなら……、明日の合戦には私もお供させて下さい」

「いくらお前でも、それは無理だ。義貞どのの足手まといになるばかりだぞ」

「そんなことになったら、喉を突いて自害します。徳寿丸に父母二人で戦うところを見せなければ、何のために出陣してきたのか分かりません」

「宣子の言う通りだ」

義貞は妻の心情を察して出陣を許した。

「徳寿丸、聞いたか」

「はい、父上」

「お前も大人になったなら、母上のように強い女子を妻にせよ」

「承知いたしました」

徳寿丸が澄んだ目をしてはきはきと答えた。

翌朝未明、義貞は宣子や徳寿丸とともに、騎馬五百をひきいて揖斐川を渡った。そのまま足音をひそめて西に向かい、諏訪神社の裏の小高い山に上がった。

山頂の平坦地で馬の足を休めてしばらく待つと、夜が白々と明けていき、赤坂、青野ケ原、大垣に布陣する足利勢の姿を一望のもとに見渡すことができた。

「徳寿丸、見よ」

義貞は眠い目をこすっている徳寿丸を抱きかかえた。

子供用の鎧をまとっているが、まだ乳臭い甘い匂いがした。

「こうした景色をながめていると、どこまでも駆けて行きたいと思わぬか」

「はい、父上」

「俺は笠懸野の高台に登ってそんな夢ばかり見ていた。そうして機会を得て、山風を駆って天下に打って出たのだ」

「あの高台には、母上に連れていっていただきました。帰りは馬のあしらいが難しくて、鐙の踏み方に苦労しました」

「そうか。自分であそこまで登れるようになったか」

「はい、父上」

「たいしたものだ。だが今日は母上の馬に乗せてもらって戦場に出よ」

義貞は徳寿丸の目を平野に向けさせ、今日の作戦を説明した。

「よいか。お前と母上は五百騎の手勢とともにこの山に身を伏せておけ。俺は本隊を指揮し、赤坂に布陣している上杉憲顕の軍勢に攻めかかる」

ただし全軍で攻めるのではなく、先陣の三千ばかりで突撃し、しばらく戦ってから負けたふりをして敗走するのである。

「すると上杉勢はどうする」

「勝ちに乗って追いかけてくると思います」

徳寿丸が即座に答えた。

「その通りだ。そこで敵を充分に引きつけ、後ろに隠していた本隊で攻めかかる。すると上杉憲顕も第二陣、三陣を出して白兵戦をいどんでくるだろう。相手は一万五千、こちらは二万。ほぼ互角の戦いが、あのあたりでくりひろげられるだろう」

義貞は諏訪神社の正面より少し東に寄ったあたりを指さした。

「白兵戦になると、軍勢は前方の敵を討とうと前にしか注意を向けなくなる。その時を狙って、お前と母上がひきいる騎馬隊が、敵の横腹をめがけて突撃する。するとどうなる」

「上杉勢は我々を迎え討とうとして向きを変えます。そのために全体の統制が乱れて、父上の軍勢にそなえる力が弱くなると存じます」

「その通りだ。兵法もよく学んでいるようだな」

義貞は兜の上から徳寿丸の頭をなでてやった。

「安養寺の和尚さまから孫子《そんし》を学んでいます。出来がいいと誉めていただきました」

宣子がここぞとばかりに口をはさんだ。

「それでは今日は徳寿丸に実戦を見せてやってくれ。ただし、決して前に出してはならぬ」

義貞は念を押し、揖斐川を渡って本陣にもどった。

合戦は辰の刻（午前八時）から始まった。

北畠顕家の本陣で打ち鳴らされる太鼓の音を合図に、新田、北畠、結城と伊達の三軍がいっせいに渡河にかかり、作戦通り正面の敵に攻めかかった。

真っ先に突撃したのは、義貞がひきいる新田の先陣三千である。

魚鱗の陣形を取った騎馬隊を先頭にして上杉勢の真ん中を切り割り、大軍に押し包まれそうになると一方の囲みを突き破ってさっと引いた。

上杉勢の先陣は逃がしてなるかと追いかけてくる。

それをあしらいながら適度の距離を保ち、揖斐川の河原まで引きつけてから左右に分かれた。

目標を見失った上杉勢の正面で、河原に伏せていた弓隊二千が身を起こし、いっせいに矢を放った。

近くの敵には水平に、遠くの敵には山なりに、さんざんに矢を射かけて敵を押しもどす。

そこに槍隊を突撃させ、先陣の部隊が反転して敵を両側から押し包んで攻め立てる。一糸乱れぬ見事な連携である。

上杉憲顕は窮地におちいった先陣を助けようと、二陣、三陣を出してくる。

義貞が狙った通りの、総力を上げての白兵戦である。

互いに真っ正面から斬り合い突き合うばかりでなく、敵の側面をつこうと横に回り込もうとする。

相手もそうはさせじと横に回り込んで防ぐので、前線は次第に南北に長く伸びていった。

こうした陣形になればなるほど、横からの攻撃に対処できなくなる。その頃合いを見計らって、諏訪神社の裏山にひそんでいた宣子が兵を起こした。

源氏の白旗をさっと上げると、選りすぐりの五百騎が上杉勢の側面に攻めかかっていった。

鼻面をぶつけるようにして馬を乗り入れ、反りのきいた騎馬戦用の刀で手当たり次第に敵を打ち倒していく。

この奇襲に敵は浮き足立ち、徒兵の者から我先にと敗走していく。

上杉勢の騎馬隊の中には、新田勢に馬をぶつけて劣勢の挽回をはかろうとする者たちもいたが、遠矢に射られて次々と落馬していった。

何者の仕業かと横を見ると、十騎の護衛に守られた宣子が弓を満月のように引き絞り、一町ばかりも離れている敵を正確に射落としている。

緋縅の鎧をまとい白菊に乗った姿は、抜鉾神社の流鏑馬の時のように美しいが、同乗している徳寿丸は鞍の前輪につかまり、射撃の邪魔にならないように懸命に体をちぢめていた。

「あのお転婆が。無茶しやがる」

義貞は一刻も早く徳寿丸を楽にしてやろうと、騎馬隊の先頭に立って敵の真っ直中《まただなか》に駆け込んでいった。

赤坂から敗走した上杉勢は、土岐頼遠、桃井直常の軍勢と合流して態勢を立て直そうと、青野ケ原に向かっていく。

北畠顕家の軍勢三万がそれを追い、土岐、桃井勢に挑みかかっていた。

義貞は戦況をざっと見渡し、軍勢の隊列をととのえさせて息をつかせた。

人よりも馬の消耗が激しい。

ひと休みし水や塩を与えなければ、次の合戦にのぞむことができなかった。

「我らはこれから青野ケ原に出て、土岐、桃井勢の側面をつく」

義貞は軍勢の中を駆け回りながら告げた。

「作戦はさっきと同じだ。先陣が軽くかかって敵をおびき出し、追走してきた敵を弓と槍で迎え撃つ。敵がひるんだところを、全軍で叩き潰すのだ」

義貞がそう言って鬼切丸を突き上げると、周りの者が「えいえい、おー」の声を上げた。その声が波紋のように全軍に広がり、皆の心をひとつにしていった。

義貞は宣子と徳寿丸のもとに馬を寄せ、今度は戦に加わるなと言った。

「お前の弓の腕は見事だが、あれじゃ徳寿丸が可哀想《かわいそう》だ。落ち着いて戦が見られるようにしてやってくれ。天下の軍勢が激突するのを見る機会など、そうそうあるもんじゃねえからな」

「分かりました。それならあなたのすぐ後ろに馬をつけておきます」

宣子はそれにそなえ、鎧の紐で徳寿丸の体をしっかりと縛りつけた。

「俺は先陣に出る。お前たちがいては足手まといだ」

「構いません。乱戦での馬のあしらい方を教えるいい機会ですから」

「敵わねえな。俺を追って高崎の旅籠に来た時と同じじゃねえか」

「女子は殿方より業が深く生まれついております。いくつになっても性根は変わりませんよ」

宣子がにこりと笑って手綱を絞った。

その顔は世尊寺房子と瓜二つである。義貞は二人分の業を引き受けた気がして、苦笑いして引き下がった。

北畠勢は土岐、桃井勢に正面からぶつかり、激闘をくりひろげていた。

しばしの休息をとって英気をやしなった新田勢は、赤坂から山ぞいの道をたどって青野ケ原の北側に回り込み、頃合いを見て敵の側面をついた。

北畠勢に押され気味だった土岐、桃井勢はひとたまりもなく突きくずされ、不破の関に向かって敗走していった。

これを見た高、今川勢も、敵中に孤立することを恐れて退却を始めた。

総勢五万余の軍勢が、おびえた牛の群のように不破の関の狭い谷へと敗走していく。

北畠勢は勢いに乗って猛然と追撃していた。

「義貞どの、ご助勢かたじけない」

北畠顕家が馬を寄せて礼を言った。

「立派な戦ぶりだ。新田勢が手を出さなくても、敵はくずれていただろうよ」

「このまま追撃いたしましょう。敵に付け入って、関所を突破することができるかもしれません」

「やってみるか。この勢いなら出来るかもしれねえな」

不破の関の東側は関ヶ原と呼ばれている。

北から伊吹山、南に南宮山《なんぐうさん》が迫る狭く細長い谷である。

その喉頸にあたる所に、畿内と東国を分ける不破の関があった。頑丈な城壁をめぐらし、攻め寄せてくる敵を撃退できるようにした砦である。

関所にはすでに佐々木道誉の軍勢が到着し、敗走してくる身方を収容しようと門をいっぱいに開けていた。

そこをめざして五万の軍勢が殺到するので、関ヶ原は人馬で埋めつくされている。しかも背後から迫ってくる敵におびえ、我先にと門を抜けようとするので、門の前で押し合いとなる。

中には先を争って同士討ちを始める者もいるほどだった。

「落ち着け。敵はまだ半里ばかりも離れておる。後方の者は楯を並べ弓を構えて殿軍をつとめよ」

城壁の上から佐々木道誉が声高に指示した。

これに応じて高師冬、今川範国らが桃配山《ももくばりやま》のあたりで陣形をととのえ、追撃してくる敵を迎え撃とうとした。

道誉も城壁の上に弓隊と投石兵を並べ、身方の援護をする態勢をとっている。

ところが負け戦に浮き足立った軍勢を立て直すのは容易ではなかった。

北畠、新田勢が怒濤《どとう》の勢いで迫ってくると、高、今川勢は矢を射たばかりで敗走を始め、関所をさけて伊吹山や南宮山に逃げ込んでいった。

「このままでは関所に付け入られるぞ。関所の門を閉ざせ」

道誉が非情の命令を下した。

敵の敗走に乗じて城門などを突破することを、付け入ると言う。身方を収容しようと城門を開けている間に、城の中に攻め入る戦法である。

道誉はこれを防ぐために門を閉ざすように命じたが、切れ目なく逃げてくる身方にさえぎられて、扉を閉めることができなかった。

「身方を見殺しにするつもりか」

「それが近江源氏のやり口か」

敗走兵の中には激高し、門を閉めようとする佐々木勢に斬りかかる者もいた。

「構わぬ。槍衾を作って押し返せ」

道誉が命じると、佐々木勢は槍衾を作って門をくぐろうとする身方を突き刺し、そのまま外に押し出して扉を閉ざした。

槍衾を作った身方まで犠牲にする、冷酷非情なやり方だった。

関所を閉ざされた土岐、桃井らの軍勢一万ばかりは、前にも進めず後ろにももどれず、袋のねずみになってうろたえるばかりである。

騎馬隊を先頭にした北畠勢は、戦神《いくさがみ》の血祭りにしてやろうと容赦なく斬り込んでいった。

こうなるともはや戦いではない。戦意をなくした者たちに対する一方的な虐殺だった。

「いかん」

義貞は堀口貞満、十三郎ら手勢三十数騎を従え、北畠勢と敵の間に割り込んだ。

「やめねえか。もう勝負はついている。これ以上の殺生は無用だ」

そう叫びながら両軍を引き分けようとしたが、血気にはやった者たちを止めることはできなかった。

義貞はいったん乱闘の外に身を引き、宣子と徳寿丸をつれて再び馬を乗り入れた。義貞の意図を察した北畠顕家が、合図の太鼓を連打させて戦いをやめさせようとした。

それでも戦いはまだつづいている。

義貞は馬を竿立ちにし、大きくいななかせた。天地を引き裂くようなその声に、誰もが虚をつかれて動きを止めた。

「戦はここまでだ。みんな刀をおさめてくれ」

呼びかけに応じて北畠勢は後ろに下がったが、土岐、桃井らの軍勢は敵意に満ちた目をして武器を握りしめていた。

「俺は新田小太郎義貞、隣にいるのは妻と子だ。なあ、お前さんたちにも、帰りを待っている家族がいるだろう。こんな所で命を散らしていいのかい」

「ならば、どうせよとおおせられる」

土岐家の侍大将らしい武士が問いかけた。

「我らの降人となる者はこのままここに残ってくれ。それを望まぬ者は、物具を脱いで関所の門をくぐるがいい。新田義貞の名にかけて約束は守るから、どちらなりとも安心して選んでくれ」

「この北畠中将顕家も、義貞どのと同心でござる」

顕家が義貞の横に馬を並べた。

一万余の敵の大半は、義貞の降人となることを選んだ。

身方を見殺しにして門を閉めた佐々木道誉のやり方に憤慨していたし、物具を脱いで敵の情けを受ける見苦しい姿をさらしたくなかったのである。

新たな降人を得て七万余の軍勢になった北畠勢は、藤古川《ふじこがわ》ぞいの伊勢街道を南に向かうことにした。

「義貞どの、五千でも一万でも北陸に連れて行って構いませんよ」

顕家が勧めた。

「お心遣いは有り難いが、雪の北陸道を大勢で越えるのは難しい。この身ひとつで帰っても、越前の身方をつのれば斯波勢を打ち破ることは雑作ねえよ」

「ならば桜が咲く頃には、都でお目にかかりましょう。必ず、必ず約束ですよ」

顕家が涙を浮かべて義貞の手を取った。

「ああ、その間新田勢をよろしく頼む。宣子と徳寿丸もな」

義貞は清々しく笑って顕家の手を握り返した。

「父上、いっしょに行かないのですか」

徳寿丸が遠慮がちにたずねた。

「これから越前という雪の国に行く。お前はひと足先に吉野に行って、帝と対面させていただきな」

「帝とは、いかような」

「天子さまのことだ。天皇《すめらみこと》ともおおせになる」

義貞はそう説明したが、徳寿丸には理解できないようだった。

「要するに、男同士の話が出来る方だ。そう覚えておけ」

「そうですか。ご立派な方なんですね」

「その通りだ。御前に出たなら、俺がそう言っていたと伝えてくれ」

義貞は徳寿丸を抱きかかえたくなったが、春までの辛抱だと我慢することにした。

「それではお暇いたします。今度は花の都を案内して下さいね」

宣子は目立たぬように義貞の掌に何かを押し込むと、馬に鐙を入れて顕家らの後を追っていった。

それを見送ってから、義貞は掌を開けてみた。

赤い守り袋にひと握りの髪が入れてあり、宣子が使っている髪油のかぐわしい香りがする。

これを常に身につけ、私のことを忘れるなという意味だった。

義貞が討死したのは、それから半年後の建武五年（一三三八）閏七月二日のことだ。

一方、吉野に向かった徳寿丸は後醍醐天皇に拝謁し、御前で元服して新田義興の名を与えられた。

帝自ら烏帽子親をつとめられる好遇ぶりである。

「男同士の話ができる武将になれよ」

烏帽子を義興にかぶせる時、帝はそうおおせになったという。

解　説

細谷正充

　新田小太郎義貞とは何者か。鎌倉時代末期から南北朝時代にかけての武将である。上野国新田荘の当主だったが、大番役として在京中に元弘の乱とかかわる。これが縁となり、大塔宮護良親王から北条氏打倒の綸旨《りんじ》をいただき挙兵。鎌倉を攻め、鎌倉幕府を滅亡に追い込んだ。その後、後醍醐天皇や足利尊氏たちと共に建武の新政を行うが、しだいに尊氏と対立。天皇から尊氏討伐の宣旨を受け、戦いに勝利する。しかし九州に落ちた尊氏が巻き返すと、兵庫の戦いで敗北。さらに政治状況の変化により、義貞の方が討伐される側にされた。その後、義貞は戦いを続けたが、ついには戦死したのである。

　このように歴史の動きに重要な役割を果たした義貞だが、彼を主人公にした歴史小説は意外なほど少ない。ないわけではないが、有名なものは新田次郎の『新田義貞』くらいだった。新田次郎が自らのペンネームとの親近感を感じたことから生まれた作品らしい。そのように新田作品一択時代が長く続いたが、ついに二強時代になる日が来た。安部龍太郎が本書を上梓《じょうし》したのである。では作者は、なぜ義貞を主人公に選んだのか。単

行本刊行時に、集英社のPR雑誌「青春と読書」に掲載されたインタビューで作者は、

「僕が時代小説を書く切っ掛けになったのが、新田義貞の息子の義興なんです。昔、大田区にある下丸子《しもまるこ》図書館で働いていて、近くを流れる多摩川に矢口の渡しがありました。一三五八年、義興の元へ来た足利方の裏切り者から、鎌倉攻めの総大将になって欲しいといわれます。義興は矢口の渡しから船に乗ったのですが、川の中ほどで船底に仕組まれていた栓を抜かれ、船もろとも沈められて殺されてしまったんです。僕は、この史実を題材に『矢口の渡』という作品を書いて、オール讀物の新人賞に応募しました。それが初の歴史小説で、初めて最終候補になりました。それから『矢口の渡』の続編の『知謀の淵《ふち》』を書いて、今度は小説新潮新人賞に応募しました。これも最終候補作になって、出版社から『我が社で育てたい』と声をかけていただきました。僕は義興を書いた小説でプロになったので、いつかは父親の義貞を書かなくてはと考えていました。この想《おも》いが、三十年経《た》ってようやく実現しました」

と語っている。デビュー当時からの気持ちが結実した作品であったのだ。物語から伝わってくる熱気は、作者の長年にわたる想いが込められているからなのだろう。

本書『士道太平記　義貞の旗』は、『義貞の旗』のタイトルで、「小説すばる」二〇一

四年一月号から翌一五年二月号にかけて連載。単行本は二〇一五年十月、集英社から刊行された。文庫化に際してタイトルが変わったが、このことについては後で触れたい。まずは物語の内容に入っていこう。

上野国新田荘の当主である新田義貞は、家族や仲間たちを愛し、民を慈しむ暮らしをしていた。しかし生活は楽ではない。元との交易が盛んになり、銭が入ってくるようになると、東国でも現物経済から貨幣経済へと移行していった。それにつれて富が偏在するようになっている。鎌倉幕府の支配体制が崩れ、商業的な成功者である有徳人が所領を買い占め、実質的な地域の支配者になったのだ。八幡太郎義家の血を引く名流だが、現実は坂東の貧乏御家人に過ぎない義貞には、いかんともしがたい時代の流れである。そんなとき義貞が、京の大番役を命じられた。大番役は二十年に一度が通例であり、義貞は七年前に役目を果たしている。そのときの借金も、ようやく返済したばかりだ。実は鎌倉幕府の政争のとばっちりを受けての任命だったのだが、従わないわけにはいかない。無茶をして金を作り、一族郎党を率いてまず鎌倉へ向かう。鎌倉では久しぶりに側室の宣子と息子の徳寿丸に会うことができた。だが、かつて宣子を義貞に掻《か》っ攫《さら》われたことを恨む甲斐の武田家が、京へ向かう義貞一行にいやがらせを続ける。義貞はこれを、自らの力で退けた。

さまざまな騒動が続き、荒廃した京で大番役についた義貞たちだが、都人は坂東武者に冷たい。それでも〝義〟を大切にする、義貞の生き方は変わらない。六波羅の役人に絡まれている牛車を助けたことから、世尊寺家の房子と縁ができた。その後は、前年に挙兵した楠木正成との戦いに駆り出される。ところがこの戦いに参加したことで、大塔宮護良親王と会う機会を得た。護良親王から聞いた、理想の国の姿に共鳴した義貞は、鎌倉幕府打倒の兵を挙げる。これにより義貞は歴史の表舞台に躍り出て、変転極まりない人生を送るのだった。

物語は大きく、前半と後半に分けられる。前半は義貞決起篇《へん》というべきか。新田荘のことだけを考えていた義貞が、親王との出会いを経て理想国家の建設を目指し、ついには鎌倉幕府を打倒する。その過程で、男も女も彼に魅了されていく。面白いのは男の場合、最初は義貞と敵対関係にあった人物が、何人かいることだ。たとえば大番役の金策に困った義貞は、近辺を荒し、一度は戦ったこともある野盗の月田右京亮の館を襲い、金を巻き上げる。ところがこれにより右京亮に惚《ほ》れ込まれるのだ。

あるいは京で牛車に絡んでいた六波羅の栗山備中。割って入った義貞を恨み、牢《ろう》にまで放り込んだ備中だが、いつしか彼に従うようになる。まるで喧嘩《けんか》の後に友情が芽生える、昭和の青春のようだ。その他にも、牢の中で出会った男たちにも惚れ込まれたりと、モテモテ状態なのである。

だが、それは当然といっていい。武勇は抜群。政治にこそ疎いが、戦となれば知謀が湯水のごとく湧く。民を愛し、なにがあろうと義を貫く。そのくせ、「ただ、あの山の向こうまで、力の限り駆けてみたいだけなんだ」という、子供っぽい精神を持つ（だからこそ彼は、子供好きなのである）。一言でいえば、快男児なのだ。

その快男児が、誰もが平和に暮らせる理想の国を求めて、激しい戦いに身を投じる。護良親王や後醍醐天皇の想いに、応えようとする。これで読んでいる私たちが、熱くならないわけがない。後半になると、新たな時代に翻弄され、裏切られながらも、自分の真実の道を進む義貞の、苦難に満ちた戦いの物語になる。鎌倉攻めからの長き戦いの果てに、理想に手が届かないことを理解しながら、義貞の旗――すなわち〝義の旗〟を掲げ続けたのだ。果敢に命を散らす男たちの姿に涙しながら、心が高揚する。安部龍太郎の歴史小説で、この快男児と仲間たちの雄姿を見ることができてよかったと、思ってしまうのだ。

一方、女性陣に目を向ければ、宣子と房子がいい。なぜかそっくりな容貌のふたりは、単に義貞を愛するだけでなく、自ら動く強い女なのだ。作者が二〇一九年現在、新聞連載中の大作『家康』では、主人公の徳川家康を取り巻く女性に、強い個性が与えられている。本書の宣子と房子を始めとする、強い女たちの系譜が、そこに繫《つな》がっていったのではないか。安部作品を読むとき、チェックしておきたいポイントだ。

また作者は、初期長篇『彷徨《さまよ》える帝《みかど》』から、天皇とは何かという問いを、大きなテーマとして扱っている。本書の終盤での房子と義貞の会話が、その回答といえるだろう。私はこの部分を読んで、天皇はその立場から民の上に置かれるが支配者ではない。むしろ民を入れる器であり、それによって日本という国をひとつにまとめる存在であると解釈した。日本人にとって天皇とはいかなる存在なのかを、安部作品を読むと、考えずにはいられないのだ。

最後に、タイトルについて触れておきたい。本書に先立って文庫化された『婆娑羅《ばさら》太平記　道誉と正成』の原題は、『道誉と正成』であった。また、本書と同じ月に単行本で刊行される『蝦夷《えぞ》太平記　十三の海鳴り』が「小説すばる」に連載されたときのタイトルは『十三の海鳴り』である。これを見れば分かるように、同時代を扱った作品に〝太平記〟の名を冠することにより、安部版「太平記」の世界を創り上げようとしているのだ。三つの作品は、それぞれ内容は独立しているが、リンクした部分がある。婆娑羅大名・河内の悪党・坂東武者・蝦夷管領家と、立場の違う主人公たちが並ぶことにより、混沌《こんとん》とした「太平記」の時代を、多角的に捉えられるようになっているのである。

さらに「太平記」自体にも留意したい。「太平記」は、鎌倉幕府の滅亡と南北朝時代の争乱を、約五十年にわたり綴《つづ》った軍記物語である。中世から物語僧の〝太平記読み〟によって、人口に膾炙《かいしゃ》した。江戸時代になっても生活の手段として、浪人が道端で〝太平記読み〟をしている。これが講談の、ひとつの源流となった。さらにいえば近代になり、講談から発展した（もちろん他の要素もいろいろある）大衆小説が生まれ、現在の歴史時代小説まで繋がっている。ならば〝太平記読み〟こそが、歴史時代作家の先駆けであり、庶民の歴史物語への興味を満足させる、語り部であったといっていい。このことを意識して作者は、三冊に〝太平記〟と冠したのではないか。安部龍太郎こそが現代の歴史物語の語り部であると自ら宣言したのだ。安部版「太平記」を読むと、その自負と覚悟が伝わってくるのである。

（ほそや・まさみつ　文芸評論家）

本書は、二〇一五年十月、集英社より刊行された『義貞の旗』を文庫化にあたり、『士道太平記　義貞の旗』と改題し、加筆・修正したものです。

初出　「小説すばる」二〇一四年一月号～二〇一五年二月号

安部龍太郎の本

婆娑羅太平記　道誉と正成

時は鎌倉末期。流通を制し乱世を渡ったバサラ大名・佐々木道誉。頭脳と戦術に長けた悪党・楠木正成。乱世を治めるべく闘った両雄の行く末は——。安部版「太平記」シリーズ第一弾。

集英社文庫

安部龍太郎の本

生きて候（上・下）

徳川家康の名参謀として有名な本多正信の次男にして、関ヶ原合戦では西軍・宇喜多秀家のもと奮戦した本多政重。知られざる豪傑の苛烈な半生を描いた、疾風怒濤の戦国巨編。

集英社文庫

安部龍太郎の本

関ヶ原連判状（上・下）

徳川か、豊臣か。風雲急を告げる天下分け目の戦いが迫る中、どちらにも与せず、第三の道を探る男がいた。足利将軍家の血をひく細川幽斎は、朝廷を巻き込む一大謀略戦を仕掛けた！

集英社文庫

安部龍太郎の本

天馬、翔ける　源義経（上・中・下）

奥州に身を寄せる弟・源義経と伊豆へ流人になっていた兄・頼朝。平家打倒に合力する兄弟はやがて対立し始め……。源平合戦の歴史像を塗り替えた、第11回中山義秀文学賞受賞作。

集英社文庫

安部龍太郎の本

風の如く　水の如く

「如水に謀反の疑いあり」。徳川家康は本多正純に真相究明を命ずるが……。日本史最大の謎、関ヶ原合戦に新解釈で挑み、黒田官兵衛（如水）最後の大博奕を描く、戦国小説の白眉。

集英社文庫

集英社文庫

士道太平記《しどうたいへいき》 義貞《よしさだ》の旗《はた》

2019年10月25日 第1刷 定価はカバーに表示してあります。

著 者 安部龍太郎《あべりゅうたろう》
発行者 徳永 真
発行所 株式会社 集英社
東京都千代田区一ツ橋2-5-10 〒101-8050
電話 【編集部】03-3230-6095
【読者係】03-3230-6080
【販売部】03-3230-6393(書店専用)
印 刷 凸版印刷株式会社
製 本 凸版印刷株式会社

フォーマットデザイン アリヤマデザインストア マークデザイン 居山浩二

ISBN978-4-08-744035-5 C0193